本书由周口师范学院高层次人才科研启动经费项目
（ZKNU2014201）资助

刘震云

小　　说
思想论稿

冯庆华 ◎ 著

中国社会科学出版社

图书在版编目（CIP）数据

刘震云小说思想论稿／冯庆华著．—北京：中国社会科学出版社，2018.12
ISBN 978 - 7 - 5203 - 2758 - 9

Ⅰ．①刘…　Ⅱ．①冯…　Ⅲ．①刘震云(1958 －　　)—
小说创作—文学创作研究　Ⅳ．①I207.42

中国版本图书馆 CIP 数据核字（2018）第 154389 号

出　版　人　赵剑英
责任编辑　慈明亮
责任校对　季　静
责任印制　戴　宽

出　　　版　中国社会科学出版社
社　　　址　北京鼓楼西大街甲 158 号
邮　　　编　100720
网　　　址　http://www.csspw.cn
发　行　部　010 - 84083685
门　市　部　010 - 84029450
经　　　销　新华书店及其他书店

印刷装订　北京君升印刷有限公司
版　　　次　2018 年 12 月第 1 版
印　　　次　2018 年 12 月第 1 次印刷

开　　　本　710×1000　1/16
印　　　张　20.25
插　　　页　2
字　　　数　292 千字
定　　　价　88.00 元

凡购买中国社会科学出版社图书，如有质量问题请与本社营销中心联系调换
电话：010 - 84083683

目　　录

绪　　论

一　遇见刘震云

选择刘震云小说作为研究对象的原因大概有三。其一，笔者与刘震云在地域文化上的相通性。由于成长空间毗邻形成的文化亲缘关系，阅读过程中不但没有"隔"的感觉，反而有种与生俱来亲近感。笔者前期陆续阅读了刘庆邦、阎连科、李佩甫、李洱、墨白、周大新等河南作家的作品，对河南籍作家的写作状况有一个整体的把握。

其二，由于刘震云的个人创作成就和创作特色。之前刘震云的作品仅看过文学史上有争论的《新兵连》《单位》等，当时只是感觉其叙事方式与传统的叙事方式不一样，没有英雄或者是正面人物，没有对人物的溢美或溢恶之词，也没有圆满的结尾，人物都说些家长里短的话，为些鸡毛蒜皮的小事而争吵斗气，感觉很另类，但想一想生活还真的就是这样。有这样一个对照，传统的现实主义作品反而觉得不"现实"了。难怪"新写实"能激起那么多人的响应和认可，它与生活实在太相像了。可以说传统的现实主义是在"想象"生活，为生活"画像"，而"新写实"则是在"复制"生活，为生活"照相"。或许"照相"相比"画像"少了点艺术想象的魅力，却也少了些"想象"的虚假，多了些生活的真实。

"新写实"的出现是中国新文学史上的一件盛事，因为以前的现实主义传统中走来的中国文学，还从来没人这么写过，如果说"传统现实主义"是在编织梦想，"新写实"是从梦中醒来了，在传统现实主义的一统天下的环境中为读者打开了一个观察生活的新视角。当然传统现实主义"理想化"太离谱，太单一会使人厌倦，"新写实""复制"生活如果太多也会显出无聊，这也是"新写实"后来很快转向的原因。刘震云很坦诚，他从来没认为自己的创作属于"新写实"，只是评论界总要为自己的评论来命名，他认为自己只是照着生活本来的面貌写而已。笔者不否认，有一些作家是在评论界为一种现象命名之后，然后追随这一现象，试图融入这一浪潮之中的，但刘震云不同，当大家纷纷进入这一浪潮的时候，他早已经一个猛子扎入另外一种浪潮，并且他这种引领潮头的行为似乎都是无意识的。

为什么他的写作与评论界的命名会有这样一个"反差"，笔者认为这与他的追求有关。刘震云是一个善于思考的人，从他 20 世纪 80 年代初的写作开始，他似乎都在思考，他不是跟随曾经的浪潮思考所谓的"先锋"问题，思考文学的形式问题，他的形式都是在为内容服务的。他在思考一个"真"的问题，他对于生活中遇到的一切现象，都有一种追求"真相"的冲动，正是这种冲动引领他的写作从一个高地转向另一个高地，而"新写实"只是他转战过程中的一个阵地，之前那种传统现实主义的写作，与之后的所谓"新历史"即 2000 年之后"无名"写作都是他追求"真"的过程中，思考人生和社会的一个阶段。

当下中国正处于一个转型时代，随着经济全球化与现代化，中国融入世界和现代化的趋势早已不可避免了。中国由于受到来自于西方各种价值观的冲击及现代化带来的冲击，面对着本土的、传统的一些人际关系的改变、思想的改变、价值坐标的变更势必会使很多人不太适应。因此笔者一直在思考这些芜杂的现象，试图从中理出一个头绪，一个能够解释周围世界变化本质的终极答案，并用这种理论来安抚自己躁动的灵魂。

刘震云因而进入笔者的视野。"一般而言，通过理性观念而达成的共鸣总是产生出十分深刻的影响，因为它不是从外在方面强迫读者接受的某种抽象的理论教条，而是因为读者本身的那种相同的理性观念因为与作者或作品中人物的理念的相同而被强化、内化，并且使读者获得了一种认同感。"① 或许从这个层面来讲，笔者与刘震云的相遇是一种精神追求方面的契合。

其三，由于梳理研究现状时发现，尽管迄今为止这么多的文章已经涉到刘震云创作及作品的各个角落，特别是有些表层的东西，似乎没有什么争论的价值。但一方面刘震云作为一个非常执着于"理"的探求的、有相当影响的作家，对他的研究似乎还没有达到一种更深的精神层面；所研究的对象也都比较孤立，难以发现其思想认识发展的轨迹，因此我试图对刘震云的作品作一个历时性的、整体性的研究，以便发现各个层面之间的关系；另一方面因为刘震云对世界和人生的思考仍然在进行之中，迄今为止对于其创作的研究都是有意无意地停留在某个阶段，这很明显对于我们认识当下刘震云思想状态是有点言不及义的。因此笔者还试图对刘震云的写作作一个历时性的动态的考察，从中找出刘震云思想发展的脉络，尽可能建构起他迄今为止的思想谱系，或许有助于转型时代惶惑的人群，当然也包括笔者自己找出一种关于世界、历史和人生的合理解释。

二　刘震云小说研究的概括及意义

对刘震云创作的研究从 20 世纪 80 年代中后期开始，也就是到所谓的"新写实"相关作品出现开始引起普遍关注。目前能查到的关于刘震云小说研究的文章最早的是王必胜发表于《当代作家评论》1988 年第 5 期的《躁动的灵魂和艰难的人生——刘震云小说主题论》。这篇文章分析评价了刘震云 80 年代早期的几篇小说，从历史变革的角度，概括了刘震云早期小说中的几个叙事聚焦点："表现农村经济变革中的人情世态，写千百年来生息劳作在大地上的农民于新生变一革后的各种复杂的人生情感。" 由此出发，论文分几部分展开论述。"缺憾者的梦" 论及《模糊的月亮》《灰灰菜》两个作品，王必胜已经敏锐地捕捉到刘震云早期小说中所感慨的商

---

① 周立琼：《文学共鸣的心理机制》，《玉林师范学院学报》（哲学社会科学版）2008年第6期。

品经济社会对人与人关系产生的影响：温情的缺失；"困惑着的心境"论及《罪人》《山村奏鸣曲》《栽花的小楼》几篇稍晚的小说。王必胜认为刘震云这些作品对前几部作品有所提升，作品中进一步写到传统道德和人性的冲突；"艰难的人生图式"部分则开始论及刘震云的成名作《塔铺》《新兵连》，论文提到《塔铺》中的"恋乡情节"，还认为《塔铺》与过去的作品相比"是从人的主体精神同客体生活（人与社会生活）现状之间的依存、疏离、矛盾等向度上开掘，变为由客体对主体（社会与人）钳制、束缚等，把人生的某种缺失同社会生活的缺失联系起来进行艺术观照，甚至更注重对后者的无情揭示。"这些都不无道理，至于《新兵连》所概括的政治普泛化对人性的异化更是成为后来普遍认同的观点。但或许因为时代的局限，王必胜似乎没有看到《塔铺》《新兵连》两篇作品在刘震云创作过程中的意义。王必胜认为两篇作品中刘震云"艺术视角并没有转换，但时间上却有不同"，现在看来确实有些误判，刘震云的艺术视角在这两篇作品中不止转换，甚至可以说是本质的变化（相关变化下文将会论及）。因此两篇作品在刘震云整个小说创作过程中具有里程碑意义。也就是从这一年开始，刘震云开始捕捉到了通向现实的方向和路径，也把写作与现实真正有机地结合在一起。王注意到刘震云大概也是因为这两篇作品，而不是以前的任何一部。

之后，研究他的整体创作或某一个关键词或叙事技巧或单篇作品评述的成果数量颇丰，目前，在中国知网上搜索包括硕士论文和单篇论文将近300篇。由于近年来刘震云写作中不断地自我突破以及他作品和影视联姻的成功，使其作品的受众范围扩大到文学圈外，其影响力也随之增加了不少。概而言之，20多年来，关于刘震云创作的研究涵盖颇广，涉及创作思想、艺术手法、语言特色、结构特色、人物特色、影视改编等。笔者限于篇幅和视域，仅就与拙著论点相关的，也就是刘震云创作中表达的思想、主题，如权力、历史、故乡等关键词进行梳理。

第一，关于权力。"权力"是研究刘震云的学者最先关注的一个焦点。白雨的《"官场"人生，别样滋味——读刘震云的〈官场〉》①注意到官场对人性的异化：特定的社会环境、政治环境和一定的人形成了一定的"场"，造成了"场气候"，而这"场"反过来又规定、制约着人的思维方式、行为方式及人生追求方式，一切都必须按照"场规则"来运行。人的个性被磨平、磨光、磨圆，极大限度地向"场气候"所要求的共性靠拢，至少也要戴上"人格面具"；陈晓明在为刘震云小说集《官人》写的跋中认为，刘震云的显著特征在于他的"权力意识"——意识到权力是如何支配人的全部生活，风格特征则是表现在他的"反讽意味"上，"反讽意味"夸张凸显了"权力意识"；毕新伟在《漫说"权力哲学"——刘震云小说论》②一文中认为刘震云小说从现实进入历史，再回到现实，又进入历史，对现实的态度日益冷漠或者客观，对权力的关注却一直持续着。当然现在看来这种观点明显是有问题的，因为后来刘震云的小说基本上不再碰触权力；摩罗、杨帆的《奴隶的痛苦与耻辱》③一文认为权力崇拜正是刘震云两大主题之一（该文认为刘震云笔下的第二大主题是物质崇拜），这种概括明显是偏颇的，刘震云的作品固然关注权力，但要说其权力崇拜，则找不到任何证据的。刘只是在客观展示权力在生活中扮演的角色和对人性、人际关系的影响，尤其是刘80年代中期以后的小说中，对弄权者情感上甚至带一点悲悯；姚晓雷的《故乡寓言中的权力质询——刘震云故乡系列小说的主题解读》④认为"由《头人》将矛头指向乡村权力，到《故乡天下黄花》将乡村权力放在和社会权力机制的位置一起审视，再到《故乡相处流传》把对权力的批判向权力话语系统推进，最后到《故乡面和花朵》对那些压制着民间利益的、本质上与权力有极其暧昧关系的其他文化形态的考察，

　①　白雨：《"官场"人生，别样滋味——读刘震云的〈官场〉》，《小说评论》1989 年第 4 期。

　②　毕新伟：《漫说"权力哲学"——刘震云小说论》，《文艺评论》1998 年第 4 期。

　③　摩罗、杨帆：《奴隶的痛苦与耻辱》，《当代作家评论》1998 年第 4 期。

　④　姚晓雷：《故乡寓言中的权力质询——刘震云故乡系列小说的主题解读》，《文学评论》2002 年第 1 期。

作者运用不断调整民间姿态的方式，终于完成了在民间和权力机制的互动视角上对那些笼罩在民间生存之上，并作为民间生存苦难主要根源的权力形态的全面质疑。"该观点确实揭示出刘震云这几篇所谓"故乡系列"小说对"权力"关注的持续性和递进性，但该文同时也像其他论者一样认为刘震云对权力持批判的态度，仍然存在着明显的认知局限，尽管这种局限客观上与时域的局限相关。

第二，关于历史。张新颖在《乱语讲史，俗眼看世——刘震云〈故乡相处流传〉漫评》①一文中认为刘震云在解构历史，并认为他杀死的也许只是虚假的意义，"真正的意义是什么，既然我们从未拥有过它，现在也没有明白，也就没有什么可在乎的，我们怎么过来，就怎么过去，时间还在走，戏还在唱，人还在活，如此而已"。董之林的《向故事"蜕变"的历史》②认为《故乡天下黄花》的成就主要不是表现为意识形态与政治的层面，而是表现在叙述自身的层面，表现在小说家对故事的创造性、题材的新颖性，以及雅俗共赏的语言艺术性等方面的开拓。两篇文章对刘震云小说中存在历史元素这一事实是共通的，认为这里的"历史"不同于传统的历史这点也是一致的。因此沈嘉达等评论者将刘震云的后期作品归入"新历史小说"，认为刘震云着意"把历史作为框架，寄寓着自身的现时寓言，表达了作者的个人话语。"贺仲明也指出了刘震云的"新历史小说"表现出农民文化历史观在他身上的巨大影响。在刘震云的"历史"小说中，他始终站在普通农民的立场，以普通农民的视点，以农民文化的历史精神，对历史进行了"农民式的观照与审视"。"新历史"的概念便是由此而来，当然这种概念下不止刘震云一个作家，而是一批作家，因此，"新历史"作为一种现象，成为当时学界关注的焦点。只是对刘震云这种历时性元素进行全面考察，尤其放在刘震云创作思想发展的体系中考察，笔者认为尚有待补充。

第三，关于故乡。"故乡"作为一种哲学话题，近年随着传统与

① 张新颖：《乱语讲史，俗眼看世——刘震云〈故乡相处流传〉漫评》，《小说评论》1994 年第 4 期。

② 董之林：《向故事"蜕变"的历史》，《当代作家评论》1995 年第 1 期。

现代从碰撞冲突到渐行渐远，越来越收到学界的重视。贺仲明的《放逐与逃亡——论刘震云创作的意义及其精神困境》① 首先从传统与现代冲突的角度注意刘震云小说中的故乡元素。他认为与现当代大部分作家对城市的排斥不同，刘震云认为乡村与城市一样，他对乡村也持拒绝的态度，因为乡村的丑陋和悲剧难以让他产生依恋之感，另外对城乡矛盾的困惑，也是刘震云创作的困境。这是比较早的一篇文章，论及刘震云作品中对于乡村的态度，其实正是在这种困惑中，刘震云发现无论是城市还是乡村，历史还是当下，个体生存的困境都是一致的。几年之后陈晓明的《故乡面与后现代的恶之花》② 认为刘震云的《故乡面和花朵》把乡土中国的现实与后现代的未来空间杂糅在一起，以极端荒诞的手法来解构历史与未来，他用后现代手法对乡土中国的改写，使本土性这一被固定化的历史叙事，被推到神奇的后现代场域，显示出刘震云对乡土中国叙事的强有力开创。其彻底的虚无思想又混杂着传统孝道的暗恋，预示着当代精神价值重建的真正困局。

梁鸿的《论刘震云小说的思维背景》③ 更明确地认为刘震云的大部分小说都是以他北方的故乡为背景和思维起点的。弥漫在故乡上空的"饥饿危机、灾荒意象"，组成他小说的"黄土地意象"；"权力意象和中原农民生存意象"则展现了一个没有摆脱"饥饿危机"的民族生存方式，但是，无时不在的"姥娘意象"作为一种救赎昭示着人类最终的理想、希望、尊严，这些意象不仅决定着刘震云的语言方式、叙述方式，而且也决定着他思考世界、历史、人性的方式。

这几篇文章大都是把刘震云笔下的"故乡"视作一个被作者拒斥的空间，并没有看到"故乡"当下意义与哲学意蕴。只有王光华的《刘震云小说中故乡情结解读》④ 把刘震云作品中的故乡分为两种状态，以姥娘温情拯救故乡的方式，展示了"故乡"的另外一层含义，

---

① 贺仲明：《放逐与逃亡——论刘震云创作的意义及其精神困境》，《中州学刊》1997年第3期。
② 陈晓明：《故乡面与后现代的恶之花》，《解放军艺术学院学报》2004年第3期。
③ 梁鸿：《论刘震云小说的思维背景》，《中国青年政治学院学报》2004年第4期。
④ 王光华：《刘震云小说中故乡情结解读》，《海南师范大学学报》2008年第4期。

但却没有进一步探讨关于"故乡"的形而上层面。这恰恰是笔者所希望深入探讨的部分。

第四，关于人性。贺仲明的《独特的农民文化历史观——论刘震云的新历史小说》① 一文认为刘震云的小说一直关注农民问题，认为农民倍受权力欺凌，却在权力面前没有一点反抗精神。农民文化具有荒谬性特征，这种荒谬性解构了历史的庄严。这是一篇较早关注刘震云作品中对于"人性"书写的文章，但同时认为刘震云的缺陷在于"不能看到光明和魅力的部分因而显得偏执"，这恰恰也显出了论者的局限。苗祎的《传统人格理想的消隐与重建——论刘震云小说中的当代知识分子形象》② 认为在物欲横流的社会中，刘震云小说《一地鸡毛》《手机》中传达了知识分子理想人格的消隐。姚晓雷的《刘震云早期小说文本的再解读》③ 对刘震云从《塔铺》开始的早期作品作了一个内在思想的梳理，认为刘震云早期小说文本逐渐形成了一种独特的人性意识，即认为人性本质是由自己的求生本能出发的、和权力体制相对应的一种结构，每一个人在对它的拥有上都是平等的，只是在面对不同的体制环境时体现为不同的内容。从而他逐渐将对人性弱点进行批判的主题模式转化为对权力体制的批判。随后姚晓雷另一篇《刘震云论》④ 从"民间立场""人性宽宥与权力质询""民间反叛的语言策略"等几个方面出发展开论述，认为这几个方面背后有"强烈的人道主义情怀"。曹文书则认为，刘震云的创作对政治文化保持了足够的敏感，政治文化不仅影响人的生存状态和前途命运，而且使正常的人际关系异化变质，使正常的人性变得异常扭曲。刘震云以一贯的创作精神"对小人物、普通平民生存困境和生活态度的关注以及倾注全力去刻画他们被有形无形的政治文化任意摆布的或忧悲的生存

---

① 贺仲明：《独特的农民文化历史观——论刘震云的新历史小说》，《当代文坛》1996年第 2 期。
② 苗祎：《传统人格理想的消隐与重建——论刘震云小说中的当代知识分子形象》，《河南师范大学学报》2007 年第 7 期。
③ 姚晓雷：《刘震云早期小说文本的再解读》，《齐鲁学刊》2005 年第 2 期。
④ 姚晓雷：《刘震云论》，《文艺争鸣》2007 年第 12 期。

景观，并对那些置身于官场之中命运难测，人性扭曲的头人们给予审美观照。"

　　这些文章或从农民，或从知识分子，或从民间立场，或从政治文化，对刘震云作品中人性从不同角度作了探讨，只是相对于刘震云小说整体思路，尤其是历时性角度来看，还显得单一，不能在权力、伦理、历史和故乡大环境下来把握人性，也缺少一定的广度和深度，如姚晓雷所认为的刘震云"逐渐将对人性弱点进行批判的主题模式转化为对权力体制的批判"这一点，如果从刘震云思想发展的整个流程来看，便有些因果倒置的嫌疑。更为重要的是，这些作品都还没有发现刘作品中那种直面人性寻求困境中突破的努力。

　　第五，关于存在。确实有论者看到了刘震云作品中关于"存在"的思考。目前发现最早的一篇是张均的《沉沦与救赎：无根的一代——重读莫言、刘震云》①。张均认为莫言、刘震云作品中都表现出对故乡的排斥情感，但最终"真正救助莫言、刘震云'返回'故乡，接近'人'之'家'的，仍是流转于颓败、荒凉土地上的乡间精神；它生生不息，启示着人的根性，莫言、刘震云即在其诗意的照彻中由沉沦的荒野'返回'到了辽阔、宽厚的大地，由非生命的居所'返回'到了存在的家园。"可以说，张钧是比较早地发现刘震云作品中的存在主义元素的论者，他看到刘震云小说在解构历史和现实的过程中对于个体存在状态的思考；之后宫东红的《反思与突围——读刘震云的〈故乡面和花朵〉》②认为刘震云对于中国知识分子精神命运作了反思与追问，另外在文学形式实验方面所作的一次全面性"突围表演"；吕永林的《刘震云小说叙事的向"黑"现象》③，则从存在主义的角度，认为刘震云《故乡面和花朵》中有着混沌、晦暗、虚无、神秘和可疑，对应着存在与人所具有的未被限定的无限可能；

---

　　① 张均：《沉沦与救赎：无根的一代——重读莫言、刘震云》，《小说评论》1997年第1期。
　　② 宫东红《反思与突围——读刘震云的〈故乡面和花朵〉》，《当代文坛》2000年第2期。
　　③ 吕永林：《刘震云小说叙事的向"黑"现象》，《青年文学》2001年第1期。

西元、雪冰《"文革反思"写作中的存在主义影响——刘震云长篇小说的政治—历史阐释》① 认为刘震云作品中的思想是受西方存在主义本土化与庄子思想的影响。这点上从拒斥到荒诞，从充满阴霾的大历史到清澈明亮的小历史都可以感受到。

随后，对刘震云作品中的存在主义色彩阐释越来越明朗和肯定，如陈振华《异化·沉沦·荒谬——刘震云小说"存在"主题阐释》② 认为对存在的审视、关怀、批判，是刘震云大部分小说的内蕴和指向。万海洋的《荒诞境遇下的存在状态——刘震云小说的存在主义解读》③ 认为刘震云小说从《塔铺》到《官场》《新兵连》都带有存在主义色彩。

但总体上来说，这些论点都只是涉及到作品的存在主义色彩，没能更进一步地挖掘其演绎存在困境并进行超越的过程，尤其是缺少对刘震云在进入到存在思考的心路历程中对于权力、伦理、宗教的思考以及由这些思考导向存在主义思考动力分析。

另外，还有些成果针对刘震云小说中某几个关键词的解读。这种研究主要体现于一些硕士学位论文中。如是王际兵的《刘震云小说的寓言景观》（华南师范大学，2002），从寓言化叙事的角度阐释其对于权力、历史、人性观点，也算是比较早的一篇论文；刘进军的《从历史到心灵的追问——论刘震云的"故乡系列"小说》（山东师范大学，2005）则专门就刘的"故乡系列"作了论述，从反映论的角度阐释刘震云作品中的历史意识和在权力斗争背后隐藏的中国人格和心理。徐蕊的《故乡·历史·权力——刘震云小说关键词解读》（华中师范大学，2005 届）、赵丽妍的《故乡·知识分子·权力——刘震云小说"人文关怀"的三个支点》（吉林大学，2008）从人文精神的角

---

① 西元、雪冰：《"文革反思"写作中的存在主义影响——刘震云长篇小说的政治—历史阐释》，《当代作家评论》2004 年第 1 期。

② 陈振华：《异化·沉沦·荒谬——刘震云小说"存在"主题阐释》《晋阳学刊》2005 年第 4 期。

③ 万海洋：《荒诞境遇下的存在状态——刘震云小说的存在主义解读》，《名作欣赏》2009 年第 10 期。

度阐释了对于刘震云作品中故乡、知识分子、权力的认识。刘鹏的
《绝望背后深深的眷恋——论刘震云的乡土小说》（浙江师范大学，
2006）以乡土切入点，围绕生存、权力关系、历史进行论述，意在说
明其乡土小说在各方面的意义，也提及寓言化及反讽的叙事策略。马
勇的《刘震云的寻根之旅》（湖南大学，2008）认为刘震云的小说是
一种从人性、历史、生活方面展开的寻根过程。李嘉玮的《论刘震云
小说的批判意识》（河南大学，2010）认为刘震云的小说贯穿一种批
判的主题，批判根源来自他童年的经历，批判的对象有权力、人性和
文化，批判的手法是反讽与戏谑。

　　这些论文一般都能够看到刘震云作品中经常出现的几种元素，并
试图概括和阐释，只是因为缺少全面的观照和系统的思考，这些关键
词之间便显得各自独立，缺少应有的内在联系，很难看出其发展脉络
趋向。

　　最后还有一些文章，不是就某个或几个关键词，也非就某篇（部）
作品进行研究，而是对其前刘震云的相关作品所做的综合性研究，从
中概括出一个主题或一个方向。最先出现的就是这一类作品，如王必
胜的《躁动的灵魂和艰难的人生——刘震云小说主题论》①是一篇较
早研究刘震云创作的文章，提到刘震云早期的一些作品。认为《模糊
的月亮》涉及历史发展中一切旧的道德观念如何去适应新的秩序，是
否就一定表现出非此即彼？小农意识作为千年以降的农民精神的主调，
如何强化着对新生的冷漠，对既定的崇奉，对人伦秩序的顽冥依恋，
这也是新时期以来农村题材小说每每涉及的敏感问题。王必胜还认为：
"如果说震云对商品经济生活发展后人与人之间传统的关系（观念）
的关注，是他初期创作的主题的话，对人生复杂的性情，生理和心理
的热烈而痛苦的追求进行揭示，则是这以后创作的重要转折，由此生
发了新的艺术世界。"对于《塔铺》之后，王必胜认为："作家激情于
这个严峻冷酷的现实，相对他过去作品来说，是从人的主体精神同客

---

　　① 王必胜：《躁动的灵魂和艰难的人生——刘震云小说主题论》，《当代作家评论》
1988 年第 5 期。

体生活（人与社会生活）现状之间的依存、疏离、矛盾等向度上开掘，变为由客体对主体（社会与人）钳制、束缚等，把人生的某种缺失同社会生活的缺失联系起来进行艺术观照，甚至更注重对后者的无情揭示。"并认为刘震云作品中"反思中国当代历史，对人生的最大钳制和毒害莫过于政治功能的过度普泛化，浸淫到人生行为中阻碍人健全发展。原本活泼的生命，在政治功利面前，失落了人生的本色，成为畸形的政治化了的'类型人'。"这篇文章对于刘震云《塔铺》后的作品变为客体对于主体的钳制的论断现在看来并不准确，但其中人性在权力中异化的论述则是合乎刘震云当时创作的思想状态的。

金惠敏的《走向永恒的黑暗——刘震云小说历程》① 是一篇对刘震云写作追求进行批判的文章，认为刘震云在这一时期："技法的渐次成熟，精神的缓缓而不可抵挡的衰退。他愈来愈认同于'生活'的阴暗一面，愈来愈醉心于人性的黑暗，醉心于展览人性中见不得阳光的琐屑、卑微和邪恶。人似乎已不成其为人。"但金惠敏所看到的只是局限于表面的，或者说片面的认识，所谓的"阴暗"只是一种价值判断的词汇，而刘震云的写作是尽可能避免价值判断的。可以说金惠敏此时并未深入刘震云作品中去。白烨的《生活流、文化病、平民意识——刘震云论》② 认为刘作品中存在着"平民意识"。文淑慧的《刘震云中篇小说评述》③ 也是比较早的一篇综合评述刘震云中篇小说创作的文章，从作品中精神和物质的贫困，理想的失落和沉沦即官场背后的社会文化心理来阐释，目的在于揭示病痛，引起疗救者的注意。后来的几篇文章的观点似乎都受到这两篇文章的启发。

杨士斌的《论道家文化在刘震云小说中的渗透》④ 认为刘震云的小说中渗透着道家思想，有一定道理，但并无太强的针对性。因为一切的宗教哲学都是人对于"人"存在根本问题的思考，我是谁，从

---

① 金惠敏：《走向永恒的黑暗——刘震云小说历程》，《北京社会科学》1992 年第 4 期。
② 白烨：《生活流、文化病、平民意识——刘震云论》，《文艺争鸣》1992 年第 1 期。
③ 文淑慧：《刘震云中篇小说评述》，《信阳师范学院学报》1992 年第 3 期。
④ 杨士斌：《论道家文化在刘震云小说中的渗透》，《中州学刊》2007 年第 1 期。

何处来，到何处去，当下应该怎样？这些内容具有一定的共通性。梁鸿的《刘震云作品中的闹剧冲动》① 认为刘震云小说充满了"广场语言"的游戏、荒诞意味和对现实秩序的解构和否定，但是，民众的"群体意识"和"权力认同"心理又使"广场语言"处于一种荒诞的无意识和反讽状态，这种意义的逆转形成了刘震云小说强烈的闹剧冲动。陈思和、李振声、郜元宝、张新颖在《刘震云：当代小说中的讽刺精神到底能坚持多久》② 中讨论了刘震云创作现状和发展态势。郜元宝认为，刘震云的"新写实"小说和"新历史"小说有一种统一的味儿。但他也认为，"不过，刘震云的风格到底是在哪个平面上统一起来的？刘震云主要把力用到什么地方去了？刘震云的气最终会导向怎样一种境界？这都值得思考。"陈思和认为：从气质上说，刘震云的作品是新文学传统一脉相传的，他笔底下的讽刺不是轻浮的、嬉皮士式的，不是无原则的消解一切，更不是那种政治上失意而发出的牢骚，他的小说无情地揭示出社会历史真相的无价值，用喜剧的笔调写出一幅幅让人沉重得透不过气来的画面。张新颖认为："刘震云眼光太毒，看得太透，他所刻画的芸芸众生，一举一动，无不具体、实际，目标直接、干脆，不含糊，不玄虚，食色权欲，都是基本的人性人伦，精神、抽象、超越之类，比较起来全都矫揉做作，华而不实。"这几位都是当下很有影响的一线学者，其在 20 世纪 90 年代初的见解现在看来仍然颇有见的。

其他稍晚如沈梦瀛的《论刘震云小说创作的多面性》③ 认为刘震云的小说最生动地体现了自然主义文学理论关于环境决定人的观点，自然主义、批判现实主义和现代主义三位一体成为他创作的一大特色。曹书文《刘震云小说创作论》④ 认为刘震云的小说经历了写实、反讽、荒诞三个阶段；地域空间分为城市和乡村，人物分为平民和头

---

① 梁鸿：《刘震云作品中的闹剧冲动》，《河南社会科学》2002 年第 6 期。
② 陈思和、李振声、郜元宝、张新颖：《刘震云：当代小说中的讽刺精神到底能坚持多久》，《作家》1994 年第 10 期。
③ 沈梦瀛：《论刘震云小说创作的多面性》，《中州学刊》1999 年第 5 期。
④ 曹书文：《刘震云小说创作论》《河南师范大学学报》1996 年第 2 期。

人；所关注的主题主要是生存、命运、人性。

关于刘震云研究的专著，就笔者查询所及，郭宝亮的《洞透人生与历史的迷雾——刘震云的小说世界》是至今出版的唯一一本专著。该书较好地把握了刘震云创作中的反讽、历史意识、言语的狂欢等几个思想、叙事特征，阐释中与理论的结合也不错。只是这种阐释还不够充分，未能抵达呈现文本特征的时代内核，尤其是该作结稿于1999年，对于之后的作品未能涵盖，从其中并不能看到刘震云近年创作的情况。对于刘震云创作的状态停留于一种静态的观察，没有意识到刘震云写作中各关键词间内在逻辑关系，其结构的安排也显得仓促草率。

以上成果作为对刘震云某一个阶段的作品、某一部（篇）或几部（篇）作品作出的或对于主题思想，或对于叙事、修辞的研究，当然具有筚路蓝缕之功。但同样因为其阶段性、个案的孤立性，导致对刘震云的研究出现这样那样的局限。再加上刘震云的创作主题的后现代性、头绪复杂，有时甚至失去所指，表层结构和深层解构距离有很大解读潜力。特别是他这些年来一直笔耕不辍，如果研究不能把后面创作的诸多长篇作为考察对象，对于我们当下了解刘震云创作的发展状况也就无能为力了。况且刘震云一直在进行自我的突破，今日之他已经非昨日之他，因此对于刘震云作一个综合的研究，在更全面掌握他创作成果的基础上对他的创作成就作出更为当下、客观、真实的阐释和评价也就显得尤为必要。

研究刘震云的意义和价值我认为表现在三个方面，首先是刘震云作为一个在20世纪80年代以来在当代文坛常常引领一时风潮和争论的作家，对其创作思想的整体和发展中的把握无疑是有必要的。其次是刘震云独特的审美追求。中国古今文学中，传统现实主义和浪漫主义各领风骚。这种文学样态发展到当下基本上没多大变化，如沈从文、汪曾祺、刘庆邦一脉执着于审美抒情的，鲁迅、阎连科这些专事于社会批判的作家，当然还有更多歌功颂德所谓"现实主义"作品。"新时期"之新在文学创作上还表现在一些专事对传统写作方式进行颠覆，醉心于形式试验的所谓"先锋小说"，如马原、格非、余华、苏童等作家的曾经表现。但刘震云表面看与这几类各有联系，却又不属于其中的任何一类。他曾经仿效传统现实主义写作，试图把握时代的脉搏，也曾经写出过"新写实""新历史"之类的所谓"试验"性作品，但我们看到的这种"情感""权力""历史""故乡"书写只是表象，他所有的努力都是在追求一个现象背后的"本真"，并沿着这条路走出了一条探求"理"的写作道路。最后，当代中国作家写作上升到存在主义层面写作的作家很少，能在存在的困境中拼杀找到一条出路，实现对于存在困境超越的作家更是少之又少。刘震云在对于存在的思考，特别是他抵达个体存在的过程中思考的过程，给当下无论是在文学发展方面，还是个体生存态度方面都有重要的启示意义。

三　本书的结构

选题以刘震云开始文学创作以来能收集到的所有文本作为研究对象，从最初的《瓜地一夜》，到之后的《一地鸡毛》《单位》《新兵连》所谓"新写实"作品，到《故乡天下黄花》《故乡相处流传》《故乡面和花朵》所谓"新历史"小说，直到最近的《一句顶一万句》《我不是潘金莲》。笔者试图通过对这些作品作一个整体的、动态的观照，立足于这些文本，并通过相关的史料，以归纳概括和逻辑推理的基本研究方法，探究刘震云迄今为止小说创作的基本追求，阶段性特征、思想内容及形式方面的成就与不足。

本书的思路主要体现在文章结构布局的内在逻辑方面。本书计划分为八章，第一章是对于刘震云到 2012 为止的创作作了一个分期；第二至第八章对于刘震云创作中先后或一直存在的几个关键词书写的论述，文章结构大致描述如下：

第一章是对于刘震云至 2012 年为止的创作过程进行梳理。分为三个阶段：第一阶段为模拟期，从 1979 年的《瓜地一夜》开始至1987 年前后。这个过程思想上还在传统文学的遮蔽之下，试图把握世界而又无能为力；叙事技巧方面则显出有意建构曲折的情节和新奇意象的努力，但总体上显得稚嫩、模仿迹象明显。第二阶段从 1987

年的《塔铺》开始，至 2002 年的《一腔废话》结束。这一阶段的刘震云思想上开始挣脱传统的因袭，开始表达自己对于时代和世界的认识、开始思考时代背景下个体困境的本质，于是权力、伦理、历史、故乡、宗教、存在等先后成为他关注的焦点。叙事方面则在第一阶段的基础上，做了大量形式方面的试验，具体表现在语言狂欢、叙事结构、文体等方面，创作引发关注的同时也引起了争论。第三阶段则是从 2003 年的《手机》开始至 2012 年。此时思想上在达到了人存在的困境之后，他认为已经抵达人性的本真，并开始探索突破困境的出路；叙事方面经过第二阶段的形式狂欢重新又回到日常状态，但第二阶段试验中的成功之处仍然在本阶段延续，其叙事结构的设置常常凸显形式的意味。

　　第二章围绕刘震云作品中的权力书写进行论述，论述了权力引发人追逐的原因、获取权力的过程、权力运作的过程、权力对人的关系。权力成为个体确认自我价值的手段和途径，而这种认识本身便是在权力遮蔽下形成的，这种认识又反过来助推了权力的威力。人性因此在权力遮蔽下被异化，失去了作为人的完整性，因此这种试图通过权力获得实现自我确认的努力终将归于失败。

　　第三章论述了刘震云作品中相关伦理书写。分别概括了作品中呈现的几种伦理状态，论述了伦理的尴尬与温情。指出伦理尽管最初是本诸于人性的，其中有温情的一面。但伦理在社会发展过程中已经被权力改造，成为权力的帮凶，个体的异化正是在权力与伦理的合谋中完成的。

　　第四章论述了刘震云的书写"新历史"的努力，其中涵盖了历史的几种向度，重复性、偶然性、真相与表象；人被权力和伦理异化的过程正是在历史这个时间维度中完成的，因此我们看到的历史是一种被遮蔽的历史；还论述了刘震云通过戏仿、庸俗化、游戏化等手法解构传统历史观的努力。

　　第五章围绕故乡展开。阐述了故乡与怀旧的概念，又围绕时间还是空间、物还是人、想象与真实、故乡与个体四部分论述了故乡作为人个体怀旧的一个精神空间，所有权力的威慑，伦理的训导和温情都发生在其中，个体的异化正是在故乡这个空间中完成的。个体的故乡情结不过是一种在对当下不满基础上的反顾，一种在想象过去中寻找慰藉的努力。

第六章，本书的核心部分，正是在对人性的思考中刘震云认为他找到了切入世界的入口。这一部分围绕人性的分类进行论述。论述了人性的几种，如懦弱、遗忘，恃强凌弱、习惯当下、从众心理、向往公平等等互相共生又彼此矛盾的人性。这是人性的本真，有丑陋凶残的一面，也有不乏温情的一面。这是导致个体存在困境的根源，也是摆脱这种困境个体必须直面的个体真实。

第七章是宗教。本章辨析了宗教的作用及刘震云的宗教观。刘震云对中西宗教作了思考，认为中国并没有西方意义上的宗教，在中国真正起到协调社会关系的不是宗教而是儒家伦理。中国所谓的宗教如外来的佛教和本土的道教也都是在伦理的隐蔽下求生，共同给人提供生存超越的途径。但到了近代，随着工业和科技的发展，传统伦理的崩溃，宗教的作用也完全消解。现代人陷入一种孤独和焦虑之中。

第八章"存在之思"是刘震云近年在《一句顶一万句》《我不是潘金莲》中思考的核心，也是思想发展的阶段性成果，他进入了关于存在的思考，并试图在对存在困境的直面中，依据人性的本然和欲求，探索一条超越困境的途径。

从整篇文章看，文章的各个章节总体上有按照刘震云创作的时间顺序依次关注的焦点，如从权力到存在，但这个顺序并非完全的具有时间上的先后顺序，因为刘震云经常对几个问题在同时思考，从本层面看，几个关键词也共同构成了一个共时性的语义场。

这七个关键词，就是刘震云对现实人性思考并探求其"本真"过程中的起点和路标。其中刘震云从"权力"开始思考，看到个体在权力、官场中的处心积虑，明争暗斗，而又惶惑、焦虑、彷徨无定，他首先认为这种困惑都是权力造成的，并开始在对权力的呈现中进行反思；伦理则是权力的合谋者，传统社会中的伦理最初应该是出于类似于卢梭在《社会契约论》中论述权力的生成，根据民众的普遍的人性需求达成的关于如何处理人与人之间关系的规则约定。但随着封建社会专制的加强，这些伦理逐渐被改造为一部分人对于另外一部分人的义务，成为一部分人对另一部分人统治的舆论力量；历史是权力异化人性的时间维度，故乡则是权力异化人性的空间维度，正是通过在"故乡"和"历史"在时空维度上对于权力和伦理的演绎，实现了对于权力和伦理的解构，当然也同时解构了历史和故乡。权力、伦理、历史和故乡四章是一个解构的过程，刘震云试图祛除权力和伦理在历史的过程中和故乡的空间内对个体思想的遮蔽。而这些祛蔽本身当然并非目的，祛蔽的目的在于回归到人的本真，这是刘震云在第二阶段后也开始思考人性的原因。只有通过这个解构的过程，我们才可以看到真实的人性，看到人性的恶与善，看到了人性原来才是个体焦虑的根源，才是种种罪恶的渊薮。于是直面这种人性，刘震云才开始思考如何救赎个体的恶，消除个体的孤独感和焦虑感，此时刘震云首先想到的是宗教。但他在中西宗教观和人性的对比中，发现了宗教在中国和工业时代的局限性；正是在该基础上，刘震云转向了存在之思。

除了抵达存在这一层面外，刘震云还试图对这种存在的困境进行超越，并探索了几种超越的方式。在结语部分，对正文部分内容作了一个梳理和概括，确认其立足于现实主义的态度，在对历史祛蔽的过程中建构了自身思想体系的努力，也指出其在创作过程中存在的一些局限和问题。

第一章 刘震云的创作历程

第一节 刘震云的成长经历

由于作家的写作主要由其思想与人生的追求所导引，而一个人思想的形成和人生的追求，包括他个性中的缺陷，除了与自己的禀赋密切相关外，也与他的生长环境，特别是这种环境中的人际交往的影响有很大的关系。于是在一切开始之前，先把刘震云的成长过程及周围的人际关系简单描述一下。

刘震云1958年5月出生于河南省延津县，在8个月大时被姥娘背回王楼乡老庄村抚养，直到刘震云8岁时到延津县城区上小学。可以说整个童年时期，除了母亲有时从县城回来看一下他，刘震云（还有两个弟弟）和姥娘以及老庄村的人生活在一起。于是，围绕姥娘、老庄的相关场景和人物反复出现在他成熟期以后的作品中。可能是和自己的人生契合太深，刘震云对其中的很多细节都念念不忘，耳熟能详。当然，考虑到他儿时的记忆力问题，这中间有的细节可能是自己亲历并印在脑海里的，有的则可能是听姥娘说起的。其中的几个细节反复地出现在刘震云的笔下，如姥娘在刘震云8个月时把他从县城背回老庄，他嘴里含着一块硬得像石头一样的糖；8岁时姥娘和两个弟弟一块送刘震云去县城上学，在村头的公路上等着去县城的汽车时，分吃一块热红薯的温馨；姥娘刚出嫁回娘家时，姥娘的母亲送别姥娘时恋恋不舍的情景，还有那句催人断肠的话："妮儿，你啥时再来看我呢？"等等。老庄是刘震云人生开始的地方，也是他思考的起点，他作品中的人物、事件、语言、环境，也就是他思想的现实附着物或现实起点，基本上都与老庄相关。

刘震云在 8 岁时被父母接到县城去上学，从此在空间上离开了老庄，离开了与姥娘朝夕相伴时光，刘震云觉得自己从此真正离开了母体，充满了困惑感，既有对远方好奇和憧憬，也有对老庄和姥娘的眷恋和不舍。刘震云在延津县城上小学，后来随着父亲工作的调动，又去了延津县马庄乡，在那里读完了中学。整个上学的期间，刘震云经常回到老庄看望姥娘，特别是后来学会了骑自行车，每个周末老庄都吸引着他，让他归心似箭地赶着回去。随后便是周一早上在姥娘扶着院子里的一棵枣树目送下他骑自行车去上学。这种场景一直持续到他15 岁参军。

在部队四年半是刘震云思想发展的阶段，他第一次走出延津，眼界开阔了，也开始思考世界和人生。他常常提及，他对于文学的爱好和对于历史、世界、人生的思考和探求受到一位战友的影响。刘震云多次提起那个姓冯的战友，他们是一年的兵。那个年纪大家都很懵懂，与众不同的是那个战友经常写诗，并且只有刘震云与他谈得来。在交往的过程中，刘震云有了对文学的初步感知。而姓冯的战友因为太执着于个人的精神世界，不适合部队生活，就跑回老家，整天找些马列著作看，他试图找到世界和人生的答案。可以说这个战友是个思想者，但就是这样一个人在家乡被当成了精神病人。刘震云把这个战友视为自己文学启蒙的导师，正是在战友的启发下，刘震云也开始了自己的思考，人生因此改变。

他 1978 年 5 月回到延津，因为当时他父亲正在塔铺乡工作，他于是便到塔铺中学当代课教师，同时复习参加了当年的高考，并以当年河南省高考状元的身份考上北京大学中文系，他的成名作《塔铺》中的场景与某些感受便取材于本阶段。笔者曾采访过刘震云当时在塔铺时的老师和同事，有一个教化学的马老师，谈到对刘震云的一些印象说，"这个孩子与别人不一样。当时别的孩子平时都很浮躁，吵呀、闹呀，他很少说话，除了有问题问问其他老师，都是自己在看书"，这点上笔者从他的姥娘的邻居家也得到认证。笔者最初看刘震云在作品中很会讲故事，觉得他在现实生活中也应该是一个比较喜欢给别人讲故事的人，确实很多著名作家在没有正式写作前，也都表现出了很好的讲故事的天赋。邻居印象中的刘震云却不是这样，他们说刘震云原来在家的时候是一个不爱说话的人，一个沉默的人，几个人在一块谈话，都是别人谈话时他在听，还常常陷入思考，常常对别人话题中的某个细节陷入沉思，以至于后来别人讲到哪里，他反而搞不清了。可知刘震云从小是一个喜欢思考的人，这一习惯与他后来逐渐走向理性思辨的写作风格应该关系密切。

在北大读书期间，刘震云开始写作，他的处女作是一篇叫作《瓜地一夜》的短篇小说，像很多初入文坛的青年一样，这篇小说命运多舛，他应该投过几个杂志，都被退稿。这点上可以从与他邻居的谈话中得到证实。他的邻居，也是他老庄那边的侄子，比刘震云小十岁左右，他说他曾经在老庄刘震云的姥娘家看到过那封退稿信，他现在还记得很清楚，那是一个绿格子黑色笔迹的稿件，不知道什么原因被退回了老庄。后来刘震云提到这篇稿子在 1979 年 11 月发表在北京大学一个学生办的刊物《未名湖》上。此后的刘震云开始进入文学写作状态。笔者曾经问过刘震云是怎么进入文坛的，是不是有个性追求的一面。他说主要和时代有关系，80 年代，那是一个全民文学的时代，当时班里的同学都在写东西、投稿。只是到后来坚持下来的就他自己，同时也是谦虚地说："别的同学都做了其他，而自己除了写作啥都不会，就坚持到了现在。"刘震云的作品真正进驻主流的文学期刊是在 1982 年，那一年他在河南的《奔流》杂志上发表了《月夜》和《被水卷去的酒帘》，此后才算是与文学圈子拉上了关系。以后陆续在《安徽文学》《雨花》《北京文学》《文学》等主流文学杂志上发表了《江上》《村长和万元户》《河中的星星》《模糊的月亮》等大约 30 篇的短篇小说，但这些小说都没能引起文坛的注意，或者说在这些作品中，刘震云还处于模仿和练习阶段，在叙事技巧上也还很稚嫩。

《塔铺》发表于 1987 年《人民文学》的第 7 期，也就是从这篇小说开始，刘震云开始引起文坛的注意。这篇小说先后被 1987 年第 6 期的《中篇小说选刊》和第 10 期的《小说月报》选入，在评论界也开始引起注意。此后的刘震云思想上似乎完成了自我定位，连续发表了一系列颇有影响甚至引领一代思潮的作品，如《新兵连》《单位》《头人》《官场》《官人》等。当下几种文学史对刘震云的介绍，包括到目前为止对刘震云的研究也都是从《塔铺》开始，对其中某一篇或某一时期作品进行解读，或者是对他某一时期作品中一个关键词的概括。就在刘震云写作《一地鸡毛》和《官人》时，他也在写作《故乡天下黄花》，接着又创作了《故乡相处流传》《故乡面和花朵》（四卷），这在当代文学史上被当作一个盛况，如果说《一地鸡毛》等被当作新写实的开创者，后面的"故乡系列"则被当作"新历史主义"范本被阐释。刘震云到了此时声誉可以说在文坛已经达到了一个高峰。

但刘震云的写作并未到此终止，他不像很多一本甚至"半本名著"的作家，那些人每天都在写作，似乎从未被写作困惑过，但最终写出来的东西千人一面，从未自我突破过。这种写作状态对于一直在思考中自我突破的作家如刘震云是不可忍受的。刘震云在 2000 年以后又创作了一系列的长篇小说，除了作为"故乡系列"续篇的《一腔废话》，其他如《手机》《我叫刘跃进》《一句顶一万句》《我不是潘金莲》等。实在说，他的作品比起他同时代的作家，如贾平凹、阎连科的作品不算很多，但他有一个特征，他《塔铺》之后的每一部作品与之前的作品相比，一直都在变，这种变化不是简单的故事、人物的变化，而是更深层次的对人生、人性、存在、历史、世界等理解的变化，他都是在对世界的认识起了变化之后才开始了下一部作品的写作。所以他的作品我们很难看到重复之处，可能人物相同、故事环境一样，但所讲述的道理是绝对不同。这种特征越是到后期越显得明显，所以笔者把他写作的发展过程称为求真求变之旅。

他的同乡兼同学李书磊这样评价刘震云："他对现实人生很蔑视但并不厌弃，看得很透但也入得很深。有的人入得很深以至于丢失自我，有的人看得很透以至于弃绝了生活，前者往往成市侩，后者往往成隐士，刘震云避开了这两种歧途，他看得很透反而除去了包袱，能够轻装投入，在'一地鸡毛'的生活中游刃有余；但他同时又能对自己经历的一切有一种反观，并把这种反观容于小说。"① 刘震云对现实人生的"看得透"体现于他创作的整个过程，每个阶段我们都会感觉他看得透，结果他很快又进入一个新的阶段，看得更透。我们这里说"看得透"并不是说他获得了终极真理，而是他总是能够从不同的侧面观察到生活的隐秘，这个看似卓异的视角初始让我们觉得不可思议，细细想来却发现更靠近真正的生活。

在谈及写作与其他行业的区别时，刘震云常打这样一个比方："一个作者跟一个铁匠和厨子最大的不同，铁匠要求下一口锅跟上一口锅做得要一样，标准化可能卖出去，厨子也是，今天的鱼香肉丝跟昨天一样，明天跟今天一样。但一个作者的话，就是下一部作品要跟上一部作品不一样，一样它就失去了你写它的意义。"② 从这句话里我们已经可以看到对创作的一种自我突破的内在动力。纵观刘震云20世纪80年代末开始至今的创作过程，确实体现了这样一个创作过程。刘震云发展到当下，其作品中展示的对世界思考的角度、深度、叙事风格、语言特色、思考对象确实发生了很大的变化。

并且这种变化不是一次性完成的，大致体现在几个相对集中的阶段。但具体从哪篇作品开始有了这种断裂，特征或许并不是那么明显和决绝。因此他创作的几个阶段不大好强硬划分。但这种断裂和变化的客观存在又让笔者不得不分阶段看待他的写作。所以笔者还想以这种传统的，甚至显得陈旧的历时性的、分阶段的方式来对刘震云写作过程，也是他思想发展的过程做一个梳理，在此基础上再对他作品中的其他元素进行论述。

这里分期的标准当然就是他关注的对象、切入的角度、语言的风格等综合的考量，这几个方面发展变化也并不同步，所以这种考量也只能是大致如此。按照这个标准，笔者认为他的写作截至2012年《我不是潘金莲》的出版，大致可以分为模拟期、发展成熟期及拓展期三个阶段。

---

① 李书磊：《刘震云的勾当》，《文学自由谈》1993年第1期。
② 许戈辉、刘震云访谈：《刘震云担心成金庸，拿孔子没朋友自比》，2008年1月16日，人民网，http://book.people.com.cn/GB/108221/6781550.html，2013年5月3日。

第二节　模拟期

20 世纪 80 年代初期至 80 年代中后期，这段时期刘震云尚处于模拟习作阶段，他对于社会的思考还没有完全展开，或者说还没有进入人生和历史的深层，其思想仍局限于已经形成的话语规范之中，此时他写的内容大都也无所谓深度，只是呈现生活中对一些现象的感触和认知，表达自己对于这种随时代而来的新现象，以及人和人关系所发生改变的模糊思考。叙事方面也显得很稚嫩，有种故作高深的感觉。他把本时期的部分作品选入了《刘震云文集》中的一卷，本卷名字为《向往羞愧》。大约刘震云也认为当时写的这些内容尚且比较稚嫩，只是一个面的扫描，还没有完成聚焦，更不可能透视。人因此也显得单纯，或者说是一种"为赋新词强说愁"的阶段。他在《向往羞愧》的"自序"中说：

> 这本书的前一半是一个苍蝇从瓶子里竭力向外撞的伤痛记录，当然那是非常可笑的；后一半是当苍蝇偶然爬出瓶子又向瓶子的回击，当然也是非常可笑的了。每当我们回首的时候，我们发现自己还是一个跌跌撞撞的孩子。①

这里刘震云提到的"瓶子"，其实就是对于世界的认识。最初在瓶中，也就是对世界认识还不到位，更谈不上深刻。到了 80 年代中后期，他对于之前对世界的认知开始反思和批判。对"瓶颈"的突破可以看作是刘震云思想境界提升的一个标志，当然也可以看作是刘震云创作第一阶段和第二阶段的分界线。第一阶段，用他自己的话说，此时的他思想是一张写满了传统文化的纸，为传统的思想所占领，以他人的价值标准为自己的价值标准，以他人对自己的评价作为

---

① 刘震云：《向往羞愧·自序》，《刘震云文集》，江苏文艺出版社 1996 年版，第 1 页。

自我确认的依据，很容易为一些事情羞愧脸红。

可以说，在突破这个"瓶颈"之前的写作和思想的刘震云整体上还如同柏拉图"洞穴理论"中黑暗山洞中的人。此时的他习惯了周围的黑暗，只是由于内心的敏感才感受到四周扑面而来的疑惑，感觉到周围诸多拧巴之事，但又找不到这些事情发生的根源。于是他只是出于本能在其中四处搏击，如堂·吉诃德般把风车和羊群都当作敌人。这里当然也和那个时代背景有关系，他从1979年在北京大学读书时开始写作，其时中国"文革"刚结束，改革开放的号角刚刚吹响。刘震云曾经成长于其中的那套价值体系完全被颠覆并重建，要把"实践"作为检验真理的唯一标准，但该标准的建立也没有完成。作为一个年轻个体，生活在其中，自身不清醒也是难免的，所以他这个时期的作品中，普遍表现出对社会现象变化的一种惶惑。这种惶惑中有对流逝既往的留恋，也有对新生事物的欣赏，同时还有对这种旧的价值体系颠覆后无所适从的茫然。这意味着他青少年时期建构起来的价值体系在自身的人生经验中开始受到冲击，开始对周遭的很多不寻常现象进行思考。他前期的作品大都是这一类，涉及主要是权力、伦理等传统向度，当然这里的伦理更侧重于那种对自然人性和行为构成压抑和约束的传统教条性内容。

在1979年11月发表的处女作《瓜地一夜》中，刘震云已经开始把思考聚焦在"权力"和"人性"上了。《瓜地一夜》中讲述一个发生在集体经济时代瓜地的故事。西瓜成熟时，为防止西瓜被偷，村里组织民兵晚上到地里配合看瓜的老肉看瓜。老肉眼神不好使，脾气又拖沓，因此被叫作老肉（"肉"在河南方言里意思是慢腾腾，拖沓的意思）。老肉本来因为身体残疾是常被人看不起的，但因为他本家侄女嫁给了队长的儿子，他便被派来做这个在生产队里比较体面的看瓜的活。结果晚上果然抓住了一个名叫李三坡偷瓜的。李三坡是村里一个老实人，因为老娘在床上病了好几年快断气了，想吃口西瓜，队里又不分瓜，才想到晚上去偷瓜（其实上那个瓜是白天村民卸瓜时李三坡老婆藏在旁边豆地的）。李三坡被抓住后，在如何处理李三坡的问题上，几个帮忙看瓜的民兵与老肉发生了分歧。几个民兵同情李三坡，说都是一个村的，低头不见抬头见，李三坡家里又确实有困难，大家抬抬手让他过去就算了。但老肉坚持要把李老坡交到村上处理。

可能由于刘震云天生具有谨小慎微的禀性，在最初的写作中便有意隐藏自己的激愤。在该主线的发展中，刘震云还设置了一条副线，他有意把两种不同的情形做了对比。社员只是大队的"奴隶"，他们只是劳动时被召集起来，需要分配劳动果实时却没有他们的份，所以李三坡在病危的老娘想吃口西瓜，家里又没钱买时才铤而走险去偷瓜；而村长、队长来到地里时老肉都会主动切瓜让他们吃，支书家里来人了，便让儿子骑车到瓜地里让老肉装一麻袋瓜带走；特别是村支书们都已经算计好给乡上各个部门的领导送西瓜，这是他们每年的惯例，还生怕送晚了，落在其他村的后面，领导不稀罕。老肉这个人就更让人既可怜又可恨了，本来一个可怜人，有了个给集体看瓜的差事，马上觉得自己比一般老百姓有特权了，对瓜地旁割草的妇女孩子，凶巴巴地往远处赶，对同样可怜的李三坡也没有丝毫同情心；对领导却很会逢迎巴结。这里对"权力"没有直接指责，只是试图在这种对比中让读者作出判断。这种叙事方式在他成熟后的作品中经常使用。

在刘震云的这篇处女作中，已经可以看到他对"权力"及权力下的"人性"思考。《瓜地一夜》思考的权力固然涉及了村级政权，但其重点却只是聚焦在老肉身上，从老肉性情的变化我们可以看出刘震云此时主题所向和价值判断：只要是"权力"，不管大小，很容易遮蔽人性。

这篇作品比起同时期的作品已经表现出一种见识的超前性。李书磊回顾刘震云大学期间写作的状况时，也认为写《瓜地一夜》那个时候的刘震云对人心世故已经有了很高的领悟。"写《瓜地一夜》也就是大学二年级吧，那时候我还在写一些大而无当的豪言壮语。所以后来震云写出《官场》、《官人》、《单位》这样的世故小说我一点也不奇怪。他对社会和人生早就看得很透早就存着一种现实主义的慧心，即使当学生的时候也没有学生腔。"①

---

① 李书磊：《刘震云的勾当》，《文学自由谈》1993 年第 1 期。

《月夜》（1982 年）通过一个女人的视角，叙写了一种随时代变迁的伦理情感。她回忆着旧日时光，丈夫不爱说话，很老实本分，每天默默地陪伴自己，自己感觉很温馨，这种爱能持续多久呢？丈夫早逝后，儿子成了她生活的主要内容。儿子小时候也很体贴母亲，外貌很像丈夫，英俊，女人的心里有些安慰。但长大儿子却在外面学"坏"了，不像丈夫了：丈夫不爱说话，儿子爱说；丈夫听话，儿子不听；丈夫饿死都不出去逃荒，儿子没和母亲商量就要去当兵。女人对儿子几乎绝望了，然而女人最后发现，儿子心里面还是挂念着娘的，只是内心有着对外面世界的向往。这里似乎有对那种传统男耕女织生活状态的眷恋，也似乎有为时代带来的人与人之间关系、生存方式和情感表达方式变化的困惑。此时刘震云面对这种变化，心情是沉重的、忧伤的。

"母亲"对本时期"开会"的态度很有意思，母亲很讨厌大队部，"因为一到这个地方来，必定是开会，一开会，就意味着要耽误做活，只能纳鞋底子了。为了弥补这损失，来到会上，她拼命纳鞋底子，并不听讲话，并不知道开会为了什么。叫举手的时候，她便举手；叫喊口号，她便学着喊；一讲散会，她像听到大赦令一样，赶紧立身，向家转，回到家，才觉得舒服和自由"。这点上刘震云大概试图表现在一代青年人对于外界的向往，希望通过会议获得外界信息的渴求，而老辈人只是固守内心的那份情感。

但"会议"是现代政治宣示权力的一种表征，刘震云以为青年喜欢开会是对外面世界的向往，似乎没弄清"会议"的本质。倒是母亲的表现无意中传达了对这种政治符号的消解。

《被水卷去的酒帘》（1982 年）中农民郑四是一个恪守传统道德伦理却又被时代甩在后面的人，用那几个很俗套又很温馨的词汇描写一下就是"勤劳""善良""专一""不怕吃苦"。相信分了田地，凭自己的一身力气可以过上好日子。青子也是个普通女子，最初希望找老实可靠的郑四有个依靠，后来被县里一个退休的主任娶走了，她对郑四感觉愧疚，可又无法拒绝现实中物质的诱惑。郑四对于青子答应嫁自己后又嫁与他人后开始是痴呆、后来是生气，看到青子一副时髦打扮后又感觉惶恐，看到青子那个退休干部丈夫后开始是害怕，后来又看老头子挺温和、还说"我们是朋友"后，又兴致勃勃地聊村里杂事。

郑四与青子的关系是该篇小说表达的重点。他得到青子的承诺与老掌柜的买上缝纫机就可以结婚的允诺，以为双方关系已经定下，但他不知道，时代已经不是那个过去几十年甚至几百年如一日的时代了，不会再有"望夫石"之类的传说了：

> 郑四叫道："她原说嫁我的呀！"那人吃了一惊："真的？""真的。""过礼了吗？"郑四愣了一愣："过礼？没。""登记了吗？""登记？没。但是她答应我了呀！"那人泄气了："那算什么呢！大城市里，亲过嘴还不算数呢！"

这里"大城市"便是"现代"的同义语。我们看到那种"古典爱情"已经被新的时代抛弃了。刘震云很敏感地把握了时代的变幻性，同时在对这种时代变化感受的传达中隐现着对传统价值观行将失落的遗憾。那个一诺千金、海枯石烂不变心的时代已经过去了。

这篇小说还把郑四与青子家作了对比，这种对比是一个多元化的比较，是城市与乡下的对比，现代与传统的对比，普通人与特权阶层的对比。郑四觉得自己除了三百多块钱，还缺点什么。"他在想办法，看凭自己像铁块一样的身体，能否将那缺的'什么'补起来。"当然补不起来了，这种差距不是肌肉能弥合的。刘震云还在寻找着，他发现了这种别扭，他在寻找这种别扭的原因。此时看到时代变化中的种种不协调，还在对爱情，道德这些失去的美好带有些许惆怅。这里"酒帘"也是一个意象，它是传统文化的一种符号，而水则是代表着时代潮流，"酒帘"被水漂走则象征着一种美好，纯洁、传统的东西，在我们的注视下渐行渐远。这个细节也可以看出此时刘震云对作品象征意义追求的主动性。

20世纪80年代发生的变化是全方位的，本时期作品整体上都表达了对传统与现代冲突的思考。1983年《安徽文学》上发表了他的

《江上》，描述了一个孩子在乡下打渔的爷爷和北京工作的妈妈之间的选择，孩子留恋和爷爷在一起的那种宽松、温馨、自由的氛围，当然也喜欢妈妈带来的城市里的鸭舌帽，他不太想走，但最后还是被妈妈接走了，如果鸭舌帽象征的北京、代表着现代，乡下爷爷的小渔船则代表着传统，这又是一个现代对于传统的胜利；同时孩子对乡下爷爷的留恋又传达着对传统温馨情感的依依不舍。

可以说，刘震云初期的写作已经比本时期许多作家走得更靠前面了。他对于那些在商品经济浪潮中的弄潮儿尽管基本面上是肯定的，却也表现出一种复杂的情感。如刚开始打破"大锅饭"，鼓励人们致富的时候，金钱和物质立即成为一种无法抵制的诱惑。1983 年的《村长和万元户》中，富贵老汉为了从茶山上得到五千块钱，凑出一万拿到县里"万元户"的称号和奖品，只好用了破坏性办法："在茶园里大量上硝酸铵、硫酸铵，停止上磷肥，致使茶树疯长。采茶的时候，他又采得特别狠。这样，当年可以大大收获一次，但它同时也将今后几年的收获提前收走了。地力已被浓缩性地拔走了，茶叶被连本采去了。谁接管这茶园，谁必定要破产！"他最终如愿以偿。支部书记李明德看到村民富贵老汉因为获得"万元户"称号获得奖励后，对于自己仅获得的一张奖状心理再也难以平衡，决定辞去支部书记的职务，也要发家致富。但作者也表达了一种人们内心在追求财富时那种心理异化带来的隐忧。这里支书的奖状当然象征着曾经的精神财富，而奖状被撕碎则象征着精神樊篱遭遇物质浪潮冲击时的不堪一击。

《河中的星星》（1983 年）中，游手好闲、投机倒把的于三成被青梅竹马的娟子拒绝了，娟子嫁给了村里的支书金山。但金山也只会吃政治饭，在商品经济时代到来后，于三成发了财，成了企业家，而丢了印把子的金山却成了落魄的人。金山向于三成请求为其做装卸工被拒绝，这种拒绝是对于金山夺走娟子的报复，也是对金山曾经批斗自己的报复。但这篇作品中刘震云的主观介入比较多，金山明知于三成对自己愤恨还去求于三成、于三成对于金山那种不近情理的拒绝并没有现实基础，也说明刘震云还没有从现实主义的传统中走出。此外，于三成对待金山姿态某种程度上似乎传达了作者对于"文革"余孽憎恶态度，但于三成小人得志的自得与傲慢也表露无遗。于三成是刘震云认可的人物形象，这种情感的投射暴露了当时刘震云的狭隘与偏激。

《模糊的月亮》（1984年）中，八爷的儿子胜运在改革开放后父亲怀揣梦想，攒劲种刀把子地的时候，自己却"不务正业"，背个相机给人照相，赚钱后又买个拖拉机搞运输，后来又开了个食品厂，成了当地有名的富裕户。但一心放在土地上，只有在刀把子地劳作才能找到成就感的八爷却不能接受，对儿子胜运"恨铁不成钢"。但八爷最终却也无力扭转局面，只能在儿子工厂里看大门。这是两代人价值观的碰撞。在这个社会转型期，传统的价值观和商业时代的价值观的碰撞，商业时代的价值观取得了压倒性胜利。

《东方露出了鱼肚白》（1984年）应该算是个中篇，刘震云试图在这篇小说中讲一个情节曲折的故事，倒叙、插叙一样不少。寡妇杨秀英是一个不守本分的人，经营裁剪生意发了财，要召一个上门女婿。胡群是一个好吃懒做的人，听说后打着自己的小算盘前去应聘，被杨秀英拒绝。胡群试图报复去敲诈杨秀英，又拉上二聚做帮手。二聚是一个沉默寡言、孔武有力、却脑子简单的人，胡群找他的意思就是既能帮忙，又不会分走自己的好处。但他们把门踹开，才发现里面杨秀英正和劳改犯王丕天坐着说话。王丕天从小和他奶奶艰难生活，后来做点生意发了点小财，但很快在"批邓"运动中，被胡群举报成了劳改犯。80年代政策转好后，出狱的王丕天经营砖厂成了远近闻名的企业家，这次回来时向杨秀英求婚的。杨秀英过去与王丕天有过情感纠葛，但最后终于被王丕天打动。王丕天前妻花枝因为王丕天成为劳改犯，改嫁了二聚，此时知道王丕天发财后，收拾东西想跟王丕天走，却被王丕天拒绝了。

《大庙上的风铃》（《奔流》1984年第4期）中，赵旺从小父母双亡，在姐姐照顾下长大，对姐姐当然有很深的感情。80年代初期，商品经济观念兴起，赵旺种菜卖菜赚了些钱，并且在卖菜过程中还和供销社的一个女子产生了爱情，财富和爱情让他憧憬着自己的未来。

然而此时他却在金钱、爱情、姐弟之情中间举棋不定，终于还是金钱和爱情战胜了姐弟的亲情，他心里带着愧疚拒绝了姐姐到家吃饭的邀请。这里写的是刚刚进入商品经济时期个人心头发生的变化，一种新的伦理观对旧的伦理观的突围，但那种传统温馨的伦理关系仍让人牵肠挂肚。

《栽花的小楼》（《青年文学》1985 年第 4 期）仍然是在写时代的变化和人物不能适应这种变化造成的悲剧和冲突。红玉原来的追求是做一个"郭凤莲式"姑娘，干一番事业，找的对象是村支书的儿子坤山。李明生则是地主的遗腹子，为了让李明生上学，母亲和坤山的父亲上床时又被李明生撞见，耻辱和仇恨从此埋藏在他心中。80年代初坤山的父亲已经不当支书了，"郭凤莲式"的姑娘也不再时兴了。新时代里，金钱变得比一切都重要，而李明生则成立了一个汽车队搞运输赚了大钱。红玉的母亲逼着她重新考虑婚姻和爱情，于是红玉嫁给了李明生。坤山退伍后眼高手低，一事无成，红玉私下用李明生的钱帮助坤山，又被坤山赔光。无奈之下红玉欲与坤山私奔，怯懦的坤山却没有胆量。红玉面对懦弱的情人，同时又觉得对不起李明生，便割腕自杀。

与《被水卷去的酒帘》也相似，刘震云似乎在营造曲折的情节和悬念，把坤山与李明生设计成当年的一对阶级敌人；还试图表达一个女性面对爱情与金钱时的艰难选择，并最终选择了爱情，同时似乎叹息红玉的美好感情用错了对象。这明显还是一个主题先行的小说：李明生回来做什么生意都赚钱，而坤山偏偏做什么都赔钱，养鸡发生鸡瘟；养长毛兔，兔毛又卖不出去；搞长途贩运，却搞来大路货销不出去；后来又倒卖了银圆，遇到了假货，两年下来，赔钱借高利贷两万多元。这里无非是李明生是地主家的遗腹子，而坤山他爹是曾经村里的支书，意在表达新的时代这种人已经被社会淘汰了，新时期的适应者是那些有经济头脑的人，如李明生。但作者这里有意把种种不幸都栽在坤山身上，把李明生这个商品经济时代的弄潮儿描写成一个大英雄的意识却很明显，以主观代替了客观，这也是那个时代作品的一个共性。没有接触到人内心本质的东西，因而显得失真，与曾经的那种

"阶级斗争"的文学没有质的区别。他只是试图在其中穿插一个红玉对于两个男人的复杂情感，试图把这种感觉复杂化，结果并没有达到该目的；他试图反映这个转型时代的变化，却因为过于主观，使阶级斗争与改革开放相混的主题显得庸俗而概念化。

《罪人》是个中篇，人物主要是弟弟牛秋、哥哥牛春、嫂子和牛秋的"妻子"关系。牛秋兄弟俩父母早亡，两个人都是光棍汉。牛秋靠收酒瓶攒钱终于有了一个"娶妻"的机会。那女子因为母亲有病没钱进医院，便许诺谁能出600块钱她就嫁给谁，牛秋抓住了这次机会。女子也看得上牛秋，但牛秋考虑兄弟伦次，应该"大麦先熟"，把女子让给了给哥哥，女子于是成了牛秋的嫂子。但牛秋内心青春的骚动并没有停止，终于在一天爆发，在嫂子的配合下发生了关系，并被牛春发现。牛春没责怪牛秋，但牛秋从此内心里产生了障碍。后来嫂子生病去世了，他靠扛石头给自己娶了妻子，但他无法和现在的妻子行男女之事，因为脑海总出现嫂子的影子。最后牛秋在恼恨中用斧子把自己的一只手砍了下来，却忽然发现自己男性功能恢复了。这个中篇很显然表达了伦理和人自然欲望的对抗，刘震云在这里是肯定了人的本能欲望的，认为伦理是束缚人性的，压抑了人本性自然流露，但在人内心根深蒂固，突破它需要壮士断腕的决心。

《乡村变奏》分三则，也是与改革时代的主流相偕，刘震云表达了自己对于时代巨变的思考。《"暴动"》塑造了一个农民大梁的形象，这是个新时代的农民，他从小不守本分，偷瓜摸枣，无法无天。长大后又一直弃农经商，倒卖衣裳布匹，他导演了一场关于棉花的暴动，见到县委书记也没有丝毫惊慌。这是一个农民叛逆者的形象，也是适应改革浪潮，具有创新思维的形象。刘震云似乎对这样一个农民形象寄托了些许希望。《花圈》中也是表达这样一个时代转型期的心理冲突，小水和秋荣是一对恋人，而秋荣的父亲却不同意他们的婚事，想让秋容嫁给李发。李发也是一个时代的弄潮儿，开了个家庭小工厂，家财万贯。秋荣一方面认可李发这种赚钱的能力，另一方面也并未忘却与小水的爱情。她想用话激起小水的斗志。小水赌气去和别人合伙买拖拉机搞运输赚钱，结果第一次就出事故车毁人亡。秋容嫁给了李发，却在结婚时让车队绕道小水的坟头，坟头上放一个很大的红色花圈，表达秋荣对小水的哀思。其实上这里表达了刘震云的一种困惑，在商品经济时代到来并冲击着传统的爱情观时，在金钱与爱情之间，应该选择哪端？这可能是一个时代的困惑，特别是在农村，这种传统伦理和情感相对比较质朴的地方，贾平凹的《浮躁》也表达了类似的现象，这是一种心理真实。只是他们此时还都在迷惑中，或许他们认为，爱情还应该是值得偏向的一端。在《老龟》中里的成银也是一个不安于种地、做卖猫贩狗生意的农民，但这样一个被我们认为二流子一样的人物在捡到一个背上刻字的老龟后，县文物所出高价购买的时候却被他拒绝了。他在老龟背上刻上"成银、于爱花是夫妻"的字后，重新放回到河里去。

第一个阶段也就是到 1986 年前后，从上文可以看出刘震云本时期的写作还比较稚嫩，无论是对于时代的把握、人性的揣摩还是叙事技巧方面都很不成熟，还处于模仿阶段。

首先从时代的把握上，此时刘震云还没找到鼓点。《乡村变奏》三篇中开篇这样一句："乡村青年情感的细腻化，是当今农村显得骚动和不安的一个重要原因。"这似乎是刘震云在思考当时社会现象的本质，但似乎并没有把握住。不是情感细腻化，是时代变了，现代化、机器、商品经济把人们的生活方式导引进了一个新的航道。而农村人仍然在固守那种传统的伦理观，就像郑四坚信的那种美好的、海枯石烂的爱情观。

对时代缺乏自己的经验与思考，使刘震云的视野仅停留在社会和人性的表面，所说的话都是那些主流媒体或教科书上听来和看来的，然后搅拌一点认为是自己的思考，其实仍在传统思维的樊篱之中重复既成话语。如《东方露出了鱼肚白》中王丕天向杨秀英的求婚成了一种财富的比拼，这是刘震云对那个时代的感受，他借用胡群的感受传达的："他感到以前信权力，现在该信金钱了。"特别是作品中那种口号似的表白："……我要使那些脱离土地的人们，都离土不离乡地生活在自己的城镇上，享受一下城市文明。我们要真正过一下主人的生活。愿意过主人生活的人们，请记住：要首先从改变我们的吃、穿、住开始，首先从改变我们的眼睛和耳朵开始……"当杨秀英再次拒绝他，他便接着表白，这中间像似一场辩论："不，你会去的。""因为你不是一个平庸的女人。你不会满足一个人的富有，你不会满足一个人的生活，你还需要热情，需要热烈，需要理想，并且和我一样，还需要爱！……"这种肤浅、外露、不切实际和理想满天飞的言语如今看起来显得有些可笑。

由于改革是一种时代大潮，刘震云总体上对于改革时代弄潮儿是肯定的，也塑造了一系列 80 年代农村中适应商品经济时代的青年形象，在与另外一些消极、保守、愚昧落后的人物形象作了对比，如《东方露出了鱼肚白》中杨秀英这种靠本事吃饭、敢爱敢恨、不委曲求全的人是改革开放时代的正面人物，为她描绘一幅美好的未来蓝图。而对于花枝这种因为生活无奈寻依靠改嫁、自己拿不定主意的人却安排了一个非常尴尬的结局。还包括其他同期作品，《河中的星星》中的于三成和金山的对比、《栽花的小楼》李明生和坤山的对比，作者叙事时概念先行的迹象比较严重，不是按照事实逻辑，而是按照自己的一种在主流意识形态话语影响下形成的价值判断体系。这点上与张一弓的《黑娃照相》《春姐和她的小嘎斯》及贾平凹的《腊月·正月》《小月前本》《浮躁》等小说主题非常相似，但叙事方面却比那个时期的贾平凹逊色不少。不同的是，他对于这些改革者的成功肯定中带有斥责，对于传统的败落也带有依依的眷恋。后来刘震云的作品中便很少再进行这种价值判断，尽量客观如实地反映生活或按照生活本身的逻辑来建构故事，情节前后之间甚至没有逻辑，一切皆出于偶然。

其次，从对时代下人性人情的思考看，该阶段的刘震云已经开始揣摩人的心思，但表达却不够老练。如馄饨馆老板在李明生没付钱走后的反应，本来想说"你还没付钱"，结果说成了"欢迎下次再来"，显得有点夸张和做作，似乎是对某部电影中滑稽镜头的套用。

对人性把握的不到位致使很多情节显得做作，甚至概念化，对人物的刻画当然也很肤浅。《河中的星星》中的于三成、《栽花的小楼》中的李明生和《东方露出了鱼肚白》里的王丕天三个人都是"文革"

时期地主遗腹子或者弱势群体，在商品经济到来时却成了时代的宠儿。但三人无一例外的都是对曾经慢待过自己的人摆出一副高高在上的姿态，如《东方露出了鱼肚白》中王丕天有钱之后的傲气，摆谱教训胡群和二聚后呵斥道，"'你们去吧！'像主子吆喝奴才，而胡群和二聚争先恐后地向外跑，像两只挨了打夹着尾巴的狗。"甚至连改嫁的花枝也成为刘震云讥讽的对象，被刘震云定义为一个"经常爱后悔的人"。更甚的是刘震云对王丕天的这种声色俱厉的口气甚至带有推崇的意味，这明显是刘震云那一个阶段的人生观，是他当时对有钱人的理解，但这种神态有点小人得志的意味。这说明此时刘震云的内心还很不平静，充满着对金钱、名利的向往和对这种生活概念化的印象，故作老练和成熟中更看出他的幼稚、浅薄和狭隘。特别是和同时期贾平凹的《浮躁》相比。《浮躁》中蔡大安在小水和金狗成功后向他们请求入股，这与刘震云《河中的星星》等几个短篇中的情形很相似。但贾平凹处理得要成熟得多，大家都知道蔡大安人品不好，七伯建议，让谁入股都可以，就是不能让他入股。但小水说："七伯说得也太过分了，蔡大安只要能来，也让他来，世上的好人坏人撒得匀匀的，让他来也有好处，当然他的为人咱心里清楚就是了。"这种处理传达出人性中宽容和大度，传达出一种良性的价值观。大概贾平凹比刘震云长几岁，写作历史也相对较长，价值判断的处理也相对成熟吧。

这些细节似乎暗示了当时刘震云内心的自卑和不成熟，值得肯定的是他表达了一种自己的内心判断，这是他以后发展的基础。

刘震云似乎认为在商品经济确实给社会带来了巨大的变化，但其中人和人的感情似乎没有受到影响。《河中的星星》中的母子情、《模糊的月亮》中的父子情和《大庙上的风铃》中的姐弟情虽然在时代冲击下游移不定，但最后都试图说明主人公内心的情感并没有改变，这当然是刘震云一厢情愿了。

特别是对于爱情的态度。此时的刘震云虽然对现实迷惑不解，但对于爱情还是相信的。娟子并未因为于三成发财了就移情别恋，于三成最终还是意识到自己输了。这与《被水卷去的酒帘》青子虽然嫁给了退休干部，内心却对郑四充满着歉意，稍后《栽花的小楼》中红玉的爱情选择上，尤其是《乡村变奏》中在传统观念中不务正业的成银在金钱和爱情之间选择相似，可以很明白看出作者此刻内心里更倾向于选择爱情，这也是他对于时代弄潮儿的一个别样的视角，这些敢打敢冲，但在传统视野下显得流里流气、离经叛道的人依然保持有如此细腻情感。可以看出本时期刘震云的爱情观，尽管他看到物质财富和商品经济对人性的冲击很大，但人性中那种美好的东西还是存在的，爱情的结局尽管悲凉，但过程仍然温馨。这种思维态势一直持续到《塔铺》，刘震云才在李爱莲注视中作别爱情，把这种温情深深地埋葬。

1986年的《罪人》里面对人性的把握已经有了很大的进步，刘震云从此时已经开始试图以客观的手法来讲述故事。前几篇小说我们还能够根据他的讲述来判断他的好恶，到了这篇小说我们已经不好判断了。每个人只是根据环境权衡得失，给牛秋介绍外地媳妇的人也是一片好心，并不知道那些女人就是放鹰的，而被放鹰的女人和他山里的丈夫也都是为生活所迫。这里已经表现出了刘震云与作品中人物对话的意识。这篇作品至少在对人性的把握上为《塔铺》打好了基础。

1986年的《乡村变奏》也体现出这种主题多元化或者主题消弭化的倾向。如《老龟》写了成银、爱花这对农民夫妻，不正经务农，做着有赚有赔的猫狗生意，过着时好时差的日子。这样的开头在传统的写作思路下一般会按照"善恶有报"的逻辑，二流子懒汉终将生活落魄，但刘震云却暗示出了这样一对不务正业"二流子"丰富的内心世界。在生活无以为继时，成银下河捕鱼竟然意外打到一只乌龟，看到龟背上刻有字号，有人说"这东西不吉利"，一改炖吃初衷，拿到大集"标价十元"出售。到此时似乎仍然符合那种的故事结构逻辑，按照该逻辑判断我们一般认为成银会占有这次意外之财。但当这只老龟被认定为"珍贵历史文物"，文物所追加到一百元他也不卖。夫妻俩争执后，成银只在龟背上加刻了自己夫妻的名字，到大河放了生。这说明刘震云从创作初期就已经试图摆脱那种传统现实主义写作套路，尽可能客观地传达自己对生活的观察的追求，至此方见起色。

再次，从叙事和语言方面看，刘震云此时还没形成自己的风格，只是在模仿。从他作品中设定的场景、人物的对话，人物的形象，都很受同时代作品的影响，里面还很少能够看到刘震云个人的经验和思考，或许这也是他当时的思想局限。

《栽花的小楼》第四节开篇两个词："月黑。风高。"气氛的营造似乎在写悬疑小说。还有人物描写如写到红玉的出场："明亮处，从小楼里，走出一个烫着发，穿着高领白毛衣和半高跟皮鞋的美丽姑娘。她旁边，是一个身着毛料服装、脸色刚毅的青年男子。"第四节里李明生在红玉走后，在房间里焦躁的踱来踱去，烟头烟灰撒了一地。这些主题、段落语句似乎都是在模仿某个电影中的镜头或某篇"伤痕小说"。或许他此时还做不到把自己个体经验转化成作品，只是把其他作品的片段搬到自己的作品中来，自己也不知道表达什么主题，只是参考80年代初文学刊物上那些"伤痕""反思"小说的中叙事、语言甚至主题生搬硬造，但因为他自己对文字驾驭能力的限制，尤其关键的是他没有经历过那些"伤痕""反思"作家在"文革"中受到不公平待遇的切肤之痛，因此模仿中便显得从形到神都乏动人之处，如《东方露出了鱼肚白》中叙事技巧的生疏、人生经验欠缺，尤其是思考缺席让他在作品中处处捉襟见肘。当王丕天说：

"我来娶你！"，杨秀英哈哈大笑了，突然又敛住笑容："做梦！你知道我现在是什么人？我现在是富翁，一个有六千块钱存款的女人！你现在是什么人？看中了我的嫁妆？那我可告诉你，我是要招赘的！何况你也知道，我不会生育，不会给你留下劳改犯的后代……"

"住嘴！"王丕天脸色铁青，然后一字一顿吐着："那我告诉你，我是闻名全省的劳动模范，存款比你多十倍！看到了吗？门外还停着一辆吉普车，那是县上大人才有资格做的！"然后还"从皮夹克口袋里掏出一张写着六万元的存折，扔到了桌子上，吸着烟，轻蔑地看着她。"

作品中人物那种大喜大悲，肤浅的炫耀、夸张大笑的描写处处都昭示着刘震云人生经验的生疏和生活还原能力的稚嫩。还有《罪人》中牛秋找到妻子村庄，山村里人的打扮，屋子中央坐着一位老者，两旁站着几个大汉，腿肚子绑腿上插着刀子，让笔者想到《林海雪原》杨子荣进匪巢的场景。如此的夸张、概念化和不切实际，这类语言方式和叙述方式在刘震云后期的作品中再没有出现过，也说明此时的刘震云确实还不具备把现实搬进作品的能力，他只是模仿艺术，而不是模仿现实，这是一层隔膜，模仿现实的艺术本身就不一定很成功，他再模仿那种不成功的艺术，自然就距离成功更远了。不过这只是一个过程，这是他在尝试创作中走过的一条路径。

他此时的稚嫩之处还表现在有意利用象征和意象营造神秘氛围。如牛秋的梦中的意象：一只毛茸茸的古怪东西，像一只猫，又像一条毛狐狸，毛皮油光发亮，眼睛血红，还会说话，伸着细尖的嘴，喃喃地说："回吧，回吧"，反复多次出现，象征着对人性欲望的呼唤；背石头时，在悬崖前，嫂子在山崖下喊他；在坟地看到死去多年的母亲嗡嗡地纺棉花，还有那只睁着红眼睛的大蜘蛛；在另外一个诡异的夜晚，让小毛头也同样生病去打针。刘震云要通过这种带点魔幻主义色彩叙述表达什么，我认为他此时还处在自我矛盾的冲突之中，有意神秘化整个故事，或许本身就没有太多所指，只是为增加作品的多义性而故作神秘。

刘震云前期的作品中，似乎都在追求一种象征的表达，这种象征的表达不只是在意象中，每篇作品的题目都是刻意为之。如他用"月亮"这一传统意象来寄托情思这一点，可以说他是在"借他人酒杯，浇自己块垒"，也可以说刘震云还没有找到自己的叙事方式和情感传达的意象；"栽花的小楼"表达一种进入现代社会后开始物质至上的一种趋势，用结尾的话说，就是"栽花的小楼，毕竟是美好的"；"被水冲走的酒帘"则代表一种古典情愫的失落。"大庙上的风铃"也是以风铃的摇曳象征着一种在爱情与亲情之间的情感摇曳；"东方露出了鱼肚白"似乎象征着寡妇杨秀英即将到来的美好生活。

刘震云曾经提到，作品主题模糊有时是作品成功的一个表征，主题明确也意味着主题的单一，并举出莫言当初写出《透明的红萝卜》时自己都不知道自己想要表达什么。这也是有一定道理的。作者作为一个善于发现生活的人，以其对社会人性的感触以及对于文字驾驭能力，用自己的生花妙笔把这自己感悟到的生活中的情形表达出来。他无须来弄清楚这样一篇作品表达了什么样的主题，那样的话反而成了主题先行，类似于应制之作的单薄产品，他只需表达自己对生活的感受。对于其主题的阐释，或者说在作品停止的地方，批评开始发生作用。但那种复调的主题需要以作者对于世界和人生的复杂感受和多重思考为基础，更需要在叙事中呈现复调的能力，刘震云此时明显还不具备这种能力，这点上他暂时还赶不上莫言。

最后，主题的重复也是本时期刘震云作品很大弊病。在上文的叙述中他对一个主题几乎都是重复的表达，以至于让我们看到人物、情节都几乎雷同。如对于商品经济时代的成功者《河中的星星》中的于三成、《栽花的小楼》中的李明生、《东方露出了鱼肚白》中的王丕天，人物形象都是成功者，对待曾经自己的仇敌也无一例外地恶语相加，不留余地；大概为了表达女性对于爱情的忠贞，几篇作品中的女性对待金钱与爱情选择上的态度也都很类似，娟子没有因为于三成有钱就嫁给他、红玉也没有因为李明生有钱就忘却昔日恋人坤山的情感、青子尽管嫁给了那个退休干部，但对郑四却满怀歉疚。

这些重复甚至雷同如果仅停留在形式上并不说明多少问题，因为每个个体的经验都是有限的，作品多了其中的经验自然难免重复，这种现象在中外名作家，尤其是产量比较大的作家那里尤其明显。但关键是刘震云此时的重复不仅仅体现在形式上，其对时代、人性及叙事方式的认识和思考也基本上在做浅层次的重复。这说明刘震云本阶段对于这些相关元素的思考都还停留在非常初级的层面，还没找到突入世界和人生内部的缺口。

总体上说来，在前期的作品中，刘震云处于一种茫然无措的状态，他在思考周围发生的变化，有公社对社员的剥削，权力对民众的压制，人一旦和权力沾上边之后发生的人性变异；也有传统与现代交锋时在人们心头激起的涟漪；有个体在亲情和爱情之间的选择；有人在金钱与爱情之间选择。这些都是刘震云在自己的经验中对这些周边现象的思考。尽管有时显得稚嫩，却表现出同时期作家中少有的疏离主流意识形态趋向，如他总体上认同"改革者"的同时也展示出这些人物的某些方面特别是情感方面的挫败感。其他如刘庆邦的《断层》中的常江、蒋子龙《乔厂长上任记》中的乔光朴，作为改革者的形象，都被作者塑造成"高大全"式的人物。这说明刘震云从写作之初就有那种独立思考特点。也正因为这种心态，才使他不懈追求，希望找到时代带来惶惑的根源。他要追求时代背后的真相，或许此时刘震云的写作还是比较乱的，如果说他想把地球撬起来，那么他还缺少一个合适的支点。他必须从诸多乱象中找到一个能够统筹各个部分的关键点。

刘震云后来似乎把时代的乱象理通。他顺藤摸瓜，最后发现不管是传统还是现代、爱情还是伦理都可以在物质需求这里落叶归根。而获取物质财富的最佳途径便是获得权力。而我们看到的一切乱象都是在权力话语操作之下的表演，或者在权力体系操纵下投下的烟幕弹，爱情、伦理、亲情都异化为权力的附着物而已。于是"权力"开始成为刘震云反思的中心。他反思这种特权思想如何形成的，以及围绕这些权力人们如何争夺。这便进入了他写作的第二个阶段。即他认为的已经突破了瓶子，并开始向瓶子发起攻击的阶段。

第三节　发展成熟期

这个成熟不只是叙事技巧和语言运用等形式方面的成熟，也包括对题材感知、思想认识、主题的把握等各个层面。本阶段持续时间比较长，可以说从他的《塔铺》《新兵连》开始，中间"官场系列""故乡系列"，一直到《一腔废话》都属于这个阶段。如果进一步辨识，这个成熟期还可以再分成两段，《塔铺》到《故乡天下黄花》是一段，这期间刘震云的叙事技巧臻至成熟，但因为对生活和写作的认识还有一定的局限，所以这部分是写实的。写作时主要从自身经验出发，对这种经验思考并尽可能客观呈现，本阶段是刘震云从形式技巧到思想的主要发展期，他在不断地开始试验摸索中找到了传达自己经验的合适叙述方式，不再做作和故作高深，不再刻意地追求象征和意象，不再直白地描写心理，而是直接呈现，用对话和描写来传达思想，而不是叙述者替人物道出。他的思考也开始接近并围绕社会的核心——政治权力——展开叙事；而从《故乡相处流传》《故乡面和花朵》到《一腔废话》则属于思想成熟期。此时他不但耽溺于对权力的思考，更把这种思考与人性、历史、宗教结合起来，上升为一种对现象背后"理"的形而上的思考。当然，语言、文体等形式方面的试验也伴随着这个阶段，并因此引来了评论界的质疑。

在此之前，他有相当长的痛苦期："80 年代，老一辈作家关心的事儿是改革，中国向何处去，人民的疾苦，历史的反思。"年轻人学着前辈去思考，一支笔沉重得提不起来，"我每天发愁怎么改革，怎么反思，怎么思考历史的出路，最后写着写着写烦了，觉得要是文学这么写的话，对于我真是没有任何乐趣"。① 于是刘震云开始从宏大的层面折回来，开始以自己的视野观察生活，以自己生活中的经验作为写作的资源。

因为社会存在这样那样的问题，这些问题被刘震云认为是第一阶段那些作品中人物悲剧的源头，也是人们思想困惑的源头。但是第一阶段的写作时从整体到具体，从宏观层面审视个体，而现在开始以个体的眼光和触觉感受生活，并试图对生活作出尽可能客观的呈现。因为呈现，所以他试图客观地把握这个世界。传统现实主义对现实的反映是扭曲的、变形的，也就是我们平时所说的"艺术来源于现实又高于现实"，在刘震云看来这种"高于现实"是不合适的，是一种虚假，对读者是一种欺骗，不利用于我们真正的认识世界。所以他试图用一种新的方式来讲述现实，于是便有了所谓的"新写实"。其实对这个称呼刘震云是不大认可的，他在不同的场合表示，这种所谓的"新写实"的称呼不过是一些学者为了研究的方便，把一些东西归为一堆了。马斯洛曾对这种研究中的归类行为作过论述："很明显，如

---

① 徐梅、刘震云：《谁同我结伴去汴梁》，《南方人物周刊》2007 年 12 月 1 日。

果我们仅仅是要把一种经验标签化或者归入某一类，这就可以节省我们的许多精力，我们根本就不需要竭尽全力，进行充分的注意，毫无疑问，标签化没有专心致志的注意那样劳神费心，而且标签化并不要求注意力集中，并不需要有机体使出浑身解数来标签化是一种部分的象征性的有名无实的反应，而不是一种完整的反应。"① 刘震云当时认为这样"琐碎生活"的呈现才是真正的现实主义。当然他一直思考的不只是现实问题，还包括历史、人性、故乡、宗教等。于是就有了"故乡系列"，这几部长篇小说被新时期文坛称为"新历史主义"，当然这点上刘震云也不是很认可。他也认为真正的历史就是如此，是一个个体在场的历史，是现实在时间既往向度上的回溯。其实上迄今为止对于刘震云的研究也主要是集中在本阶段。

写作从"自传"开始是很多作家的共性。因为这种结合自己经验的书写对于初涉写作者，尤其是致力于现实主义写作的人来说，更容易转化为文字和成为思想增长点。刘震云第一个阶段的不成功便在于所表达的主题一开始就是远离自己经验的，尽管他试图保持客观，但主题上基本上仍被主流意识牵着鼻子走，他难以形成自己对生活的感受和认知，因此第一个阶段的写作便显得幼稚。当然一个优秀的作家也不可能一辈子都围绕着经验书写，因为个体经验的有限性限制，已经达到某种高度，想要飞得更高的话，就要在适当的时候挣脱经验的束缚。就像一个孩子，小时候由家庭照顾，但想有出息的话，长大后还必须闯出自己的一片天地。刘震云从《塔铺》开始进入"自传"式写作，从《故乡天下黄花》开始摆脱这种状态，进入一种更大的境界。但随着对历史的深入挖掘，刘震云也陷入了深深的绝望。

《塔铺》中讲了高考恢复那年一帮来自各种背景的青年一起聚集到塔铺学校复习备战高考的故事。"我"与李爱莲互相产生好感，相约一起努力考上大学。然而却在高考前，李爱莲的父亲患病，为筹钱给父亲看病她嫁给了一个王庄的暴发户吕奇，放弃了高考。而"我"则带着对一段情感失落后的伤痛走进暮色苍茫中。作品中每个人物形

---

① ［美］马斯洛：《动机与人格》，许金声等译，华夏出版社1987年版，第242页。

象都很鲜明，三十多岁、已经结婚却功课最差的王全；小心眼矮个子的"磨桌"，来复读的目的不是考大学只是为了追求一个女生的"耗子"；爱挖苦人的老师马中。家里很穷，却很努力学习的李爱莲等。《塔铺》发表于《人民文学》1987 年第 7 期，对于刘震云来说是一篇承上启下的作品，具有重要的意义。

在对于既往的继承方面：

首先，作品中女主人公李爱莲精神气质与第一阶段的红玉、娟子、青子具有内在的一致性，其对于爱情的纯情态度，而爱情在物质和金钱的牵制下有情人难成眷属，在描写时代对于两性情感的影响方面也与第一阶段一脉相承。在这篇作品以后，刘震云再没有写过与爱情相关的作品，这大概是刘震云青春期情愫的最后一次展示。

其次，这个爱情故事所讲的故事和刻画的几种不同人性与所展现的时代的社会风貌紧密结合，似乎也想诱导读者从具体人和事中思考时代和社会的背景，给人留下了悠长回味的空间，这点上也是与第一个阶段相通的。

对于新阶段的开拓方面：

首先，把自身经验作为思想的增长点，是刘震云的第一次尝试。这里面我们至少能感受到作者青年时期对于爱情的感受。之所以这篇作品中的爱情比上一阶段的那几次爱情书写更动人，就是因为这次经验是自身的，感受是发自内心的。

其次，从这篇小说开始刘震云开始以自己视角观察世界，开始以宽容，冷静，不动声色的叙述姿态客观地呈现情节。这种追求至少表现在作者的叙事上有意疏远意识形态或试图摆脱周围环境的控制。当然所谓的客观只是相对的："作家的判断总是存在的，对那些知道怎样发现这种判断的人来讲，它的痕迹总是明显的……纵使作家可以在一定范围内选择他的伪装，他决不可能使自己消失。"①

但这种真情流露式的感人方式在刘震云看来属于浅层次的，他很快便试图对这种写作状态进行突破，把这种对于周围世界和人性的思

———————

① ［美］韦恩·布斯：《小说修辞学》，付礼军译，广西人民出版社 1987 年版，第 24 页。

考上升到理性的层次。后面的"故乡系列"基本上完成了这种感性的突破和理性的建构。

下面对本阶段其他作品略作概述。《新兵连》中胖子李胜、王滴、"元首"、老兵李上进都是在部队里为了当上骨干、入党，费尽心机，明争暗斗。有的巴结领导，找领导汇报思想；有的抢着打扫卫生的，有的偷偷清理连队厕所的；还有的向上级告密的。特别是李上进为了入党忍受着组织一次又一次的考验。但到最后没有一个人达成所愿，老肥遭人举报被查出有羊羔疯遣返回乡后自杀；"元首"本来想去给军长开小车，结果被分配去种菜；王滴似乎去向最好到了军部，却是去照顾军长瘫痪在床的爹；而李上进最后却在一次次的考验中绝望了，开枪打伤了指导员被判了15年刑。《新兵连》和《塔铺》相比，二者虽然创作于同一个时期，但在《新兵连》中刘震云写作技巧显得更加圆熟，但或许正如他自己在不同场合反复强调的一样：写作的技巧上很多作家都可以达到，关键是技巧之后的思想，所以这种成熟不只是表现在刘震云把自己的人生经验结合到自己的写作中来，还表现在思想方面。刘震云以后的小说才真正开始了思想方面的征程，他对人性与政治权力的思考开始进入深层的解构，甚至体现出了某些存在主义色彩，可惜这种感觉没有保持下去，而是直到进入21世纪的近年作品中才开始把注意力再次转移到这个问题。

《一地鸡毛》一直被当作"新写实"的代表作品，作品没有连贯的情节，主要是小林家生活中的琐碎事件的记录，如"小林家豆腐馊了""偷自来水""女儿入托""妻子调动工作"等。刘震云对生活的逻辑，人性的流露、变异、爆发的逻辑很熟悉，因此写得看似信手拈来，却又真实可信。正是通过这一幕幕生活场景细节素描，让我们认识到生活中最本质的原来就是这"一地鸡毛"，这为我们观察和思考世界打开的一个新窗口，是一次对于传统现实主义的祛魅，对于传统文化下禁锢思想的祛蔽。

《官场》主要以金全礼为主线，现实描写了金全礼由县委书记升副专员的过程中与其他几个县委书记之间的关系变化，而后是回到县里后与县长小毛的关系转变，再到区里后与另一个副专员"二百五"

的矛盾及调整，以及为升正专员百般努力终未成功，最后看到省委书记许年华离任时感到一种官场的虚幻感。这里仍然在描写官场的关系逻辑，这些官员平时恭迎客套，一旦听到有选拔提升的机会又开始四处活动，互相倾轧。他们因为升官意气风发，斗志昂扬，志满意得，因为被撤职怨天尤人，垂头丧气，甚至破罐破摔，这些官场中的人完全为"官位"所异化，失却了正常的人性，只是为官位而活着。还有那种对领导的心思揣测、敏感，让人领略到权力下异化人性的可怜与可笑，让人想到契诃夫的《小公务员之死》。

《单位》被称为《一地鸡毛》的姊妹篇，讲述了发生在一个某处办公室里的几个场景，几个故事，这些故事都没有一定的主线，有老乔和小彭的斗气、老孙对老张的阳奉阴违、老张的偶然升迁、烂梨风波、小林入党、民意测验中老孙做手脚、老乔告状以及老张和大老乔风流事件等。作品不以塑造人物形象为能事，尽可能客观地呈现每个人物的不同侧面。但其中的人物形象在叙述语言和对话的展示下，还是挺鲜明的，如老张和女老乔的事件发生后，局里面所有的女性见了老张都躲着，女秘书到老张办公室送文件也是放下文件就离开，老张心里暗骂："都他妈的装假正经，像是我见谁操谁一样！"可以看出老张尽管偶然失控，但总体上还是一个沉稳、内敛，对人性心知肚明的官员形象；老孙看到调查老张和老乔风流事很高兴，他之前也和老张有矛盾，但还装着很亲热的样子，可以看到老孙当面一套，背后一套、心胸狭窄、落井下石的人性阴暗的一面。

《官人》中围绕局里的人事调整展开叙述。展示了在人事调整过程中每个涉及的人物的态度变化，每个人都在其中拉帮结派、党同伐异，同时一旦得势又试图兔死狗烹，结果到最后几乎完全没有按照局里人的意愿进行，而是从外面调过来一个局长。我们可以看到这些官人们人人都是察言观色、见风使舵的，包括里面打扫卫生的老头都学会了审时度势，知道哪一层是主要领导办公，哪一层是普通人员办公，决定是否用心打扫。因为官场风云变幻。我们看到一个道理：官场上也没有永恒的朋友和敌人，只有利益，利益制约着人之间关系的变化和团体之间力量的对比。这些"新写实"作品中，尽管没有叙述者的评价，但我们仍然可以感到在这些小人物背后叙述者悲悯的眼光。

也许我们没有理由指责"小林们"的"常人"化、世俗化、功利化，因为"生活无诗"，人的本真状态的丧失，人性的异化是这个时代最显著的特征。日常生活的诗情与理想隐匿了，人在"沉沦"的过程中，人的主体性完全沦陷，人成了环境、生活、关系的奴隶。小林们在这个"常人"所主宰的世界中，既没有选择，也没有责任（这里的责任主要是对生活意义的寻找，对国家、社会义务的一种承担），因而也无所谓自由。小林丧失了"自身"的在世状态，也就失去了心灵的自由。小林没有了选择，没有了责任，是否就没有任何精神负重了呢？"当瓦解了诗性，瓦解了英雄，人的主体性光晕全部消失之后，小写的人实际上并不轻松。他们一无所有，赤身裸体地被抛入世俗的大地上，他们不仅要承担'上帝之死'所蜂拥而至的虚无的围困，而且必须承担'人之死'所带来的更加荒谬的现实。"①

《新兵连》《爹有病》《老师和上级》等则是刘震云对于权力在不同集体内的拓展思考。《新兵连》中是部队中权力的特殊化，以及普通士兵对提干的向往、入党的向往，这里的提干入党无非都是获得特权的途径而已。当然权力不只是在政府部门或者部队里。权力或者说是特权在不同的圈子里都有自己的表现，即使在一个家庭中。可以说，只要有人的地方，就会形成一个权力中心。

《爹有病》是刘震云对于家庭中的专制与权力的思考。家庭作为最基本的社会单位，因为血缘关系，其中的家长与成员之间的关系被认为是理所当然的，对于儿童在传统家庭中受到的压抑很少关注，在文学作品中主流的都是书写母爱父爱，受这些说教影响，我们很少思考家庭中的另外一面。刘震云则展示了父亲在家庭中的专制、对儿子的奴役，以及家庭内部的政治格局。这个主题其实并不陌生，鲁迅早在《我们是怎样做父亲的》一文已经表现过中国的父亲对于家庭、

---

① 郭宝亮：《诗性消解：主体隐匿和人的沉沦》，http：//wenyixue. bnu. edu. cn/html/jiaoshouwenji/guobaoliang/2006/0925/296. html，2012 年 12 月 3 日。

特别是孩子的压迫和压抑。在《老师和上级》中，刘震云再次强调自己对这种特权压抑的感受，这次把老师和上级放到了一起，认为老师和上级这两种传统的权威也是造成人性异化的原因。在当时环境中下级对于上级恐惧确实是潜藏在大多数人内心的集体无意识，或许把老师与上级并列在一起有些冤枉，但传统社会中伦理中的师道尊严，老师在学生面前的优越感和学生在老师面前被压抑感的确存在，是"天地君亲师"中的一环。这算是刘震云传达了一下自己的感受吧。

姚晓雷认为："从《塔铺》里对民间抗争苦难的求生意志的肯定，到《新兵连》里对农村兵身上钩心斗角的人格弱点的谅解，到《单位》、《一地鸡毛》里对小林的世俗化过程，再到《官场》等对官人们的粗鄙欲望本能的宽容，构成了作者作品里一条明显的创作线索。其中体现的是一种特别的人性观，认为人性本质不过是从自己的求生本能出发的，和生存环境、特别是权力体制相对应的一种结构，每一个人在对它的拥有上都是平等的，只是在面对不同的体制环境时体现为不同的内容。民间人性只面临着一个使它变异的敌人，就是不合理的权力体制。这就把权力体制推上了前台，为作者以后作品进行更深入的剖析提供了条件。"[①] 也是经过这个思考和写作的过程，刘震云把自己关注的焦点开始向权力集中，并以权力为核心，探索其运行过程中的人性，运行的场所，运行的历史。

《头人》（《青年文学》1989 年第 1 期）写了申庄由祖上创立村庄，因偶然机会当上了村长，由开始的不会当到驾轻就熟，并为村庄定下了"染头"和"封井"的治理措施。但祖上传给了姥爷之后，村里便开始了围绕村长的地位争夺。这种家族间的争夺伴随着社会变革中政治权力的转移，争夺村里头人位置的场面反复上演直到 20 世纪 80 年代，中间经历了：祖上传给姥爷，宋家夺权，宋家儿子被三姥爷雇土匪打死；1949 年后老孙当支书，后来乡里换了乡长由新喜接替老孙；之后乡里再换人，由恩庆接替新喜，然后是改革开放后，贾祥带着村里人出去打工，回来自己出钱为村里建起了村部，他又接

---

① 姚晓雷：《刘震云早期小说文本的再解读》，《齐鲁学刊》2005 年第 2 期。

替了恩庆。在《头人》中从中华民国时期到中华人民共和国时期的几代村长（保长）的变迁，在刘震云看来基本上就是一个循环，时间在变化，不变的仍然是个体对权力的执着，历史转了一圈又回到了原点，也就是祖上的"封井""染头"。

有人认为从《头人》开始，刘震云的写作进入了一个新的阶段。从"新写实"进入了"新历史"，我认为所谓进入一个新阶段只是就他思考问题的时空来说，他关注的点，如对于"权力""人性"的思考并没有变。就好像我们看着河上船，河水载着船从一个区域进入另一个区域，但我们关注的仍然只是船只，并非那本来就流动的河水。

《故乡天下黄花》围绕权力核心的争夺，两家人互相暗杀，经历了几十年的争斗，直到中华人民共和国成立后。几部分都是类似于新历史的写作，以当下之眼光，反观历史：第一部分"村长的谋杀"中孙、李两家为争夺村里的权力互相仇杀；第二部分"鬼子来了"写了八路军、中央军、日军、土匪四股力量在村里的交锋；第三部分"文化"，讲述了1949年以后，癞和尚和赵刺猬等围绕村里的政权，即所谓的"吃夜草"展开的文攻武斗。这些内容也还都属于历史写实。随后的《故乡相处流传》的历史跨越更深更远，竟然是三国、清朝的太平天国时期陈玉成事件，和慈禧太后返回京城途经延津和"文化大革命"的演绎，仍然主要是在时间维度上徘徊，但里面已经加入了一些荒诞因素。比如明朝朱元璋带领移民迁往延津的途中，被黄河挡住了去路，这时六指把他的第六个指头吹上气，指头变大，①一下子把黄河两岸拉在一起，让大家顺利过了黄河，也成就了一段佳话。这里面他把与延津有关的历史传说，历史事实都连起来，从而在更久远的时空中——从三国、明初、清末的太平天国陈玉成和慈禧——演绎了自己的历史观。到《故乡面和花朵》不但时间穿越至未来的公元2996年，人类的种属也在跨越，不但是外国人来到老庄搞同性恋，中国人和外国人开始心理碰撞，人和驴子、人和狗，人和鬼

---

① 笔者推测该细节的写作与刘震云受美国动画片《猫和老鼠》中相关细节的影响有关。

魂都可以进行自由的交流。空间尽管仍与老庄、牛屋、村西的粪堆有关系，但空间上想象的成分就增加了许多，如丽晶时代广场，世界维护礼义廉耻委员会，人物的身份也不再是单一的农民，而是套上种种头衔，如孬舅是委员会秘书长，瞎鹿成了国际巨星，小蛤蟆成了大资本家，牛根先是变成狗，后来变成了中士。人物也不再限于老庄的记忆，而是增加了大量的外国人，当然这些人的名字都是很有意味的，什么冯·大美眼、横行·无道等。时代的更替不再像之前的尽管有想象，似乎还能找到现实和历史的根据，在《故乡面和花朵》中，刘震云的想象和联想发挥到了极致，从最初丽晶广场上同性关系者要求自己的家园，然后在老庄开创了同性关系时代，后来经过了生灵时代、灵生时代、自我时代、骷髅时代等，这些都是刘震云受某一现象启发而展开的联想。其话语的狂欢也已经达到了一种如醉如痴的地步。当然这种语言狂欢和思想的狂舞也是为了通过不同时段、不同的视角、不同文化、不同种属的对话，把自己的历史观、人性观、权力观等在这种肆无忌惮交响乐中阐释得更充分。

因为这几部小说尽管时间越拖越长，语言越来越汪洋恣肆，但其中确有一个共同结构特点，就是结构的回环往复。我们看到变的是人，而他们活动的场域，争斗的目的，阴暗的心理却没有变，或者更干脆说，他们的人物也没有变，里面的曹操、袁绍、孬舅、猪蛋、六指等人都是转世为人。这种倾向到《故乡面和花朵》《一腔废话》中，看似更荒诞了，其实则更直白了。就是这些人，互相争斗，互相倾轧，历史不是在进步，而是在重复，甚至倒退。特别是人的思想和身体，在反复的异化中越来越贫弱。

刘震云是聪明人，他知道当时的精神氛围和文化语境不适合谈论苦难、耻辱、奴役、阴谋，于是他采用了一种方式，如《故乡天下黄花》《故乡相处流传》《故乡面和花朵》中采用一种象征和隐喻的方式来影射所指。从时间上，在《故乡天下黄花》中他写了近100年的历史，《故乡相处流传》中则写了近2000年的历史，但这些历史都是将要到达当下之际戛然而止。当下是怎么样？刘震云顾左右而言他，又在《故乡面和花朵》开始完全虚构1000年后的"丽晶时代广场"

及"世界恢复礼仪与廉耻委员会"这样一个虚拟时间。而里面的人物似乎又与前面小说中的人物有所关联。这是现实吗？好像不是，里面内容太过荒诞。那现实在哪里，我们看到了刘震云的隐喻：现实正在这不断重复的历史中。

"故乡系列"则是刘震云对于权力的寓言化思考，如果说前面他还都是具体的思考和批判权力，这几部作品他把"权力"的思考已经上升到形而上的层面，并且把权力的想象扩展到更大的范围，与历史、人性的反思整个结合在一起，如果说前面只是批判，只是暴露权力压迫下人的精神创伤，属于"伤痕文学"的话，"故乡系列"中则是立足于反思这些权力形成的根源，其中的人性因素如何，历史上的权力更替是怎样的，发展到今天，权力的机制有什么的变化，社会是在进步还是在重复等方面。"故乡系列"的完成跨度将近 10 年，这是刘震云思想发生飞跃、实现质变的过程。这个提升过程在《故乡天下黄花》时还不明显，从很多作家的写作篇幅上大都经历了从短篇小说至长篇小说的发展过程来看，刘震云在"故乡系列"以后的变化，极有可能是由于《头人》作为一个中短篇小说不能把作者内心思考完全展开而做的一个扩展补充。

刘震云曾经谈及："从《故乡相处流传》开始，我才懂得了创作为何物。我想写的就是'叙述中的传说和传说中的叙述'。使'虚拟世界的真实'和'真实世界的虚拟'浑然天成。但《故乡相处流传》没有写好，只是找到了一种创作方式。叙述过于简单了一些，主观成分多了一些。'叙述中的传说和传说中的叙述'的丰富性没有表达出来。正是对这一点不满意，我接着创作了《故乡面和花朵》。[①] 上文提及，刘震云创作从借助自身经验的《塔铺》开始入港，这中间的一系列中、短篇小说可以感受到都是来自刘震云的成长经验、工作经验，即便是从民国写起的《故乡天下黄花》也可以说是自己成长过程中听姥娘和其他老年人讲过的村庄的变迁。但叙述到这里，如果单

---

① 周罡、刘震云：《在虚拟与真实间沉思——刘震云访谈录》，《小说评论》2002 年第 3 期。

凭经验写作，刘震云似乎已经走到尽头，事实上很多仅凭经验写作的作家往往会坐吃山空，大都是到这个阶段开始徘徊不前，开始进行从形式、内容到主题的无意义的重复。这是刘震云所不愿做的，他思考着，《故乡相处流传》就是挣扎突围的结果。

从《故乡相处流传》起，刘震云笔下的小说人物开始现身为生生不死的"精神游走"和"灵魂飞升"，但《故乡相处流传》只是一个试点，真正大规模地推广和发动是在《故乡面和花朵》里面，该书分为四卷，近二百万言，而如刘震云在访谈录中所说，其中前三卷用了一百五十万字写成年人的三个大梦，小说人物在这三个大梦中腾挪跳跃，肆意妄为，"小林"们白日的生存行为在此被众人夜晚梦游式的嬉戏与胡闹所取代，对原有秩序的颠覆以及对颠覆的颠覆充斥文本之中，言语的汹涌泛滥成为人们御梦飞翔的主要途径，而这种飞翔却又表现为拆解他者以肯定自身同时又自我拆解的随意游荡、突进和倒灌。

在《故乡面和花朵》的写作前后，刘震云对于"文化代表着一个语种的想象力"这一说法的体味与认同已相当的自觉，他为自己直到三十多岁之后才知道一些肯定性的词语如"再现""反映""表现""现实"等对于文学的空洞无力而深感到不满，并认为，"在三千多年的汉语写作史上，'现实'这一话语指令一直处于文字的主导地位而'精神想象'一直处于受着严格压抑的状态。而张扬一个语种的想象力，恰恰是这个语种和以操作这个语言为生的人的生命、生命力的活力所在。"①

在第二个阶段中《温故一九四二》和《土塬鼓点后：理查德·克莱德曼》算是两个异数，无论是从形式上还是文体上二者都体现了刘震云的一种面向写实的试验精神。《温故一九四二》通过对姥娘，花爪舅舅，范克俭舅舅等当事人的调查，通过一些档案、报纸佐证，对官方历史进行了解构，采用一种调查报告式的文体，这是

---

① 参见关正文等《通往故乡的道路》，华艺出版社 1999 年版，第 108—111、102—103 页。

作者有意作的一种文体的试验。也是作者在处理这一敏感问题时尽量采取用"事实说话"的策略。这是一种灾难书写，与李准的《黄河东流去》，刘庆邦的《平原上的歌谣》一样，叙述了一段河南的灾难史：1942 年，河南饿死三百万人，同时历史上还发生着这样一些事：宋美龄访美、甘地绝食，斯大林格勒大血战、丘吉尔感冒。这些事件中的任何一桩，放到 1942 年的世界环境中都仿佛比三百万人死亡更重要。通过这种对比，让我们感受到三百万人饿死得无声无息。当时不是美国《时代周刊》白修德记者和英国《泰晤士》记者哈里逊·福尔曼的报道就没人会关心；几十年后这件事也基本被历史遗忘。

在这篇小说中刘震云避开了常用的主观的叙事，完全采用客观的材料或采访。这篇小说的材料都是来源于实地田野调查、当时的报纸、档案等。即便在叙述国内国外的大事时也是尽可能客观。虽然他谴责蒋介石政府对于灾区饥荒漠视和假装不知，当然出于政治目的；他也站在蒋介石的立场上考虑蒋介石为什么会有这样的决定："在中国正面战场上，蒋的军队吸引了大部分在华日军；从国内讲，国民党部队在正面战场牵制日军，使得共产党在他的根据地得到休养生息，这是蒋的心腹大患，于是牵涉到了对共产党的方针。蒋有一著名的理论——'攘外必先安内'，这口号从民族利益上讲，是狭隘的，容易激起民愤的；如果从蒋的统治利益出发，又未尝不是一个统治者必须采取的态度。如只是攘外，后方的敌人发展起来，不是比前方的敌人更能直捣心脏吗？关于这一方针，他承受着巨大的国际、国内压力。"① 这是真实的历史里面充满着政治权力的考量，当然也是对那种被权力异化的人性进行的一次反讽。

《土塬鼓点后：理查德·克莱德曼》，写自己在山西李堡村住的一晚上，用理查德的一些观点和李堡村村民的观点，尤其是把理查德的经历和地位和民间出席丧事的奎生的经历和地位作了一系列的对比，

---

① 刘震云：《温故一九四二》，《刘震云文集·温故流传》，江苏文艺出版社 1996 年版，第 316 页。

如理查去尼斯因为喜欢尼斯的阳光，不喜欢巴黎的阴天还有喧闹；李堡村的房东大哥却说："阴天好哇，阴天可以不下田，在家睡觉。""热闹好哇，热闹红火。"理查长奎生六岁，奎生出生的时候，"理查已在巴黎担随任钢琴教师的父亲学习琴一年，这时指法纯熟流畅"；随后进入巴黎音乐戏剧学校学习，理查回忆自己学校"条件优良，环境整洁，伙食诱人。擅长演奏肖邦、拉贝尔、德彪西等人的作品"，而奎生则是"五岁丧父，六岁随母嫁于河东。在乡村小学上了三年学，后割草、放牛、吃剩饭；六岁离家出走，拜当地艺人王之发为师，开始流浪艺人的生涯"；理查的妻子"克里蒂斯娇小动人，喜欢变换发型"，奎生的妻子胡彩风，"只是模样长得太难看了，突眼，撇嘴、黄牙、大腮、小耳，爱抽烟，娇小而不动人"，差别如此之大，但奎生仍然是让山村人兴奋的焦点，让山村人众星捧月，山村人不知道理查德，但没人不知道奎生。刘震云似乎从这种对比中受到了很大的启发，似乎找到了打开世界之门的钥匙，刘震云很在意这篇小说。这篇小说开启对比式的结构在 2000 年以后的作品中如《手机》《一句顶一万句》中得到运用和发展。

第二阶段最后一部作品是《一腔废话》。《一腔废话》分若干场，这"场"本身便是戏的隐喻，人生如戏，戏如人生，人很难跳出人生这场戏。人在看戏的过程中不知觉间成为戏里人，这也是符合现实中的感受的。小说演出了五十街西里不同时代的场景，其目的似乎是在戏仿当下影像时代各种模仿秀之类的节目，情节大致是有人透过"水晶金字塔"忽然发现大家都是疯疯傻傻的。于是人们试图找到五十街西里疯傻的原因，结果最后不但疯傻原因没找到，人们反而在这种疯傻里面越陷越深，连其中演出的人物也没能幸免。相比之前作品，人物、场景、语言和文体都已经做出大的变动，但风格仍然如同"故乡系列"，尤其是延续《故乡面和花朵》的那种荒诞风格，寓言式地权力书写得到加强。特别是与其中人物与故事的距离感，似乎在观看一场戏，后来干脆就真正地排演戏。出场人物：修鞋的老马、卖肉的老杜、知本家老蒋、哭长城的孟姜女等，这些五行八作的人上演一场场戏。插图也用的是漫画，暗示作品人物已经漫画化。刘震云在

《故乡面和花朵》中思想的放荡不羁，此时更进一步，进行了语言的狂欢。

很多学者对这部作品反应冷淡，甚至认为其不知所云。但刘震云却说："我觉得《一腔废话》是我写小说以来写得相当好的一部，是一部新写实的小说。过去像《一地鸡毛》、像《单位》，我觉得是新理想的小说，写了我们日常生活中的物理时间，这只在我们日常生活中占了很小的一部分。这些小说好像是新写实，其实是新理想，因为这些小说的写法还是有头有尾、有一个大体的故事。而有头有尾有故事在生活中是不存在的，这都是作家在写作中按照他的理想和要求包括他的观念，创作出来的作品。所以我觉得十多年前对于新写实的命名是不对的，它的准确的名字是——新理想。"①

这种理解意味着刘震云对现实认识又上升到了一个新的层面。在创作《一地鸡毛》时期，刘震云对现实的理解不同于传统的观点，认为传统的现实主义，其实上是浪漫主义、理想主义，其中经过大量的想象。真正的现实是日常生活的柴米油盐酱醋茶，是"一地鸡毛"；而到了《故乡面和花朵》的过程中，他突然发现，即便那如"一地鸡毛"般琐碎的生活仍然不是真正的现实，只是现实的表面。真正的现实是我们每天百分之九十五的时间都是在胡思乱想，都是在说些没用的话，这事实上是一种心理真实。《一腔废话》中在对疯傻原因的寻找中，刘震云在一层层的假设与玄想中把自己推翻，而这本身似乎就是作者思想发展过程的隐喻，他确实一直在寻找现实的本质，他一次次找到，一次次又否定，他对现实的认识在过程中逐步提升，并把自己的抽象思维直接具象化而形成作品。梁鸿认为《一腔废话》中，作者通过描述最普通的底层人的"精神想象内容"，从另一层面给我们展示了民众对权力的想象和模拟，他们以"想象"和"话语"的方式为自己创造了一个无限飞升自由的世界，但是，却仍然不自觉地陷入历史的圈套和诡计，最终，一切言说都

---

① 王谦：《废话刘震云》，《三月风》2005 年第 6 期。

成了"一腔废话"。① 这点上也基本符合我对刘震云作品的看法，但所有的言说都成了"一腔废话"这种认识却具有局限性。尽管现实生活可能充斥着"一腔废话"和胡思乱想，但这就是生活本身，切切实实地存在着，这种存在的本身就是意义，我们不能忽视它的存在。刘震云后来意识到了这点，开始直面这种"一腔废话"的人生，当然那是刘震云思想的另一种层次了。

刘震云转变的轨迹很明显，这体现出他个人思考逐步深入的过程，也说明他追求一直是一致的——就是对"真"的执着，至于前后表达内容的差异，昭示着他思想的成长过程。这个标准其实上可以用来判断中国当代文坛上甚至整个思想领域内一些作家或学者的人品和文品。正如我们从鲁迅早期的《摩罗诗力说》《文化偏至论》，到《狂人日记》《野草》、后期的《故事新编》可以看出鲁迅先生思想发展的轨迹一样。

因为刘震云一直试图探求生活的本真，在探求生活背后的理，而这个"理"总被历史、政治权力、伦理层层遮盖，难以一睹芳容，而刘震云便试图揭开这一层层遮蔽，这个"揭开"的过程则让他的认识呈现出明显的发展的轨迹。

也因为刘震云作品很少直接记述自己的成长经验，他在作品中似乎一下子就长大了，或者从开始就是一个"小大人"的形象，直接关怀的就是个体经验背后那些社会性、时代性甚至历史性的话题。不像刘庆邦、王安忆等人的作品，曾经甚至一直把个体经验作为主要描写对象，刘震云初期创作流露出的一点经验也只是在思考时代、政治和权力时的辅助物，就如同菜里面的少许调料。这似乎意味着刘震云从一开始创作，其切入生活的角度就与众不同。刘庆邦早期的作品似乎充满了人情人性之美，如《鞋》《梅妞放羊》等，其中洋溢的都是对美的神往和陶醉，最多有一点似乎对真情不能践约的遗憾，与沈从文、汪曾祺的作品比较类似。可以概括地说，刘震云追求的是生活中的"理"，刘庆邦则是留恋于生活中的"情"。"情"是可以直接感知

---

① 梁鸿：《论刘震云小说的思维背景》，《中国青年政治学院学报》2004 年第 4 期。

的，而理必须借助于现象与现象之间的相互作用才能发现。因此，即便刘震云早期作品中的"爱情"总是掺杂着个体以外的力量，在早期是商品经济冲击人的爱情，到《塔铺》还是爱情被物质的困境所阻击，于是再往后的刘震云似乎不再相信爱情，甚至仇视爱情，他认为"情"只是物质和权力的附着物，一种人生和历史的美好，只是虚无的道具，如"故乡系列"。到《一句顶一万句》中"爱情"似乎又回归了，那是把关注焦点转向"人性"之后一个表现，他把"爱情"理解成为人性的交流：说得来，有话说。因为有话说，同性可以成为好友，异性可以成为情人；因为无话可说，好友又成为陌路，夫妻可以离异。而刘庆邦这些作家对"情"的留恋则一直停留在那种状态，如沈从文、汪曾祺一样，一提到这几位作家，便能够给我们一种"情感细腻"的第一感觉，但你要从这些作家作品中发现"变"的轨迹却也很难，或者这种"不变"恰恰是他们传达情感的最好状态。

至于"情"与"理"孰优孰劣，应该是没有可比性的。郜元宝认为刘震云作品中在《官场》之后，"情"越来越少因而显得稀薄了，这也是不少学者的看法，张新颖却持不同观点："讽刺的尖利也许不得不以牺牲某种涵盖性、丰富性为代价，也许不得不攻其一点，不及其余，但具体到刘震云，我倒是觉得越写越好看。"① 这点上我认为争论的双方其实上都是对的，他们之所以对一篇作品看法完全相反，因为他们关注的点不同，就像所谓的"环肥燕瘦"，两种审美观是很难达成一致的，这就需要根据读者的阅读偏好了，有人喜欢从作品中读到"情"，有人喜欢看到"理"，笔者认为刘震云的作品，尤其是第二阶段以后的作品，更适合后一种读者。

刘震云从没"先锋"过，他的脚一直踏在现实的土地上。我们看到的不同只是他切入现实角度的变化、思考方式的变化、和叙事方式的变化。刘震云又一直保持着先锋的姿态，因为他一直在自我超越。

---

① 陈思和、郜元宝、张新颖：《刘震云：当代小说中讽刺精神能到底能坚持多久》，《作家》1994 年第 10 期。

第四节　拓展期

　　三个阶段可以说是从语言和思想综合考量的层面来划分的。第一个阶段他思想上不成熟，写作技巧、语言方面也是模仿的，没有自己的特色；在第二个阶段他已经抓住了这个社会的核心内容，并且尽量想把这种思考表达出来。语言的自我训练和叙事技巧的试验主要是在这个阶段完成，后期的语言狂欢和思想的狂欢算是在技巧及思想方面达到了极致，但这种极致的狂舞未免曲高和寡。也从《手机》开始，刘震云在又回到了当下，回到了那种以讲故事为基本出发点的小说创作状态，语言又开始简约。这种对于语言的克制表现在以后 10 年的几个长篇创作中，《我叫刘跃进》《一句顶一万句》《我不是潘金莲》在语言方面都表现了足够的克制。思想方面也是在对于个人外在环境如权力、政治、伦理、历史、大众的思考后，转向了对个体存在状态的关注。这点上刘震云有清醒的认识，在一次采访中他说："当一个人还在把事儿往深刻里说的时候，就证明他还没有达到深刻的阶段。真正达到深刻境界的人，就开始把话往家长里短说了。就好像一个人从来没有登过这个山顶，他肯定老是说这个山顶无比美妙，什么什么特别好看，咱俩啥时候去吧。但是真正登过山顶，站在山顶的人，他开始说山下的鸡鸣和炊烟了。"[①]

　　题材方面，刘震云既关注城市也关注乡村，既关注平民也关注头人，但当他写这些空间中的人和事时切入的角度却都是日常琐事，这是刘震云观察生活时一直采取的视角，也是独特的、很有意义的视角，如鲁迅在评果戈里悲剧时曾说："这些极平常的、或者简直近于没有事情的悲剧，正如无声的语言一样，非由诗人画出它的形象来，是很不容易觉察的，然而人们灭亡于英雄的特别的悲剧者少，消磨于极平常的，或者简单近于没有事情的悲剧者却多。"[②] 下面对刘震云

---

① 徐梅、刘震云：《谁同我结伴去汴梁》，《南方人物周刊》2007 年 12 月 1 日。
② 鲁迅：《且介亭杂文二集·几乎无事的悲剧》，《鲁迅全集》（第 6 卷），人民文学出版社 1981 年版，第 376 页。

本时期的作品略做介绍。

《手机》分三部分，第一部分讲述了严守一少年时代一次和吕桂花去镇上打电话的经历；第二部分则围绕着严守一成年后在电视台主持"有一说一"节目，和妻子、费墨、伍月和老家的奶奶的故事；第三部分则是讲了奶奶出嫁时，夫家捎信让出门在外的儿子回来完婚的故事。"手机"作为一个现代科技的意象，给当代生活方式带来极大的改变。它给生活带来了不少方便，也带来了不少麻烦，手机与电视媒体一起构成了当下一个时代标志。而参与这些时代建构中的人，其生活方式与"故乡系列""官场系列"中所描述的传统的生活方式不再一样，这与《我叫刘跃进》文本一起构成了刘震云把握当下的两个文本，对于人心理及个性的书写仍然是他的特色。

《我叫刘跃进》讲了厨子刘跃进因为丢包找包，无意中卷进一件大案的故事。其中人物复杂，厨子刘跃进，小偷青面兽杨志，鸭棚的曹哥、崔哥，房产商严克，政府官员，公安等本来可能互不相干的人群，围绕着找包发生了各种关联。刘跃进的小聪明，又可笑，又可气，他成事不足，败事有余，让整部作品表面看起来像一场喜剧，深处思考则暗示了人在世上的生活中一切事件发生的偶然性，不可掌控性。这是延续了前期对历史和现实解构的思绪，也是对这种偶然性在当下社会中真实存在状况的演绎。

《一句顶一万句》分上下两部分，上部"出延津记"，讲了杨百顺的经历，他最初跟爹卖豆腐，后来跑出去又跟老曾学杀猪，被老曾逐出师门后又在老蒋家染布，后又跟老詹传教改名杨摩西，同时进入老鲁的竹业社，离开老詹与竹业社后开始四处打零工挑水，无意中跟老冯在舞社火扮阎罗时出了彩，被召进县政府为老史种菜；有了稳定工作后入赘吴香香家，改名吴摩西。但这桩好不容易来到的婚姻最终因为吴香香与老高的奸情暴露两人一起私奔而告终。出于惧怕伦理非议，吴摩西带着闺女巧玲假装去寻找，巧玲却被人贩子拐跑了。巧玲是吴摩西活了那么久唯一能够说得来话的人，为了寻找巧玲，他出了延津，因为没有找到巧玲，他也不愿意再回到延津。

下半部写了牛爱国回延津的经历。牛爱国是上部中被人贩子拐走的巧玲（曹青娥）的儿子。牛爱国先后与几个朋友如冯文修、杜青海、陈奎、李克智等说得来话，有过交往，然而时过境迁，这些朋友似乎也都不能再交流。自己老婆庞丽娜与小蒋有奸情被小蒋老婆捉住，牛爱国本来想报复小蒋和老婆，却没敢实施；后来庞丽娜又与姐夫老尚私奔，于是出于伦理的压力牛爱国假装去找老婆，却偶然中认识了章楚红。他与章楚红很说得来话，但他总害怕这种偷情的丑事暴露引来麻烦，便在回家之后断了与章楚红的联系。然而之后他便一直苦闷，为了寻找答案，在母亲曹青娥去世后他回到了延津，这个过程中他意识到章楚红在自己生命中无可替代的重要性，便又重新去找章楚红，而章楚红却已人去楼空。

刘震云的新作《我不是潘金莲》内容上和《金瓶梅》中的潘金莲没有一点关系，只是对其中人物言语的借用。文本主要围绕上访讲了三个故事。在前两章的"序言"讲述了李雪莲相隔20年的两次上访，第三章"正文"中讲述了老史的上访，但前者是真上访，后者是假上访。由于"上访"一词所具有的政治色彩，乍看文本似乎在展示个体与体制的矛盾，但读过后才知道，"上访"只是个噱头，与《一句顶一万句》中的"寻找"一样，实际上仍是人与人之间交流的危机、信任的危机。正是在这点上与《一句顶一万句》是相通的，也难怪有人说《我不是潘金莲》是《一句顶一万句》的姊妹篇。

可以说在《故乡面和花朵》中，刘震云表达了大量的对于社会、历史、人性的思考，也表现出对于传统情感的依恋，其中可解读的空间非常大。但我们读刘震云新世纪的作品，小说语言简约了，说话也显得非常平实，几乎不再有什么歧义，这种作品表面看来似乎与一般的现实主义小说没有什么区别，似乎刘震云又回到了传统的现实主义写作道路上来。但如果进一步思考，我们会发现，事情没这么简单。当我们读过一般的作品，读过之后也就过去了，因为一遍之内我们了解了故事情节，似乎故事对于"我"的表演已经结束，该谢幕了。但刘震云这几部长篇不是这样，我看过之后仍然难以停下思考，似乎有些东西一直萦绕在脑际。

我们说"愤怒出诗人"，也说"忧伤出诗人"，前者指写作的动力来自于对现实的不满，所持的态度一般就是批判，如果都拿河南作家来作比较，阎连科应该属于这一类，他的后期的作品基本上都指向社会中存在的种种问题、弊病，读之让读者产生与作者同仇敌忾，希望改变现实的愿望。后者大概来自于对于过往、情感求之不得后，辗转反侧那种晨兴夜寐，挥之不去的情愫，读这种作品能感染读者发思古之幽情。但这些怒和忧伤都发生在读作品的过程中，读过之后换一种环境那种感受可能就消失或减轻了。而刘震云的作品却不属于这两类，你开始读时可能感到就是一般讲述故事，但读完之后，你却又体会到故事之后似乎还隐藏着什么？特别到最近的几部作品，他甚至力图引导你不得不往这方面思考。如《我不是潘金莲》前后完全不挨的故事，读者肯定会想，作者设置这样的结构是为了什么？

细细体味后，我们知道那就是"理"，就是每部作品中都有一个道理隐含其中。这点上刘震云似乎是有意的，他曾经在一次采访中有过对于这种情况的解释："作品考验到最后，技术层面已显得很不重要了。技术层面是多数人能达到的；非凡的胸襟和气度，却是少数人才能修炼出来的。"① 刘震云在《故乡面和花朵》中也用其中人物的言语传达自己的心声，就是别人写作时写作，刘震云写作不只是写作，他是以写小说的方式写哲学。因此刘震云的每一篇（部）作品，几乎都传达出刘震云对世界思考的最新进况。

如果从这点上理解，我们似乎也可以理解刘震云的创作态度和产量的关系了。前面我提到，刘震云在当代文坛是一个产量不高的作家，如他第一部长篇《故乡天下黄花》是在 1990 年结稿，《故乡相处流传》则结稿于 1992 年，《故乡面和花朵》则结稿于 1998 年，新世纪的几部作品也是，《手机》2003 年出版、《我叫刘跃进》则是在 2007 年，《一句顶一万句》出版于 2009 年，直到 2012 年 8 月《我不是潘金莲》才面世。可以说刘震云的每部小说都要经过两年甚至更长时间的酝酿和写作。这与那些每年都有大部头问世的作家相比，刘震

---

① 张英：《话找话，比人找人还困难——专访刘震云》，南方周末，http：//www.infzm.com/content/29810/0。

云产量不高，但他几乎每一部作品都引起评论界的讨论和困惑，甚至引领一个潮流。更主要是能让读者从他的作品中都能领悟到很多作品以外的东西。

第五节　创作发展的动力之源

一般来说，一个作家的成长往往从成长小说开始，此时他的经验开始进入他的创作，自身经验为叙事技巧提供了余裕。但实际上，很多作家，尤其是 20 世纪 50 年代以来开始写作的作家，往往是在意识形态的指引下，先设定主题，再搅拌点所谓体验的"生活"，"三突出""三陪衬"或一些所谓的"革命现实主义"和"革命浪漫主义"的写作路数。这种写作距离作家个体经验很远，因此写出的作品大多显得"假大空"。这种文风甚至影响到 20 世纪 80 年代的作家写作，如刘庆邦早期的长篇小说《断层》明显不是自己的经验，这些作品与当时的所谓"伤痕文学""反思文学""改革文学"类似都属于"近墨者黑"的延伸产品。刘庆邦直到后来找到了一种把自身经验与写作技巧完美结合的途径，如写乡村、煤矿日常生活中的人物，尤其是女性时才取得了成功。但成功后很容易停留在这一状态，难以突破。当代大部分作家都是如此，或如阎连科专注于现实批判，或如刘庆邦执着于诗意之思，或如李佩甫徘徊于权力呈现。但刘震云的写作状态即便到他成熟期后，仍然在发生变化。这种便不再是经验之变，因为一个人一生中的经验，尤其是能够进入写作的经验是有限的，一个作家能够把这种经验在写作中展示得淋漓尽致是一种境界，但超越这种状态却需要一种更高的境界。这点上，对于当下持续写作的作家来说，很少作家能够做到，刘震云在这点上显得卓尔不群。

这种效果可以说与刘震云作品中对于"理"的追求是分不开的。他一直在思考着世界、历史和人性、然后把自己思考所得通过作品传达出来。所以我们读他的作品，看似他在讲故事，其实上他是在讲理，他的故事只是表面的，道理才是目的。所以这里我们可以感受到刘震云语言所指和能指的分离，而这种分离又让他的作品产生了张力，我们因此便在这种张力中获得了阅读的快感，思考的快感，或许这个过程有些许痛苦，但每当我们有所收获，我们便能得到更深层次的满足。

刘震云甚至迷恋于这种叙事，他曾经举过讲笑话的例子。说有的人讲过笑话，旁边的人当时就乐了，乐完之后也就忘了。但有的笑话讲完，当时人没乐，结果回去想想乐了，过几天想想又乐了。这就是作品的蕴藉，当然达到这种蕴藉的途径可能很多，比如一种诗意的书写可以达到让读者置身于审美之中的境界；一种现实深刻的批判，能够唤起读者的感时忧国。但刘震云的作品与这两种都不同，他作品的蕴藉是一种"理"的蕴藉，其传达的是一种哲理追求。

洪子诚在《中国当代文学史》"新写实小说"部分，这样评价刘震云："相比起另外的'新写实'小说来，刘震云的作品，有对'哲理深度'更明显的追求，这指的是他对发生于日常生活中的，无处不在的'荒诞'和人的异化的持续的揭发。"[1]

与对"理"的思考相关，刘震云很多创作确实都是自成体系的，如《一地鸡毛》写过《一腔废话》写过《一句顶一万句》，还写过"故乡系列"，像《故乡天下黄花》《故乡相处流传》《故乡面和花朵》，还写过中国当代的"官场系列"像《官场》《官人》。刘震云在一次访谈中（BBC王荣访谈）认为这些系列的写作与那种零敲碎打，一锤子买卖、打一枪换一个地方的写作最大的区别是，"一个是系统的认识，一个是单个的认识"。刘震云这种写作状态确实让我们看到他思想的连续性。他从写作开始就立足于对世界诸种现象本源的思考，而不仅仅是批判或沉醉，并且他对世界的思考不是一个点或一个面，而是一条线或是一条通道，他用写作记录下了自己对一个问题或现象思考的过程。我们读过这些作品，能很清晰地看到他思想走过的路径。所以对于他表达的每一个思想点，我们必须以运动的、发展的眼光来观察。而不能像对大部分作家那样，直接静止地阐释几个主题，因为他即便是同一个主题，在不同的阶段，他的认识也是不一

---

[1]　洪子诚：《中国当代文学史》，北京大学出版社2010年版，第283页。

样的。

陈思和认为：从气质上说，刘震云的作品是新文学传统一脉相传的"摘来"，他笔底下的讽刺不是轻浮的，嬉皮士式的，不是无原则的消解一切，更不是那种政治上失意而发出的牢骚，他的小说无情地揭示出社会历史真相的无价值，用喜剧的笔调写出一幅幅让人沉重得透不过气来的画面。①

和持续的思考相关，刘震云在写作的过程中，逐渐形成了自己的思想体系。而该思想体系的形成又是通过对于传统价值体系、话语体系的颠覆和解构来完成的。这当然是一个大工程，因此刘震云写作中也呈现出对于世界中各个层面的扫描和透视，覆盖了政治权力、历史、伦理、人性以及对人存在的思考等社会生活的方方面面。在传统的话语秩序中是很难对其进行颠覆的，于是他在这个过程中还尝试采取了一种新的话语方式和叙事方式，一度的语言的狂欢、文体杂糅、结构错置便是他这方面的努力，而这却又引起很多人的误解。

---

① 陈思和、李振声、郜元宝、张新颖：《刘震云：当代小说中讽刺精神能到底能坚持多久》，《作家》1994 年第 10 期。

第二章 刘震云小说中的权力

　　针对有些论者把当代中国不能真正产生现实主义文学归咎于当代中国政治对文学的干预，王彬彬认为："这样看问题多少有些皮相。政治对文学的干预，确乎是现实主义不能生存发展的直接原因，但却不是唯一的和终极的原因。真正的现实主义文学不能产生的深层根源仍在于中国传统文化缺乏直面现实的精神，它或者使人背对现实生出一些飘飘欲仙的幻觉，或者使人在现实面前睁一只眼闭一只眼地得过且过。"[①] 传统现实主义确实存在这种弊端，它有意遮蔽了世界的伤疤，在癞疮上涂上油彩。不要说20世纪80年代之前的文学具有这种伪饰的特征，即便是80年代号称"现实主义恢复"的所谓"伤痕文学""反思文学""改革文学"等也是如此，因此曾有论者称"伤痕文学"本身就存在伤痕，"反思文学"本身也需要反思，"改革文学"自身也需要改革。这种现实主义的弊病在刘震云的创作过程第一阶段就有切肤之痛，他从《一地鸡毛》《新兵连》、"官场系列"开始试图切入自己认为的"真正"的现实，在这个过程中又意识到即便"新写实"仍然没有接触真正的现实，真正的现实存在于个体每天的"胡思乱想"之中，到"故乡系列"、《一腔废话》，在对现实进行逐层深入思考的过程中，他发现传统的整个价值体系都是有问题的，传统权力观、伦理观在历史的时间和故乡的空间中共同构成了对个体思想的蒙蔽，使个体在其中发生异化，丧失本性，并因为这种异化和个

---

　　① 王彬彬：《"残酷"的意义——关于最近几年的一种小说现象》，《文艺争鸣》1989年第2期。

体本真中精神需求的冲突而孤独、压抑、惶恐不安。刘震云正是在对这种内心孤独、焦虑根源的思考过程中实现了对这些传统的价值体系的解构。在这个过程中，刘震云首先关注的便是"权力"，这点似乎和大部分河南作家都是相通的。

从词源上看，英语的权力（power）来自古拉丁语"poison"，意思是潜在势力，为所欲为的可能性。汉语中的权则是公平、平衡之意，名词便是传统的称重的计量工具。这个概念不只是搞政治的人才熟悉，它存在于我们生活中每一个角落，从有人类社会起便成为关注的焦点。古今中外很多哲学家、政治家都对"权力"做出过思考，发表过各自的见解，加尔布雷斯在《权力的分析》开首一节写道："很少有什么词汇象'权力'这样，几乎不需考虑它的意义而又如此经常地被人们使用，像它这样存在于人类所有的时代。通过王权和荣誉的结合，权力被包括在对超我存在的圣念式的赞誉之中，每天，有成千上万的人都要和权力打交道。"① 米歇尔·福柯也发表类似观点："权力无所不在，并非因为它有特权能使万事巩固在它战无不胜的整体之下，而是因为它不断地产生出来，在每一点中，或更确切地说在点与点之间的每层关系中。""权力不是一种机构，不是一种结构，也不是我们具有的某种力量；它是人们给特定社会中一种复杂的战略形势所起的名字。"② 为什么权力现象如此普遍？原因之一就是伯特兰·罗素所认为的："人类最大的、最主要的欲望是权力欲和荣誉欲。"③

对于"权力"的定义托马斯·霍布斯认为权力是"获得未来任何明显利益的当前手段"，④ 马克斯·韦伯定义："权力是把一个人的

---

① ［美］J. K. 加尔布雷斯：《权力的分析》，陶远华等译，河北人民出版社 1988 年版，第 1 页。

② ［法］米歇尔·福柯：《性史》，史文版，张廷深等译，上海科学技术文献出版社 1989 年版，第 91 页。

③ ［英］罗素：《权力论：一个新的社会分析》，靳建国译，东方出版社 1988 年版，第 2 页。

④ ［美］丹尼斯·朗：《权力论》，陆震纶、郑明哲译，中国社会科学出版社 2001 年版，第 2 页。

意志强加在其他人的行为之上的能力。"① 这些观点大都是侧重于权力的强制和对抗性质。按照这种观点来看每个人不是权力的控制者，就是被控制者，或者两种身份兼而有之。当然还有关于权力的其他观点，如 T. 帕森就侧重于权力关系中的互动因素和合作性质，他认为韦伯等人的定义忽略了"权力关系是一种可以互惠关系的可能性：权力关系可能是一种有助于 A、B 双方都实现其各自目标的手段"。即强调权力的合法性和普遍性："当根据各种义务和集体目标的关系而使这些义务合法化时，如果遇到顽抗就理所当然会靠强制机构强制执行的地方，权力此时是一种保持集体组织系统中各单位履行有约束力的义务的普遍化能力。"②

其实这些学者只是论述了"权力"的不同侧面，没有孰是孰非。因为权力产生的初衷就是为了社会不同集团和个体之间互惠的目的，按照罗素的观点："随着人类文明的发展和技术复杂性的提高，结合的好处越来越明显。不过结合总要使人放弃一部分独立性：我们可以得到更多的支配别人的权力，而别人也得到了支配我们的权力。各种重要的决定越来越成为人的团体的决定，而不是单个人的决定。除非团体的成员很少，人的团体的决定必须通过管理机构来执行。"至于权力的执行必定需要执行者，这个执行者就是政府成员："政府成员即使是民主选举的，权力也比别人多些；民主选出的政府所任命的官员也是如此。组织越大，它的行政部门所任命的官员权力也越大。"③所以权力的产生是人类社会发展的必然结果，并且初衷是为了人和人之间合作的"双赢"。

但是在不很健全的体制下，权力常常成为某个人或某个集团得逞私欲的工具。这种假公共权力得逞私人欲望的念头来自于人对物质利

---

① ［美］丹尼斯·朗：《权力论》，陆震纶、郑明哲译，中国社会科学出版社 2001 年版，第 6 页。
② ［英］罗得里克·马丁：《权力社会学》，丰子义、张宁译，生活·读书·新知三联书店 1992 年版，第 84 页。
③ ［英］罗素：《权力论：一个新的社会分析》，吴友三译，商务印书馆 2011 年版，第 113 页。

益渴求的本能。因为"动物的各种活动，是由生存与生殖两个基本需要所引起的，而且也不出乎这两个需要所迫切要求的范围。这一点很少例外"。人的情形不同。对于人来说，"想象中的胜利是无穷无尽的。假如这些胜利被认为可能实现的话，人们就会做出努力去实现它们"。"想象是驱使人们在基本需要满足之后再继续奋斗的一种力量。"① 既然权力可以满足人更多的私欲，那么对权力的觊觎也就成为必然。因此罗素认为："人觉得在社会里生活有好处，可是人的欲望与蜂巢中蜜蜂的欲望不同，仍然主要是个人的欲望；因此，就有了社会生活的困难和统治的必要。一方面，统治是必要的，否则，文明国家就只是很小一部分人能希望活下去，而且还要处于可怜的贫困状态。但在另一方面，有了统治，必然就有权力的不平的现象；权力最大的人就要不顾普通民众的欲望，而利用手中的权力来发展他们自身的欲望。因此无政府状态和专制同样招致灾祸；假如人们要求得到幸福，那就必须在两者之间求得折衷的办法。"②

罗素提出的解决办法是尽可能减少个体对于权力的渴望，这就需要一种权力哲学："权力哲学，就其对社会所产生的后果而言，是自己否定自己的。我自以为是上帝的信念，如果别人没有，就会弄得我遭受禁闭；如果别人也有，那就要引起战争，而在战争中，我很可能死去。崇拜英雄使全国人成为懦夫。相信实用主义，假如普及的话，就会引起暴力统治，而这是很不愉快的；所以根据它自己的评判标准，相信实用主义是错误的。假如社会生活是要使社会的愿望得到满足，它就必须以某种不以权力爱好的哲学为其基础。"③ 但现实中，尤其是在中国的世俗社会，权力并没有像罗素希望的那样，被一种道德或权力哲学导引和约束着。因此围绕权力的争斗几乎从来没有停止过。深处这种"复杂的战略形势"中，你可以随时随地感受到权力的压力和傲慢。

---

① ［英］罗素：《权力论：一个新的社会分析》，吴友三译，商务印书馆2011年版，第1页。
② 同上书，第144页。
③ 同上书，第186页。

《温故一九四二》中刘震云在书写历史的间歇又顺便把当下的
"权力"反讽了一把。"我"找姓蔡的婆婆对其妓女经历做调查，差
点遭他儿子一顿毒打，于是想找自己在派出所的同学帮忙：

> 他甩了甩手里的皮带说："这事你本来就应该找我！"
>
> 我："怎么，你对这人的经历很清楚？"
>
> 他："我倒也不清楚，但你要清楚什么，我把她提来审一下
> 不就完了？"
>
> 我吃一惊，忙摆手："不采访也罢，用不着大动干戈。再说，
> 她也没犯罪，你怎么能说提审就提审！"
>
> 他瞪大眼珠："她是妓女，正归我打击，我怎么不可以
> 提审？"
>
> 我摆手："就是妓女，也是五十年前，提审也该那时的国民
> 党警察局提审，也轮不到五十年后的你！"
>
> 他还不服气："五十年前我也管得着，看我把她抓过来！"

正是因为"权力"的傲慢在日常生活中无孔不入，每个个体都会
直接或间接接触到它，并感受到"权力"失控下对人个体的束缚和
压抑，遭受到权力侮辱和损害。也因此才让我们对这个权力社会充满
了困惑、忧虑甚至绝望。于是"权力"成为横亘在个体自我价值实
现之路上的一座桥梁，占有了这座桥梁或被允许从此通过，你便可以
到达彼岸。一旦被拒绝通过，也就意味着边缘化，意味着个体的价值
与社会的价值无法成功接榫。因此"权力"似乎成为我们这个社会
一切矛盾的焦点。对权力的监督与批判似乎应该是一个有担当、有责
任感的个体努力的起点和终点。这至少是早期刘震云所持的观点，这
个观点也得到部分学者的认可。如陈晓明在一篇文章中认为："在中
国步入现代化的改革时代，刘震云高度地责任感值得赞赏，如果我们
并不主张回避现实矛盾的话，那么就应该肯定刘震云存在的价值。"①

---

① 陈晓明：《漫评刘震云的小说》，《文艺争鸣》1992 年第 1 期。

权力被滥用，给拥有它和接近它的人带来种种利益，而给权力体系之外的人带来的却只有侮辱和损害。这是一个有责任感的作家必须要面对的事情，他应该对这一切抵制、反抗，而不是视而不见，不应该在一个充满矛盾的社会中还搞诸如"唯美""闲适""静穆悠远"来粉饰太平。这是刘震云从一开始就在做的思考，并且这种观点贯穿了他创作的早期和中期。

本章所论述的"权力"包括"政治权力"，如同加尔布雷斯说的"权力"与"政治权力"常常可以互用，"权力"是一种广泛存在的社会现象，被认为是"人类历史上仅次于性爱的起源最早的社会现象"，① 美国政治学者托马斯·戴伊的观点或许更为贴近这种权力状态："权力是社会体制中职位的标志。当人们在社会体制中占据权势地位和支配地位时，他们就有了权力。一旦他们占据这种地位，不管他们是否有所作为，都会使人感到权力的存在。"② 但是在本章中的"权力"却又不仅限于"政治权力"，它要超出这个范围，包括因为财富、声誉等在一个个体身上加上的类似于权力的光环，这种光环在中国一些观念作用下，如同权力一样，同样具有资源聚集作用和人性异化作用。如罗素所言："权力也和能一样，具有许多形态，例如财富、武装力量、民政当局以及影响舆论的势力。在这些权力形态当中，没有一种能被认为是从属于其他任何一种的，也没有一种形态是派生所有其他形态的根源。""权力和能一样，必须被看作是不断地从一个形态向另一个形态转变……"③

刘震云在自己写作的模仿期就已经注意到乡村政治和权力对人的异化，如他的处女作《瓜地一夜》中，他塑造了一个人物老肉，作为一个权力具体而微的代表。老肉不是什么大领导，甚至连个村长、队长都不是，只是一个看瓜的，但在集体经济时代，这样一个工种便显出了优于一般群众的某些特权，他可以捡瓜地里的瓜皮回去喂猪，

---

① ［美］J. K. 加尔布雷斯：《权力的分析》，河北人民出版社 1988 年版，第 139 页。
② ［美］托马斯·戴伊：《谁掌管美国》，世界知识出版社 1990 年版，第 101—102 页。
③ ［英］罗素：《权力论》，吴友三译，商务印书馆 2011 年版，第 4 页。

也可以捡瓜地里的瓜子晒干卖钱。本来老肉因为腿瘸、说话慢、眼神也不好，平时总是耷拉着手走路，是一个连普通人都不如的残疾人。可自从他的一个本家侄女嫁给了队长喜堂的一个本家兄弟，他也跟着沾光分到看瓜的工种。之后便脾气也长了，走路手"常常背到身后了"，还动不动吆喝那些到瓜地附近割草的女人和孩子。

在《被水卷去的酒帘》中我们又一次看到权力相对于普通人的优越感。这种优越感根深蒂固，不但权力拥有者有这种感觉，其他人也以这种仰视的眼光来看。郑四本来想要责问青子为什么背弃诺言，但看到青子的城市人装扮，先就胆怯了。郑四到了青子家，如同刘姥姥进了大观园，特别是知道了青子现在丈夫的当官背景，身体健壮的郑四先是诚惶诚恐，后看老头对他比较和蔼又感受宠若惊，完全忘了这个老头是抢走他的青子的情敌。

之后在《新兵连》里李上进为入党而采取的种种行动，以及农村姑娘对他的期盼，无不展示着世俗人生对权力的渴望，对进入权力体系的渴望。对权力的世俗理解以及对世俗权力的强烈认同的愿望与不被世俗秩序接纳的恐惧，不过是一枚硬币的正反两面，没有入党，光身子，不只是李上进自己的感觉，还有无形的世俗压力。在当下底层人物或说"小人物"都处在被无形的世俗力量任意摆弄的生活境遇之中，都是活在他人的注视之下，不过完全不理这种"注视"也会产生新的问题，因为社会正常运行所必需的伦理秩序也是通过舆论监督来执行的。

为什么老肉前后的转变判若两人，郑四见了老头会一反常态，李上进对入党被拒会如此绝望，这便是权力的光晕所致。

第一节　权力之魅

在刘震云前期的作品中，很多地方写到权力的傲慢，权力与私欲的合谋，以及普通民众对于权力的敬畏。权力不但可以给掌握权力的个人带来财富，向其靠近者也能得到很多油水，所以权力和掌握权力者成为很多人觊觎的目标。

刘震云之所以对"权力"如此浓墨重彩地描绘，因为他在成长的过程中有切肤之痛。他曾经这样感慨：

> 我的故乡很看不起我。他们以为我出门忙活多年，该混个脸面回去。谁知混了半天，只混了个"青年作家"。而我们这个国度混得好与不好，是和地位连在一起的。地位是一种身份。个人价值与身份，少有联系，而地位的高低，是和做没做"官"，这个"官"，做到多大连在一起的。大家除了怕"官"其它什么都不怕。①

这种对于权力的感受大概不只是刘震云的个人感受，因为对于大部分的河南作家，如阎连科、李佩甫、刘庆邦等，"权力"都曾经或一直是他们的关注对象。

刘震云从80年代中后期开始对权力进行深入思考。他笔下的"权力书写"分布于他创作的第二阶段的几乎每一部作品中，对于权力他还从不同的层面进行透视。首先他关注到"权力"确实能带给人很多好处。如《头人》中，当了头人，"祖上"便可以在断案时吃上发面小饼，他喜欢吃臭鸡蛋，便有人专门把家里腌的鸡蛋弄烂弄臭给他留着；新喜可以经常吃村里的小鸡，而恩庆便可以吃村里的兔子，孬舅当了民兵连长，用"权力"在饥荒年代可以吃上豆面小饼；并用权力得逞自己的其他欲望——自己老婆孩子不给吃，让姑娘媳妇吃，谁给他睡觉就让吃一个小饼，先是给媳妇，后来就不给媳妇了，只给闺女。"权力"成为"近水楼台"，民众对"权力"的好处也都形成集体无意识，如有人对孬舅吃生面小豆饼有意见，孬舅大怒："拍两个生面小豆饼吃吃，就眼来眼去啦！咱还当这个鸡巴干部干什么！"

《单位》中的小林同样感受到权力的魅力。单位里处里每个人都分的是烂梨，但老张刚提拔了副局长就分到一网兜好梨；老张当处长

---

① 刘震云：《草木、人及官》，《中篇小说选刊》1989年第2期。

时只能和大家共用一个办公室，中午想休息一下都没有安静的环境，但当副局长后马上拥有了一间单独的大办公室，在中午可以躺在长沙发上睡个午觉；干了十几年的老何还是一家三代挤在一间房子里，官大一级就可以住上一套大房子。因为权力的这些好处如此具体可见，每个人自然都趋之若鹜。老张走后，很快围绕着谁接替老张当处长，办公室里展开了明争暗斗。小林开始对这些权力及与权力相关的级别、入党都不在乎，有了孩子后，家庭生活困难，而增加收入就得提高工资，提高工资就得提升级别，就不得不向这个权力体系妥协了。

《塔铺》尽管着力点不在"权力"，但权力在其中仍然若隐若现，"男同学宿舍里，为争墙角还吵了架。小房间里，由于我是班长，大家自动把墙角让给了我。"《新兵连》中军长他爹瘫痪在床，竟然安排专门士兵伺候。在"新写实"及"官场系列"中，对权力好处的书写就更多了，不再一一举例。在《故乡面和花朵》中，刘震云又这样比喻："有钱人，在有权人面前，也就是只'鸡'；就像'性'在钱面前一样，不是人在找'性'而是'性'脱了裤子找不到人。"①这是刘震云对于钱、权、性之间关系的理解。其中有对权的反感，这点在其他作品中也时时流露，但到《我不是潘金莲》中才有了超越。其实钱权是相互寄生的，但在中国的文化传统下，前者似乎更依附于后者。

不但权力拥有者如此，就是那些接近权力的人也都能够享受权力的光晕，这种现象被翟学伟称为"日常权威"："假如一个无论什么类型的权威者没有同另一个人有个人交情上的联系，他会把他的权力和权威借给他吗？显然不会，因为这时他是奉公守法和铁面无私的。但有了人情上的往来，情况就不同了，终于人情和面子将权威从一个人手中传到了另一个人手中。而这个通过个人地位拿到权威的人，其手上的权威已不是原先的权威了，我们就叫它日常权威。可见日常权威的内涵在于因为个人地位的使然而在权威上发生的位移现象。"②

---

① 刘震云：《我叫刘跃进》，长江文艺出版社 2011 年版，第 93 页。

② 翟学伟：《中国社会中的日常权威》，社会科学文献出版社 2004 年版，第 298 页。

所以中国人日常生活中比较重视人际关系，有人评价说中国式关系社会，就是这个原因。关于这点国外也有专家做过论述，英国人类社会学家迈克·彭在《中国人的心理》中的"资源分配理论"认为："'关系'是理解中国人社会政治和组织行为的关键观念。用来描述中国人之间的特殊联系。由于它是从农业社会中发展起来的，社会的主要资源由少数有权势的人控制，所以中国的文化传统非常重视'礼'……在中国社会中协调各种关系就成了获得社会资源的重要手段"。①

官本位或权力本位已经成为中国绝大部分民众内心的集体无意识，一个人是否成功，能否赢得大家的尊重，关键是看是不是当官，当多大的官，或掌握多大的权力。当一个官或是权力拥有者出现在大家面前时，民众会自然而然地表达敬意。《故乡天下黄花》中老贾本是地主李文武家长工，因被怀疑偷了李家少奶奶的裤子从李家辞工，后来参加了革命。几年后当他作为工作员出现在马村会议台上时，大家开始都以为是过去的老贾，开始表现出不屑：

> 台下就发出一阵笑声。这不就是以前给李家喂马的老贾吗？三脚踢不出个屁，怎么摇身一变成了"工作员"，来对我们讲话了？大家因为知道他的底细，看不起他，一些人甚至要散伙，特别是赵刺猬直接大声说："天转地转，一个鸡巴老贾，也成人物头了，来给我们训话！过去我们什么时候想踢他'响瓜'，就什么时候踢他'响瓜'！"

但随着老贾敞开自己的棉袄，露出了插在里面的匣子，尤其是此时一个穿着解放军服、挎着短枪的小伙子到了他跟前，下马，爬上台子，向老贾敬一个礼，掏出一封区长的信交给老贾，一下子把大家给镇住了。连村丁路蚂蚱都对老贾肃然起敬，忙端来一碗水，放到老贾

---

① ［英］迈克·彭：《中国人的心理》，邹海燕等译，新华出版社1990年版，第162页。

跟前，同时觉得自己不该再站到台子上，便提着锣从台子上下来，站到人堆里，仰视老贾。

《故乡相处流传》中更是渲染了类似的场面，曹操出行巡查，每个村庄都无比激动，"许多前来瞻仰看热闹的老百姓，这时都在整齐宏大的士兵们阵势中，全身紧扑在地，伏在尘土里，不敢抬头。特别是孬舅，更是身不由己一下子趴倒在地，脸贴尘土，再也不敢动一动"。这种对于权力的畏惧竟然能暂时性的战胜生理上的饥饿。当延津发生了饥荒，成千上万的老百姓忍饥挨饿，挣扎在死亡线上，而当曹操过来巡视时，所有的人都为能见到曹丞相无比激动："能见上真的曹丞相一面，我们大家就激动不已了半天。立刻，我们雄姿英发，由疲乏不堪的软虫，变成了一条条勇猛百倍的生龙活虎"。

可见权力不但能给人带来物质的实惠，还能带来更多精神上的满足及外在的光环。因此权力成为众人觊觎的目标也就容易理解了，那么权力又是怎么产生的呢？

第二节　权力是怎样炼成的

正是因为权力的拥有者和权力之下生存人的强烈反差，才有人为了争夺权力而费尽心机，甚至无所不用其极，但并非所有人都敢于争夺。如罗素言："热爱权力，作为一种动机来说，是受怯懦性的限制的，而怯懦性也限制这一个人的自我指导的欲望。既然有权力的人所能实现的欲望多于没有权力的人，既然权力能够获得别人的尊敬，那么一个人除非受怯懦性的限制，自然希望有权力了。"[1] 在罗素看来，权力争夺主要是强者之间的游戏，但所谓"强者"之间还有个相对性的问题，每个人内心这种欲望都是有的，当强者遇到更强者，仍然会表现出屈服；或弱者遇到更弱者，仍会表现出这种权力欲。正是在这种认识基础上，刘震云作品中的权力获得者并不一定就是传统意义上的强者，权力获得的过程也因此具有偶然性。

---

① ［英］罗素：《权力论》，吴友三译，商务印书馆 2011 年版，第 14 页。

历史总体上就是这样围绕着权力的争夺而展开的，但在不同的历史阶段，因为社会环境的变化，获取权力的渠道和权力带给人的益处又是不同的。罗素认为"夺取权力的竞争有两种：组织与组织之间的竞争以及组织内部人与人之间争夺领导地位的竞争"。① 按照这种观点，刘震云作品所呈现的大都是组织内部人与人之间的权力之争。

刘震云从《头人》开始便把焦点放到"权力"上，此后一系列作品里不但展示了现实中权力滥用的现象，也思考了权力的来源以及个体在权力体系中的无奈、沦陷、合谋等。

在刘震云的作品中，如《一腔废话》中的老马，"老马一直是一个被支配的民众角色，但老马似乎也可以逆转过来，反过来掌握主动权和话语权"。② 这里也符合刘震云的逻辑，权力体系都是由普通民众、由引车卖浆者流组成。在刘震云看来，这些普通人获得权力一般通过以下几种途径。

一　偶然获得

这种情况一般表现在权力体系内偶然性被授予。权力获得者、当权者最初也是普通人，与大家同吃同住同劳动，有的甚至自己也没有当官的初衷，获得权力并不在于权谋者的努力和心思缜密，而在于机缘巧合和偶然性。如姚晓雷在一篇文章中所言："地方权力形态的形成一开始就具有异己性和荒诞性，不是村民意志的反映，不是为了更好地代表村民利益，而是代表着更高一级权力统治这里的需要，它只对更高一级权力负责。地方权力产生之初，还受到民间固有的淳朴道德方式的制约，但很快就会被腐化，并和人性的丑恶面结合起来。"③这在中国是有传统的，因此很多情形是罗素的《权力论》所不能涵盖的。

如《头人》中的祖上，他开始来到申村的时候，这地方是块荒地，他在这里住下，熬盐卖盐谋生。后来这里又搬来了一些人，逐渐

---

① ［英］罗素：《权力论》，吴友三译，商务印书馆 2011 年版，第 114 页。
② 刘震云：《一腔废话》，中国工人出版社 2002 年版，第 72 页。
③ 姚晓雷：《刘震云论》，《文艺争鸣》2007 年第 12 期。

形成了一个几十户的小村。于是县里便想到这里收粮款。祖上当上村长仅是因为那个收粮的厨子需要一个主事的替自己收粮。在当时没人理他的时候，祖上把县上的厨子领到家里吃个饭，祖上就被指定当了村长。当时祖上慌忙说："大爷，别选我，我哪里会断案子，就会刮个盐土罢了！"伙夫说："会刮盐土也不错，断断就会了！张三有理就是张三，李四有理就是李四，杀人越货，给他送到县上司法科！"中华人民共和国成立后的第一任村长老孙也是因为家里是贫农，被章工作员指定的。老孙当时还哭丧着脸向章工作员摊手："工作员，我就会要饭，可没当过支书！"章工作员还批评他："你没当过支书，你们村谁当过支书？正是因为要饭，才让你当支书；要饭的当支书，以后大家才不要饭！"

《塔铺》中也是，"我"当班长，只是班主任随便的指定，当然与我的经历也有关系，尽管"我"在部队只是个喂猪的。《单位》中老张的升迁也是如此，老张本来并未想过要争副局长，但因局长和一个副部长各有自己的人选，争来争去一直定不下来，最后部长发怒，才提拔了没有人提名的老张。在刘震云看来，有些权力的获得是偶然的，里面无所谓强者，也无所谓谋算，是鹬蚌相争，渔翁得利。这也是刘震云的一种人生观的体现，对人生的一种感悟，这世界很多事情不是人力所及，只要照着这样过就行了，如《一地鸡毛》中小林的感悟。"偶然性"和"随遇而安"是刘震云故事发生的关键词，也是他故事发生发展的机理和推动力量，从前面的中短篇到比较近的《我叫刘跃进》都是如此，这似乎体现了一种道家思想。

这种方式获得权力的人最初甚至不知道如何使用，也对权力不感兴趣，甚至认为当官耽误了自家干活。如祖上刚当上村长确实不会做，也从来没想过怎么做。其他人也不拿他当回事，反而认为他自找了麻烦，没人意料到祖上在无意中已经进入了权力体系，包括祖上自己。他第一年收集了公粮往县上送的时候是自己一个人撅着屁股用推车推到县上，那厨子看了说他不会当村长，就给了他指点，后来他就用了个新迁到村里的小路当村丁，每次再到县上，都是小路推着，而他则摇着扇子跟在后面，还一边问："小路累吗？"小路则回答："一车粮食，可不能说累！"刚开始给村子里问案，谁家丢鸡摸狗，谁家破鞋孤老，找他评理，他都是给双方说好话，结果双方都不高兴，说他不会审案，村里仍然发生偷鸡摸狗、破鞋孤老的事情，后来他想出"染头"（给各家的鸡、狗染上不同的颜色）、"封井"（给出现破鞋、孤老等伤风败俗事情的双方各罚 10 斗高粱，还"封井"不让挑水）的办法，村里这类事情还真让他治住了。开始审案的时候因为紧张嘴老是吸气，脸憋得通红，似乎被审的是自己；后来逐渐不再吸气了，也不再把脸憋得通红了，并且形成规矩每次审案前先让村丁小路烙发面热饼。后来祖上去世的时候，村里人都来送纸钱，包括那些曾经被祖上罚过高粱和封过井的。人们甚至担心祖上死后，村里没有了头人，以后再出了婆媳吵架、兄弟斗殴、孤老破鞋、盗贼响马事情之后怎么办！

《故乡面和花朵》中把这种途径给寓言化了：

> 后来事情的发展果然证明了这一点。一个人得到一个契机，真是说改变就改变了。前两天还是一个小瘪三，停了几天就在汹涌澎湃的群众运动中听见他呼风唤雨了。前几天见了丞相还俯在尘土里不敢仰视，几天之后，就看到他在打麦场上指挥着千军万马在排队和转移了。本来群众是不转移的，糊涂的群众是不明真相的，但是这个小瘪三在打麦场上拿着手持的扩音器一声大吼："我是白石头！"群众就乖乖地听这个过去的小瘪三现在的群众领袖的调度了。说转移就转移了，说往东迈三步千军万马也就迈了三步。迈得多了，又说往回再迈一步，大家也就往回再迈一步。时代和机遇也就成就了一个白石头。机遇和外来事情的插入，还真是不能小看和小觑呢。小看和小觑是一种无知迟早要被滚滚的历史车轮给甩下和抛弃的。

这种被偶然指定的情况更多是在一个新环境下发生，或者对于现成的权力体系来说是偶然出现的一个部门，如申庄对于周乡绅；或者对于刚刚形成的权力体系需要充实和完善他们的权力机构，如那个章工作员对老孙的指定，这与下文将要论述的历史的偶然性因素是相通的。

二　暴力赢得

就是所谓的明争。这种情形在一个权力体系内一般表现在纲常废弛、礼崩乐坏之时，并常常伴随着上层社会的政治变动。也即罗素所说："在它的内政方面，暴力在两类不同的情况下产生的：第一，两种或多种狂热的信条为了争夺控制权而斗争；第二，一切传统的信条都已衰落，但尚无新的信条继之而起，因此个人的野心不受任何限制。在第一种情形下，暴力不是对所有人施加的，因为信从占统治者地位信条的那些人，是不受暴力支配的。"①

这两种可能在刘震云作品中都有体现，如两个权力体系之间的争夺必须靠暴力，如《头人》中，1949年后，国民党和共产党的权力之争又直接影响了村里的权力格局，即解放军来了，周乡绅被枪毙了，这种权力争夺只能用暴力。《故乡相处流传》中曹操和袁绍的权力争夺也是如此。

在一个社会动荡的时代，权力体系没有机会让自身完善起来。此时的权力虽然诱人，但因为不能在短时间内建立起权威，培养出民众服从的习惯，因而并不稳固。也可以说此时的权力体系是多元的，各权力体系之间划区而治并经常为某些利益发生冲突。如李小孩就把地盘划得很明确：方圆五十里，算他的治下，别的土匪来了他打土匪，日本来了他打日本，中央军来了他打中央军，八路军来了他打八路军，人不来他也不打。另外，中国军队同日本军队之间，中央军和八路军之间，也都经常开战。

刘震云更着重于思考在历史轮回中出现的暴力夺权。《头人》中祖上死后，祖上继任村长，两年后宋家发迹，给周乡绅送了两担芝麻把村长位置给夺了回去。然后三姥爷不服就整天拎着粪叉去吃面饼子，而后便是两家互相雇用土匪搞暗杀和明杀。先是三姥爷找土匪绑

① ［英］罗素：《权力论》，吴友三译，商务印书馆2011年版，第60页。

架了宋家的老四，后来宋家掌柜又找土匪伏击三姥爷，三姥爷受伤逃命后，又让儿子认土匪李小孩为干爹，在李小孩的协助下击毙了宋家掌柜。

《故乡天下黄花》中马村的孙老元和李老喜两家也是为争村长的位置互相仇杀，村长位置便在两家间来回转移。民国后，孙殿元取代了李老喜当了马村的村长，借李老喜儿子李文闹与村里佃户赵小狗老婆的奸情败露，赵小狗老婆上吊，赵小狗到村里告状，让县里司法科抓了李文闹，煞了李家的威风；后来袁世凯上任后，乡里又换了领导，李家借这个机会又找土匪杀了孙殿元，夺回了村长位置；然后孙家在孙老元的策划下，让许布袋借孙老喜看戏的机会刺杀孙老喜。后来许布袋、孙毛旦掌握了村里的政权，在李文闹死后，许布袋和孙毛旦就用先下手为强的办法，杀了两个李家的后人，打残了一个，把全村人震住了。

类似于这种社会形势在中国历史上出现过很多次，在礼崩乐坏的时代，任何人的生命和财产都无法保障，掌权者也是如此。但人之所以仍然执着于权力的争执，完全是出于一种本能。如霍布斯认为："全人类都有一种普遍的倾向，即一种至死方休、永不停息地追求权力的欲望，而造成这种情况的原因并不总是因为希望获得比他人业已获得的还要多的欢乐，或者因为他不满足于拥有比较适度的权力，而是因为他不能确保在不获得更多权力的情况下更好地保住他目前已拥有的权力和手段。"①

不但是获得权力要靠暴力，即便维护权力的稳定也是靠暴力的。如孙老元对佃户们很和蔼，但佃户们似乎都不怕孙老元。如《故乡天下黄花》中："一听说孙老元叫他们，两人都吓了一跳，忙停下手中的活计，擦着手来到正房。不过他们不怕孙老元，孙老元待人好。老冯家孩子有病，孙老元找先生给他看好；老得偷肉，孙老元也没有撵他走。他们怕的是孙毛旦，因为他手里常提马鞭。"②

① ［美］乔治·萨拜因：《政治学说史》（上册），商务印书馆1990年版，第522页。
② 刘震云：《故乡天下黄花》，江苏文艺出版社1996年版，第46页。

在刘震云看来，在中国以德服人是很难的。德的后面必须要有威，所谓恩威并重，并且以威为主，这里老冯和老得如果没有毛旦的鞭了，只靠孙老元的宽厚，怕是难以驱使的，孙老元显然也看到了这一点，因此对孙毛旦的狂妄也是默许的。正因为如此，可以说争夺权力的过程于大部分民众是无缘的，因为他们的懦弱，挥舞的鞭子已经让他们甘于雌伏了。但这并不是说他们本性善良，而是已经甘于权力对自己的控制。在这个环境中，大部分人根本不知道民主为何物，如李老喜到乡里开会，因为民国新乡长田小东讲"三民主义"听不进去，早早就回去了。在那里听完的也都不得要领。田小东谈到一半便问那些村长："听懂了吗？"村长们答："听懂了！"田小东问："三民主义是什么？"村长们答："叫老百姓守规矩！"孙殿元和孙毛旦为了当上村长，讨好乡长田小东，去向田小东要"三民主义"看，田小东很高兴把"三民主义"借给他们，事实上却被孙殿元和孙毛旦揩屁股了。这说明孙中山的"民族、民生、民权"的三民主义距离普通民众的思想现实还相当遥远。民众根本没有什么争取"民权""民生"的意识，强者只知用暴力镇压不守规矩的民众，而民众也只认这一套。对于捣蛋刺儿头的民众，如《故乡天下黄花》中的李冰洋等人，略施惩罚便顺从了。在刘震云看来，他们的服从只是因为他们的弱小，如果遇到比他们更弱小的，他们也是毫不留情的，这在第五章还会进一步阐释，或许这是中国一百多年来的民主道路上很难取得更大进展的深层原因。

诸如《故乡天下黄花》中的家族在村中的权力之争，在中国历史和当下可谓非常普遍。《故乡相处流传》中曹操与袁绍发起的官渡之战只是这种斗争的放大。这些人为各自的利益党同伐异，攻伐不息，却打着所谓"正义之师"的旗号，这种政治行为都被刘震云一一解构：这里曹操袁绍的交恶原来是因为一个沈姓的小寡妇；"文革"中赵刺猬赖和尚交恶也都是因为私人恩怨，大众只是被当棋子而已。

刘震云对这种暴力夺权行为采取一种反讽、解构的姿态，尤其是对这些于暴力冲突中死难的无辜民众，更是同情之中带着怨愤。

三　心智之争

两个权力体系之间争得权力主要是靠暴力，但在一个权力体系内部的权力分配却基本上是平稳的。特别在一个社会信条继续发挥作用，局面安定的时代，也就是有一个强大力量足以威慑全体的时候，权力的争夺会演化为向强势者邀宠承欢，希望从体系中分得一杯羹。《头人》《官场》《官人》中都有这方面的展示。

如在祖上时代因为管了县上厨子一顿饭就当上了村长，以后村里人知道了当村长的好处，就开始了争夺村长的历史。这种争夺除了在社会不稳定时期的暴力争夺外，一般都属于暗争。首先是投机争取，迎合上级和时代的需求。新喜、恩庆、贾祥他们的权力都是通过自己的处心积虑、邀宠迎合之后获得的。如新喜在 20 世纪 60 年代通过"活学活用"，每天半夜起来到地里砍高粱，等大家起床，他已经把高粱堆麦场上了。因此受到乡里的表扬，最终取代了老孙；而恩庆又通过揭发新喜的堕落腐化行为最终当上了支书；贾祥也是想让恩庆把支书让给自己，恩庆不同意。后来贾祥很好地把握了商品经济时代潮流，成立建筑队，带村里人去挣钱，既赢得了民众的支持，也和乡长搞好了关系，最后通过差额选举的方式取得了位置。

较量的双方不是靠暴力，但与上一种暴力获得权力者一样，这些权力获得者个性一般也都比较强悍，除此之外还兼具狡猾的心智。最初为了获得权力所需要的条件，他们会伪装自己，或者说是通过掩盖其本性骗得民众或上级的信任和赏识，得到位置后才原形毕露，也就是"变脸"，这点上刘震云看得很透。中国人性的扭曲主要体现在这个过程中。

从很大程度上，中国的人情社会便是来自于这种人情关系的构建。构建人情关系本是生物界一种正常的生态现象，目的是更好地凝聚力量，增强自然界中生存的能力，人类社会的形成之初也是出于这种生存的需要。这种初衷在中国社会中当然也是存在的，个体也都有这种潜在的渴求。但由于每个人都希望扩张欲望，都试图把自己看作欲望的主体，而把他人视为欲望的客体，因此这种心理需求被一些人利用，作为获得权力的一种捷径，他们千方百计地营建关系，不是"喻于义"，而是"喻于利"。"正是由于这种情形，社会合作不易实现，因为每个人都喜欢把社会合作看成是上帝和信徒之间的那样的合作，而以上帝自居。因此产生了竞争，需要妥协与统治，产生了反抗的冲动以及随之而生的动荡不安和某一时期的暴力行为。因此就需要道德来对目无政府、坚持自己权利的人加以抑制。"① 尤其到了现代社会，人类在自然界唯一的敌人变成人类自身的时候，人类发展的根本问题就是处理好人与人之间的关系，而权力在处理这种人际关系的过程中一直发挥着微妙的作用。据福柯的观点，权力使各种关系联结在一起，受这些关系的支配，反过来，权力也可以使这些复合的网络解体，组成另一种权力关系。《官场》中，即将来临的人事变更使局里旧有的权力秩序迅速瓦解，局长们互相拉拢，私下搞联盟、组帮派、定互利协议，企图将另外一方整垮。然而每个人只顾自己权位的安稳，每个人都时时权衡利弊，联盟不断组成，又不断瓦解，直搅得七个局长相互排斥，貌合神离，局里正常工作无法开展，甚至于任厕所里的蛆虫爬进了会议室。

刘震云对于权力的观点在不同时期的表现是不一样的，这里有一个逐渐深入的过程，由形而下进入形而上的思考。刘震云有个思维习惯，当他思想的聚焦集中在某个地方的时候，他会沿着这个入口一直深入下去，于是就会产生一系列的作品，涉及一系列连贯的问题，这种连贯不是一气呵成的，而是随时朝着四面八方分支。就像一棵树，它不只是向上生长，还旁逸斜出。他思考了权力产生的过程，也随之思考了形成后的权力运作的过程。

第三节　权力如何运作

依照福柯的权力理论，权力产生于种种势力关系之间持续不断的斗争和对抗，它表现为一个过程，体现了一个社会复杂的战略形态，

---

① ［英］罗素：《权力论》，吴友三译，商务印书馆2011年版，第2—3页。

它的核心是国家机器的政治运行机制。权力无所不在，每个人都生活在权力之中，受权力制约和调配。那么权力获得之后又是如何在人群中运作的呢？在刘震云的作品中，笔者概括出以下三点。

一　身体惩罚

在《头人》（或许更早）中，刘震云表现出一种对于暴力的审视，因为权力总是与暴力相连，普通人只尊重强者。当三姥爷与宋家掌柜就村长权力进行拉锯战时，当人们看到三姥爷占优势时，所有人开始向三姥爷讨好；当宋家掌柜一时盛气凌人时，他们便又开始讨好宋掌柜。申庄祖上开创"染头""封井"的方法来治理村庄，后来新喜又换了另外一种形式：大家发生了斗殴、吵架、孤老、破鞋，他不搞"染头"和"封井"，一律开"斗争会"，"坐飞机"。申村在新喜的治理下，从来没这么平稳过。

《头人》中，权力的执行和威严的建立无非是罚。李小孩用挖坑活埋人的办法震慑了一方百姓，宋家掌柜开始装英雄，等坑挖好了也开始求饶；孬舅开口闭口"不行挖个坑埋了你"，后来却被新喜用"坐飞机"治得服服帖帖。酷刑和高压是在维护权力的威严，也是对人的心理震慑，在中国越是高压人越服帖，这是刘震云对中国历史和现实的一种理解，他认为这是针对人性弱点而进行的非常原始也非常有效的治理措施。

高压之下，人对尊严的要求降低到了极限，鲁迅在《灯下漫笔》中感叹，人是多么容易成为奴隶，被欺凌之后还要对统治者感恩戴德。其实，古到曹操，近到蒋介石，他们为官，树立权威的手段没有太大差别，只需要在暴力的前提下维护一个大概的公平，就可以享受民众的膜拜。

刘震云对这种暴力统治持一种客观呈现的态度，没有具体的褒贬，他只是认为暴力是政治活动中一种常用而必要的手段，这是符合历史与现实的。村里也是需要权力运作的，社会上的种种矛盾如兄弟斗殴、婆媳吵架、孤老、破鞋、盗贼等确实需要强制性的手段进行治理。莫言《檀香刑》里面对酷刑甚至表现出一种欣赏，他借用林光第在狱中对刽子手赵甲的话表达了这种现实的思考:"刑部少几个主事,刑部还是刑部;可少了你赵姥娘,刑部就不叫刑部了。因为国家纵有千条律法,最终还是要落实在你那一刀上。"罗素也认为,即便文明社会的生存,也"不可能没有某种强制性因素:因为社会上还有犯罪者和违反利益的野心家,如不加以制服,就会很快地使社会倒退到无政府和野蛮的状态。"① 关键是中国的权力彻底失范了。1949 年章书记为了"合大伙",启用以前当过土匪的"孬舅",这些人后来成了村上的一霸,这让人想到赵树理的《李家庄的变迁》,所用非人,政策的执行便很难到位。

对身体的惩罚是有必要的,关键是这种权力的合法性必须建立起来,就是必须让人信服。如干春松所言:"制度要长期有效,就必须建立在正义和合理的基础之上。也就是说权力(power)要转变为权威(authority)。权力转化为权威的过程,其实就是权力形成的观念和制度效率在时间和意义上被普遍化的过程,进而转变为人们的自觉的遵从和心理上的期待。在这个意义上,我们可以说权威是具有合法性的权力。"② 因此,在权力没有转变为权威之前,也就是在权力失范的情况下,这种对人身体的惩罚主要按照掌权者的主观判断,服从于掌权者的一己私欲,因此这种对人身体的惩罚便带有奴化人性的暴力改造意味。

二 思想愚弄

维持权力运行的方式除了身体惩罚,大部分时间还是靠愚弄人的思想。这是刘震云,也是大多河南籍作家中很难回避的一个点,如阎连科、刘庆邦、李佩甫,他们都是从不同侧面书写自己对于权力的理解。在刘震云看来,中国人历来很崇拜权力、迷信权力,从小就被权力愚弄着,并且把这种对于人性的利用和玩弄尊称为"权谋"和"心术"。

---

① [英]罗素:《权力论》,吴友三译,商务印书馆 2011 年版,第 189 页。
② 干春松:《制度化儒家及其解体》,中国人民大学出版社 2012 年版,第 6 页。

《一腔废话》中，"上当"是一个关键词，这些"五十街西里"的民众随时在上当，随时在陷入圈套。这部寓言式的小说是刘震云对前期小说创作的一个总结。其中之一就是靠"猜谜"，如《故乡面和花朵》："你不是搞文学的吗？现在我就让你搞一下文学和出汗。"刘老孬动则让人猜谜语，靠谜语治天下。这都是对历史与现实的隐喻，统治者把各种真相隐瞒，让人猜测，永远不让民众知道于他们不利的真相，他们则可以随便给你编造出一个"真相"，为权力罩上一层神秘的面纱。

权力执行者给民众出"谜语"，这种方式一方面让权力显得云遮雾罩，莫测高深，让民众对权力充满了惶恐；另一方面通过猜谜，权力执行者可以根据情势的需要给出谜底。猜谜的过程中，出谜语的一方总是占尽主动与先机，猜谜一方总是很被动，因此，历史中的互动在阴谋中进行。为了防止这种真相被戳穿，当权者便禁止民众之间互相交流，如《一腔废话》辩论赛还不能讲话的隐喻，让我们想到"道路以目"的专制时代。不让民众说话和交流，这样更易于骗局的搭建和推进。

关于这一点，《一腔废话》中以寓言的形式道出："多夜之后老杜的话，这些经验也是改变之前从生活、五十街西里和屠宰场学来的，杀猪之前不让猪变疯，对于猪的临终也许更痛苦和更不人道呢。"也许正是从这点上，刘震云认为杀猪的更近政治。

权力是如何欺骗民众的，刘震云对这种政治手段作了大量描写：

> 练之前，猪蛋还拿着小笔记本做战前动员。小笔记本上，全是猪蛋到丞相府开会记下来的蝌蚪。当然这种会议丞相不会参加，都是丞相手下那些舔指头抠屁股的人主持。他们教我们明白刘表是个红眉绿眼的魔头，他手下也都是些妖魔鬼怪，千万不能让他们过来，过来就杀我们的小孩子，奸淫我们的妇女；我们的朋友是袁绍，袁绍的队伍和他们训练的新军是跟我们一样的庄稼汉，是好人，可以团结。当然，谁是世上最好的

好人？曹丞相。①

权力执行者靠这种虚假的宣传，猜谜欺骗民众，还借助一些根据自己需要建构的道德标准来改造人的思想。如"梁鸿的不因人而热"，让我们想起曾经的自力更生、"宁要社会主义的草，不要资本主义的苗"之类的偏执说教。这种行为或者比较接近于"舆论攻势"。如罗素所言："舆论是万能的，其他一切权利形态皆导源于舆论，……军队一无用途，除非兵士相信他们为之战斗的事业，如系雇佣兵，除非他们确信指挥官有能力领导他们取得胜利。法律不能实行，除非得到普遍的尊重。"② 因此，其在权力控制形成的过程中发挥非常重要的作用。但这种舆论宣传则是宣传一种假象，掩盖真相，他们相信"三人成虎"，相信"谎言重复一千遍就成为真理"。这无疑是非正常的。

权力者从这个立场出发，打击政治对手，常常攻其一点，不及其余。人无完人，任何人都有缺点，政治常常罗织政敌的罪状，用"人民"的名义来声讨它；而民众，作为一群乌合之众在一个被建构起来的英雄或领袖面前，是很容易被鼓动的：

> 老范还建议赵刺猬发言时，不要说他母亲以前和李家怎么样，只说上吊那天的事，李文闹怎么逼人，赵的母亲怎么上吊；上吊以后李家不闻不问，似乎像死了一条狗一样的态度；及母亲被李家逼死后赵家生活如何艰难，一家老小围着棺木哭……二、宋家老婆婆眼睛哭瞎事件。宋家老婆婆十八岁守寡，含辛茹苦，将一个独生子养大。养大以后，一年村里派劳工，当时李家当村长，就将这劳工派到了老婆婆家。当时老婆婆的独生子正在发疟疾，哭喊着"娘"，不愿意当劳工。可恨是被李家派来的人把独生子从炕上拉了起来。李家卖一个劳工，得了一百块大洋；可独

---

① 刘震云：《故乡相处流传》，华艺出版社1993年版，第16页。
② ［英］罗素：《权力论》，吴友三译，商务印书馆2011年版，第97页。

生子被拉走当劳工以后，四十多年还没个音信，老婆婆想儿子哭得眼睛都瞎了。三、李家的小猪倌被毒打致死事件。十年之前，李家养过一群猪。给李家放猪的，是一个十二岁的孤儿。一天这孤儿放猪到地里，一时贪玩，猪跑散了群，丢了三只，回家以后被李家毒打一阵；李清洋李冰洋又将孤儿捺到地上当马骑。孤儿连挨打带受吓，发起高烧，李家也没给看，后来这孤儿就不明不白地死了。……果然，由于事先安排布置得好，这次斗争会开得很成功。

当然，权力者的阴谋能够成功，利用的仍然是人本性中的同情心和渴望公平正义的心理。政治对手中有一些是实力旗鼓相当的权力争夺者，还有些是敢于反抗或者敢于质疑的人，或者这种反抗本身也带有渴望分权的意味，但表现决不如第一种强烈，有时甚至带有一种建设的意义，反映了很多民众的呼声。如罗素所言："叛逆有两种：一种是纯从个人出发的，另一种是由建立新社会的愿望引起的，这个新社会与叛逆者所处的社会是不同的。在后一种情况下，别人可能也有同样的愿望；从许多例子看来，除现行制度下少数既得利益者以外，这种愿望为大家所共有。这种叛逆者是建设性的，不是无政府的。"① 但在专制权力看来，这些都是镇压的对象。

《故乡面和花朵》里"权力"更加泛化，这点上符合罗素的观点："权力也和能一样，具有许多形态，例如财富、武装力量、民政当局以及影响舆论的势力。在这些权力形态当中，没有一种能被认为是从属于其他任何一种的，也没有一种形态是派生所有其他形态的根源。""权力和能一样，必须被看作是不断地从一个形态向另一个形态转变"。② 在这里已经突破了政府官员，也不只是前面的老师和上级、爹爹，这里又融入了另一种权力，即明星与大腕头衔的另一种权威。"乌合之众"容易认可有声望的人的观点。这是刘震云对于权力

---

① ［英］罗素：《权力论》，吴友三译，商务印书馆2011年版，第178页。
② 同上书，第2页。

的纵向追溯和横向拓展。

刘震云对权力执行者这种伎俩非常熟悉，他认为这世界本来很简单，结果被这帮人给搞复杂了。用刘震云的话就是，"把简单的事说得复杂的人，一定是从中间有利可图。"这点他在《一腔废话》中，以寓言的形式作了戏仿。如"我们围绕在老叶周围，按他的口令整齐划一！"这也是对于曾经一种场景的戏仿，如同领袖检阅人民的游行队伍；老杜让老马吃完了法式大餐去找五十街西里大家疯傻的原因："不能把原因简单怪罪到客观头上，而是脱离水晶金字塔，改变和客观另有原因——让从主观找一找。"这是对权力话语的一种戏仿，他希望大家相信导致众多弊病的原因不是因为政府，不是因为权力，不是因为体制，而是因为个人的原因，主观因素，也是统治者掩盖自己过失的常用路数。老马在这里应该就是做了一个替罪羊，替政府寻找民众疯傻的主观原因，最后随便找个原因，让疯傻的人把疯傻的责任担了；老杨反击小石的"失梦说"也是有道理的："什么洗心洗魂，什么洗肠洗血——不都是在梦和毒蛇也就是你的理论的指导下做出的荒谬绝伦和荒诞不经的蠢事？不洗还好一些，一洗倒更加疯傻了，不洗还仅是一个疯傻，一洗就变得聋哑，变成了木头、糟木头、破烂和垃圾。"这意味着那些所谓引导我们的种种理论不过是一个个人造梦幻，到头来都把我们从一个圈套引入另外一个圈套，走出一个陷阱又掉进另一个陷阱。

刘震云认为："现实的一切似乎都是阴谋，但这个阴谋由谁操作却是一个很大的问题。"从这点上看，刘震云怀疑启蒙也不过是一种权力话语的争夺。这种观点是有些偏激的，很容易导向虚无主义，刘震云到近几年才有所意识。

三 精神统摄

即杀鸡骇猴。权力这种执行方式更多以寓言的形式表现在家庭政治里面。《故乡面和花朵》附录里老梁爷爷在老庄和众人面前鞭挞死了牛力库祖奶，下文梅子小姨和金成表哥死于家庭矛盾、牛根和牵牛夫妻关系的演变，在刘震云看来都是一种政治的演绎，本来这是一个家庭内部甚至夫妻两人之间的事情，刘震云就从这日常的夫妻生活中看到了政治斗争的根源，其目的都是为了取得家庭内部，甚至对整个村庄的支配权。他们都试图在某个领域内争得支配权，结果让无辜的人丢掉了性命，这便是故乡的"面"吧，是现实政治斗争中最严酷的一面。

"老梁爷爷鞭挞新注"这是从男性一面阐释一个权力者的养成和运筹帷幄的能力。当牛力库祖奶被鞭挞至死的时候，很多人在猜测，老梁爷爷为什么要在众人面前打牛力库祖奶，成为老庄一个长久争论的话题。大家各抒己见，有以下几种观点：1. 老梁爷爷的性格问题。2. 揍她自有揍她的理由。可怜之人必有可恨之处。还是因为欠揍。要么就是这牛力库祖奶有爱出风头的毛病。反映到家庭之中，就是挑动婆媳关系，搅得妯娌不和，屁股沾屎，片刻不能安歇。婆家出了乱子，她在那里得意；婆家在健康发展，她非给你搅乱。她就是一个搅水女人。这样的女人，你不用鞭子抽她还等什么？这是姥爷们、舅舅们和表哥们的看法。3. 爱情问题……4. 更年期综合征问题……5. 前列腺或肾上腺出了毛病……6. 泌尿系统问题……7. 痔疮问题……

在大家都竞相猜测的时候，叙述者给我们道出了谜底："战争已经开端，就不要纠缠引起战争的原因了。蓄谋已久的海底是重要的，上边翻腾的浪花是不重要的；文字深层的流动是重要的，外表的形式是不重要的；海底深部的史是重要的，是不是新写实是不重要的。"因为引起国与国之间的争端和世界大战的原因往往是因为一点小事：

　　　　对方丢了一个士兵
　　　　对方丢了一头军马
　　　　对方丢了一只狗
　　　　对方丢了一只鸡
　　　　……
　　　　或者：
　　　　一幢大楼给烧了
　　　　一辆汽车给烧了

……

或是干脆：

仅仅因为一个女人

仅仅因为一个私处

……

那次引起我们村庄海底涌动的表面原因仅仅是：

牛力库祖奶在那天晚上淘米时，把一只虫子当成了一粒米，而这粒米或是这只虫子恰恰被我们的老梁爷爷吃到了。

很多人对于老梁爷爷鞭挞牛力库祖奶进行了很多猜测，然而原因很简单，只是因为里面发现了一粒米虫。他只是通过这样一个虫子，借题发挥，当众鞭挞牛力库祖奶。老梁爷爷为什么这样做？为了树立他在村中的威信，是一种威慑。"这也是不懂事的 1969 年我们所没有认识到的。所以当时我们才那么不知天高地厚。"① 这是对政治光晕的祛魅，对宏大话语的解构。这是本章的结论，似乎又带有反讽的意味。

另外一个则是牛根和牵牛的关系。牵牛本来是一个雍容华贵、眼不闪而亮、唇不点而红、"微笑着看世界的 19 岁的含苞欲放的美丽女人，最后怎么变成了那样残酷和阴毒的尖嘴疯虬，过去阴暗乖戾的面瓜倒变成了一个雍容大度的人呢？原来是那样，后来怎么就变成了这样了呢？原来是这样，后来怎么就变成那样了呢？"这是对牛根的反思，是对牵牛为什么变得残酷的反思，也是对暴政和专制形成过程的反思。在后面有他反思的结果：

想见之初，一切社会的人文的经济的政治的环境都很良好——不能成为一场生死搏斗的原因和开始。——那么原因是什么搏斗又开始在什么地方呢？

一切都在于你开始时候的温良恭俭让

---

① 刘震云：《故乡面和花朵》，华艺出版社 1998 年版，第 1837 页。

一切都在于你开始的时候没有当仁不让

一切都在于你开始的时候真的把对方当成了亲人

一切都在于你不懂敌人和亲人的概念

满墙的标语并没有启发你的灵感

你开始的时候没有主动去占上风

你没有把开始开好

你不懂大恶大善的道理

你把这个世界看得太神圣了

于是这个世界就恶性膨胀，牛根也就把自己放到了祭坛上。夫妻生活中矛盾形成的过程就是政治生活的隐喻。刘震云认为，权力格局的形成往往在于一次试探，这次试探就决定了谁在权力体系中属于发号施令者，谁是服从者。泼妇的形成不是因为女人泼，而是因为男人太软弱。这里刘震云提到牛根没能领会"满墙的标语"的含义，这个标语应该就是指"不是东风压倒西风，就是西风压倒东风。"刘震云进一步展示：

在她愤怒的时候——其实愤怒也是一种试探呀——你没有将粥碗扣到她头上，接着就等于你——还不是她——将粥碗扣到了自己头上。你向她证明了她愤怒的正确——这时的证明就已经超越了粥——从床上到生活，从牛粪到鲜花。你除了吓得差一点将粥碗掉到地上，接着还在那里停止了喝粥——就是第二天再喝，也开始压抑着自己不敢出声——这是你在生活的行动中对自己压抑和幻想用虚假来救命的开始——你不再发出自己本来的声音——压抑和虚假，从来都是自己造成的，——从此我们的面瓜哥哥喝粥的时候就再没有了声响，开始在那里悄悄地一口一口地抿；抿一口，还抬起头偷眼看一下对方。久而久之，养成习惯，不但和牵牛在一起的时候是这样，就是和别人在一起喝粥的时候——哪怕是和我们这些 1969 年的在村里无足轻重的小掇子们在一起喝粥的时候——也从来不是在喝而是在抿，抿一口，还偷着看我们一眼——最后不但喝粥的时候偷眼，就是平常做其它事和任何一件事，都养成了偷眼看人的习惯。

这正照应了罗素关于权力与人性的观点："在比较怯懦的人当中，对权力的爱好伪装为对领袖服从的动力，这就扩大了大胆之徒发展权力欲的余地。"① 这个过程也是人性异化的过程，但在刘震云看来，这个异化的过程责任不仅仅在当权者，更在于被统治者，正是被统治者的懦弱与忍让，纵容了当权者的嚣张和得寸进尺。按照刘震云的观点，这种忍让和懦弱是解决不了任何问题的：

> 接着就可想而知，我们的面瓜哥哥不但没有改变自己偷眼看人的习惯，反倒愈演愈烈，渐渐就像某些人有爱眨巴眼的毛病一样，一分钟之内不偷眼看人和偷眼看世界一次，他就觉得浑身不自在——这时偷眼就转化成了一种生活习惯。偷眼是日常和正常的，不偷眼倒是奇怪的。说假话也是这样，一开始是为了度过难关，渐渐就从中间找到了乐趣。还有稀粥——稀粥事件开了头，接着就会有接二连三的稀粥扣到你头上——这也成了习惯。一出事就扣稀粥，一喝稀粥就容易出事。最后弄得面瓜见了稀粥腿就打颤，见了稀粥就捂头。但是，稀粥不到头上事情就没完没了，稀粥到了头上事情起码有一个暂时的结果和结束，这时面瓜就盼着稀粥还是早一点来到吧。不来倒提心吊胆，扣到头上心里反倒稳当和踏实了。这时心理的折磨就不是对稀粥的担心，而是对稀粥为什么还不早一点到来的等待过程的愤怒。

刘震云认为，牛根到今天这种完全奴化的地步，与他的怯懦有关系。"在怯懦的人当中，组织性之所以能够增强，不仅由于对领袖有服从的心理，而且由于身处人人感受一致的人群之中，就会产生安然

---

① ［英］罗素：《权力论》，吴友三译，商务印书馆 2011 年版，第 5 页。

的感觉。"① 这大概是牛根奴性养成的过程，也是新树立的权力向传统权力转变的过程，政治运作的理论，试探、调整战略，退让者永远处于被动的地位。当然这种情况的遗传性，如牛根如此，从他父亲，他爷爷就是这样。这也是对于中国人性养成过程的隐喻。

这是牵牛对于牛根精神威慑的成功，这很明显是对政治斗争过程的一种隐喻，但同时也具有写实的性质。政治权力运作的范围也不止限于政府与政府之间，官员和官员之间，政府官员和民众之间，政治和权力还渗透到我们的家庭生活和日常工作当中，可以说只要有人的地方就有政治。这是刘震云对这个现象的思考，不得不说，刘震云在这个过程中对人性的思考和领悟是很深刻的，但一些人性上的问题还是有所偏执，他认为防止这种权力专制的办法就是以暴抗暴，但在人群中，有些人天生就属于个性较强、具有支配他人欲望的人，而另外一部分人则天生就是懦弱的。为什么会有发号施令者和服从者，罗素认为："这些事实只能从个人的心理和生理方面求得解释。有些人的性格促使他们总是发号施令，而另一些人的性格则促使他们总是服从。介乎这两个极端之间的，是广大的普通人，他们在某种情形下乐于发号施令，在另一种情形下又宁愿服从领袖。"② 大概牛根就是属于服从者一方吧。而牵牛似乎也不像是发号施令者一方，应该是一般人，也如大部分民众，遇强则弱，遇弱则强。

权力就是在这个过程中，既通过暴力，又要通过宣传攻势，还有威慑来达到执行的目的，这当然只是刘震云的个人观点，这种观点当然存在偏颇，他对人性把握的偏颇，这在第五章还会进一步阐释。

第四节　权力与人

这里存在着这样一个逻辑，既然权力能够带来利益，那么"权力"势必成为大家争抢的目标，于是围绕权力展开的一系列抢班夺权

---

① ［英］罗素：《权力论》，吴友三译，商务印书馆 2011 年版，第 17 页。
② 同上书，第 8 页。

也就会反复上演，"权力"成为罪恶的渊薮。这点大部分河南作家曾经或正在进行类似的思考。刘庆邦直到最近的长篇小说《遍地月光》仍然在表达这个主题；阎连科的作品一直在对现实进行批判，其核心便是"权力"和权力滥用的时代；李佩甫当然也是在围绕权力和官场写作，如《金屋》《羊的门》。只是刘震云似乎一开始思考得就更深入些，他不但在思考权力，也是在思考人性，或许权力和人性本来就是难以划清经纬的。人性中的某些因素触发了权力机制运行，而权力机制又把更多的人性异化。一篇文章表达过类似的观点：特定的社会环境、政治环境和一定的人形成了一定的"场"，造成了"场气候"，而这"场"反过来又规定、制约着人的思维方式、行为方式及人生追求方式，一切都必须按照"场规则"来运行。人的个性被磨平、磨光、磨圆，极大限度地向"场气候"所要求的共性靠拢，至少也要戴上"人格面具"。① 人的成长可以说与政治环境具有密不可分的关系，有什么样的环境就会有什么样的人。这也是刘震云的观点：人性就是在个体为适应环境所进行的自我改造中完成的。在刘震云作品里，描述了以下几种权力与人发生关系的状态。

一　权力与人情

按照卢梭的《社会契约论》，政府和权力管理个体，"不是出于自然，而是建立在契约之上的"。"在自然状态下，当个人生存面临的障碍使得人类不得不联合起来共同协作就无法生存时，契约就萌生了。契约是指每个结合者及其自身的一切权利全部都转让给整个集体。"这样做的目的是"使它能以全部共同的力量来卫护和保障每个结合者的人身和财富，并且由于这一结合而使得每一个与全体相联合的个人又只不过是在服从其本人，并且仍然像以往一样的自由"。② 因而他理想中的政府必须包括三个部分，一是主权者必须代表公共意志，这个意志必须有益于全社会；二是由主权者授权的行政官员来实

---

① 白雨：《"官场"人生，别样滋味——读刘震云的〈官场〉》，《小说评论》1989年第4期。

② ［法］卢梭：《社会契约论》，何兆武译，商务印书馆2010年版，第4—5页。

现这一意志；三是必须有形成这一意志的公民群体。这是一种理想状态的权力执行。但在中国传统中是人情盛行的社会，又因为权力缺少制约，中国的权力常常把私人感情与公事混为一谈，如《官场》中老金被提拔是因为与新任省委书记许年华有过一段酒友关系。

人情对权力使用的影响在官员看来似乎也是合理合情的，是无法避免的。如有人举报老丛等县委书记以权谋私为自己建别墅。刚升为副专员的老金到县里去查老丛，把老丛以权谋私的做法描写得合情合理，老金之所以会觉得合情合理是因为他们都是出于同一背景下，在下台之后都会面临一样的人走茶凉的悲剧，所以他们趁着在位置上时能捞就捞。可以说，这种贪污盛行在中国也是有着传统文化和心理背景的。人大多是锦上添花，或者落井下石，极少雪中送炭的。这种问题的根源刘震云后来进行了追溯，源头不仅源于体制上，也有传统文化的原因，更有人性的根本原因，当然，这种人性是在传统文化熏陶下驯化而成的。这也是短期内很难改变的。周围种种人情、舆论在影响着其中的每一个人，使他要么保持清高，最后被亲戚朋友认为六亲不认，以至于众叛亲离，要么就是合情合理地帮助亲朋好友谋些利益以便自己下台之后，受过自己恩惠的人还能对自己有点同情和安慰。

当然他们也很清楚这种人情掺杂在权力行使中是不正常的。他们，尤其是那些具有"潜质"的官员也都很注意表面客观公正，他们不会明说，只是用自己的暗示来影响，下面的部属对这种暗示当然也都心领神会。如许年华来到省里任省委书记后，很快金全礼便被提拔为副专员。当金全礼当面要对许年华表达谢意时，许年华说：

> 老金，不要这样说，我没有帮你进什么步！我刚到省里来，情况不熟，不管以前认识的同志也好，不认识的同志也好，都一视同仁，庸俗的那一套咱们不搞！要是你是指提副专员的事，那就更不要感谢我，那和我没关系，那是省委组织部与地委提名，省委常委讨论通过的！你只想如何把工作搞好就是了。①

---

① 刘震云：《官场》，《刘震云文集·向往羞愧》，江苏文艺出版社1996年版，第218页。

　　这是中国人情腐败的根源，也是导致中国人人性悖谬的根源。因为这种人情能够得到好处，有些人便为了获得权力而假套近乎，得到好处后，或对方失去权势时便拉下伪装。这种悖谬养成了中国人走茶凉、世态炎凉之类的人情世态。那些行政官员也是表面为公，内里为私，形成表里不一的双重人格。因为这种表里不一，形成了中国特有的拐弯抹角的性格。阿瑟·斯密斯，谈到中国人的性格，认为与西方人直来直去的性格不同："我们也不论他们是如何使用遁词、迂回的说法和替代词去表达很简单的思想，因为他们本来就不愿意采取简单化的表达方法。"[①] 也因为这种异化的、故意把简单的内容复杂化的文化习惯造成了当下很多现象认为的复杂化的现实结果，刘震云则试图把这种被复杂化，也是拧巴过去的内容再拧巴过来。他的作品被很多人认为"绕"便与此相关。

　　所以，虽说行政官员或靠近权力的这些人通过权力的交换谋得了不少私利，在某一特定时间也挺神气，但他们的行为毕竟是违反契约的，他们的前途并没有掌握在自己手中，而是被权力体系摆布着，官位对他们来说也是火山口，随时可能把自己吞没掉，他们时刻警醒着，所以官员们活得也都很累。《官场》中，几个县的副县长本来大家一起热闹着，互相请客吃饭，其乐融融，后来一听省组织部找他们谈话，每个人都紧张起来，以至于晚上都睡不着觉了。所以，刘震云说："……领导也不容易，整天撕撕拽拽，纠纠缠缠，上下左右都需要照顾，需要动心思，何况他们也是人，也有七情六欲。儿不易，爹也不易；下级不易，领导也不易，这才叫辩证唯物主义。正是从这一点出发，我才写了《官人》，算是替领导们诉说衷肠吧。"[②]

二　权力与人性

　　毕新伟认为刘震云通过小林表达了权力的一个通常意义，权力只是一部分人的既得利益，它必须以牺牲另一部分人的利益做保障，而

---

① 　[美] 亚瑟·斯密斯：《中国人的性格》，学苑出版社1998年版，第54页。
② 　刘震云：《〈塔铺〉余话》，《中篇小说选刊》1987年第6期。

另一部分被牺牲利益的人，只能在精神与物质的双重困扰下失去自己的本真（正常人的）面目。① 这里其实指的就是权力网中人性发生了异化。

在人情社会中，很多人为了获得权力伪装自己，投合他人尤其是上级的好恶，人性变异可以说很大情况下便是在权力压制之下完成的。这种人性的变异一般分为两种情况：一种是变得虚伪狡诈，皮里阳秋，这种人一般有信心能够驾驭权力，他们为了达到目的会伪装自己，迎合权力体系的好恶，但目的一旦达到，便会故态复萌；另一种则是开始出于畏惧假装服从，后边便是养成习惯变得谨小慎微，唯唯诺诺，成为被阉割者，就像卢梭所说的："强力造出了最初的奴隶，他们的怯懦则使他们永远当奴隶。"②

刘震云首先对这种权力竞争如何在不同环境里、不同的人物群体中异化人性做了思考。他在一系列的作品中陆续对权力竞争的几种环境和可能都作出设定。并且这种思考在这几部作品中逐层深入，除了上文论述过的《头人》《单位》《官场》《官人》《新兵连》都是如此，这些被很多学者归入到"新写实"阵营里的作品，其真实出发点都是"权力"，都是围绕着这一线索展开的，刘震云在其他场合曾经做过确认。

1949 年后由工作员重新指定要过饭的老孙当了头人，只是此时的"头人"改叫了"支书"。老孙因为是要饭出身，胆小，没有架子，连当了治安员的夯舅给他豆面小饼吃都不敢要，但这样一个廉洁的头人，工作上却经常落到别村的后面。老孙后来被乡上周书记撤掉，由新喜接替；新喜开始不摆架子，但很快也像祖上一样开始变化，先是带头去砍高粱，做好事。后来当上支书后就不再干活，在支部里用喇叭喊，慢慢腿变粗了，人也变胖了。他不再偷东西，后来却常常到人家院里吃个瓜果、枣子，然后人家找他办事他也痛快给办，大家都说新喜仁义；开始招待周书记吃小鸡，后来周书记不来，他自

① 毕新伟：《漫说"权力哲学"——刘震云小说论》，《文艺评论》1998 年第 4 期。
② ［法］卢梭：《社会契约论》，何兆武译，商务印书馆 2005 年版，第 8 页。

己也吃小鸡。后来新喜的下台不是因为村民告发他，而是因为喝酒后得罪了新任的崔书记。恩庆开始也是比较守本分的，不在小喇叭上吆喝人、不吃鸡、不撒尿，不吃瓜果梨桃，只是黑更半夜带头领人砍高粱，一热就甩掉上衣。治理村子上也用坐飞机，村里也平稳，于是大家都夸恩庆比新喜强。可是当了两年，恩庆也开始发胖，腿发粗；开始不吃瓜果小鸡，嘴馋了到地里摘些野山里红吃，捉些蚂蚱、蝈蝈烧烧吃，有时打个野兔子吃，特别是崔书记来了，他也会让八成去打野兔子，有时打不来，就到老二老三家借家兔子。久而久之，恩庆吃兔子上了瘾，到后来为了去嘴里吃兔子的腥味，就喝两口酒，喝来喝去酒也上了瘾。再后来还搞上宋家掌柜的闺女。但是县里来查，却查不出恩庆什么问题，每家每户都说恩庆好，不乱吃，不乱搞。为什么会这样？原来村民也有自己的算盘，现在恩庆搞的是地主家的闺女，再换一个支书保不定搞自家的闺女怎么办呢？所以恩庆一直干着支书，一直到改革开放。这个过程我们看到祖上、新喜、恩庆这种当上支书后的路径基本上是重复的，而不贪不占、胆小怕事、只会要饭的老孙当支书时却被普遍认为不会干支书。

刘震云对这种人性异化的认识表现在很多作品中，如《一地鸡毛》中小林前后的变化；《新兵连》中大家在体制和荣誉的诱惑下纷纷扭曲自己的本性，有人抢着去扫地，有人偷偷清厕所；《官人》中大家的钩心斗角，特别是金全礼为了升上专员，有意照顾老专员吴老，结果因为表演时入戏太深，吴老去世后，吴老的老伴还经常找金全礼要待遇，弄得金全礼左右为难。

那些靠近权力的人，通过自己的投机虽然不能得到权力，却可以在权力的遮蔽下即通过官商勾结实现权钱交易获得财富。《我叫刘跃进》中严格的发迹史很像胡雪岩，在贾主任还是处长的时候竭力帮了他一次。严格之所以帮他，并不是真的很了解这人，而是回去看了名片后，知道了老贾"虽然是个处长，却呆在中国经济的心脏部门"。

在中国一个稳定的社会结构中，在权力体系内部，一个人能不能顺利地一路升迁，不在于他的个性、创新和实际能力，而在于他被周围的标准体系所认可，就得给别人留下好印象，《单位》中"渐渐小林有这样一个体会，世界说起来很大，中国人说起来很多，但每个人迫切要处理和对付的，其实就身边周围那么几个人，相互琢磨的也就那么几个人。任何人都不例外，具体到单位，部长是那样，局长是那样，处长是那样，他小林也是那样。你雄心再大，你一点雄心没有，都是那样。小林要想混上去，混个人样，混个副主任科员、主任科员、副处长、处长、副局长……就得从打扫卫生打开水收拾梨皮开始。"但这种好印象其实并非人的本质，并不符合人的本来欲望，他只是为了迎合这种环境而做作的，是虚假的。但这种环境下也只能培养出来这样的"人才"，否则就靠边站。所以可以发现，这些领导们基本上都是表里不一的，老张升副局长后对找他谈话的副部长和局长唯唯诺诺，但转身就开始骂。老孙虽然背后骂老张，串联老何收拾抵制老张，但说过这些话马上去请老张参加他们处里的聚餐。我们也发现，必须具备这种表里不一，这种表演素质的人才能得到升迁。而小林刚开始的率性而为，说出"对贵党不感兴趣"的话被认为不知天高地厚，老何也因为有点老实不会说一套做一套，二十多年了还是个科员，而小彭、女老乔们一直处于基层也都因为各自的率真直爽，他们不会掩饰自己的个性，彼此之间有矛盾都公开化了，当然仕途上也不可能很顺利。当然那些身处高位、呼风唤雨的人，对这种虚伪的套话玩得得心应手的人，本身对这套应付也是反感的，比如老孙为了解开和老张之间的疙瘩，拉近二人的关系，专门陪老张去出差，两人在车厢里甚至说了很多貌似很亲切的套话，自己几乎都被这应付的话感动了，但回来后老张立马就觉得刚才的热情很做作，"这老张，又想往我眼里揉沙子！"

《官场》里每个人都在观察风向，巴结上面的领导，排挤同侪，县长小毛刚当上县长时对县委书记金全礼很尊敬，开口闭口"金书记"，但后来时间久后自己地位稳固了就开始攻击金全礼，当面也开始叫"老金"，老金主持的会议也不参加。但他听说金全礼要升为副专员时，马上就又开始表现出尊敬，请求老金原谅自己的年轻不懂事。老金几乎为小毛的表现所感动，但办公室主任提醒："县委的同志都说，让您别上小毛的当！他这个人，以前您不了解吗？他现在所以对您这么好，并不是为了别的，全是为了他自己，一是他看您当了副专员，二是他想接您的班，当县里第一把手！您要是不当副专员，是退居二线，看他开会理不理您！"金全礼一下子又觉得背上飕飕地起冷气。但金全礼表面却说："你胡说些什么！把毛县长说成了什么人！我不信这些，大家都是党的人，要以诚相待，哪里那么多小心眼！亏你还是县委常委，说出这样没原则的话！"这些官场上跟贴人都是在玩弄这种表里不一的手段。金全礼很佩服许年华也是因为觉得许年华这种套话做得滴水不漏。以往评论者都把许年华当作很有政治魅力和能力的人，评论者也没有意识到这种行为是否正当，把最后许年华的官场上溃败归结为无常和偶然，归结为更大的外力，或许那些无常和外力也都是存在的，但这样一种认识本身就说明这种虚伪也是被广大学者认可并当作魅力和能力的，而这本身也是刘震云所要批判的。

刘震云把这种扭曲人性所表现出来的灵活、机制称为"变"，这种人很会"变化"和"变脸"。这是一种在权力体系中占主流的人，他们的特点就是善变：刘震云在《故乡面和花朵》中甚至认为摇身一变或许是这些官员的天生素质："但我们的猪蛋，到底村长当了一段时间，他学会了摇身一变——这是当过村长之后和没有当村长之前的区别。他在政治上比我们成熟呢。凡是能摇身一变的人，我们在生活中都不能小觑，证明着他很快就要掌握我们的命运了。事情做得是多么地自然和顺理成章啊。刚才说过的话，现在他已经给忘记了；刚才做过的事，现在已经不算了。世界在他面前当然也就是在我们面前，又要重新开始了。"

权力机制就是这个样子，或许这样的权力机制并不可怕，可怕的是大家都对这样一种权力机制形成了一种默契，无人质疑它的合法性，如在《官场》里，当金全礼提拔为副专员以后，其他同住的县委书记本来大家还挺融洽的，马上内心里有了隔阂，连金全礼请大家吃饭几个人也没去。但后来他们心里释然了，是因为他们听说金全礼之所以能提拔为副专员，因为他与新来的省委书记许年华是同学："大家得到这个消息，都松了一口气。人家既然有这样的关系，和省委书记是同学，提个副专员也是应该的。假如老周老胡和省委书记是同学，提副专员时，老周老胡也能提上去。"这是一种集体无意识，这种不正常的权力机制和用人机制大家都认为是正常的。当然大家只是心里明白，表面上还不能这么说，对这套关系把握得越熟练，证明水平越高。

揭露归揭露，作者在作品中仍然表达了对这些人的同情和理解，特别是他们利用手中的权力谋取私利这点上。在刘震云看来谁在这个位置，都会犯错误，事实上这就促使我们思考这种错误的根源，无非与上文论述的人性的虚伪、人情的冷暖有关。大部分人之间的交往都是出于利益关系的，当然也有真正的情感，但关键是真正的知己之情在掺杂在拥有权力后众多的逐臭者中难以分辨，围着自己转的人是因为自己的权力还是人格魅力，我们常看到的是有一天官员权力失去了，围绕在周围的人也树倒猢狲散，变得门可罗雀，这是官员们内心有所认识的。所以他们都想在自己退休之前给自己留下一个退路，《官场》中有人向专区举报丛书记等人为自己造花园别墅，金全礼下去查时，因为关系不错，老丛就给他说了一番话：

> 就是！五十多了，马上都要退了伙计！我们不像你，升了上去，我们还能往哪儿升？退了，马上是退了！临退，总得留下个退路吧？得有个自己的窝吧？跟党多年不假，但总得有个安稳的窝吧？不然等你退下来，谁还理你呢？吴老不是样子？他是什么，是专员！可一退下来，不是你有良心，他连鱼也吃不上！现在的人不都是这个样子？人在人情在，总不能退下来让我住贫民窟吧！等我退下来，你开车到贫民窟找我？你还在老丛这吃得上涮羊肉？老金，你上去了，是体会不到咱在下边的心情啦！我只问你一句话，要是换你，你在县上，快退下去了，你盖房子不盖？盖！我们关系不错，我才这么说，你老金别在意！再说，谁觉悟高谁觉悟不高？到什么位置，才有什么样的觉悟！等你在贫民窟，有你高的时候！

金全礼听到这些也开始沉默了。刘震云其实在这里把矛头指向了更深层的人性因素，在这样一个文化背景下，人平时压抑自己的欲望，伪装自己，但欲望并未消失，他们知道自己需要什么，最初为了升迁压抑的欲望塑造的廉洁形象，随着退休，即将退出权力体系，他们对人性和环境有着很庸俗市侩却也切实的理解，他们开始放纵自己的欲望。

人走茶凉的现象确实普遍存在。新喜被周书记提拔，崔书记来了就把他撤了；新喜当村长时所有人都巴结他，被撤了之后再没人巴结他了，甚至想起他很多的新仇旧恨，忘了以前对他的拥戴。这是众人的劣根性，他们并没有一定道德标准和底线，都是在受着外界或周围情势的左右。因为对这种表层的洞透，这些当权者才有了"有权不用，过期作废"的感觉，才有了能捞就捞的思想。

另外一些人物为了获得上级的认可，因为过于夸张的掩饰，以至于最终引起内心真实的惶恐，这里契诃夫在《小公务员之死》中给我们刻画了一个在专制体制下整天诚惶诚恐生活的小公务员形象。他在看戏时打了一个喷嚏，刚开始因为自己是一个公务员还具有某些优越感，向四周故作优雅地看了看，结果当他看到前面坐的是将军时一下子陷入恐惧之中。他认为将军肯定会生气，其实将军没什么反应，但他不放心，一而再再而三地向将军道歉，请将军原谅，但将军真的没放在心上。我们感受到这种心理的普遍性是当这个小公务员把这个事情告诉了妻子，妻子也劝他还是要向将军道歉。最后终于惹火了将军，怒斥了小公务员一通，小公务员从此更担惊受怕，最后在忧心忡忡中死去。刘震云对权力层级之间的高压演绎其实是表现了对专制环境的排斥，因为人性的异化就是在这种环境中完成的。他在很多作品中表达了类似的认识，写到不少这样在权力压制下诚惶诚恐的人物。如《头人》中在三姥爷及宋家掌柜淫威下的村民、《故乡天下黄花》中夹在孙李两家的路黑小、《故乡相处流传》中在不同时代处于统治下的民众、在《故乡面和花朵》及《一腔废话》的寓言式书写中那些处于被动位置的观众，都是一些在权力威慑下诚惶诚恐的人。当然这样的人，他们一心想迎合权力执行者的好恶，完全压抑自己的人性。在这样的专制之下的一个表现就是没有实话，这也是国人虚伪，你很难听到实话的原因之一。刘震云在《故乡面和花朵》中有一段对权力压制下人性异化的寓言式呈现。

如牛根和牵牛结婚后，牛根被牵牛压迫得连放个屁都要编一系列的借口来解释，整个过程相当庞杂：首先要承认有屁味，然后来编造关于屁的谎言。"但是结论又一定要归为：这屁不是我放的。那么屁味是怎么来的呢？"牛根未雨绸缪地编造了很多理由：

1. 窗外的鸡窝传过来的味道

或者：

2. 屋里刚刚飞过一只臭大姐；

或者：

3. 屋里刚刚爬进来一只臭虫子；

或者：

4. 屋里刚刚跑进来一条小狗，说不定是它放了一个屁？

或者：

……

需要注意的是：

千万不能说刚刚进来一个人，要找一些不会说人话于是就死无对证的畜牲。

……

二、屁后为什么要打开窗户：

1. 打开窗户是为了赶跑臭大姐或臭虫子。

2. 打开窗户为了散发鸡、臭大姐、臭虫子或狗的骚味和臭味。——同时，为了强调这屁不是人屁而是虫屁或是狗屁，你还不妨用一下矫枉过正的战术呢——当她在那里吸着鼻子愤怒的时候，你要做出比她还愤怒的样子：

"你只闻出了狗的屁味，你就没有闻出它的骚味吗？"

这种发挥，视情形而定。

3. 除此之外，还要做出多手准备。因为情况是会突然发生变

化的。假如她回来的时候屁味已经散尽她现在已经不说屁味开始
单纯指责窗户打开怎么办呢？你就说：

"我看今天天儿好，我擦了一下窗户！"

当然，为了最后这段谎言的严丝合缝和滴水不漏，你在编造完这
段谎言之后，就要赶紧去真的擦一下窗户。当然这样也有一个坏处：
当你正在抹窗的时候她突然回来而屁味又没有散尽，这时你的抹窗户
就成了欲盖弥彰——这是它冒险的一面——但没有冒险哪里还有刺激
呢？——这也正是它的魅力所在——当你有惊无险渡过难关后，才能
长长地松一口气呢。在小说"附录"中，似乎有个补充性的说明，
牛根自杀的个中原因，似乎是另一个人口中的历史，就是牛根说的，
牵牛之所以是这样，是牛根把他培养成这样，为什么培养成这样而不
是那样，因为历史是这样而不是那样，牛根母亲就是这个样子，因此
从这方面说牛根的死还是为了子孙后代，不再像自己和历史，为子孙
后代去掉历史的重负。

每个生存于权力体系下的个体都感觉很累，筋疲力尽。在这个环
境下，残疾的人格被视为正常的，那些诚实、率真的却被当作不正常
的，甚至精神病人。

这点上刘震云曾经推崇类似道家精神的一种对世俗欲望的超脱。
人为了无止境的欲望，费尽心机，机关算尽，看似聪明却是对生物本
性的背离，并因为这种对本质的背离呈现出了后现代语境中的"碎片
化"状态，人所有的孤独感便是来源于此。在罗素看来："动物的各
种活动，是由生存与生殖两个基本需要所引起的，而且也不出乎这两
个需要所迫切要求的范围。这一点很少例外。"人的情形不同。对于
人来说："想象中的胜利是无穷无尽的。加入这些胜利被认为可能实
现的话，人们就会作出努力去实现它们。""想象是驱使人们在基本
需要满足之后再继续奋斗的一种力量。"①

每个人抛却这种多余的欲望，超脱于物质与荣誉之上，保持一种

---

① ［英］罗素：《权力论》，吴友三译，商务印书馆 2011 年版，第 1 页。

与自然的天人合一状态，才能实现人性的完整。即如老子所说的，
"绝圣弃智，民利百倍；绝仁弃义，民复孝慈；绝巧弃利、盗贼无
有"（《道德经》第十九章）。当然这是一种理想的状态，希望所有人
都能达到这种状态是不现实的。

三　权力与知识分子

　　一般认为知识分子应该是社会的良心，他们具有独立之精神和自
由之思想。洪治纲认为："所谓知识分子的角色意识，是指人们追求
独立、自由公正的主体自觉，是指人们面对社会和历史所进行的理性
思考与判断、质疑与建构。""我们强调知识分子的独立人格，并不
是要求他们沉迷于纯粹的个人化空间，与社会保持着某种决绝的伦理
姿态，而是要求他们以自身独立的、不受任何意志左右的价值准则来
对现实秩序进行有效的判断，从而在实践的意义上凸显知识分子在现
代社会中的重要作用。这种作用表现在，他们必须时刻利用自己的专
业优势，积极地参与到一切和大众生活密切相关的现实秩序中来，在
弘扬自我学术良知和职业精神的同时，为维护社会文明中的一切正
义、真理、尊严、操守等伦理秩序而努力。"[1] 韦政通认为："作为现
代的知识分子，一个最大的特色就是批判。"他认为，孟子说的"大
丈夫"就是近代人所说的知识分子，"富贵不能淫，贫贱不能移，威
武不能屈"，这就是孟子当时所讲的一个儒家所要培养的、追求儒家
道德理想的人格应具备的条件。另外"士"也接近于这个标准。而
"现代知识分子的批判，有更大的独立性，有独立的思想、独立思考
的能力。用自己的一套看法对面对的问题重新解释，独立思考，独立
判断，不受任何权威的影响"。[2] 萨义德更是呼吁一种知识分子立场，
他这样表达关于知识分子的观点："我也坚持主张知识分子是社会中
具有特定公共角色的个人，不能只化约为面目模糊的专业人士，只从
事她/他那一行的能干成员。我认为，对我来说主要的事实是，知识

---

　　① 洪治纲：《从想象停滞的地方出发——读余华的随笔集〈十个词汇里的中国〉》，
《当代作家评论》2011 年第 4 期。

　　② 韦政通：《人文主义的力量》，中华书局 2011 年版，第 84 页。

分子是具有能力'想（to）'公众及'为（for）'公共来代表，具现、表明信息、观点、态度、哲学或意见的个人。而且这个角色也有尖锐的一面，在扮演这个角色时必须意识到其处境就是公开提出令人尴尬的问题，对抗（而不是制造）正统与教条，不能轻易被政府或集团收编，其存在的理由就是代表所有那些惯常被遗忘或弃之不理的人们和议题。"① 所以有人指出："'知识分子'事实上是一种宗教承当精神。"②

　　知识分子在任何一个健康发展的社会中都是不可缺少的，刘震云也曾经以知识分子身份自命，他前期的作品中的人物常以知识分子和启蒙者自居，颇有指点江山、激扬文字的意味。但这种立场到第二阶段开始发生改变。如《塔铺》那个年龄已经很大，却到学校参加高考复习，目的是将来当官，整治那些"吃小鸡"的、鱼肉百姓的官员。这种"知识分子"责任感已经让人感觉不到多少神圣，却还有些淳朴的良知意味；随后在《新兵连》中，刘震云对那个文采好的王滴的投机钻营有意进行讽刺和挖苦，当然这种挖苦仍是寄托一种期待的。但现实中知识分子的作用一再让刘震云的这种期待受挫。《温故一九四二》中我们反思当时的知识分子，他们哪里去了，为什么没有知识分子站出来曝光这种饿死三百万人的饥荒？刘震云查询过当时报纸后发现关于饥荒的报道还是有的，如《大公报》记者张高峰的报道、王芸生的社评。问题是这种关注不但没引起对饥荒的重视，《大公报》反而因此被停刊三天。

　　《温故一九四二》中有这方面的描述：

> 　　《大公报》的灾区报道和社评，并没有改变蒋对灾区的已定的深思熟虑的看法和态度。采取的办法就是打板子、停报。知道这是从古到今对付文人的最好办法。文人的骨头是容易打断的。板子打了也就打了，报停了也就停了，美国之行不准也就不准

---

① ［美］萨义德：《知识分子论》，单德兴译，生活·读书·新知三联书店 2002 年版，第16—17 页。
② 昌切：《谁是知识分子》，《文艺研究》2005 年第 2 期。

了，接下去不会产生什么后果，惟一的效果是他们该老实了。所以，我与我故乡的三千万灾民，并不对张高峰的报道和王芸生的社评与呼喊表示任何感谢。因为他们这种呼喊并不起任何作用；惹怒委员长，甚至还起反面作用。

　　相比较，在中国最需要正义和真相的时候，是外国知识分子站出来仗义执言才得以扭转局面。所以刘震云说："我们应该感谢的是洋人，是那个美国《时代》周刊记者白修德。"中国的事情历来仿佛只有洋人参与进来才能有一个解决或反映，这其实是刘震云对中国知识分子为什么不能独立、不能仗义执言的根源进行反思，这和中国知识分子的人性和良心没关系，他们曾经努力过，只是不起作用甚至起反作用。原因就是中国的专制社会下，个体，无论是知识分子还是普通人在其中没有任何地位，得不到任何的尊严和尊重。所以刘震云这样写道："对待国人，大家是他的治下，全国有几万万治下，得罪一个两个，枪毙一个两个，都不影响大局；书生总认为自己比灾民地位高，其实在一国之尊委员长心中，即使高，也高不到哪里去。但对待洋人就不同，洋人是一个顶一个的人，开罪一个洋人，就可能跟着开罪这个洋人的政府，所以得小心对待——这是在人与政府关系上，中国与外国的区别。"

　　尤其可贵的是他们的人道主义价值观是超越国界的，超越民族的。关于美国记者对这次救灾的报道，刘震云这样写道："白修德作为一个美国知识分子，看到'哀鸿遍野'，也激起了和中国知识分子相同的同情心与愤怒，也发了文章，不过不是发在中国，而是发到美国。文章发在美国，与发在中国就又有所不同。发在中国，委员长可以停刊；发在《时代》周刊，委员长如何让《时代》周刊停刊呢？白修德明确地说，如果不是美国新闻界行动起来，河南仍作为无政府状态继续存在。美国人帮了我们大忙。当我们后来高呼'打倒美帝国主义'时，我想不应该忘记历史，起码一九四二年、一九四三年这两年不要打倒。"这里刘震云又是对"民族国家"这个概念进行反思。"民族国家"是世界进入工业社会之后产生的一个概念，是在"世界化"的过程中出现的，本身是政治运作的结果，这个概念在当下的狭隘性是不言而喻的。

刘震云不但对比了中美两国的知识分子在现实中的作用，更对比了两国统治者对于知识分子的态度，特别拿中国统治者在国内常用的一套在国外使用时的尴尬场景的对比更让我们反思：

> 宋美龄女士当时正在美进行那次出名的访问。当她看到这篇英文报道后，十分恼火；也是一时心急疏忽，竟在美国用起了中国的办法，要求《时代》周刊的发行人亨利·卢斯把白修德解职。当然，她的这种中国式的要求，理所当然地被亨利·卢斯拒绝了。那里毕竟是个新闻自由的国度啊。别说宋美龄，就是揭了罗斯福的丑闻，罗斯福夫人要求解雇记者的做法，也不一定会被《时代》周刊当回事。须知，罗当总统才几年？《时代》周刊发行多少年了？当然，我想罗夫人也不会这么蠢，也不会产生这么动不动就用行政干涉的思路和念头。

这种截然不同的观念和社会反映让我们思考这种观念形成的深层的原因，两者之间的差别除了制度方面民主与专制的差别，似乎还存在国民人性的差别；当然人性正是在这样一个大环境下为适应环境形成的，但这样一个大环境又何尝不是在这种特有的人性推动下形成的呢？此时刘震云对这两种差别还没有弄清楚，因此其关注的重点还在于政治权力，但"人性"的作用在其中也相当彰显，总体上与写"官场系列"时刘震云的思想还没有质的差别。专制权力固然压抑和扭曲了人性，但人性的懦弱又何尝不鼓励了专制与独裁呢。如上文提到卢梭的话："强力造出了最初的奴隶，他们的怯懦则使他们永远当奴隶。"这里面的指责是双重的。

通过这个阶段的思考，刘震云认为中国知识分子太幼稚，针对当时知识分子书中写到蒋介石不体察民情，不爱民如子，固执等，归于个人性情方面是不对的，从蒋介石的出身来看，蒋介石对当时的灾情"不相信"，完全是一种政治的考虑，三百万老百姓其实是死于政治，不是哪一个人。这里被蒙骗的不只是普通民众，也包括知识分子。由此可见，在一个专制体制下，没有民主，没有自由，是不可能存在独立思想和判断的知识分子的。即便有的话也会被权力驯服，要么消失，要么成为一个鲁迅曾经痛批过的帮闲文人。

此后刘震云似乎对知识分子的叫法已经绝望了，第二阶段后期刘震云开始对知识分子形象进行全面消解，主要体现在"故乡系列"中对于"小刘"的刻画。小说中对文人小刘极尽讽刺、挖苦之能事。把文人小刘塑造成一个没有廉耻，唯利是图、逢迎拍马、扶竹竿不扶井绳的世俗小人。或许在他看来，中国国情下的知识分子大致如此，这是被权力驯化和异化的结果。

在"故乡系列"中，刘震云也专门以隐喻的形式呈现了政治对不配合的知识分子的整治办法和过程，如发动群众批斗在街上编顺口溜讽刺官员的脏人韩：

> 这个老脏，教训他一顿也好。如果不及时教训他，任其发展，任其不知天高地厚地将他的顺口溜编下去，很难保证他将来的创作中仅仅是编排县委，而不涉及到我们村干部。让他知道一下马王爷三只眼，自由和创作自由也不是绝对的，他以后就会老实多了。比这更妙的是，这次我们领导既没有出面，又让群众把他给教育了，最后倒是我们把他给解救了，让他什么都说不出来，打碎的牙只好往肚里咽，这也体现了我们当领导的政策和策略水平哩！

这种发动群众对知识分子进行批斗的场景让我们想到"文革"，这当然是刘震云对于历史和现实的一种戏仿，也是对知识分子的一种调侃。正是存在着如此严峻的现实，刘震云不相信中国会有具有独立思想和主体性的知识分子，因此对这种丧失了主体性却仍然以知识分子自命的个体进行了反讽。

其他在《故乡相处流传》《故乡面和花朵》中，他都对这种知识分子的形象做了漫画式描摹。如《故乡相处流传》中的小刘是一个小文人，以自己能够为曹丞相捏脚为荣，常常"捏搓一阵，第三到第四脚趾之间便涌出黄水，脚蹼变得稀烂。黄水已经开始在第四到第五个脚趾之间与我右手的大拇指、食指、中指之间蔓延。一到有人问我：'你真是在给曹丞相捏脚吗？'我马上举起右手：'看这手，看这黄水'！"当曹丞相问小刘儿平生最佩服谁时，小刘儿不假思索地回答："当然是曹丞相。"曹丞相看破了他的谎言，对他用刑。"我"熬刑不过才承认撒谎，最终回答"佩服毛主席。"而后被从曹丞相身旁赶出去，由白石头接替去捏脚。小刘儿便在臆想中获得自我满足，"赶我出去不是对我的惩罚，是对我的恩典和爱护。如在曹身边待的时间长了，安知不是杨修第二？他要白石头也要得对，因为白石头不是写字的，他就会眯着眼睛逮捕癞蛤蟆的人，当然只配捏臭脚，我一个写字的有身份的文人，如何能干这个？白石头，你还别得意，这是我扔了的差事，你捡起来干，我对这差事和你都不屑一顾，弃之如敝屣。"于是在这种自我满足与欺骗中甚至还对曹丞相感激涕零了。《故乡面和花朵》中"小刘儿"一样，"世界维护礼义廉耻委员会"秘书长孬舅遭遇一帮同性恋者的游行请愿，而"我"给孬舅出的主意却是用"回去研究研究"的借口把问题挡了回去；当接到影帝瞎鹿的电话就他的作品改编电影征求他的同意时："我……我当然同意。我像别的母亲或妓女一样激动得说不出话来。我过去何曾被瞎鹿看过一次，我过去连瞎鹿心目中的宫女都不是，现在怎么喜从天降，眼看就要连升三级、要和世界上的第一嫖客因而也是世上第一男人的影帝瞎鹿共同上床、施展各种技艺了呢？瞎鹿叔叔，你说怎么办吧，你说让你侄子干什么吧，你说往东我不往西，你说打狗我不打鸡，就是前面是个火坑，你说往下跳，我就先跳下去再说。"随后马上把自己被瞎鹿看上的消息公之于众。一个知识分子为了获得权力的认可、接纳，完全抛弃了自己的尊严。刘震云是以一种反讽的形式来表达自己的态度，当然从这种反讽与玩世不恭中，我们能感受到其内心深处的绝望感。刘震云对知识分子态度的变化正好印证了吴俊关于中国"公共知识分子"的质疑，吴俊认为："中国其实到目前为止还并不具备形成一种公共知识分子（群体）的条件。抛开社会政治条件不论，只要转型社会中两个基本问题没有得到相对圆满的解决，对公共利益的关心就可能只会是选择性的。这两个基本问题就是上述的：新的价值观的牢固确立和社会利益制度化重新分配的基本完成。……现实中的每个人，说到底，其言行最根本的必须受制于他的个人利益动机。极端点说，个人利益其实是最真实的'第一推动力'。否则，我们只能抛下肉体而专注于精神飞升了。但，这并不可能。"①

四　刘震云对权力的态度

《故乡相处流传》《故乡面和花朵》中的爹的形象，特别是结合前期的《爹有病》《老师和上级》对于"老师"和"爹"形象的戏谑和反讽，代表着刘震云的主体意识的觉醒、个体对于权威的反抗和对于遮蔽的挣脱。这种感受基本上贯穿了刘震云写作的整个过程。如《一句顶一万句》（2009 年）中，杨百业整日盼着成亲："盼着成亲不是说一成亲就有了女人，而是成亲之后，能与老杨分家另过，不用再像驴一样，整日给老杨白磨豆腐，不白磨豆腐还在其次，关键是脱离了老杨，不用再看他的脸色。"觉醒的个体都试图摆脱权力的羁绊，这意味着权力对于掌权者来说并不是一种可以依赖的超越之道。

因为，在刘震云看来，通过权力达到一种人生的完美和平衡是做不到的。"但说到底，控制别人的时候，会有一种快感。这种快感还是因为在控制别人的时候，向自己证明了自己的价值。"②这点上仍然与存在的孤独中自我寻求超越是相通的。因为个体的孤独、渺小，他试图获得他者的认可来证明自身的价值和存在的意义。这是一种积极自我超越方式；但当个体不能实现自我超越时，他便会把精神寄托在一种外在的形式上，宗教是这种形式的最重要的体现。在西方的基督教、中国道教、佛教，包括儒家伦理都是为大众提供一种摆脱孤独获得慰藉的形式，只是相对前者那种积极的超越而言，后者则是一种被动的、消极的精神自慰方式。但这种积极追求自我超越的行为也并

---

① 吴俊：《质疑"公共知识分子"》，《文学的变局》，广西师范大学出版社 2005 年版，第 190 页。

② 边林、赵亮：《刘震云的低度情感》，《英才》2001 年第 8 期。

非一条坦途，权力的追逐可能是较为有效确证自我价值、获得他人认可的途径，但却并非长久有效的途径。

这里刘震云表现出的一种弑父情结，当然这里的"弑父"是佛洛伊德心理分析学意义上"弑父"的延伸。父亲和老师一样都是强权的象征，这里的弑父具有隐喻意义。如果说父亲象征着强权的存在对于个体的压抑，他不但压抑儿子，也压抑母亲，儿子和母亲常常成为父亲展示权威的牺牲品，如"老梁爷爷鞭挞新注"。

曾经有段时间，有人常常把祖国喻为母亲，我们也都热爱自己的祖国。这符合人性对生存空间的需求，因为母亲作为女性既是胸怀宽广，资源丰富，她养育了我们。但她同时又是柔弱可欺，"她"常常被政治强奸，这里"父亲"的形象便是对政治和权力的隐喻。

但他对母亲的感受又不一样，他作品中不管是有意还是无意，其中人物对于母亲都很有感情。在谈到关于母性时，刘震云作品里马上流露出浓浓的温情。路小秃对母亲的孝顺，每次抢劫后都派先把米面给母亲送去；陈玉成（麻脸）对母亲沈姓寡妇也很孝顺，回到延津占领了县衙，先把母亲接过去；更不用说《故乡面和花朵》中白石头对姥娘的依恋了。可以说，凡是刘震云认可的人物，一般具备两种品行中的一种，其一是浓厚的母性，姥娘是这方面的代表；其二是身上仍然保存着原始野性，如许布袋、路小秃，《温故一九四二》中在灾荒中到地主家去抢劫的首领毋得安。在刘氏看来这种表现是人性中最美好和有生机的成分，是人类发展的希望。这种对温情的眷顾一直延续到《我不是潘金莲》，因为有了这种人与人之间的温情，个体变得不再孤独，灵魂有了依托；因为有了这种原始野性的存在，独裁和专制不再安若泰山。

刘震云一方面对权力表现出憎恶和逃避，另一方面承认权力对人性异化的普遍性。权力和人性中阴暗面结合在一起，让我们在生活中无处躲藏。《一腔废话》以隐喻的形式道："于是留得青山在，不怕没柴烧，而我虽然已经被他们屡屡重建和改变——现在又有人重建和改变，但是他们从来忘记改变我的水晶和透明你们没有发现吗？"此处的水晶金字塔便是家园的象征，这千年的政权不是这样一种情形么，它反复的重建和改变着家园，给家园打上张王李赵的印记，而在家园被改造的过程中，人性不也同样在被改造着么？政治权力，包括伦理对人性一次次清洗或涂色，并不只是现代之后才有，或者说只是现代媒体的出现令这种遮蔽的效果增强了，甚至二者是结合为一体的，但同时叛逆的种子也在其中苏醒。

这也是刘震云从描写普通人生活的"一地鸡毛"转到"权力文化"描写后进一步思考的结果。刘震云认为不应该称为"官场文化"，称为"权力文化"更为准确，因为在几千年的传统文化和本性的交合中，"权力的意识深入到每个人的血液里，使他不自觉地、无意识地这样那样做"。① 这在根源上也是人性的一种体现，官员之间围绕权力的争斗与普通农村妇女在村里丢一只鸡骂街或撕打，甚至把自己的哥哥弟弟叫来帮忙没有本质的差别。如果说这种形势比较大，只是因为权力赋予了这百分之五的人更多的资源和更高的智力，因此在争夺的过程中显示出更为隐秘、复杂，所牵动的人数和资源规模也比较大。很多文章中提到刘震云是在批判"权力"或者"官僚"都不大准确，因为每个人身处其中都是如此，于是刘震云对这些权力体系中的人也抱有与对普通农民和市民一样的理解和同情。"这些小说写的是生活当中那百分之五的人群，他们在生活中处于支配的地位，是每天控制着张三李四和王二麻子的命运的人，思想完全不同于《一地鸡毛》。刘震云曾经对这些人非常的不理解最后他也理解了，他发现他们不但非常的平常，非常的可亲，而且他们之间互相争斗的方式，跟农村里乡妇为了一只鸡骂街基本上是一样的。这样就很富于生活中的亲切，也特别的可爱。刘震云的态度发生了转变，他们也是刘震云非常尊敬的人。"② 与其说他是批判权力和官僚，倒不如说他是在反思这种环境中的人性，与"一地鸡毛"时期的刘震云的思想还是处于同一层面的，是一种对宏观和伟大的消解，使之日常化，庸俗化，争夺权势的背后其实是欲望的扩张，用孬舅情人曹小娥的话说：

---

① 边赫、赵亮：《刘震云的低度情感》，《英才》2001 年第 8 期。

② 同上。

"什么革命，还不都是他妈的为了上下两张嘴！"

个体通过权力的掌握是可以获得物质和性欲的满足，这是刘震云的观点，但这种观点是片面的。刘震云后期应该也感觉到了，他关注点的转移应该与此有关。事实上，对于权力的争夺也并非完全为了满足基本的物质欲望，这里对于权力的追求某种程度上还具有独立性，就像罗素说的："爱好权力，犹如好色，是一种强烈的动机，对于大多数人的行为所发生的影响往往超过他们自己的想象。"[①] 就是说权力是与生命欲望和生殖欲望并列的一种欲望，我认为这种欲望可以从个体存在的层面找到答案，也就是说，控制别人的时候，会有一种快感。这种快感是因为在控制别人的时候，向世界确证了自己存在的价值。但很少人意识到，这种存在感的凭借点如此虚空，这种行为是误入歧途，因此人性在这个过程中是扭曲的，那种看似暂时的满足其实是以个体的碎片化为代价的。

---

① ［英］罗素：《权力论》，吴友三译，商务印书馆 2011 年版，第 189 页。

第三章　刘震云小说中的伦理

　　梁漱溟先生认为中国社会的运转"不靠宗教而靠道德，不靠法律而靠礼俗，不靠强制而靠自力"，然其中有一个群体在这样的社会自治的过程中发挥作用，这个阶层就是"士"。[①] 作为一套价值体系，伦理在中国社会的运转中发挥着重要的作用。然而从"五四"以后，传统伦理似乎成了过街老鼠，为什么会出现这种情况？结合当时时代背景考察，这其实是人长期在伦理教条的束缚之下、压抑之下甫一解放后的反抗。

　　伦理，顾名思义，便是处理人伦关系的规则，再推而广之也包括处理人与自然、人与社会、人与国家、人与民族之间的关系。伦理在现实生活中具化为生活中的道德标准，影响人们的一言一行，让整个社会有序运行。传统的伦理从源头上是具有人性化的，如孔子所谓"以德报德、以直报怨"，"老吾老以及人之老，幼吾幼以及人之幼"，所谓"君君臣臣，父父子子"也不是一味让臣子和儿子完全盲从于国君和父亲，还有对这种条款的制衡学说，诸如"君不仁臣投他国，父不慈子奔他乡"的说法。干春松认为："从儒家经由百家争鸣而成为汉代的国家意识形态的历程，我们可以看到，一种政治学说由观念到弥散到制度的转变。儒家思想内在的超越性力量和其建立在对中国人性的了解基础上的秩序意识，是其客观化和制度化的根源，因为制度并不是理性设计的产物，制度化更多是公共价值的确认，并由此客

---

① 梁漱溟：《中国文化要义》，上海世纪出版集团 2005 年版，第 212 页。

115

观化为一系列的制度来使之继续产生效率。"①

干春松还说："儒家具有最大的包容性，在人情和秩序、政治理想和社会现实之间寻求一种平衡。既强调等级秩序和权威的合理性，又指出道德和民意是判别君权合法性的依据。既积极地寻求参与现实政治的机会，又努力保持独立的人格。这样就比之于法家的刻薄少恩或道家的遗世独立那种极端化的立场有更大的弹性空间。因此，更为符合大一统政治格局下的意识形态的一致性和多样性结合的需要。"②只是这套健康的伦理体系后来逐渐被权力改造和扭曲，因此周策纵评价吴虞只手打倒孔家店时如是说："吴虞对孔教的批判态度可能是正适应了时代的需要。问题的实质并非是对孔子的教义进行重新评价，而要揭露许多世纪以来由统治者和官僚们强加在人们身上的伦理原则、制度，即基于孔子本人的教义或者冒用孔子教义的名义的伦理原则与制度的虚伪性与残酷。战斗的关键是反对僵化了的传统，而儒学则是这一传统的核心。"③

我们所抵制的伦理是宋明之后那种儒学制度化和教条化后的伦理，所谓"存天理，灭人欲"的伦理。按照斯宾诺莎的观点："动物的情感就叫作无理性情感，也就与人的情感不同。"人的本性是一种理性情感，就是道德。"就心理是主动的而言，在所有与心灵相关联的一切情绪不是与快乐或欲望相关联。""痛苦乃是表示心灵的活动力量之被减少或被限制的情绪，所以只要心灵感受痛苦，则它的思想的力量，这就是说，它的活动的力量被减少或受到限制。"④ 这就是说人的本性被限制和扭曲。这种痛苦意味着一种"恶"，而依照人自己本性的法则，"每一个人必然追求他所认为是善的，而避免他所认为是恶的"。⑤ 因此对于这种"恶"的伦理的质疑和解构便在情理之

① 干春松：《制度化儒家及其解体》，中国人民大学出版社 2012 年版，第 11 页。
② 同上书，第 10 页。
③ 周策纵：《五四运动：现代中国的思想革命》，江苏人民出版社 1996 年版，第 430 页。
④ ［荷兰］斯宾诺莎：《伦理学》，贺麟译，商务印书馆 2012 年版，第 147—148 页。
⑤ 同上书，第 185 页。

中了。刘震云作品中的伦理涵盖的主要是在新的时代背景下人与人、人与社会之间的伦理批判。并且这种批判往往是在不同伦理规则的冲突中完成。

第一节 伦理几种

一般认为伦理是关于道德的，而道德关系包含的内容当然是比较复杂的，如果从广义上分，有个人和环境、个人和国家、个人和民族、个人和社会及个人和个人的关系。当然我们主要探讨的就是个人和个人之间的道德关系。这同样包含不同层面，"在家里，有父子关系、夫妻关系、兄弟姐妹关系；在学校里，有师生关系、同学关系；在工作岗位上，有同事关系、师徒关系、朋友关系、上下级关系，等等"。① 刘震云作品中主要体现在人与人之间这种家庭伦理和社会伦理，中期写作，如在《故乡面和花朵》中也透露出对生态伦理的担忧。总体上说刘震云对伦理的态度也是矛盾的，特别是早期作品主要体现在对男女伦理禁忌的否定。

一 家庭成员之间

《大庙上的风铃》是对姐弟伦理关系的思考。赵旺从小父母双亡，在姐姐照顾下长大，对姐姐有很深的感情。然而在80年代初期，商品经济的观念的入侵和爱情滋生让他憧憬着自己的未来，却在金钱、爱情、姐弟之情间举棋不定，最终他带着愧疚拒绝了姐姐"到家吃饭"的邀请。《栽花的小楼》主要传达了对夫妻间伦理关系的思考。这里夫妻之间的伦理关系被放置在人性本能、世俗财富的交割中拷问，刘震云表达了对几种关系的困惑。这也是一个时代的问题。

"大麦先熟还是小麦先熟""兄弟如手足，女人如衣服"是刘震云本时期作品中经常出现的关于传统兄弟伦理的描述。《罪人》里主要质疑传统兄弟伦理的合理性，作品中通过传统伦理与欲望的冲突来

---

① 罗国杰：《伦理学》，人民出版社1989年版，第210页。

表达这个主题。牛秋用自己收酒瓶赚的钱换得一个替父亲筹钱治病女子的婚约，女子对牛秋也满意。他内心当然希望娶为自己老婆，但又顾及兄弟之伦理，所谓"大麦先熟"，最终成全了哥哥。但后来终于又在这种毛狐狸所象征的原欲的呼唤下与嫂子有了奸情。从此，这个伦理的压力便无形中成为他的一个解不开的魔咒，即使结婚后，一直因为那个伦理的负罪感让自己不能解脱。

到 1988 年的短篇《爹有病》中，他把父子之间的伦理关系完全的解构了。《罪人》中牛秋、牛春哥俩尚手足情深，《爹有病》中的父子关系却没有父慈子孝。爹在家中是一个专制家长，因为爹是家里的顶梁柱，所以家里有食物先让爹吃饱，有衣服先让爹穿好；其余人包括"我"则生活在他的淫威之下，随时听从爹的差遣，为爹服务。算命先生说"我"的生辰八字对爹不好，爹有病后便认为是"我"对他犯克的结果，听从算命先生的话，不顾荒野里出没的野狼把"我"在荒野里的树上绑了三天。这里的哥哥也没有牛春对牛秋的关心爱护，兄弟怡怡之情了，完全是爹的帮凶，这里一个家庭似乎就是未来刘震云对于社会历史思考的缩影。这个变化表达了刘震云对于传统伦理关系思考的深入。

还有在父子、君臣关系上，师生关系上，按照"君君臣臣、父父子子"的伦理说教。当然当时社会已经没有了皇帝，但是领导权威可以说是皇帝权威的替代物，而师生关系按照"天地君亲师"的排序和"一日为师，终身为父"的说教。处于臣子、学生地位的个体应该表现出相应的恭敬，但是我们从刘震云的作品里看到了他对这些伦理的解构。这种解构涉及全方位的，如《老师和上级》中刘震云表达了对于身处这种权威笼罩之下的压抑感。但总体上以解构父子伦理为主。《故乡相处流传》《故乡面和花朵》中通过对其中"爹爹"形象的漫画化描写，让我们看到了爹爹的偏执、自私、虚伪，对儿子没有丝毫的关心爱护。只想着让孩子为自己提供条件享受，沾儿子的光，从来没想过为儿子分享艰难。

刘震云不放过任何一个漫画"爹爹"形象的机会，《故乡面和花朵》中"爹"的形象又反复出现：

为了这个，俺的爹还对我不满意呢，在那里对我白眼了半天，也不怕耽误他自己的寻找。为什么人家老牛看上小白没有看上你呢？为什么人家白蚂蚁可以屡屡沾上人家儿子的光我一次也没有沾上你的光呢？这可让我哭笑不得。爹呀，你该找谁就找谁吧，你这样长时间的看着我，会让人家误会你是看上了我，这不但耽误你的寻找也耽误我的寻找，更重要的，会让人家误会我们是要乱伦呢。

后面还有：

但他没有想到，俺继母这时又改变了主意，"她"改变主意可一点没有跟俺爹商量，这样我一下就知道俺爹在家中的地位了。"她"我行我素地说：

"这样吧，也不要全是蓝花，也要一些红花。半蓝不红，不是正好和半扁不圆从形式到内容给配套起来吗？嘴也是半歪不噘吧。"

将俺爹给尴在了那里。但到了这个时候，俺爹哪还是个有脸的人，马上就毫无原则和毫不脸红地见风使舵了，也向我摆着手说："对，就按这原则，赶紧去挑吧。顺便先把钱交了，回头咱们爷俩儿再算账。"

等我在瓦砾中找出一些颜色半蓝不红和嘴半歪不噘的夜壶，给他们在付款台交了款，将夜壶交到他们手里，他们两个高高兴兴回家了——今天这个集还是没有白赶，虽然中间起了一些风波，但最终结果还是皆大欢喜——不是又跟大家一样了吗？于是两个人搂着肩膀，像两个孩子一样高兴地回了家，这时留在瓦砾堆上的一个小黑孩，却像大人一样地孤独了。

刘震云对爹这种形象的感觉就如同对权力的感受是一样的，嘲讽的态度也比较近似。所以在多次漫画完"爹"的形象后，他这样发泄对"爹"的怒气："俺爹没死，俺爹还是俺爹。这个世界对厚颜无耻的俺爹一点没有办法。倒是俺爹最后适者生存地在这种窘境下找到了自己的精神生活和另一种寄托的办法。你们人不是不跟我玩吗？那我就跟动物玩了。突然有一天俺爹灵感大发，就想出了这么一条活路和生路。这一下整个世界和故乡都在他面前失灵了。"

这里的爹、老师和上级可以说都是传统社会中权力的代表，权威的象征，刘震云文本中处处表达着对这些符号所指的不满，但他仍然用尽量客观的手法。但是我们仍然能够从他那貌似客观的描写当中感受到他的情感向背。

《一句顶一万句》中其实也写到了很多处于家庭伦理，尤其是夫妻伦理之中个体的困惑，只是这里刘震云比较偏重于描写人性在伦理中的觉醒，如上篇中吴摩西的老婆跟银匠老高私奔，而下篇中牛爱国老婆庞丽娜先与开照相馆的小蒋偷偷约会，被小蒋老婆发现后又与姐夫老尚私奔。这里都传达了人性与伦理的冲突，只是这部作品中主题已经升华了，也可以说是刘震云的认识已经改变了，冲破伦理的动力不再是第一阶段《罪人》中所认为的那种单纯的两性欲望，更多是一种心灵的契合。这种能够"说得来"的诱惑是人更本质方面的反应，但遗憾的是，在这种情况下的吴摩西和牛爱国还不得不在伦理话语的驱使下去寻找跟别人私奔的妻子。这里又见证了伦理通过话语传达的威力和对人性造成的压力，他们本来已经知道和妻子无话可说，不想去寻找了，却被伦理压迫着不得不去，吴摩西因此还丢了和自己"说得来"话的巧玲。

二 社会成员之间

如师生伦理，按传统伦理来说，"一日为师，终身为父"，但这种"师生伦理"在商品经济社会也受到了挑战。《一地鸡毛》中小林的小学老师来北京看病，遭到小林老婆的冷落，一句"去他妈的，谁没有老师！我的孩子还没吃饭，哪里管得上老师了！"把师生伦理消解殆尽。曾有论者根据这句话认为这是刘震云表达的对城市文明的批判和对乡村温馨情感的留恋。因为当他送走自己的老师，一个人往回走，"这时感到身上重极了，像有座山在身上背着，走不了几步，随时都有被压垮的危险"。为什么会这样？这其实是一种伦理道德的负重，当年为很多人忽略，但在生存的艰难和道德伦理冲突时，他选择了生存。这也是刘震云一贯的立场，如同《温故一九四二》中，面对饿死还是当汉奸亡国奴的选择，他们选择了后者，这种出发点是一样的。"'谁不想尊师爱教'？我也想让老师住最好的地方，逛整个北京，可得有这条件！"这是一种靠近人本质的选择，如斯宾诺莎言："凡符合我们的本性之物必然是善的。"① 这也是一种向"善"的选择，也是一个自由人理性的选择。

城乡差别的主题在刘震云的作品里不是很明显，刘震云认为那是一种文化根源，人性根源，而不是空间差别。他在访谈中说："一些与故乡没有直接关联的作品，如《单位》、《一地鸡毛》，《官场》、《官人》两个系列，表面看似写城市的，其实在内在情感的潜流上，也与故乡或农村有很大关系。因为从思维习惯和观察生活的方式上，中国的城市人与农村人的差别不是太大。"② 这与沈从文、刘庆邦、阎连科对于城乡迥然不同的态度是不一样的，在他们作品中故乡与城市是具有巨大差别的，有一条不可跨越的鸿沟。刘震云写到的是城市中人性的淡漠，但他对人性的异化的根源是抱一种理解的态度，因为各种压力太大，孩子入托，调动工作等。但可以肯定，小林在商品经济时代传统伦理正在消解的感受方面还是较深的。

《故乡天下黄花》中流露出另外一种正在被消解的传统伦理：

> 牛大个脸一白一红的。红了半天，问："我要参加，让我干什么？"老范说："你在李文武家里呆着，他家的日常情况你总会知道，以后有什么可疑的事情，赶快向贫农团报告！"牛大个又迟疑了，脸又红了，说："在一起混了那么多年，这多不仗义！"老范说："是不仗义，可谁叫他是地主呢！他是地主，你是雇农，他一直在剥削你，这仗义吗？"

① ［荷兰］斯宾诺莎：《伦理学》，贺麟译，商务印书馆2012年版，第191页。
② 刘震云：《整体的故乡和故乡的具体》，《文艺争鸣》1992年第1期。

传统社会中的伦理体系如"父子有亲，君臣有义，夫妇有别，长幼有序，朋友有信"作为长期深驻于每个人内心深处的道德底线在这里基本上消失了。这是用阶级的话语解构传统伦理，作为阶级意识的意识形态总是以歪曲的普遍性的形式出现的："每一个企图代替旧统治阶级地位的新阶级，就是为了达到自己的目的而不得不把自己的利益说成是社会全体成员的共同利益，抽象地讲，就是赋予自己的思想以普遍的形式，把它们描绘成唯一合理的、有普遍意义的思想。"① 但对于这种传统伦理的解构仍然需要利用人性深处对于"善"需求，仍必须用传统的道德作为武器，传统的道德在老百姓的内心太根深蒂固，这也说明，传统伦理在生成的过程中确实是源自于根本的人性的，反映了人的普遍需求的。这也是曾经有段时间，建构阶级伦理的过程中为什么要解构传统伦理、"批孔"的原因之一。但即便这种伦理在商品经济社会已经变得日益破碎，在社会中协调人与人关系的仍然是传统伦理。

三 不同等级之间

门当户对意识，在刘震云的很多作品里都有呈现。这确实是中国传统中根深蒂固的意识。或许世界史上也有这种现象，就是先富贵起来的贵族看不起后富贵起来的贵族，特别是这些贵族最初曾经是自己的下人时。在《故乡天下黄花》中，老孙家和老李家交恶因为此，后来赵刺猬、赖和尚对李葫芦的态度也是如此，他们几乎忘了他们自己的出身也不过是无赖。但这种门当户对的意识造成的最初的冲突，很快就会习惯了。这个在刘震云作品里表现得很多，如《单位》里老张被提升为副局长后，和原来的那些老副局长平起平坐，让那些副局长很看不惯，甚至告到正局长那里。《故乡面和花朵》中，先当上大腕的国际巨星瞎鹿，对于文人小刘因作品成名也加入大腕的行列，与自己平起平坐很看不习惯。

① ［德］马克思、恩格斯：《马克思恩格斯选集》第 3 卷，人民出版社 1972 年版，第 54 页。

　　刘震云认为这些伦理最初也肇始于一种普遍的人性，因而具有一定的合理性。《一句顶一万句》回归到写实。老杨给儿子找媳妇应该门当户对，觉得自家真的配不上老秦家。但秦家的女儿秦曼卿却一心要嫁到老杨家，要打破这门当户对的伦理。原因之一是对之前被退婚的愤怒；其二便是，看过不少明清小说。但结婚后终于意识到自己错了：怎么也没想到"在明清小说中，富贵女子下嫁，夫家虽破旧皆洁净，官人虽穷困皆聪明，虽然卖油打柴，但卖油打柴之前，皆是白面书生，会吟诗作画"。结果到了老杨家，看到"老杨家旧倒也破旧，几间破房东倒西歪，院子里高低不平，雪落在土里，众人踏来踏去，成了一片泥泞"，这还不重要，更让秦曼卿介意的是，原来秦曼卿以为杨百业真老实，谁知当杨百业见秦曼卿的脸晴转阴，以为他嫌自己穷，说了一句："你不要怕，我卖豆腐时，也背着爹攒着体己。"此时，"秦曼卿叹一口气，便知生活和明清小说里不是一回事。但事到如今，主意全是自己拿的，想回头也已经晚了，在乐器的吹打中，不禁流下泪来。不是伤悲嫁错了人家，而是伤悲不该读书"。那种基于现实普遍人性的伦理是正确的，只是这种伦理经过人为的改造和伪饰，便成为骗人的东西。刘震云这里把批判的矛头指向了明清小说，也指向传统的现实主义。因为这里书中所传递的现实都是经过想象和加工过的"伪现实"，把社会中各种关系虚构美化，这也是历史虚构的一部分。

　　秦曼卿看了太多才子佳人的小说，进入作品太深，距离现实太远，在刘震云看来传统现实主义文学害人匪浅。这些作品把真正的现实人性理想化，给冷漠的客观生活涂上一层油彩，而个体总要接触实际的，这些油彩终会褪色的。因而客观上不但是一种自欺欺人的行为，也起到了麻痹民众的作用。这种传统现实主义一统天下的局面及其所传达的自欺欺人的价值观，虽然在五四时期被一些接受过"新思想"的作家如鲁迅、张爱玲等质疑甚至批判过，但整体作为传统余绪一直持续到20世纪80年代才被"新写实"打破。在这种传统现实主义作品影响的读者一般都会产生秦曼卿从书中到现实这种心理落差，这也是一个个体在成长过程中常常困惑、矛盾的原因。

　　以上出现的这些伦理，从男女伦理到父子伦理，从君臣伦理到普通社会成员间的伦理，有刘震云认为合理的却被破坏着，刘震云对之有种惋惜之情；而那些不合理的却还存在着，刘震云便试图对之进行消解。伦理的合理性经过长期世俗的改造，在当下已经不容易辨别是对是错。判断一件事是对是错，该不该做，刘震云认为不应该看这种形式上的东西，要看那些实际做事的效果，

　　如他对于汤恩伯在 1942 年救灾中的表现，是肯定和赞赏的，认为有人做好事哪怕是沽名钓誉，也比什么都不做，任灾难发生强：

> 　　当然，并不是所有的政府官员都这么黑心烂肺，看着人民死亡还在盘剥人民。也有良心发现，想为人民办些好事或者想为自己树碑立传的人。我历来认为，作为我们这些普通百姓，只要能为我们办些或大或小的好事，官员的动机我们是不追究的，仅是为了为人民服务也好，或是为了创造政绩升官也好，或是为了向某个情人证明什么也好，我们都不管，只要为我们做好事。仁慈心肠的汤恩伯将军就在这时站了出来，步洋人的后尘，学洋人的样子，开办了一个孤儿院，用来收留洋人收剩余的孤儿。这是好事。汤将军是好人。

事实上这个孤儿院条件非常不好，白修德写道：

> 　　在我的记忆中，中央政府汤恩伯将军办的孤儿院是一个臭气熏天的地方。连陪同我们参观的军官也受不了这种恶臭，只好抱歉地掏出手绢捂住鼻子，请原谅。孤儿院所收容的都是被丢弃的婴儿，四个一起放在摇篮里。放不进摇篮的干脆就放在稻草上。我记不得他们吃些什么了。但是他们身上散发着呕吐出来的污物和屎尿的臭气。孩子死了，就抬出去埋掉。

但"就是这样，我们仍说汤将军好。因为汤将军已是许多政府官员和将军中最好的了。就是这样的孤儿院，也比没有孤儿院要好哇"。

这里我们判断汤恩伯将军是好人，依据的当然不是什么他人的言论，而是他做的实实在在的事情。

异化的伦理很多时候成了一部分人为了一己或一个集团的利益党同伐异的工具，也成为吊在很多人头上的狼牙大棒。在传统伦理及一切相关话语都遭到解构后，我们已经清楚地感知言语的不可靠性，因此判断一个人是非对错时，不要听信他人说三道四，我们只看他为我们做了什么。

第二节　伦理的尴尬

一　伦理之间的冲突

可能是由于少年时期成长经历，如他在《故乡面和花朵》中提到，见到过"样板戏"中白毛女、阿庆嫂、杨白劳等演员在幕后的调笑打骂和走向野地里解手的场面；见到过麻表嫂被人按倒在胡萝卜地里往下体塞胡萝卜，站起来后反而谄媚地向别人赔笑。刘震云作品中很少其他作家作品中对于女性的纯洁化、神圣化的想象。牛秋遇到那个骗钱的女人讲述骗钱的原因，竟然是为了嫁给一个嫌她穷的男人，并且一直在编瞎话。还有牛秋"妻子"对他的欺骗，嫂子鬼魂的纠缠等对传统女性祛魅的叙事，似乎显示刘震云已经想通了关于女人的问题。

刘震云当然也曾经被男女情感现象困扰过。在 20 世纪 80 年代初期，那还是一个少年钟情的时代，他对于男女之间那种自然的情爱伦理还是带有憧憬的。但是由于时代已经进入了改革开放时期，商品经济的观念已经日益侵入人们的生活和思想，那种纯粹的情爱包括爱情和友情都在经受着这种世俗物质的诱惑，很多情况下不战而降。此时这种美好的男女情感在刘震云思想里又成为不可靠的。不但是伦理可以击碎情感，现实的物质需求也会让这种情感冷寂，他对男女爱情的思考可以说是比较早的，并且在这最初的思考中，他已经发现伦理对于这种人性本能的束缚和压抑。

1986 年发表的《罪人》，算是刘震云最初对本能与伦理关系作的一个相对集中的思考。《罪人》显示了传统伦理的巨大威力，他不像权力或法律有强制机关来执行，强迫罪犯服从。而伦理只是一种观念，一个人在这种伦理氛围中长大，伦理便成为自身意识的一部分，具有极强的自我约束，甚至自我囚禁的能力。牛秋与嫂子乱伦是在嫂嫂的配合下，哥哥也没怪罪，但牛秋自己就是无论如何都摆脱不掉内心的阴影，内心始终伴随着毛狐狸与伦理的冲突，梦里总会出现一个场景："一只毛茸茸的古怪东西，蹲在他床前。像一只大猫，又像一只毛狐狸。毛皮油光发亮，眼睛血红。可怕的是那东西还会说话，伸着它细尖的嘴，喃喃地说：'回吧，回吧……'"人的本能按照弗洛伊德的观点所遵循的是"快乐原则"，但是人生活在当下的文明世界中却又在"超我"与"本我"冲突下的自我。这是"人类通过升华作用创造出了文明。人类文明之所以不断发展，就在于人能够抑制自己的原始对象的发泄作用，那些因受阻碍而不能直接发泄出来的能量，便转移到有益于社会的各种活动中"。① 牛秋就是一直在抑制自己的那种原始欲望，但在长期的抑制中却被"本我"和"超我"完全撕裂，终于最后用暴力的形式砍掉自己的一只手才使自己得到解脱。这里毛狐狸当然是一种生命原欲的象征；而他感觉到抱着妻子就像抱着嫂子冰冷的尸体的心理体验也是一种象征，象征着伦理在心头的阴影。最后把自己手砍掉方得解脱则是另一种象征，象征着这种伦理对人影响之深，已经化为人身体的一部分，必须通过这种壮士断腕的形式方能解脱。当然这里牛秋感觉自己是个罪人应该是双重的，首先是他对于伦理的僭越，其次似乎也纠缠着他对于嫂子的愧疚，这种愧疚不是因为他的乱伦，因为嫂子本来是喜欢他的，而他把嫂子出于兄弟伦理"转让"给矮个子、斜眼、长秃疮的哥哥，是害了嫂子。两种负疚感纠缠在一起，让牛秋内心无法平静，才终于决定离开家。

　　牛秋和嫂嫂的乱伦，情爱与伦理与现实的冲突似乎很复杂，不过照着现实写，很难用什么主题来概括它。违背了伦理，这与武松与嫂

---

　　① ［奥地利］西格蒙德·弗洛伊德：《性爱与文明》，译者序，安徽文艺出版社 1987年版，第 9 页。

子的关系类似，只是武松没有跨过那道门槛，武松成了那种伦理教条的维护者，成为"真英雄"。牛秋迈过了那道门槛，他觉得自己是个罪人，一直处于原罪状态。他后来在娶来妻子时的阳痿表现都是出于那种原罪心理。可以说在刘震云看来，伦理成为束缚牛秋人性的一个枷锁，这个枷锁压抑了他的本能和情感的展示。

二　伦理与时代的冲突

男女伦理主要体现为朝着婚姻方向努力但尚未进入婚姻的良性情感，对爱情的忠贞也是中国传统伦理中的一项内容。这种伦理古往今来被文学作品大书特书，大约是激发文学灵感最多的一种题材。在文学作品里，爱情常被描述为一种圣洁的情感，为此产生了众多的经典词句：从最早的"山无棱，江水为竭，冬雷震震，夏雨雪，天地合，乃敢与君绝"，到"在天愿作比翼鸟，在地愿为连理枝""天长地久有时尽，此情绵绵无绝期""相见时难别亦难，东风无力百花残""人生自古有情痴，此恨不关风与月"等，数不胜数。而对这种情感的背叛也会成为众矢之的，男子被指斥为"痴情女子负心汉""陈世美"，女性在情感上的出轨不忠更被指为"破鞋""潘金莲"等。但刘震云这里对爱情则持一种复杂态度，这里面有对爱情忠贞、美好的遐想，但这种美好却并不持久，总要面临各方面的冲突，这又暴露了传统伦理的缺陷，在处理很多事情时却无能为力。

在刘震云这里爱情不是纯粹的处子之情，爱情一直伴随着世俗的选择，并且这种选择中爱情最后都败给了世俗。《罪人》中牛秋牛春分家的过程也像一个审判的过程。他们认为他们自己错了，但真的错了么？刘震云一直在出难题让人思考，在情欲与伦理之间，何去何从？包括后来的《温故一九四二》中，在民族大义与生存保命面前，谁更重要？兄弟情男女情，哪个更重要？这是一个多重疑问。

《被水卷去的酒帘》则是郑四经常去桥头酒馆里，酒馆老板杜三的女儿青子是个寡妇，对郑四有意，杜三许诺郑四如果能够买得起缝纫机、自行车就可以娶青子；从此郑四不再来酒馆，拼命干活攒钱，当他半年后攒够300块钱，来兑现承诺时，却发现青子已经嫁给了城里的退休干部。青子见到郑四时则显出一种道德方面的愧疚感。这里表达了刘震云对于爱情的审视，表现传统爱情观在那样一个转型期的新时代所经受的考验，其中仍然有那种对于美好情感的想象。

《河中的星星》传达的主题类似。游手好闲、投机倒把的于三被青梅竹马的娟子拒绝了，娟子嫁给了村里的支书金山，但金山也只会吃政治饭，在商品经济时代到来后，于三发了财，成了企业家，而丢了印把子的金山却成了落魄的人。在金山向于三请求为其做装卸工时被拒绝了。这种拒绝是对于金山夺走娟子的报复，也是对金山曾经批斗自己的报复。但娟子并没有因为于三有钱而移情于他，于三最终还是意识到自己输了。也就是说这个阶段的刘震云已经意识到时代变了，新的时代给人的传统思想造成了摧毁性的冲击，一切价值评判的标准似乎都重新改写了，但此时的刘震云似乎仍然相信，金钱和财富是买不到爱情的。但在《栽花的小楼》中刘震云发现爱情在现实中不得不向金钱屈服，尽管这种屈服带着些许无奈。

《栽花的小楼》是从另一个角度思考爱情。红玉在爱情与金钱两者之间摇摆不定，最后决定选择爱情，带李明生的 5 万块钱和坤山逃到新疆去，却因为坤山的懦弱没有实现，而红玉在情感与伦理的交织中，带着对丈夫李明生的愧疚和对于坤山的遗憾在绝望和羞愧中自杀了。红玉的情感是非常真诚的，然而在现实生活中不得不屈服于物质的困窘，这也是一个时代转型后会出现的现象，李明生则是一个时代的弄潮儿，是第一批先富起来的人，他赢得了财富，却似乎没有赢得红玉的爱情，这意味着此时刘震云对爱情仍然抱着美好的幻想。

当然还有姐弟伦理与时代的冲突。《大庙上的风铃》里的赵旺因为从小没有了父母，靠姐姐照顾他，姐姐和姐夫对他也一直关爱有加，赵旺对姐姐一家人有非常深厚的感情，而自从赵旺喜欢上了一个菜店的女售货员，他便开始想好好卖菜多挣点钱好向那姑娘求爱。而每次他再去卖菜就开始避开姐姐家所在的镇上，他都在为要不要像以前一样给姐姐家送菜而犹豫。这时按传统的伦理观判断，似乎赵旺这人有点忘恩负义，没心没肺，但刘震云这里似乎试图对于日常生活中常见的那些令人困惑的现象做出合理的解释。他此时把赵旺这种前后的反差归结到时代背景，而此时这种姐弟伦理遭受到的倒不全是时代的挑战，更多是来自男女之间的诱惑。这是一种传统的伦理冲突，同所谓的"娶了媳妇忘了娘"很接近。

对爱情的态度的演变：从《塔铺》到后来的"故乡系列"。《塔铺》之前，包括《塔铺》中，刘震云对于"爱情"的态度是，尽管爱情在现实中很无奈，但"情感"仍然是温馨的，但在《塔铺》以后，"我"离开李爱莲的家后，留给了李爱莲一个背影，虽然心痛，却似乎宣告了与爱情的永别。此后刘震云的作品中再很少有那种两小无猜、心心相印的爱情了。《故乡相处流传》中出现的六指与柿饼脸的爱情也似乎对于一种古典爱情的戏仿，意在对爱情进行解构。

而女性尽管爱情忠贞，却不得不屈服于物质困境，这方面在《塔铺》中也作了进一步验证，那也是刘震云关于美好爱情想象的终结。或许他已经得出结论，在这个时代，爱情终究要归于向物质投降。只有爱情没有物质的情侣注定要分道扬镳（这应该是刘震云的一种极端化想象）。而物质则奠定了一切理想和爱情的基础，于是围绕物质财富所展开的明争暗斗似乎必定成为社会和生活的主题。这大概也是后来刘震云的写作转向权力书写的原因了。因为权力的争斗无非就是对于物质的占有。

《塔铺》中李爱莲为了父亲的病把自己嫁给一个自己本来不爱的暴发户吕奇，"我"听到这个消息后，本能第一反应是我去找他，先到郭村，继而到王村，但跑过之后冷静下来，又想："已经结婚了，再找有什么用？"这里结婚的仪式就成了挡在"我"和李爱莲之间的一堵墙，这堵墙也是伦理，刚开始时本能战胜了伦理，也就是"人欲"战胜了"天理"，冷静下来后，"天理"又重新压倒了人欲。这和西方那种情爱观是有很大差别的。当然对于李爱莲来说，把自己嫁给一个不爱的人，压制自己的情感则是为了挽救父亲，这里是父女伦理关系对于"人欲"的胜利。

第三节　伦理的温情

刘震云作品中，对传统伦理中人与人之间的各类关系基本上是解构的。但这在传统社会显然是不符合实际的，人们谈论"人心不古"时那种对往昔的留恋并非没有一点现实依据。因为传统的伦理并非完全地违背人性，其中更多是按照普遍的人性沿袭建构而成的，尤其是在南宋以前。或许，也正因为伦理中含有这些美好的东西，才让其中有违人性的，甚至荒谬的部分也一同为民众接受并盛行于世。

这种伦理中温馨的一面在刘震云作品中也有不少流露，此类场景出现在故乡老庄，多和姥娘相关，他对姥娘的感情却一直没变。姥娘的形象向我们传达了刘震云对这种传统伦理中温馨一面的记忆。可以说刘震云对传统是充满留恋的，他对乡邻之间互相帮助、远亲不如近邻这些温馨的一面充满着怀念。如《故乡面和花朵》中"东西庄的桥"里面回忆了一段姥娘和留保妗在东西庄桥上谈话，互赠东西、互相安慰的画面，让我们感受到农业社会人与人之间的温馨。还有六指赶着马车，让去割草的姥娘及同伴们搭车带上一程的画面。姥娘在"我"八个月大时接"我"到老庄和八岁时送"我"到县城区上学的场面；姥娘的娘在女儿看过自己后要回去时送了一程又一程，问着："妮儿，你啥时再来看我"的场景，时时让人心碎。

《故乡面和花朵》每次写到姥娘都倾注着情感，催人泪下：

> 后来，俺姥娘跟着她的几个嫂子到外村拾麦穗，曾经到过县城的城门楼子；那门楼之大，凉爽的过堂风，一个戴毡帽的毛头子在铁鏊上烙滚烫的肉盒子，喷香的肉味，都给她留下深刻的印象。这是她长大以后最后也是我长大以后爱吃肉盒子的原因。还有一次，她跟她的伙伴们到地里割草，太阳就要落山了，一人一大筐草，草已经没过头顶，背着往遥远的村里走。这时，邻村大叔的马车"叮铃叮铃"从身后赶过来，赶车的大叔"吁"地一声，将车站住，让她们把草筐搁到大车上。接着又让她们上了大

车。他要把她们往村里捎上一程。赶车的大叔，你现在在哪里？唧哩呱啦谈笑的大车，在空中划过一道欢快的弧线。你让我们和世界有许多想念。我们靠什么活着？不是靠别的，就是靠你的"吁"的一声记忆。你喊的是马车吗？不，你喊得使地球停止了转动。你比俺姥爷深刻多了。后来，俺姥娘出嫁了。回来看娘。住了三天，娘到村头去送她。送了一程，又送了一程。娘，回去吧。妮儿，你啥时候再来看我？这是 1993 或 1994 年左右，俺姥娘屡次向我说起的几段往事。在写这些往事的时候我从容不迫，当我修改这段文字的时候，谁知道在那叙说的短短一两年之后，我就永远见不着我的姥娘了呢？一个农家小院的枣树下，站立着慈祥微笑的你。你的去世使我措手不及。谁说我们这些下贱的贫民像一群浑浑噩噩的牛羊一样没有感情呢？我们单薄的生活，就靠这些感情丝线的编织——编得是多么地丝丝入扣呀——来维持了。这是我们的可怜之处。但就是这点可怜也被你们忽略了。后来轮到我了。在我八个月的时候，俺姥娘把我抱到了乡下。抱我往乡下走的时候，我趴在姥娘的肩头上，嘴里啃着一团硬似铁蛋的红糖。一个月之后的一个清晨，俺娘从县城来看我。到了下午，俺姥娘抱着我去送娘。送了三里，到了一个村庄旁。俺姥娘说：妮儿，你走吧；40 里路，再不走，走到半路可就天黑了。这时俺娘看我的一个扣子快掉了，说：我把孩孩的扣子缀好就走。到村头人家借了针线，就坐在村头的麦秸垛旁缀上了扣子。扣子缀好了，起风了，俺娘走了。后来俺娘说，她把一个头巾，丢在了打麦场上。15 年之后，我要告别故乡了。俺姥娘带着两个弟弟送我到公路上去等班车。我们在桥洞下乘凉。车，你不要来。姥娘，我不愿意离开你。我还记得，我们相互让着吃了一块熟红薯。终于，汽车从远处拐着弯来了。我就这么走了。故乡，你在我心中的印象模糊呢。故乡只是一个背景，前边是一个活动的巨大的姥娘。和蔼可亲，慈眉善目。你是这个世界的希望。后来我和姥娘的这种情形，又到了我的孩子身上。在一个特殊的岁月里，我把孩子送给村中的我娘。我三月不归，两岁的孩子，常常一个人跑到打麦场上，在那里等父亲的归来。她对着空旷的世界喊："爹，娘，来抱抱臭臭。"

引了这么长的一段，主要是笔者认为刘震云作品中对情感的描写尽管受理性的局限比较少，但还是有的，并且有些地方非常集中，只要牵涉和姥娘有关的片段马上就涌了出来。送别的感人场景反复出现，我相信这是刘震云的真实经历，不然无法传达出这种细腻情感。他对文学中主要元素的把握非常准确，即情感，要想引起共鸣，必须具有情感。所谓以情动人，在"凤凰网""《一九四二》专题"里谈到电影《一九四二》时，他又谈到这方面内容。这是伦理中温馨的地方，也是人性善良的集中体现。刘震云对其中所有的人似乎都有漫画戏谑的成分在里面，唯有姥娘的形象一直慈爱、温馨、可敬、可亲。

刘震云的成长过程一直沐浴在这温馨的伦理情感中，他在姥娘那里一直都是被呵护的对象，直到姥娘去世，才觉得长成大人了，但同时内心深处那块最温暖的领域也随之而去。这段文字类似于自传性质，作品里从空间、到环境、人物形象、到时间都是追求一种心理的真实。这是刘震云作品中保留情感叙事的唯一一个领域，是他坚信超越个体存在的困境仍然具有可能性的根据。

伦理建立的初衷是好的，就如同古希腊一些基本原则，这些原则以人性为基准，目的是保证每个人良好的生存状态，也是为了保证个体与群体之间利益分割的最佳状态。但后来到了西方的中世纪以及中国封建社会后期，这些伦理体系被专制统治者涂抹得面目全非，开始成为桎梏个体的工具，成为专制权力的帮凶，成为部分人控制另外一部分人的精神枷锁。如张康之所说："在统治型社会治理实践中，德治往往沦落为工具和手段，成为治理者对被治理者的要求，是通过强化宣传和教育来达成目标。而治理者自身，往往并不受德治的约束。在一定程度上，德治还成了谋求政治统治合法性的权威，成了一种欺骗性的工具。"①

---

① 张康之：《论伦理精神》，江苏人民出版社2012年版，第179页。

刘震云在《故乡面和花朵》中"写作资源"中用这样一段内容试图引发读者的思考：

> 1. 佛说，他不是人，他是由人和白象发生关系而生。
> 2. 刘邦说，他不是人，他是由人和蛇发生关系而生。
> 3. 阿斗说，他不是人，他是由人和北斗七星发生关系而生。
> 4. 孔孟说，我们是人，老吾老以及人之老，幼吾幼以及人之幼……

刘震云从历史中看到伦理的真相，伦理被统治者利用来约束人的行为，维持人与人之间的关系和社会的运转。确实最初本诸人的本性的那套伦理体系，是社会能够平稳发展、人与人关系和谐共处的基石，但统治者为了利用伦理得逞私欲，就偷梁换柱地篡改了其中内容，把这作为约束民众的工具。同时那些统治者、"启蒙者""洞主"都宣称自己不是人，因此不受普通人的伦理约束，而孔孟所说的我们是人，作为人则必须遵守这种伦理秩序。如张康之对中国伦理的论述："西方国家的伦理学与政治学分化之后，伦理主要是一种生活伦理，近代社会的伦理尤其具有明显的生活伦理特征。在中国传统社会中，没有伦理与政治的区分，因而伦理更多地服务于社会治理的需要。在一定程度上，可以说中国的伦理就是一种'治理伦理'"。"对农业社会的权力治理而言，伦理精神及其道德规范只有在不与权力意志发生根本性冲突的条件下才能发挥作用，一旦它们之间的矛盾冲突产生了，权力意志就会表达出对伦理精神及其道德规范的蔑视，从而使伦理精神及其道德规范的矫正和约束能力丧失殆尽。"① 这也是刘震云对历史和传说的一种理解，他正是从这种历史的对照中看到了伦理的欺骗性。

所以在刘震云对往昔的回顾中，我们看到他对伦理的态度比较复杂，他痛恨其中专制、暴力、自私的那种人性内容，但对其中的温馨

---

① 张康之：《论伦理精神》，江苏人民出版社 2012 年版，第 3—6 页。

的、充满人情味的部分则格外留恋。从这点看，让人留恋的是人与人之间那种人性的东西，而不是那种被政治异化和教条的内容，伦理应该顺应美好的人性，而不应该扭曲正常和正当的人性。所以他在《故乡面和花朵》中对伦理关照之下的正常与不正常作了辩证的思考："人在正常的情况下也许就是畸形，人在畸形的情况下也许才是正常呢？"以这种对伦理的思辨，他对生活中的现象作了重新的评价，如，最初听说配种站那个低矮黑胖走路一颠一颠的，并且已经有了老婆孩子的老王，和还是闺女的吕桂花的风流韵事，诅咒老王为"没起子的东西"，到后来开始理解老王是一个"伟大的人，一个伟岸的人"，因为他给了18岁的吕桂花灵与肉的无比快乐。想起曾经在牛三斤和吕桂花新婚洞房里闹洞房的人像群狼一样的所有开心和快乐，我们对那洞房和花嫂的向往，也是建立在牛三斤的巨大的痛苦之上呀。这其中也有对人性与伦理关系的思辨。

但是迫于伦理已经被篡改的事实，个体在现有的权力和伦理的遮蔽下，已经变得不再完整。如张康之所述："近代社会，所有制度的涉及和安排在每一个具体的领域都把人变成了抽象的人，特别是官僚制把行政人员变成了抽象的工具，这无疑是人的完整性的丧失。"而"我们的一切努力，都在于去造就完整的人，无论是公共管理的从业者还是作为公共管理的作用对象，都能够保持作为人的完整性。"①因此要回归人的本真必须跳出这既成伦理体系，摆脱他的遮蔽。《一腔废话》中为什么要给老马派孟姜女做助手？无非因为孟姜女"哭长城"的千古绝唱曾经是一个伦理下的典型，因此对孟姜女的描写无非是对中国传统伦理的反讽。至于老杨光着膀子上场辩论，象征去除伦理的束缚人更能轻松地表达自我。刘震云不止一次把传统对人思想的束缚比喻成套在身上的衣服，而写作就好像去游泳，想游得更好更快就必须脱掉衣服。

刘震云在一次谈话中说："在《手机》里这一部分，我把这些外在的东西都脱掉了。我写人跟人的那种最根本的关系和交往方式。这

---

① 张康之：《论伦理精神》，江苏人民出版社2012年版，第93—96页。

个小说写到前两章，我还没有找到感觉，写到第三部分的时候，我觉得很舒服，像一个人把外面穿的衣服全部都脱掉了，显露出来的就是活生生的人，可见本性。""在《手机》中，我把语言还原到了人间、人群、人，把人身上人为加的东西都排斥掉了，只是很家常地说话，说的是关于人的话题，而不是其他什么。观照的是被繁华、喧嚣遮蔽的东西。"①

　　脱掉了这层衣服，也就是对个体思想的祛蔽，完成之后，刘震云以后的作品中很少再受到伦理的影响，我们看到《一句顶一万句》中，吴摩西去找跟银匠老高私奔的妻子吴香香，他已经找到了，但他没有露面，他悟到了一点，妻子离开他因为两人没话说，是一个精神依托的关系，一种人性的契合，没有丝毫伦理层面的愤恨。下部牛爱国的老婆庞丽娜老尚私奔也是如此，开始牛爱国还生气，最后悟到，这里仍然是人性的问题，也就不再生气；至于《我不是潘金莲》更与伦理无关了，看题目似乎是一个出轨之类伦理事故，实则传达一种人与人之间的隔膜感。

---

① 张英：《刘震云"废话"说完，"手机"响起》，《南方周末》2004 年 2 月 5 日。

第四章　刘震云小说中的历史

第一节　"历史"与"新历史"

反思历史，仍是 90 年代文学创作的一个主题，但在反思的立场、深度及向度上却有了不同。从 90 年代初期起，曾写作"先锋小说"和"新写实小说"的作家都不约而同地转向了"历史"题材的写作。例如余华的《在细雨中呼喊》《活着》《许三观卖血记》，苏童的《米》《我的帝王生涯》；格非的《敌人》《边缘》；叶兆言的《夜泊秦淮》系列小说和《1937 年的爱情》，刘震云的《故乡天下黄花》《故乡相处流传》《故乡面和花朵》，刘恒的《苍河白日梦》，池莉的《预谋杀人》《你是一条河》，方方的《何处是我家园》等。在这些小说中，不仅涉及 80 年代初期"伤痕文学""反思小说"所描绘的"文革"和"反右"等 1949 年以来的历史，更将笔墨伸展到整个 20 世纪。所有这些"历史"题材小说中，都弥漫着一种沧桑感。历史往往被处理为一系列的暴力事件，个人总是难以把握自己的命运，而成为历史暴行中的牺牲品。与五六十年代的史诗性和 80 年代初期的"政治反思"性相比，这些小说更加重视的是一种"抒情诗"式的个人的经验和命运。因此，有些批评家将之称为"新历史小说"。

传统的历史观一般认为历史的发展是有规律的、必然的、有序的；历史是客观事实的产物，虽然它不得不以记录的形式存在，但叙述本身不过是透明的载体，无损于其所呈现事物的真实性。在阐释历史时，总是试图建立一个线性发展的图谱。在这样的历史观中，历史事件有其成因，历史演进有其发展趋势，通过研究历史，人们可以把握历史的总体脉络，预测历史前进的方向。对历史的思考，这些年来随着福柯的《知识考古学》、海登·怀特等学者的历史理论的影响开始发生转向。与传统历史主义将历史看作文学的稳定背景，从而试图勾勒出一幅历史线性发展与文学演进同步的图景不同，福柯、怀特等后解构主义者让我们看到历史和文学的同质性：两者都是话语实践，传统历史学所强调的同一性、发展性的历史不过是诗学机制在历史叙述中运作的结果。

海登·怀特认为："历史修撰就所涉及的史实性材料而言，与其他方式的写作没有什么区别。历史修撰中最重要的不是内容，而是文本形式。而形式说到底就是语言，因此，历史'是以叙事散文话语为形式的语言结构'。"① 詹姆森从另一个角度解释说："历史本身在任何意义上不是一个本文，也不是主导本文或主导叙事，但我们只能了解以本文形式或叙事模式体现出来的历史，换句话说，我们只能通过预先的本文或叙事建构才能接触历史。"② 因为有了这一系列的推测，海登·怀特说："历史，无论是描写一个环境，分析一个历史过程，还是讲一个故事，它都是一种话语形式，都具有叙事性。作为叙事，历史与文学和神话一样都具有'虚构性'，因此必须接受'真实性'标准的检验，即赋予'真实事件'以意义的能力。"③ 在怀特这里历史与文学一样是虚构的，可以用文学理论来阐释。正是在这种层面上，克罗齐说，"一切历史都是当代史"。

传统历史观从 20 世纪 90 年代开始被反思，这种重新审视历史的思潮与新写实具有哲学观上的一致性。因为历史都曾经是将来和当下，而且当下必然成为历史，而未来也必然流经当下，流向历史，这是一条时间的长河。当"新写实"的作家们试图抛弃主观判断，以

---

① ［美］海登·怀特：《前言：历史的诗学》，《元历史：19 世纪欧洲的历史想象》，约翰·霍普金斯大学出版社 1973 年版，第 2 页。

② ［美］弗雷德里克·詹姆森：《马克思主义与历史主义》，张京媛主编《新历史主义与文学批评》，北京大学出版社 1993 年版，第 19 页。

③ ［美］海登·怀特：《后现代历史叙事学》，中国社会科学出版社 2003 年版，第 10 页。

零度情感，尽可能客观地写作，也就是如刘震云所说的像搬运工一样搬运现实而不是加工现实的时候，我们发现文本中的现实变得不一样了，但我们也发现我们的生活原来就是如此，倒是原来那种所谓"现实主义"由于过多人为加工过滤显得并不"现实"。

这种对于现实书写的反思蔓延到历史主义小说领域也是很正常的。于是在曾经一段时间出现了大量以新视角重新观察历史的文学作品。如莫言的《红高粱》、刘恒的《狗日的粮食》、陈忠实的《白鹿原》、乔良的《灵旗》等都属于这个范畴。刘震云的"故乡系列"和《温故一九四二》也被当作这个思潮中的代表作。对刘震云来说，"历史意味着一种贯穿'过去'、'现在'和未来的事件联系和作用联系。"刘震云的农民文化历史观，是深深寄寓于他的现实观中的，是他的现实观的继承与延伸。[①]

刘震云自身也似乎更认可自己具有历史意识，在他看来，"当下"很快就成为"历史"，因此如实地记录当下发生的生活就是在书写历史，他在《故乡面和花朵》中有一段调侃性的自白可以作为参考：

> 小刘儿一贯自称是爱从历史出发看问题。他总觉得自己不是新写实，一说他是新写实他就跟人急——其实你承认了又怎么样呢？所以当某个人偶尔说了一句他不是新写实除了这个还有些史的味道，他一下蹲在地上就感动得哭了。说：
> "我要的就是这个呀。"
> "我的表面是新写实，我的内部却不是这样呢。"

刘震云认为，真正的历史与现实是同构的，与现实中的人性相通的。我们现实中的生活和人性就是历史中的生活和人性。因此写当下的真实就相当于历史的真实。

"水的表面是写实，但是海水底部所汹涌的，恰恰是史。"这或许

---

① 贺仲明：《独特的农民文化历史观——论刘震云的新历史小说》，《当代文坛》1996年第2期。

是解释小刘儿做的一个切入点。刘震云是把时间看作一条流淌的河，不管是过去的历史还是当下，抑或是未来，都没有质的区别。都是这些人在做这些事。所以所谓的"新写实"也不过是刘震云在讲述"当下"的历史，当他在讲述这些已经成为、正在成为或者是将要成为历史的人和事时，我们看到《故乡面和花朵》中，刘震云把故事时间一下子从当下推到未来的 2996 年。这与《故乡相处流传》连在一块，刘震云是在讲述一个上下五千年的历史。这个历史的发生中，我们没有看到历史的进步，而是历史回环往复。可以看出刘震云是在按照当下的方式演绎历史和未来。

第二节　叙写另一种"历史"

我们所接触到的历史是一种理性、宏大的历史，但刘震云却发现了另外一种真实的历史。这个阶段其实从 20 世纪 80 年代中期刘震云的"新写实"就开始了。刘震云经过第一阶段跟随时代、写反映时代声音的作品，如改革开放、商品经济时代人和人关系的变化等，这种观察生活的视角仍然是传统现实主义的，他试图反映一个大时代的复杂现象。但最后发现在其中被外在的框框压抑得几乎窒息，很难摆脱业已形成的写作模式、主题甚至人物形象。读者也发现刘震云作品中人物表现的僵硬、重复和单一，刘震云在这个过程中也很苦恼。他自认为如果一直这样就写不下去了。特别相似传统现实主义观观照下写作的时候，他发现他写的内容并不是真正的现实，生活中的生活和人并不是这个样子。这里其实就是刘震云关心新写实生活琐事的原因，在刘震云看来："委员长思索中国向何处去？世界向何处去？他们思索：我们向哪里去逃荒？"所谓伟大的思考与百姓的生存没有多少关系，甚至以牺牲百姓的生命为代价。士兵打仗也无所谓"民族主义"和"爱国精神"，他们只是关注现实的利益，当下自身的生存境况，一个士兵只知道自己的班长与排长的名字，再往上就不知道了。民族与国家在这些普通士兵和心里，狗屁不是。《温故一九四二》中刘震云采访经历过 1942 年大饥荒当事人时有这样一段：

139

花爪舅舅："当时就上了中条山，派到了前线。日本人的迫击炮，'啾啾'地在头上飞。打仗头一天，班副和两个弟兄就被炸死了。我害怕了，当晚就开溜了。现在想起来，真是后悔。"

我："是呀，大敌当前，民族矛盾，别的弟兄牺牲了，你开溜了，是不大像话，该后悔。"

花爪舅舅瞪我一眼："我不是后悔这个。"

我一愣："那你后悔什么？"

花爪舅舅："当初不开溜，后来跑到台湾，现在也成台胞了。像通村的王明芹，小名犟驴，抓壮丁比我还晚两年，后来到了台湾，现在成了台胞，去年回来了，带着小老婆，戴着金壳手表，镶着大金牙，县长都用小轿车接他，是玩的不是？这不能怪别的，只能怪你舅眼圈子太小，年轻不懂事。当时我才十五六岁，只知道活命了。"

我明白了花爪舅舅的意思。我安慰他："现在后悔是对的，当初逃跑也是对的。"

这些对话有点冷幽默，也带有反讽色彩，在他们看来，当时所谓民族、爱国的宣传只存在于知识分子官方的想象里，只存在于报纸、传单以及广场上的口号里，这些概念在老百姓看来，空洞无物。当统治者自认为已经对民众完成了思想改造，但事关生存与利益时，他们内心涌动的仍然是私欲。

刘震云对于这种民族主义的解构和颠覆一直在持续："我"与郭有运老人的儿子谈他父亲42年逃荒的惨状，谁知他儿子根本不认可他父辈当年的逃荒路径，因为陕西也与河南一样的贫穷，要是"他"就去关东，我便与他分析当时的历史情境，并进行了争论：

我点头。关东肯定比陕西富庶，易于人活命。但我考察历史，我故乡没有向关东逃荒的习惯：闯关东是山东、河北人的事。我故乡遇灾遇难，流民路线皆是向西而不是往北。虽然西边也像他的故乡一样贫瘠。当然，一九四二、一九四三年还有一个特殊情况，就是东北三省已被日本人占了，去了是去当亡国奴。我把这后一条理由向他儿子谈了，谁知他一挥手上的"戈尔巴乔夫"，发出惊人论调："命都顾不住了，还管地方让谁占了？向西不当亡国奴，但他把你饿死了。换你，你是当亡国奴好呢，还是让饿死呢？不当亡国奴，不也没人疼没人管吗？"

我默然，一笑。他提出的问题我解答不了。我想这是蒋委员长的失算，及他一九四九年逃到台湾的深刻原因。假如我处在一九四二年，我是找不管不闻不理不疼不爱我的委员长呢，还是找还能活命的东北关外呢？

当面对人的生存困境时，个体求生的本能会使他进行选择，而当这种选择与一些政治话语相抵触时，我们常常会陷入矛盾之中。刘震云这里用真实采访的一手材料让我们反思一些政治词汇意义建构背后的动机。

刘震云从开始就发现了对比的妙用，他常常在两种类似现象的对比中引发读者的思考。下面一段更直白地解构了民族主义和国家主义，让读者反思国民党政治的欺骗性，也呈现了个体在生存与理念之间如何选择的心理真实。"故乡"经历了1942年的大灾荒，政府没有救灾，然而家乡的人并没有死绝，是因为日本军队侵入河南后用军粮救灾了，刘震云这样说的时候作了辩证的对比："当然，日本发军粮的动机绝对是坏的，心不是好心，有战略意图，有政治阴谋，为了收买民心，为了占我们的土地，沦落我们河山，奸淫我们的妻女，但他们救了我们的命；话说回来，我们自己的政府，对待我们的灾民，就没有战略意图和政治阴谋吗？他们对我们撒手不管。在这种情况下，为了生存，有奶就是娘，吃了日本的粮，是卖国，是汉奸，这个国又有什么不可以卖的呢？有什么可以留恋的呢？你们为了同日军作战，为了同共产党作战，为了同盟国，为了东南亚战争，为了史迪威，对我们横征暴敛，我们回过头就支持日军，支持侵略者侵略我们。所以，当时我的乡亲们，我的亲戚朋友，为日军带路的，给日军支前的，抬担架的，甚至加入队伍、帮助日军去解除中国军队武装的，不计其数。五十年后，就是追查汉奸，汉奸那么多，遍地都是，我们都是汉奸的后代，你如何追查呢？据资料记载，在河南战役的几个星期中，大约有五万名中国士兵被自己的同胞缴了械。"刘震云这里大概顾忌敏感话题，对其中一些话语作了委婉的处理，但我们还是从中明显感悟到他的思想所指。这是一种真实的现实，符合马斯洛心理学中对人的需求层次的划分，马斯洛把人的需求分为 5 级，即生理需求、安全需要、社会需要、尊重需要和自我实现需要，生命和性欲是人最基本的生理需求，人必须满足这种基本需求才可能会产生更高层次的需求。而在我们的现实生活中政治既不能满足个体的基本需求，又试图用一些理念来裹挟他们，到关键的时候当然是指望不上了。其实中国整个近现代史都是这样一种状况。刘震云试图呈现这种历史真实，一家人，或者一个村庄的人，有的参加了八路军，有的参加了中央军，后来在战场都可能是认识的。孙屎根看到李小武中央军部队的正规的军装，比照自己穿的八路军那种粗布衣服，竟然有些后悔参加了八路军。这也是一种心理真实。这点上与陈忠实的《白鹿原》表达的主题类似。所谓的政治斗争打的种种冠冕堂皇的幌子，在他们看来其实质无非是满足个体的某种欲望罢了，只是有时参与者被这幌子蒙蔽了。

对于个体来说，生存是他们潜意识里最基本的欲望。当国民政府不再顾惜百姓的死活，把他们当作自己战略意图和政治阴谋的牺牲品时，百姓当然也可以抛弃自己的政府。百姓也可以为自己生存作出选择，那种对百姓愚弄、麻痹的政策和口号，在生存面前也都会解体。

当刘震云讲到日本为什么用六万军队，就可以一举歼灭三十万中国军队时，认为原因在于他们发放军粮，依靠了民众。1943 年至1944 年春，"故乡"的人就是在接受了日军的援助后开始帮助日本侵略者的。这种行为在今天仍然被指责为"汉奸"，但刘震云对家乡人民这种选择是理解的。个体的需求在很多情况下被遮蔽，被强制服从于政治需要甚至为这种需要献身牺牲，这在刘震云看来是不近人情的，是违背基本的人道主义精神的。特别是当白修德在战役之前采访一位中国军官，指责他们横征暴敛时，这位军官说："老百姓死了，土地还是中国人的；可是如果当兵的饿死了，日本人就会接管这个国家。"这些话当然是统治者一厢情愿的说辞。当这个问题摆在我们这些行将饿死的灾民面前时，问题就变成："是宁肯饿死当中国鬼呢？还是不饿死当亡国奴呢？我们选择了后者。"

运用对话和叙述的形式，客观地展示这种社会现实，不作评论，让读者去判断，当然这种判断是有风险的。这种历史总能让我们联系到现实，让我们思考：在历史与现实之中，到底谁更真实？《温故一九四二》是刘震云对于历史作的一次自我的还原和建构，正是在这次还原中，让刘震云发现"真实"的历史与我们接触的历史说教差别如此之大。这应该是他质疑历史的开始，也是他解构历史的开始，之后的"故乡系列"便是在这次实际还原历史操作的基础上作的历史解构。

历史事件的起因也是如此随意，在《故乡面和花朵》中："马上就要开仗了，你却不知这仗是为谁打和是不是一场正义的战争。而我们的老曹和老袁大爷才不管这一套呢，他们要的仅仅是一个战胜。可能就是因为一个微不足道和随处可见的小寡妇或是一根猪尾巴或一根兔毛就打起来了。"于是我们发现，历史的过程不是成体系的，而是杂乱无章的，不是必然的，而是偶然的，不是按照规律进行的，一切都不可控制。

在《故乡面和花朵》中，他以寓言的形式来传达这种对于既成历史的解构。"当我们只顾眼前的时候，我们就忘记了过去——好了伤疤就忘了疼，当过去的汪洋大海越过现在汹涌到我们面前的时候，我们面对这大水，怎么一下就被没顶和哭起来了呢？过去还有那么多浪花，过去还有那么多花样，天上飞的还有鸥鸟，水上跑的还有帆船，接着岸的两边就长出了稻米和高粱呢。风一吹稻花就香了两岸呢。过去的日子并不是像老娑这样的统治者所说的那样暗无天日。过去也有过去的欢乐和活法呢。世上从来就没有一个新的开始。"这是刘震云对社会更替与政治宣传的解构，也是对历史形成过程的一种质疑。因为每一次社会的更替，新的统治者都试图否定之前的统治者，从而把自己的统治界定为一个新的开始。

第三节　历史的向度

一　重复性

刘震云在这几种获取权力的途径中重点展示了第三种，即心智之争。尽管这是个体试图把握世界规律、安排生命秩序的理性行为，但由于种种原因，让这种把控总是不能尽如人意，让这种竞争一方面充满了偶然性和不确定性，另一方面又具有重复性，在此主要对"重复性"这个方面做出阐释。

有人认为重复性是刘震云的一个局限，认为他作品中存在很多主题重复的迹象，笔者认为这是一种误解。这恰恰证明刘已经站到一个高度，在俯瞰这些人群的权力争斗，对他们每个人的"小九九"了如指掌。"权力"，尤其是专制下的权力，一直给人以神秘感，而刘震云则试图揭示这种神秘形成的肌理，试图寻找权力变更的驱动力。此刻，为了表达自己所感悟到的历史的肌理，他不但从叙事和语言上进行直接的表达，更从结构上做出间接的暗示。

刘震云非常推崇《西游记》的结构方式，即师徒四人处于遭遇妖怪，脱离险境，再遭遇妖怪，再脱离险境这样的循环之中。尽管其中每次遇到妖怪不一样，但是这个遇妖降妖的过程却具有重复性。刘震云认为这种思维范式非常符合中国历史的发展模型。刘震云从《头人》开始表达自己的"历史循环论"，甚至退步论。这种观点一直持续到《一腔废话》，中间虽有过局部的思想变化，但基本思想似乎并没有改变。

首先，历史在循环往复，而不是向前发展或螺旋上升。

在刘震云看来历史上朝代换来换去，但人还是这些人，人还是走到一条相似的路上，历史就是这样重复的。所以《一腔废话》中，白骨精来到当下，孟姜女回到当下，而《故乡相处流传》中曹操、陈玉成、朱元璋、慈禧太后又在不同的时代和孬舅、瞎鹿、六指这些人在延津遭遇，这都是隐喻历史的循环性。在他看来，因为人性在历史上一直没有变化，所以这些不同时空的人相聚在一起并没有改变历史的轨道。

所谓的改朝换代，甚至革命并没有改变这种循环往复的趋势，不但现在的富人压迫穷人，现在的穷人变成富人后也同样压迫穷人，甚至更狠。如鲁迅所言："二十多年前，都说朱元璋（明太祖）是民族的革命者，其实是并不然的，他做了皇帝以后，称蒙古朝为'大元'，杀汉人比蒙古人还利害。奴才做了主人，是决不肯废去'老爷'的称呼的，他的摆架子，恐怕比他的主人还十足，还可笑。"[1]

这种历史观从《头人》中已经开始显示出来。《头人》中祖上建立申庄，后来因为县上下来收租的厨子的一句话当上了村长。祖上从一个普通的农民当上了村长，如上文所述，很快变得腐败了。其他后继者也是如此，如新喜、恩庆，他们没当村长时，都表现得很勤勉，兢兢业业，但是当了村长后，有了权力，有了众人献媚的眼神和姿态，都变得开始骄纵起来、懒惰起来。但这些民众都能接受并认为理所当然，这应该就是历史重复的原因。

《故乡天下黄花》也是在围绕着权力争夺展开叙述，从清末一直写到"文革"期间，我们发现每个时期，无论是晚清、还是民国，还是中华人民共和国，中国人围绕权力的争夺从来没有停息过。这是历史重复的另外一种表现。《故乡相处流传》中刘震云观察历史的目光瞄向了更加深远处。他围绕着历史上几件与延津相关的事件，发挥个性化的历史想象，把历史进行了还原，当然这里的想象力是非常强的，有时甚至显出一些荒诞色彩。从三国时袁绍和曹操官渡之战写起，经过明朝初年，明太祖从山西大槐树下迁移百姓到内地垦荒。再到清朝末年太平天国起义中的陈玉成回延津和慈禧太后路过延津。这些事件在历史上确实有记录，但细节却是作者发挥想象力建构的。比如刘震云把陈玉成说成是三国时小麻子转世，而慈禧太后则是六指在明朝的对象麻脸姑娘转世。陈玉成，据正史记载并不是延津县人，只是战败被抓后，在押解进京的过程中，清军怕遭到太平军余党的劫

---

[1]　鲁迅：《上海文艺之一瞥》，《鲁迅全集》（第4卷），人民文学出版社1981年版。

持，临时在延津西关将他杀了，现在延津还有陈玉成的墓碑。而慈禧与延津的关系就更加牵强了，据正史记载慈禧与延津发生交集，仅仅是在"庚子之乱"时，慈禧逃出北京，两个月后，北京局势平和返京时，由开封行宫出发，路过延津而已。这些知识被刘震云拿来传达自己历史循环的观点。人在不同的历史时期的表现并没有太大的差别，这构成了历史重复循环的动力。刘震云在《故乡天下黄花》中这样结尾：

> 一年之后，村里死五人，伤一百〇三人，赖和尚下台，卫东卫彪上台。卫东任支书，卫彪任革委会主任。李葫芦任革委会副主任，但不准经常吃"夜草"。
>
> 两年之后，卫东和卫彪闹矛盾。
>
> 一年之后，卫东下台。卫彪上台，任支书兼革委会主任。李葫芦任副主任。
>
> "文化大革命"结束，卫彪、李葫芦下台，作为"造反派"抓起来，被公安局老贾关进监狱。被抓那天，李葫芦痛哭流涕，说："早知这样，还不如听俺爹的话，老老实实卖油了！"一个叫秦正文的人上台。
>
> 五年之后，群众闹事，死二人，伤五十五人，
>
> 秦正文下台，赵互助（赵刺猬儿子）上台……

刘震云很善于运用形式的意味，一个省略号道出历史循环的无限延伸。历史是在重复："世界转了一圈，又转了回来，一切都没有改变。"这是刘震云在《故乡天下黄花》中对于历史发展过程的总结。

《故乡面和花朵》中写的看似不是历史，但如果我们把时间看作一条流动的河，未来也就是历史向前方的延伸，这里作者加入了更多的想象，是用寓言的方式在表达自己的历史观。当然在这部作品中，作者有意对之前的关心的关键词来了一个集中书写。这部作品中我们当然可以看到历史的重复，人们经历了同性时代、生灵时代、灵生时代一直到最后的骷髅时代，我们发现人与人的关系没有发生大的

变化。

第九章《欢乐颂》中"四只小天鹅独舞"。每一场开始之前仍然是如此，民众的这种状态，四个阶段都经过了这样的过程：不信任——→信任——→崇拜——→遭受蒙骗。每一个小天鹅刚上台时大家都抱着不信任；但是小天鹅都会用貌似谦恭、尊重、平等、自由之类的言辞赢得大家的信任；而等大家对这个小天鹅产生信任甚至崇拜时，他们发现自己已经进入了"小天鹅"的圈套。这段话可以看出刘震云对政治的隐喻，统治者总是用民众渴望的公平、自由的话语吸引民众，之后再麻痹民众，而民众在最初常常看不到统治者的包藏祸心，还在为统治者的英明贤达辩护。

不管统治者开始说得有多么好，最终结果仍然是专制："说到这里，横行·无道又有点像刚才的牛蝇·随人了。开始声色俱厉和张牙舞爪起来。这时我们才知道，不管谁上去讲话，不管一开始是什么样子，到头来都是换汤不换药呀。不是说一切无标准吗？不是说无标准就是最大的标准吗？原来这只是他未上台时的需要；真到上台之后，他就要重新确立秩序了。我们刚才对于牛蝇·随人的抛弃和对横行·无道的欢呼，一下又显得肤浅许多。"

这种重复的根由应该也是来自于人性因素。甚至到《一句顶一万句》，他还是在表达这种观点。上部"出延津"中吴摩西为寻找巧玲从延津出走，再也不回来了；下部"回延津"记又讲了牛爱国为了寻找"一句话"的秘密回到了延津。但到最后他们也没有找到这句话，这也意味着，这种重复还会继续下去，中国的千年孤独并没有结束。

刘震云这种观点很容易让人想起鲁迅在《阿Q正传》里对"辛亥革命"反思时的一段话："知县大老爷还是原官，不过改称了什么，而且举人老爷也做了什么——这些名目，未庄人都说不明白——官，带兵的也还是先前的老把总。"刘震云对这种历史的循环似乎有一种居高临下的俯瞰，他这样总结刚刚过去的历史：

你们在 30 年后识破这些口号和标语的同时，恰恰忘记了世界上还存在这样一个常识，那就是：

你们所要批评和批判的人，恰恰是你们的前辈

提出和发明口号和标语的人，往往是不相信这些口号和标语的

伙房的炊事员，是从来不吃自己做的饭的

发明和规定秩序的人，往往是这个秩序最大的破坏者

……

这是刘震云对于现实秩序的理解，欺骗性是政治的最大特色，政治作为统治者管束民众的行为，管束的方式就是蒙骗，并且这种蒙骗具有持久的惯性，统治者换了，新的统治者仍然是一样，所以他们批判旧的统治者，恰恰是他们的前辈。而这种彼此的批判，之后依然故我，重复前辈们的足迹，接着又被后来者批判。这个重复的过程中，"敌人和朋友的问题，最后历史的发展是：敌人成了朋友，朋友成了敌人"。我们看到，在这样的反复中，"打倒、火烧、油炸、活埋××的问题，最后历史的发展是：打倒的没有被打倒，火烧的没有被火烧，油炸的没有被油炸，活埋的没有被活埋，倒是那些在呼喊这些口号的人，后来都被打倒、火烧、油炸和活埋了。""最后立起的又倒下了，破了的又卷土重来；孩子斗老师，青年人斗老年人，30多年后，还是老师在管制孩子，老年人在压迫青年人。"于是在这样的反复中，没有恒常直线发展的，一切都在转圈，所有的革命和改革到头来都如肥皂泡飘散在空中，历史又向原来的位置转过去。如同"四海翻腾云水怒，五洲震荡风雷激——当年的革命激情，现在却成了一首卡拉OK"。

《一腔废话》中到了老冯又换了口号：老冯对于疯傻原因的所指："五十街西里人们的疯傻并不是因为白骨和爱情，而是因为白骨和爱情之上，充满着血污、脓疮和灰尘累累的瘢痂呀——一个个都伤痕累累和蓬头垢面，心有余痛、顾虑猜疑、狡诈和分裂，生活在众人之中形单影只，满肚子的心里话无处诉说，活了多大心头和身体的灰尘就积多厚，就好像柜子里的大衣多年没穿积满了灰尘一样——我们一起

生活了多少年？灰尘的年轮有多厚我们就相互仇恨和伤痛多少年？一个世纪下来，他们还能不疯不傻吗？疯傻并不是因为白骨和爱情，而是因为不见白骨和没有爱情；白骨和爱情哪里去了？白骨和爱情被厚厚的脓疮和灰尘给掩盖和淹没了。"老冯的学说，应该是"心说""魂说"等众多学说之一种，但它们寻找这种"真理"，无非都是为了蒙蔽大众。打着真理的旗号兜售自己的私货，让大众疯傻，任自己宰割，老冯只不过是老杜、老蒋、老马之后的另一位。

历史中的看客，"看转了一圈，又转了回来；苍蝇飞了一圈，又落回到原来的地方。至于在这场历史的旋转和误会中被碾轧和一抹而过的打麦场，现在还有谁会多看一眼呢。"历史斗转星移，赫拉克利特说，人不能同时踏进同一条河流，不过在刘震云看来，历史的发展、社会的轮换、人物的更替，其实都没有多大的变化，只是人在不同情境下的表现而已，只是换汤不换药。这里面并不涉及人的本质问题，说到底存在决定了本质。而这些人只不过在不同的场景下配合表演而已，因此，刘震云用"场"这种戏剧形式带有转喻性质。孟姜女曾经哭倒长城，在老杜时代与老马撒泼打诨，在老蒋时代因为有了经费，显得温柔体贴，像极了一个贤妻良母。刘震云甚至描绘出农业经济时代那种夫妻恩爱家庭的温馨氛围。

不仅如此，人类历史上所重复的往往都是一些错的行为，"我们辛辛苦苦和兴奋地拥挤了半天，原来我们拥挤、革命、达到、油炸和火烤的对象是错的。这种情况不是在过去的历史上屡屡发生吗？人们一下就傻了眼和着了慌。轰轰烈烈搞了一阵，原来一切又搞错了"。有时一个暗示就引起了一场暴动，最后又发现这暴动是错误的。或许正是因为这种错误导致了历史无意义的重复。我们一直在反复的犯一种错误，于是导致了悲剧和孤独感受的反复发生。这种重复当然不是技术层面的，《手机》中发展到现代在技术层面上整个社会确实发生了很大的变化。但人性深处的私欲并没有变，我们说变了只是这种技术的发展把人的私欲暴露得更加彻底而已。如费墨对传统社会的怀恋：在古时候，一个人出去赶考半年，回来怎么说都不会露馅呀，但现在手机的出现，让很多谎言不攻自破。

这个过程中重复有一种稳定性的内容在起作用，这个稳定的、不变的内容恰恰就是人性的易变性，并且这个易变性由于人的私欲、特权思想的本性往往会引导社会和人生向同一个方向发展，这就形成了历史的重复性。

刘震云认为，由于人的自为性，一切都在运动和变化之中，但变的过程中又因为人的自为性趋向的一致性而呈现出一种循环反复的态势，并且人们之间一直在互相设置圈套："她以为寻找和寻找的目标是一个固定，岂不知寻找和寻找的本身就是一个变化呢。变化才是一个过程呢。"于是《一腔废话》反复出现这样的场景："本场结束时，满河的鲜血都被道具工推到后台成了布景和背景，五十街西里的洗澡堂子又被转到了前台。原来一切都未动，原来这又是另一个五十街西里。洗澡堂子门前，老冯正端着一碗排骨和血豆腐在吃，他身旁站着一个按摩女。原来上班之前——洗澡堂子里正在放废水，废水流过门前，两人正在这里逗贫嘴说歇后语和黄色笑话玩呢。"作品中每场结束回到当下，当下又似乎是舞台的一部分，这里分不清什么是现实，什么是表演，表演里有现实，现实中有表演；就像他逻辑中的圈套里面还有圈套。这是刘震云思考的生活逻辑：每个人在生活中为各自的欲望努力，试图摆脱当下的怪圈，但等到最后发现，无论自己如何努力，他们仍然又回到了当下。刘震云用"换汤不换药"来表达这种偶然与反复、运动与静止的辩证关系。其实按照道家的思想，这个规律是符合当下所认知的宇宙大道的。自然之物似乎都是如此，我们看每分每秒是不同的，但每天一样的早晨、中午、晚上反复循环，每隔几天之间的天气寒暑是不同的，但从一年中来看，春夏秋冬却又生生不息，无限循环；宇宙中的天体也是如此，看似在运动，而这种运动却不是直线上升或曲线上升，也是无限反复的循环；人和动物的个体也是如此，看一个个体一天天变老，但人的一生从无到无似乎也意味着一种循环，从人类的群体来看，一个个体的一生生老病死的演绎也是在另外一个个体上反复出现。甚至可以这样认为，重复意味着生存，有一天不循环了，也便意味着当下状态的终结，这种终结对于个体来说意味着夭折，对于人类总体来说就是灭绝。

所谓的寻找大家疯傻的原因也只是个托词，而寻找的过程却是也很复杂缠绕，于是放弃也很自然。《一腔废话》当水晶屋子中老蒋的出现又宣布："不用再找了，老杜已经不见了，老杜已经过时了，老杜的话已经不管用了，现在说话的是我——虽然我们最终的目的上和对你的派遣上是一致的！——当然也许是非常不一致的！"

刘震云作品关于历史重复的观点也被有些论者注意到了，陶敏的一篇文章认为刘震云的"故乡系列"小说都是第一部分已经形成一个周期，在语言上第一个周期也最漂亮、有力。第二、三、四周期都是第一个周期的翻版。我们在第一段已经完成了"情节期待"和现实性的指涉性联想。刘震云甚至可以说是有些不知疲倦地再来了三个波浪，究其结构修辞的效果看：三个复叠已经产生了阅读疲劳，但这也许和刘震云先行的历史观相通：历史是一种让人厌倦的重复。连续的复叠正好加深了小说的"否定性"。[1] 这篇文章有一定见地。

二　偶然性

理查德·罗蒂提到，尼采之前的哲学家普遍认为："烙印在我们每一个人身上的戳记。这印记不是盲目的，因为它不是随机而然，不是纯粹的偶然；而是必然的、本质的、有目的的，且构成人类的本性。它赋予我们一个目标，一个唯一可能的目标，这目标就是完全认识那必然性，自我意识到我们的本质。"[2] 而在尼采打破了这种认识，20世纪的哲学家如布鲁门贝格、尼采、弗洛伊德和戴维森则建议我们向前迈进一步，不再崇拜任何东西，不再把"任何东西"视为具有准神性，从而把所有的东西——我们的语言、我们的良知、我们的社会——都视为时间和机缘的产物。他们认为："我们的语言和我们的文化，跟兰花及类人猿一样，都只是一个偶然，只是千万个找到定位的小突变的一个结果。"[3] 所以，理查德·罗蒂呼吁"抛弃理论，

---

① 陶敏：《刘震云小说的言语修辞透视》，《南京师范大学学报》1998年第2期。

② ［美］理查德·罗蒂：《偶然、反讽与团结》，徐文瑞译，商务印书馆2005年版，第42页。

③ 同上书，第28页。

转向叙述"。

刘震云的写作某种程度上符合罗蒂的呼吁。作品中的人物尽管个体围绕权力的竞争机关算尽，殚精竭虑，但最终的结果却并未按照各自的计划如期实现。这里刘震云对权力、包括对于历史发生的偶然性观点已经表现得很明显。当大家都在议论老张凭什么能升为副局长的时候，大家在办公室争论，女小彭说她看到了老张给局长送了两条鱼，有人说老张靠的不是局长而是某个副局长。而老张听到后装作没听到，回去后却暗骂："这些乌龟王八蛋，瞎议论什么！你们懂个鸡巴啥！爷这次升官，硬是谁也没靠，靠的是运气！"① 原来老张清楚，本来这次升副局长的人选没他，结果因为局长倾向提拔一处处长老秦，而部里某副部长倾向提七处处长老关，结果两者拉锯战了一年也没结果，最后部长一生气说："一年下来这个提这个，那个提那个，还有共产党人的气味没有？我偏不提这两个，偏提一个你们都不提名的！"最后才选到了老张头上。所以这里老张升为副局长完全是出于偶然性，世界因为偶然性而存在是刘震云此时观点，并且这个观点一直延续至今。中间的每一部作品中都能看到刘震云对世界偶然性的思考。

《新兵连》中老肥一心想拍领导的马屁，却每每拍到马蹄子上：火车上撒尿不经意间撒了排长一裤子，到连队想补救，把自己省下来的猪肉倒给排长，没想到排长是讨厌吃猪肉的。李上进一心想入党，却因为受过一次处分被组织一次又一次的考验，最后终于崩溃，拿枪射杀指导员。而王滴所谓的进入司令部也不过是照顾司令瘫痪的父亲。造成这一切的根源是什么？这个思考把刘震云引入了第二个阶段：对权力的思考，权力因为人情赠予，也因为人情被使用，中国一切行动最终决定不是稳定的制度，而是易变的人性，这就导致了实际操作中的偶然性，导致"事不如意常八九"，导致"有心栽花花不成，无意插柳柳成荫"。

---

① 刘震云：《单位》，《刘震云文集·一地鸡毛》，江苏文艺出版社1996年版，第112页。

　　《一句一万句》中儿任县长没有一个把民众的事当事的，他们所作的事情，即便是符合法律和民意也并非出于所谓公正廉明之心。如老史惩罚奸商，小韩办学都是为了个人的某种欲望，老史自己喜欢听戏，罚奸商是为了收钱养唱戏的；小韩则是为了满足自己喜欢演讲的欲望。

　　因为这种偶然性，掌权者之间也不是铁板一块，他们也整天在为获得更大的权力钩心斗角，没有人能够控制全局。在《单位》中，刘震云已经表达了这方面的意思。有人说，《单位》与《一地鸡毛》是姊妹篇，似乎里面主人公都是小林，只是一个在家庭，一个在单位，其实两者之间没有多大的关系。一个描写了家庭中鸡毛蒜皮的日常生活，消解掉浪漫的、夫唱妇随的夫妻情感，《单位》中呈现了单位的日常琐碎的工作，人员调整，人与人之间互相钩心斗角，拉帮结派，党同伐异。二者都回到了生活和工作的日常和当下。除了这一点基本层面的一致（刘震云所有的作品有一个基本面，就是尽量的客观的、中立的，不带任何感情地来搬运现实。这是他基本的写作态度），表达的主题完全不是一回事。《一地鸡毛》着力点在于展示人在现实中生存的困境，从这里可以看出刘震云思考向存在主义靠拢的倾向；《单位》则表达了对于权力的反讽。里面的人物，看似每天无所事事，但每天都在钩心斗角。钩心斗角的目的当然为了自己在这个既得利益集团内的权力最大化。这种彼此之间的钩心斗角，是一切事情的发生出于偶然的心理根源。

　　偶然不只是体现在人心理动机的不可测性，即便是对一件事的决策掌权者仍然是视若儿戏。小说《头人》《官场》《故乡天下黄花》中，权力仿佛成了至高无上的主体，人反而沦为工具和傀儡。头人们对村庄履行的管理手段只不过是杀人、封井、征粮等，决策方式则由翻扑克改为扔钢镚，由扔钢镚又改为弹玻璃球。这当然是一种隐喻，在他看来，现实中的政治行为也无非都出自领导者一时的兴趣所致或个人得失权衡，对于历史发展来说与这扔钢镚没什么质的区别。

　　偶然性也导致了官员的存在体验，这种体验表现在当权者之间的内斗。《官人》《官场》里刘震云表达了自己对于权力的另一种认识，即领导也有领导的难处。看似无权者常受权力者的制约，而当权者本身其至更受周围权力的制约，更不自由，甚至更凶险。老孙一心活动着要当处长最后仍然没有当上，连许年华那么具有政治头脑和政治魄力的人最终也被名为平调，其实去了一个有职无权的部门，到了《我叫刘跃进》中就更为凶险，贾主任看似运筹帷幄，到最后仍然是银铛入狱，作品中每个人似乎都难于控制局面。

偶然也让我们不敢忽视小人物在历史上的作用。新历史小说浪潮中作家的创作一般都是突出个体在历史中的挣扎，如余华《活着》。从这个时间文学就开始关注个体了。其实这不只是一种文学的潮流，也是一种哲学的新时代。作家和思想家把对历史和社会的宏观思考开始向一个个体的微观生活转移，因为他们发现了一个事实，所谓的宏大事件，都兴之于青萍之末。这些微末的事件，常常逸出人们注意的视野之外，却给事件带来关键的转机。这就如同王彬彬在一篇文章中论及沈定一的"向右转"极有可能与瞿秋白与杨之华结合有关，因为杨之华之前是沈剑龙的妻子，是沈定一的儿媳，沈定一在这个家庭事件的过程中受到了伤害。[①] 这完全是可能的，很多看似史诗性的事件追溯原因并非什么天大的事或其他关系民族、国家存亡的大事，反而大都是个别人的情感得失，就如同特洛伊之战只是为了美女海伦。从这个方面来说，所谓"蝴蝶效应"是存在的，历史是不存在必然规律的，只有因果关系，这种"因果"就是这种偶然事件导致的连锁因果反应。当然这种历史观应该不是刘震云个人的，而是一个时代的，这应该是有时代背景的，也是有世界背景的。

因此，刘震云笔下的事件，没有一个是得到妥当解决的，都是在混乱中不了了之，不依个人，甚至一个当权者的意志为转移。没法用传统的因果论来解释里面故事的发生发展，有时就是人物的偶然兴之所至。历史过程是复杂的，也是简单的，复杂是因为那么多的人，某一个人的在关键时的一点主意改变就可以改变历史，简单表现在这些

---

① 参看王彬彬《沈定一的向右转与瞿杨之结合》，《并未远去的背影》，广东人民出版社 2010 年版。

人物观点的改变不是出于什么政治、经济、军事所谓的宏大层面，都是由于个人的利益和欲望受到抑制。

这是刘震云对于历史的思考，他分析了历史荒诞、质疑历史的真相，并用各种方式来试图解构对大众来说坚如磐石的历史。

三　历史的真相与表象

《故乡面和花朵》中有这样一段话："把我们这些当年的事情亲历者惊得目瞪口呆。也许当年的历史还是真实的现在到了回忆录中这仅仅是小刘儿为了夸张自己阴谋的一个手段——你的阴谋和手段竟是那样地毒和埋藏得那样地深——，但不管历史的真假，我们还是觉得小刘儿突然长大了，我们开始对他肃然起敬从此开始真的把他当成一个大人了。就算他在欺骗牛根这一点上并不真实，那么起码他在用回忆录欺骗我们这一点上还是卓有成效的。"这是对回忆录的真实性的消解，也是对自己不写回忆录的解答。

事实上越是权力拥有者越是清楚权力得来的实质。受骗的一直是民众，有时候看起来很简单的事情为什么民众就一直受骗呢？"当阴谋没有来临我们从理性上来分析它的时候，我们说得头头是道和摩拳擦掌，但当阴谋真的来到我们身边来到我们的日常生活和具体的诉说和诉苦之中，我们一下就忘记了自己身在何处和脚跟应该站在哪个立场上了。这就是我们屡屡失败和不长进的原因。原因就在我们身上，是我们的屡见不鲜和屡教不改。当天上布满星辰的时候，我们围在炉火旁听着我们的祖母在诉说她往事的时候，我们知道不知道这本身并不是人生经验的积累而只是对我们的一种阴谋呢？她确实是寓教于乐，但一切的往事里面都有她的筛选和取舍，给我们留下的就是一撮毒药和教育。但我们还为她的往事和其实在往事中不存在的爱情而在那里感动得冒出了眼泪。"传统的历史观就是如此形成的，统治者通过主观选择材料来建构历史，而民众身处其中就被这些貌似公允，实则偏执地选择中引向了迷宫。

《故乡面和花朵》中用曹操杀吕伯奢的分析对历史虚构性作隐喻："世人哪里知道我们被杀的真正目的呢？都说是把杀猪当成了杀

人，老曹起了疑心，岂不知这里有好多说不通和有漏洞的地方呢。如果家里要杀猪，那么照一般程序，是先捆猪呢，还是先磨刀呢？肯定是先捆猪了。如果脚下没猪，磨刀干什么用呢？如果是先捆猪，猪还能不叫吗？如果猪在那里流着眼泪对世界呐喊，是猪的声音高呢还是磨刀的声音高呢？我们能置猪的裂心撕肺声音而不顾，只在那里听霍霍的磨刀声吗？我们忽视了猪的声音，这是造成这出历史悲剧和历史之谜的根本所在。我亲爱的同性关系者老曹，就在这个地方钻了历史的空子。他骗了老袁和世界上所有的人。"中国人历来习惯于片面看问题而不是全面看问题，因此容易被诱导和利用。为什么会养成这样的习惯？和人的思想力或许有关系，但更根本的，笔者认为应该是传统社会，尤其是南宋以来的愚民教育。中国传统的教育历来注重对内容的死记硬背，生吞活剥，或者做一种灌输式、真理姿态的、答案唯一的教育，而不是启发式的，举一反三，辩证的，发明性、创新性的思考。在这个过程中主体失去了"完整性"，成为类似于"单向度的人"。

如此以偏概全看问题的例子还有很多。《故乡面和花朵》中这样叙述：1946年，家里买了一盏新兴的马灯。一个小火头被罩上灯罩，就发出了比原来油灯亮10倍的光芒。娘当时8岁，对马灯爱不释手，连睡觉也放到她的床头。结果刚灭了灯，娘又伸手到桌子上摸黑糖吃，把马灯扒拉翻了，滚烫的灯罩一下子在前胸上烫了一个大疤，把娘疼得鬼哭狼嚎一样。但娘对自己这段囧事却每每跳过不提。

1948年，娘和几个孩子到后岗割草，却发现水边上有一个布袋。娘腿快，就先于其他孩子捡到了手中，为此几个孩子还产生了纠纷。拿到家里打开看，里面有300块大洋。姥爷就坚持把钱还给失主。失主是个粮食贩子，10多年后，粮食贩子发达了，后来在集上遇到姥爷，就买了一大方牛肉塞给了姥爷，并对卖牛肉的说，"记到我账上，以后什么时候见到这位大爷，什么时候给他塞牛肉！"给足了家族面子，这样的细节对于塑造家族形象多么有意义，但在老胖娘舅叙述中却只字不提。

可以看到，即便后来讲述家庭的琐事，不同的家族成员，出于不同的位置、扮演不同的角色、衡量各自的得失，都在讲述的过程中有意地遮蔽对自己不利或者对自己对立方有利的内容，放大对自己有利或对对立方不利的内容。在这样的放大与遮蔽中，谁能保证，人们接受的这些言之凿凿的历史就是真实的历史呢？

刘震云在小说中反复讲述相关的故事，让这些不同的故事在阐释同一主题的框架下形成多维度互文。《故乡面和花朵》第六章"东西庄的桥"故事后面有 4 个关于同一个事件的附录，而附录中与前面叙述的截然不同，到底是附录是真的，还是前面的叙事是真的，刘震云建构这样似是而非的两种叙事，把读者带入对历史认知的迷宫，他很显然在暗示历史的讲述与真相的背离。这是历史叙述时的选择性，与叙述者个体利益选择相关。

因此，在刘震云这里，历史总是处于被质疑的境地，关于牛根被逼跳黄河，看似在从另一种角度在陈述历史，相对于那个角度的历史，这个正确吗？最后也被解构了："其实我们最大的误会是：当时我跳的并不是黄河，而是村后的一眼土井！"因此在讲述历史的过程中，讲述者总是有意无意地夸大事实，无论这种事实是一种良性的还是恶性的，都无形中被夸大了。因此历史不管如何讲，总是可疑的。

在《一腔废话》中，刘震云又通过种种象征和隐喻来呈现类似的主题。各个片段中人们总是有意的掩盖真相，历史因此怕露出真相，甚至无所谓真相，人们装模作样的去寻找也是于事无补，只是使他们从一个圈套进入另一个圈套。老冯给历史搓背，搓掉身上的灰垢，这里一段话是对历史的隐喻，小石扯下自己的胡子和脱掉了自己的圣诞外衣，露出百年的真相："这时我们看到我们的辩手和代表也发生了变化——她不但不是不伦不类和不男不女，也不是圣诞老人；不但不是圣诞老人，也不是小白——他现在连小白的外衣也脱了下来仅剩下历史——原来她就是一件历史外衣。"或者圈套的形成本身也是偶然的，所谓事前的运筹帷幄是吹牛而已。从这点看，历史怕露出真相，也可能永远不再有真相。这种对于真相隐瞒运行机制就是权力，心理机制就是人性。刘震云在暗示读者：历史除了是历史，其他什么都不是，我们无法明确地决断出它是谁。

　　刘震云还借小麻子的话表达对历史的理解:"当然,人上人、贵族,都不是别人恩赐给你的,都是自己通过奋斗挣扎上去的。舍得一身剐,敢把皇帝拉下马。幻想天上掉下一个馅饼,那是空想社会主义。伟人和凡人的区别,就在这里。什么贵族,什么文雅,什么温良恭俭让,历史上从来就没有存在过,历史就是英雄的历史。如果你是一个英雄,三千宠爱在一身,大家都觉得好,羡慕;如果你是一个小流氓,街头强奸一个妇女,判你个十年八年的。"这段话有把历史庸俗化的意味,一方面意味着"历史是任人打扮的小姑娘",而另一方面又意味着"历史是由胜利者书写的",所谓"成王败寇",这当然是对历史的解构,只是这种庸俗的历史观,在历史的背景下似乎并不显得高明。深谙刺刀的聪明人历史上并不匮乏,李自成、洪秀全都是在革命尚未成功时便已经开始重蹈覆辙了,这样的历史只能循环往复,并且每况愈下。我肯定刘震云是因为在解构之外,我们必须看到这个解构背后的建构的准备。解构是过程,建构才是目的,并且应该是一种良性的建构,而不是那种原地踏步或在历史的怪圈子兜圈子。

第四节　解构历史的方式

　　到《故乡相处流传》和《故乡面和花朵》,整部书的结构就像政治游戏一样,真真假假。刘震云在解构权力,也在解构伦理,而在解构权力和伦理的过程其实也就是在解构历史,因为历史就是权力和伦理演绎发展的时间维度。让人感受到的是历史的可疑,对曾经带来希望的一切开始失望甚至绝望。这很大程度上与王朔的风格很像,一点正经没有,但亵玩中又却是让人感触到真正的现实。这种叙事效果的取得与刘震云采取的修辞方式有关。刘震云常用的修辞方式有戏仿、庸俗化、游戏化、漫画法、影射、反讽怪诞化等。

一　戏仿

　　刘震云首先通过戏仿来解构。"戏仿"译自英文 Parody,其作为一种写作手法,常被用来模拟先前作品中严肃的素材与手法或者是某位作家的创作风格，来表现低俗或风马牛不相及的主题。① 戏仿的意义在于它不仅仅与经典文本或名人名言之间成就"互文"关系，也与现实生活之间形成"互文"关系。"戏仿文本来自现实，间或不同于现实，文本世界与现实世界之间保持着一定距离。读者介于文本和现实世界之间，受限于既定意识形态。然而，通过现实世界和文本世界的对比，读者会更深刻地认识世界和自己。在某正程度上说，后现代主义作品具有启示录的功能，其中戏仿起到重要作用。"②

《故乡面和花朵》题记中已经包含着戏仿的成分："为什么我眼中常含着泪水，是因为这玩笑开得过分。"明显是在戏仿艾青的诗句"为什么我的眼里常含泪水，因为我对这土地爱得深沉！"在戏仿中让我们反思现实和历史的一切内容，刘震云在《故乡相处流传》中戏仿了诸多的人物、场景、名言警句：

> 曹丞相要检阅"新军"了。
>
> 他又说：
>
> 苏联必败！刘表必亡！

这种话语运用中的随意和混乱，造成一种现实的荒诞，但在这种荒诞中我们又读到某种真实的相似性。一切解构之后，神话的情节似乎不再可信了。于是刘震云常借用对某些经典情节的戏仿来解构历史。如离开大槐树时朱元璋挥手的形象与毛泽东的挥手之间；朱元璋在渡黄河时五天全白了头发与小学课本上的李闯王为渡黄河一夜之间愁白了头发；六指把小指吹大，然后把黄河两岸拉拢在一起，让移民渡过黄河，这很明显是对于《猫和老鼠》那个动画片中的一个情节的戏仿。

再如这一段历史的戏仿：

---

① ［美］M. H. 艾布拉姆斯：《欧美文学学术词典》，朱金鹏、朱荔译，北京大学出版社1990年版，第31页。

② 谷野平：《霍克斯小说戏仿研究》，光明日报出版社2010年版，第16页。

"头兮归来——"

"魂兮归来——"

……

不对。我们不是这么喊的。本来我们在写回忆录的时候以为是这么喊的，我们以一种惯性就这么写到纸上和落到了笔下。但是等我们校对的时候，我们发现如果是这样喊的话，在历史上也太常见和太平常了，就一点也不出众和不出人意外了。大家在历史上动不动就这么喊。

这样一幕我们在传统的历史叙事中经常遇到，在戏仿中，传统历史的概念在被解构了。头与躯体的错位让人看清了自己，也找到了苦恼的根源。如谷野平所论："戏仿的目的不在于构建出新的标准和规范，而在于嘲弄世界、展示世界的混乱与荒诞。戏仿的意义还在于解构，包括反抗传统、消解体裁界限，放弃同时也建构深度意义，拒绝道德、人性等各种元叙事。"[1] 戏仿的原因当然是对于现有理论的不满，因而希望通过这种滑稽的模仿颠覆其神圣和正统，并试图在这种颠覆后的废墟上建构新的历史理论框架。

二　庸俗化

庸俗化作为一种解构方式，是相对于高雅而言，是带有诙谐、低俗趣味、草根、灰色幽默的文化现象，是对于传统神性、理性、高雅、规律的颠覆。庸俗化是刘震云从第二个阶段开始便一直运用的一种手法。如对于曹操与袁绍的闹翻原因的揭示，更让我们提供了一种历史观：看似庄严的历史可能是庸俗化的，并且这种庸俗化可能更为真实：

丞相与袁绍果真闹翻了。据给丞相捏脚的白石头说，其实闹翻的起因非常简单：不是因为通敌不通敌，而是因为县城东街一

---

① 谷野平：《霍克斯小说戏仿研究》，光明日报出版社 2010 年版，第 17 页。

个沈姓寡妇。一开始我不相信白石头的话，这么大的人物，会因为这点小事闹翻吗？曹丞相还会骗我们吗？必是因为通敌，牵涉到政治、军事、经济、文化等复杂背景。白石头自己无知，在那里瞎说，谈自己不懂的东西，他不配给丞相捏脚。但等到一千多年后，我与曹成、袁绍成了哥们，共同沦为大槐树下迁徙出去的移民，一次在迁徙途中小憩，解开手，解完手，我们一块坐在太阳下捉虱子，这时旧事重提，我又问起当年他们在延津闹翻的原因，两人都不好意思地说：鸡巴，因为一个寡妇。我才恍然大悟，与他们抚掌而笑。这时曹成语重心长、故作深沉地说：

"历史从来都是简单的，是我们自己把它闹复杂了！"

此处《故乡相处流传》通过人物的轮回，历史的轮回，把历史的"真相"展示给我们，这似是而非的真相，不管真假，都提供给我们一个视角，一种思路，让我们怀疑看到的历史的真实性。

《故乡面和花朵》中对传统女性那种圣洁和美感也作了消解："我们得在打麦场呆上一夜呀，我也得为此准备一些体力呀，除了上了两回厕所一回是解小手一回是解大便，我一直都在镜头前整理着云鬓。"这是少女"孬妗"与"小刘儿哥哥"的交流，孬妗是个美丽的少女，国际名模，"当窗理云鬓，对镜贴花黄"，"云鬓"是多么美好的词汇，如今与解小手、解大便放在一起，这种"新写实"简直颠覆了关于那些语句词汇传统所指，把神性的审美降低为一种生物性、庸常性，以此达到解构"美"的目的。

还有用乡土俗语解构政治："会议开到这里，到会的人介绍到这里，已经中午了。牛屋外粪堆旁电线杆上的电喇叭里，开始报时间，几声长响和一声尖叫之后，BBD 的英语在说：'刚才最后一吱纽，是巴黎时间正晌午头！'"这应该也是一种戏仿，在戏仿中把印象中那种一本正经颠覆殆尽。

诸如此类的例子，在"故乡系列"中俯拾皆是。这些把历史庸俗化现象总体上形式相仿，功能也类似。这种游戏化不但消解了历史，也消解了文学，此时刘震云的作品中已经没有了历史和文学的严肃性，是在把玩历史、游戏文学。这种表现说明刘震云已经对文学的虚构本质完全的参悟了，形式上是自己的创新，但内容建构的初衷上与马原的"元小说"基本上是相通的。

三 游戏化

这里的游戏是指一种比较随意的行为，类似于"儿戏"。传统历史观认为历史发展具有规律性，这种规律是不以人的意志为转移的。历史是前进的或螺旋式上升的，但刘震云把这种规律性彻底解构，在刘的作品里，没什么规律，没有事件可以掌控。偶然性是刘震云故事发生的一个关键词，也是他故事发生发展的机理和推动力量，历史的发展因为偶然事件，不是必然的，没有什么因果关系。历史的发展是不可控制的，个体在历史面前剩下的只是无奈，这呈现出一种游戏化的历史。刘震云在很多作品中表达了偶然的历史观，比如偶然性决定了故事的结局，路小秃杀日本兵也纯粹出于偶然，出乎八路军和日本兵和中央军意料之外。杀民众是日本人杀的，但给日本人带来仇恨的是孙屁根这些八路，和路小秃土匪以及中央军，他们利用村民和日军的关系杀了日军之后跑了，让日军最后把愤怒发泄在老百姓身上；在"文革"中双方夺权时间的提前也不是因为双方政治大的变故，竟然是因为在两派队伍里的兄弟妯娌因为一只鸡而吵架引起的事端。

莫勒丽·小娥："我自己证明自己就足够了。她站在阳台上迟迟不亮开自己巴掌的唯一原因和人民大众没有任何关系，只是当时自己本身出了一点私事和个人问题。即她一个月两次的例假突然不合时宜地来临了。不要把我想得那么神秘嘛。我还是一个普通的合体人嘛。把我想得神秘的是你们，我自己倒怀揣着一颗平常心。"小说还在其他地方表达了类似的观点，关于脏人韩强暴妇女时脱裤子的速度为什么那么快："后来的历史学家，在研究到这一段历史时，曾因老韩的进展速度对'强暴'一词提出了质疑：说是一场大规模的强暴和骚乱，为什么脏人韩速度那么快呢？夫妻都不能配合这么默契，哪里有一点挣扎和斯打的强暴痕迹呢？一切倒像是顺轴和婚外情呢。为了这点争执，在学术上又形成许多流派。各种流派提出许多心理、生理、形而上和形而下的观点；但是他们没有一个人知道，其实历史非常简单，就是因为我们的脏人韩大叔，一辈子裤子里边没有穿过裤头。我将这个原因告诉过一个既研究这个问题也研究我的作品以研究这个为主以研究我的作品为副的学者——我也是出于情绪冲动，没想到他老人家听了我的陈述之后，稍稍一愣，厚厚的眼镜片后，射出一股冷冷的光，他说：是吗？历史有你说的那么简单吗？"刘老坡舅舅带黑棉袄事件，因为一个黑棉袄，刘老坡成了村里的名人，人生中某一个得意点成为历史的里程碑，其实真正的历史何尝不是如此呢！

大多数历史现象都是出于一时冲动或偶然因素，这或许就是刘震云对于历史本质的回答，历史就这么简单，没有什么复杂的。他一再暗示现在的历史因为种种猜测，成了一种虚假的历史，是把简单的东西复杂化了，把偶然的东西规律化、必然化了。人的历史是偶然与琐碎的，没有什么规律，没有规律因此也便显得简单，事实就是事实，没有必要去寻找背后的规律，人们把历史想得复杂和神圣了。这种复杂化的过程是在某些人的引导下完成的，而把历史复杂化、神圣化和规律化的人本身便有不可告人的目的。简单化当然是出于一种主观，但正是类似的漂移不定的主观促成了历史发展的偶然性，所以刘震云对历史的游戏化本身便是对历史的戏仿。

这种历史观一直指导了刘震云此后的创作。《手机》中叙述者讲到："这时又想关机，想了想，觉得不关更光明正大，于是没关。他没想到，这个没关，又使今天的灾祸雪上加霜。"这又是偶然性，这种偶然是推动刘震云故事情节和历史发展的唯一动力，从最初的"官场系列"，到"故乡系列"，到《我叫刘跃进》《一句顶一万句》，偶然性一直刘震云写作动力系统的力量源泉。

《一句顶一万句》中"杨摩西的弟弟杨百利，当年想通过上'新学'进县政府，路没有走通；谁知杨摩西没上'新学'，无意之中一个社火，竟越过杨百利遂了心愿。虽然是去种菜，总算有份正经营生，不用再沿街挑水，伙计没个着落，整日饥一顿饱一顿的；同是种菜，在县政府种菜，又和村里种菜不一样。过去在老汪的私塾里读书时，圣人说'业精于勤，荒于嬉'，谁知杨摩西二十而立，跟'勤'

没关系，靠的是元宵节一个玩。"而"老史不看锡剧看社火，不是因为看锡剧看厌了，恰恰是因为苏小宝的老舅死了，苏小宝赶回苏州奔丧，老史觉得戏台上一下空了，这才抽身出来，看万民舞社火。老史不看社火，还发现不了杨摩西。杨摩西能进县政府，以为该感谢社火，其实应该感谢锡剧中这位男旦苏小宝；接着应该感谢苏小宝的老舅，死的是个时候。"在刘震云的作品里，他写得很别扭，又写得很真实，故事的发展不是按照心理逻辑，而是尽可能按照事实逻辑，即偶然性，你很难预测未来故事会怎么结局。没有长期不变规律，只有临时偶发的因果。

刘震云创作中就"偶然促成历史"的历史观，打了很多比方：《故乡面和花朵》中"骚乱不会因为人和人之间的关系引起。骚乱不会因为混乱引起。骚乱需要契机。虽然有时候这个契机，比起骚乱本身是那么微不足道。但它是一个核，它是一个中心，它是一个魂，它是一个街头招摇的妓女；没有这妓女，我们还不会犯错误呢；它是面盆里一小团酵头，正是因为它，一大盆面，就那么蓬蓬勃勃地发展起来。涓涓细流，汇成江河。"后面还有："从后来事态的发展看，前面的起因也显得不重要了。就像任何历史事件一样，最后追究其起因的时候，一切都显得含混不清。起因这时就成了一种假设。历史原来是在假设之中前进的。当我们明白这一点之后，我们就对打麦场上引起的那场骚乱，之前那么多可以引起骚乱的原因在那里摆着它们硬是没有引起骚乱，后来因为一个啤酒瓶子就引起了波澜壮阔和惨绝人寰的骚乱，我们就不感到奇怪和显得通情达理了。就是因为丢了一个士兵，引起了一场民族战争；就是因为楼上女人的一笑，让人丢掉一个民族和国家；看似不近情理和让我们猝不及防，但它是历史的真实。我们欢迎这样的历史，我们讨厌逻辑；我们在逻辑面前显得束手束脚；离开逻辑，我们就可以借助一个啤酒瓶子或者是一个驴粪蛋子来改变历史。如果我们尊敬逻辑，我们就等于自己把自己排除到历史之外；离开逻辑，我们总能让历史发生些意外得到些惊喜。这些意外是我们的生命所在。我们要以我们的生命来保护它，就像保护我们的眼珠。"把历史当作必然的与当初把皇帝当作天子没有本质的区别，都是统治者愚弄民众，确立自己神性的，装神弄鬼的做法。

一件偶然的事件可以引发一连串的其他事件，就如同大洋彼岸的蝴蝶扇一下翅膀，这边就可能引起冰雹飓风一样，这是现实的一种。另外一种便是我们自己也常常因为自己的偶然所见而把偶然当作必然，把瞬间当作永远。历史的发展中也存在这种个人性因素。

偶然和必然就像事实与理论的关系。尽管人类一直在试图找到一切复杂现象之后的本质，但这个理论即便找到也代替不了复杂的现象，我们看似掌握了它，其实并未掌握。很多现象能够应付的事情，理论是永远应付不来的。《一腔废话》中提到事实和理论的一种辩证："理论和观点是一条筋，事实和例子却是一块肉，理论和观点是一条线，而事实和例子却是一个方块和一个圆——却能偷梁换柱和模棱两可地修补和糊弄一切。一块肉颤动肥腻，一个方块和圆有多重侧面，一块肥肉塞过去就能堵住各种各样不同型号的嘴，多重侧面就可以让瞎子摸象一样弄不清东南西北。或者它就是一团乱麻，当水箱出现漏洞的时候用一根直通通的铁丝无法编织堵塞，用一团横七竖八的乱麻却可以让它滴水不漏——问题是你也不知道到底是哪一绺和哪几丝乱麻堵住了水箱的漏洞。"老杨的理论也是餐桌上常用的废话，确实很含混却又无懈可击。这个世界凡是修补漏洞的东西都是混沌的东西。

把偶然当成必然会导致我们对现象判断的失误，甚至成为当事人双方终生无可弥补的遗憾。《故乡面和花朵》中对日常生活的理性反思："就自己一个人端着一个盒饭在这里吃。一个盒饭事小，但说明这个人的操守、品质、道德标准和良心呀，反映他对世界从容不迫的态度呀。我从东寻到西，从南找到北，怎么这样的我从少女时期就开始寻找的理想人物就是找不到呢？——过去找不到的，踏破铁鞋无觅处，怎么现在就明明白白到了跟前，得来全不费功夫呢？于是一下子就爱上了我。岂不知这也全是一个误会，就好象我们到一个人家去，看到这个人家今天吃肉，就觉得他们家整天都在吃肉；看到这个人家今天在喝汤，就觉得他们家整天的任务就是喝汤一样。我们是爱吃肉呢，还是爱喝汤呢？这个南美的美丽的少女巴尔，看到我今天在吃盒饭，就由爱吃盒饭的品质，也爱上我这个人了。我们故乡第一个由爱情出发不掺任何其他功利因素的崇高结合，就这样产生了。"也是对偶然和必然、做一件好事和做一辈子好事的反思，我们常常把偶然当作必然，看到一个人做一件好事认为他就是一个好人，看到一个人做一件坏事就认为他十恶不赦，这是我们认识世界的偏见，也是人与人之间发生隔阂和这个世界一直存在悲剧的原因。

游戏化另一种表现是时空穿越，如《故乡相处流传》一幕写到曹操检阅新兵，这是一种反讽性的叙述，并且这种反讽具有时代性，必须经过那个时代的人感触才会更深。似乎在指蒋委员长，"攘外必先安内"的政策。这样的把戏，或者说场景在历史上无数次地重复，只是人物换换而已，所谓"打倒袁绍，战胜饥荒"的呼喊，与20世纪60年代之交与苏联的断交是相合的。还有种种欺上瞒下，民众用草人代替活人在山野中形成人山人海的声势，而领袖原来并没有真正来检阅，叙述者通过穿越把2000年后的档案公布于众：

> 可惜的是，一九九二年四月，我到北京图书馆去研究历史，研究到这一段，发现这次检阅有一个疑点。即这次检阅及它的壮观都是真实的，但检阅者是假的。即曹丞相根本没有参加这次检阅，一驰而过的检阅人马中，并没有曹丞相。当然，本来是应该有曹丞相的，但曹丞相先天晚上和我们县城东关一个寡妇在一起，闹得长了，起得晚了，起身时已日上中天。所以误了检阅。太阳冒红时，贴身丫环喊过他起床，他像现在许多文艺名人一样，正在睡觉，叫也不起，大家没办法，又不好叫千军万马失望，于是随便找了一个人，穿了丞相的衣服，坐了丞相的车，带了丞相的卫队和彩旗，一驰而过地在铺天盖地的"新军"队伍中走了一趟。

> 冒名顶替曹丞相者是谁呢？就是现在给曹丞相捏脚的白石头。

> 这让我心里很不好受。

> 但一千多年过去，我所有的乡亲都还蒙在鼓里，不知道这事

情的真相。他们只知道稻草人是假的，焉知丞相不是假的？

时空穿越的好处，虽然是限制性视角，但这种视角之下作者既知道1000多年前的事情，又知道1000年后，明显与一般的限知视角不同。作者能通古今之变，让读者透过历史长廊（尽管是虚构的历史）把这个规律和现象关系，看得更清楚，也更值得信任。这个大概比万能视角更有效，万能视角是指一种横向对历史的把握，知道在场的每一个人的前世今生，过去未来，知道事件未来发展的走向，但仅限于这样一个故事和这样一个场景。没有这种超视角划破时空长河，特别是通过"我"来观察比对，更突出这种认知的连续性，和事件发展规律或偶然性（或者没有规律也是一种规律）。这种视角可以叫什么呢？如果前者叫万能视角，这个就叫超视角。

同样的反讽，让人们怀疑历史上的一切。但是，怀疑过后，消解和颠覆后，我们应该相信什么呢？刘震云当时似乎还没给出答案，直到《我不是潘金莲》才看出些许端倪。

四　漫画法

所谓漫画法意指以夸张或变形的形式来强化某一动作或行为的视觉效果，并借此达到反讽和解构的效果。有人把漫画与怪诞联系在一起，其实二者是不同的："在漫画中，不会想到性质完全不同、彼此无法相容的因素融为一体，也不会有不同因素闯进来的感觉。这种区别在人们的反应中表现得很清楚。人们之所以让一幅漫画逗得发笑，那是因为通过一种可笑的、有趣的手法把一位熟悉的或典型的人物或特征加以扭曲（或模拟），也就是说，一个特征被夸张到反常的程度。这是对功用明确、意图显而易见的东西作出的明确、简单的反应，而人们对怪诞作品的反应从根本上说来是分裂的、疑窦丛生的。"①

刘震云常通过漫画化一种场景或行为达到讽刺结构的目的。如

---

① ［法］菲利普·汤姆森：《论怪诞》，孙乃修译，昆仑出版社1992年版，第54页。

《故乡面和花朵》中因为卡尔莫勒丽把丈夫的阴茎割掉而被判无罪后，便有人号召世界上所有的男人，喝醉酒的时候，没人关照的时候，大家都趴着睡觉。于是：

> 趴着睡觉，如今在世界上成了一种时髦；报纸电台都在宣传男性趴着睡觉的种种好处。人们在大街上走路，男走左，女走右；女人腰里个个挂着小镰刀，弓箭在手刀在腰；男人个个捂着自己的前裆。最后这个习惯传染开来，传染到皇宫和各个国家的领导人。他们在接见人的时候，也个个捂着自己的前裆；偶尔抠一下鼻孔，赶紧又把手放回去。特别是男总统见女首相，男总统更得担心一些。他们不是没有警卫，但他们的警卫也是男的，他们每个人自顾不暇，哪里还顾得上总统了？

写到孬舅在受到孬妗的压制后想象如何杀死孬妗，设想种种杀死孬妗的办法，其中一种是用导弹杀死她，于是他"开始忘乎所以地在那里策划和画图了，先画了一个飞毛腿，飞毛腿从地中海的航空母舰上起飞，弹道一下划过天空，最后落到我们家的宿舍楼，透过勇气孔，打在我们的电视机上；血肉横飞，她和孩子立马就不见了，世界上就剩下我一个。"这里是把想象以夸张的手法传达出来，看似荒谬绝伦，其实上并不缺乏生活，尤其是心理上的真实。

写到未来1000年后，世界上象征的身份的坐骑已经不是宝马、奔驰，而是一头小毛驴，小毛驴屁股后粪兜的颜色又标志着主人有多么高贵，于是"娶亲的驴队'得、得'地过来了，30只驴子迈着同一种步子，说前左腿就是前左腿，说后右腿就是后右腿——这和刚才人的队伍的整齐可不一样，人是两条腿，协调起来容易；驴是四条腿，协调起来可就难喽；步伐一致，连驴屁股后面的金粪兜一翘一翘都巍巍壮观。突然有一头驴拉屎，这时就出现了奇观，说拉30只驴一起拉，30只驴拉出屎的大小、粗细、速度、颜色也都一样，整齐从肛门往外运动，掉到地上，就是一种整齐的威风锣鼓了；连30条驴掉出的粪蛋子冒出的热气都那样整齐，飘荡在我们的脸前……"这是把现实中某种特征进行夸张和漫画法所作的传达。这段描写给我们的感觉可能轻松和诙谐更多一些，但如果我们把这种场景和历史上的一段时间在意识形态引导下男人女人表现那种反常的、有违人性的场景对比一下，可能也会发现，原来这种诙谐也并不轻松。

刘震云还把对人性的绝望通过这种漫画的方式传达出来。鲁迅在《摩罗诗力说》中评价拜伦诗时有一段话很有名："重独立而爱自由，苟奴隶立其前，必哀其悲而疾视，哀悲所以哀其不幸，疾视所以怒其不争……"此后"哀其不幸，怒其不争"便成为一句经典名言。被用来表达觉醒者，尤其是知识分子群体面对麻木民众的复杂态度。刘震云在自己作品中则以漫画的手法来表达自己这一观感。当自己衣食无忧，精神上也较为超脱之后：

> 回过头来再看这些被抛弃的、不被重视的、被侮辱和被损害的弟兄，我们心里才有些伤感。不过这时你再看那些不被重视的弟兄，他们倒早已把刚才的被抛弃、被侮辱和被损害给忘记了。他们也正在跟我们一起抢牛排。一个弟兄为了和白蚂蚁争一片挂在牛排上的牛腰子，这个意外的牛腰子到底是挂在你夹的那块牛排上还是我夹起的那块牛排上，两个人大打出手。这时你感到你的伤感纯属多余。我们没必要替世界担心什么。世界会自己愈合自己的伤口。我们还是安心地在胃里消化我们的牛排吧。

这是漫画一个场景，也是批判中国人的国民性，善于遗忘的、欺软怕硬、只会搞窝里斗的人性，这与鲁迅的精神似乎也是相通的。

刘震云很擅长把自己看到和感受到生活中权力、人性的扭曲之处通过这种夸张、漫画的形式表达出来。因为这种扭曲我们在生活中已经习以为常了，必须通过这种原型基础上的夸张才能引起我们的注意。当然这种漫画式的夸张并非仅仅是为了引起注意，他更多的是包含着一种讽刺，甚至一种绝望。而背后的情感，则是曾经寄托过极大的希望而后却找不到一点能够承载希望的人性凭借的失落感。有点遗憾的是刘震云在进行过这段漫画式的描写之后，并没有像鲁迅那样

"指归在动作，立意在反抗"，他在对这种人性绝望之后的选择是放弃，享受自己的生活好了。这如果是一时的过激之语可以理解，如果成为一生的态度则又堕落于与"犬儒"无异的状态了。

五　讽喻

讽喻，指的是一种话语方式，是把另一层含义隐藏在某一个故事中的话语行为。这一类作品如动物故事、幻想故事、虚构的游记与仿圣经故事等。"所有这些形式在不同程度上都包含了讽刺模仿的因素，但是它们所追求的效果并非只是以夸张的手法来模仿某一作品以突出原作中不充分、不协调的部分。这些原作另有用场，常常被作为一种规范。讽刺模仿嘲笑其所模仿者；这些讽喻又运用它们所模仿的形式来突出其真正的讽刺对象。"① 其中可以分为多种讽喻方式，隐喻也是其中一种。《故乡面和花朵》中"屁股"的讽喻：

> 小路不看秘书长的屁股还罢，一看秘书长的屁股，小路不禁有些伤心了，也彻底理解秘书长了。当然也彻底明白这个世界了。原来就是这样一个屁股，在那里统治着我们的世界呢？秘书长的屁股哪里还能叫屁股呢？那简直就是一个马蜂窝。疥子、疖子、脓疮、黑斑、瘊子、疣子、还有些梅花斑点和病变，上上下下，如同孬舅对世界的委屈一样，层次不分地布满了那个屁股。

但这样一个屁股如何统治着世界，孬舅则向小路演示，原来他还装一个假屁股，"接着，孬舅现身说法，从地毯下边抽出一个假屁股，轻车熟路，一下就毫不错位地安装在自己的屁股上；接着扭转身来，又将屁股掉向小路。这时展现在小路面前的，就和刚才的屁股大不一样了。光滑，柔软，柔韧，在血色，有弹性，没有任何乱七八糟的东西，连一根杂毛也没有，在那里充满性感地颤呀颤。小路看了，也马上忘记刚才乱七八糟的屁股，禁不住对这个屁股赞叹道：'我的妈，

---

① ［英］阿瑟·波拉德：《论讽刺》，谢谦译，昆仑出版社1992年版，第43页。

多好的屁股呀'！"这就是屁股的讽喻，历史、伟人的光环在我们看来不就如同这样的真假屁股吗？

刘震云还常常用一种形象来讽喻现实中人物，如"四个小天鹅"互相争斗，开始她们还在比赛和相互不服气，后来一位法老和阿訇，一位主持和大和尚、一个洞主和道长告诉她们："不要相互不服气。她们才突然醒悟：她们的服气或不服气，原来只是整体结构中的一个环节罢了；不服气也是结构安排中的一种需要，让你们显示自我只是为了维持结构中的一种平衡。"这种名词的连缀也是一种当下政治层级和权力关系的隐喻：

> 如果你不是鸡而是鹰的话，如果你是法老、洞主、道长和主持的话，你也就不用跟人联袂；不管是在日常生活里还是在梦中，你们都是鹤立鸡群和独往独来，你们之间都相互不服气；等中午你们午休了，你们的鞋和拐杖也会偷偷溜出来，下凡到人间作怪——在洞主面前你们是鞋和拐杖，到了我们人间你们就成了精，搅得我们鸡犬不宁；你们呼风唤雨和云山雾罩，你们恣意汪洋和胡作非为；到头来人们在现实和梦里都是竹篮子打水一场空。

还有讽喻现实中人与人之间的权力争夺，权力会异化人。如《故乡面和花朵》中孬舅兴奋地和"我"讲起他当上秘书长的过程：

> 孬舅："在我由副秘书长升正秘书长时，竞争者有八个人，打得不可开交，最后在每人面前摆了一个饭盆，知道饭盆里盛的是什么东西吗？"
> 我摇摇头："不知道。"
> 孬舅："一盆屎。"
> 我突然有些反胃。问："这让干什么？"
> 孬舅："吃下去。而且是非洲屎。谁吃下去谁当秘书长。"
> 我"嗷嗷"想吐。

　　孬舅问："秘书长当的容易吗？"

　　我照实说："不容易。咱老家有句话，'钱难挣，屎难吃'。"

　　孬舅："可那七个孙子，一下念动咒语，变成了七只大猪，在那里吞吧吞吧抢着吃。"

　　我有些着急："那你怎么办？"

　　孬舅："这也难不倒我。道高一尺，魔高一丈，我念动咒语，一下变成了一头大象，一舌头下去，一盆屎就没了，秘书长就当上了。他们呢，有的吃了三分之二，有的吃了二分之一，他们的屎算是白吃了。"

　　孬舅讲完后还总结道："这就证明，世界上大大小小的事，都像狗屎一样一团糟呀。你连屎都不能吃，还能把握世界吗？在这个世界上，提出一条真理和口号是容易的，但它们在一滩屎面前，显得是多么地苍白和无力呀。以为你舅是容易的吗？每天也就是把手插到这些狗屎里给你们张罗和操劳呀！"

　　这里对官场的讽喻更是明显，整个事件也具有象征性，在争夺权力的过程中，个体常常为了达到目的无限制的压抑自己的人性。人性就是在这样一个过程中被异化的。

　　《一腔废话》中白骨精说的话似乎在讽喻一个时代民众思想状态："这还不足以说明整个世界和五十街西里吗？世界成了木头的世界，人人都成了木头，他们还能不疯不傻和不聋不哑吗？换言之现在已经不是疯傻和聋哑的问题了，而是人人变成木头和木偶，还能不任人摆布和宰割吗？"在历史上的一些时代我们确实能感受到民众的麻木、盲目、安于现状，这与统治者的别有用心的舆论宣传有关，也与那种武力镇压有关，更与懦弱的人性相关。正是因为统治者宣传是别有用心的，所以他们并不会按照自己要求的去做，所以刘震云在作品中说，"首先违反这些规则的人，恰恰是制定这些规则的人。"所以他以隐喻的形式反问："墙上的标语不是在提倡不能装疯卖傻和装聋作哑吗？你和你们——木头国和木头城——为什么背道而驰在与自己提倡的作对与自己反对的东西同流合污呢？"

中国人常说的一句话是，"成者为王，败者为寇"，从这点上看中国人内心都已经认同这个"王"和"寇"的行为和关系转换的规律，"王"和"寇"本质上没有多少区别。这种世俗的情节已经充斥了个体心胸，使人陷入其中难以自拔，所以刘震云对这种政治斗争的实质也作了讽喻：

> 土匪是世界上最轻松最自由的职业。换句话说，它就是一个自由职业者。换句话说，它简直就是一个临时凑成的 Party——这个 Party 不是那个 Party——几个可心的男女聚在一起，喝喝酒，跳跳贴面，不是这个圈子里的人，任他脑袋尖尖，也只能扒着窗户看一看，里边拉着一黑一红两道窗帘，到头来什么也看不见。多好的生活和多好的人生。但这种人生眼睁睁就结束了。历史不需要土匪。后来的 Party，就成了一个政治圈子和政治争斗的场所。我们组织 Party 的目的是什么？不是为了乐和而是为了斗争吗？上学的目的是什么呢？不是为了给人增加愉快而是为了给人头上砸粉笔头吗？为什么不允许给女孩子写纸条？为什么不允许交头接耳？我从这个 Party 转到另一个 Party，一下子还有些不习惯呢。现在 Party 的杀人数量，我过去当土匪时还没有这么过呢。你们明目张胆和胡作非为的程度，土匪连你们一半还不及呢。土匪也就是混个吃穿，混个女人；你们可好，战争都打到中东和沙特阿拉伯了。

这些场景似乎很陌生，而隐约中又感觉很熟悉，细想来，他的陌生化只是形式上，而精神深处与现实则是相通的。

六 反讽

反讽与怪诞也是常常被联系在一起的。反讽作家和讽刺作家一样，常常把怪诞当作一种武器。但二者是不一样的，需要把握二者的限度。菲利普·汤姆森认为："反讽，就其功用和感染力而言，主要是理智性的，而怪诞则主要是激情的。""反讽依存于某种关系（现象/实在，真/伪，等等）在理性上的可解决性。"① 在刘震云作品中此类现象很多：

创作《故乡面和花朵》时的刘震云的写作还处于试验阶段，但即便是试验，其对象仍然是官场和权力，而不是像曾经的先锋小说一样，仅仅限于形式的狂欢，而不顾话语的所指，他的每一种叙事角度的调整，修辞格的转换，甚至结构的调整都有非常明确的现实目的。如针对曾几何时一些热衷于形式试验的所谓"先锋作家"，他们的写作遭到了很多读者抛弃，面对这种冷场，他们自我解嘲说自己的作品当下人接受不了，是因为太过领先于时代，他们是写给未来的读者的，刘震云对这样的言论作了反讽：

> 有时我们看您的作品，也往往会发生错误呢。您的作品怎么就那么精深和博大呢？怎么一下硬让人猜不透和看不穿呢？我们只能像水中望月和雾中看花一样，透过这些水草和云雾看到您一个朦胧的背影罢了。我们就是把吃奶的劲都使出来，恐怕也不能了解你作品蕴意的百分之一；甚至可以说，了解您不是我们这些同时代的人所能做到的——您不也有一个声明吗？您的作品是写给下一代人看的。问题仅仅在于，如果您是写给下一代的，那么下一代的写字的干什么去呢？除了我们觉得您这么做现在就抢下一代人的饭碗就好像到森林里乱砍乱伐破坏下一代人的植被一样有些不道德之外，别的我们就不担心什么了。我们对您这样重新评价，您觉得还准确吗？您觉得这马屁拍得过分和有些戏过了吗？

在这样的反讽下，所谓"先锋作家"往自己脸上贴金的言语的强词夺理所折射的内心的虚弱彻底暴露无遗。刘震云反讽的对象还扩大到了更大的文艺圈，如在《手机》中讲到房地产商严格一致与当今一位走红的歌星好，而这位当红女歌星却有一些难以启齿的小毛病：

---

① ［法］菲利普·汤姆森：《论怪诞》，孙乃修译，昆仑出版社1992年版，第70页。

这歌星整天唱的，皆是歌颂祖国和母亲的歌。歌颂多了，祖国和母亲没恶心，她自个儿患了厌食症。其实患厌食症也是假的，祖国和母亲歌颂多了，唱者无心，听众和观众，对祖国、母亲和她，都一块儿恶心了；她也是借这种方式，转移一下视线；借这个转移，自个儿也变一下路子；祖国、母亲也让她恶心了；换句话，纯粹为了炒作。

"厌食症"与"歌颂歌曲"在一块所形成的强烈对比本身就构成了极大的反讽，刘震云把这个心理隐秘也暗示出来，让人不由思考"爱国歌曲"与"厌食症"的内在因果关系，又在反讽的基础上增加了一层。

刘震云反讽的对象，不仅限于文艺圈，他指向了更深邃的历史和更广泛的社会，反讽各种励志故事、各种高尚职业，当然核心更多与"权"和"利"相关。再略举一例，如他反讽统治者自己改写历史的嘴脸，如孬舅当上恢委会秘书长后，对外说自己小时闻鸡起舞，而我回去向姥娘求证，姥娘却说：

放他娘的狗屁！他从小踢死蛤蟆弄死猴，哪里见他正经读过一页书？倒是他把书上的难字一个一个都扣掉了，说："书上的字这么多，哪里差这两个？"上学也是三天打渔两天晒网，他认识先生，先生不认识他；小小年纪，就偷瓜摸枣和偷鸡摸狗——他的鸡还怕别人偷去？先生家的鸡都被他偷吃了。最后弄得一村子没鸡，一到黎明万马齐喑。接着战乱一起，鬼子兵一来，就出家当了土匪，开始"不行挖个坑埋了他"的生涯，让我替他白担了多少心；这才是历史的真相。现在许多报刊都宣传他早年如何刻苦读书，他们就不想想，如果他早年刻苦读书，现在能当上礼义廉耻的秘书长？

孬舅当上秘书长后，却有了另外版本的童年，这没好好读过书，不懂"仁义礼智信"，只会"不行就挖个坑埋了你"的土匪行径，竟然当上了礼义廉耻委员会的秘书长。通过这种反讽，我们是不是要思考，专制者头上光环去掉之后露出的到底是一个什么样的真面目呢？

七　怪诞化

所谓怪诞，沃尔夫冈·凯泽尔下过一个非常贴切、透彻的定义："怪诞乃是疏离或异化的世界的表现方式，也就是说，以另一种眼光来审视我们所熟悉的世界，一下子使人们对这个世界产生一种陌生感（而且，这种陌生感和可能既是滑稽的，又是可怕的，要么就是二者兼有的感觉）。……怪诞乃是同荒诞玩弄的一种智术，因此，怪诞艺术家以半是玩笑半是恐惧的态度同人生那种极度的荒诞现象作的一种嘲弄……怪诞乃是意图祛除和驱逐世界上一切邪恶势力的一种尝试。"①

怪诞具有如下特征，如不和谐、滑稽与恐惧、过分与夸张、反常等，让读者通过这些反常、夸张、滑稽甚至恐惧的形象、场景受到异样的刺激，进而思考这种感受的现实存在。刘震云常常通过把日常事件怪诞化来达到自己的叙述目的。如：

> 瞎鹿浑身一抖，泪和眼珠都傻在那里。他不再说话，也不再打问。足足在那里傻了有 10 分钟。突然一声长嗥，似深夜的狼叫，似坟地的鬼嚎，把我吓得差一点从椅子后背翻下去。接着瞎鹿滚到地上摇身一变，变成了一个屎克螂，摘下脑门上的眼镜，开始在原地打转，像找不着粪蛋一样着急。我推来推去，怎么粪蛋突然就消失了呢？那我在世界上忙活半天，是为了什么呢？到头来怎么是这样一个结局？旷野，暮色，疙瘩一样的村庄，远去的牛车，找不到的纵横的道路，我是像过去一样大哭而返呢，还是就此从悬崖上跳下去解除一切烦恼呢？屎克螂在那里拿不定主意。

---

① ［法］菲利普·汤姆森：《论怪诞》，孙乃修译，昆仑出版社 1992 年版，第 26 页。

一会儿之后，在"我"的劝慰下："（屎克螂）几声抽泣，几声凄厉，接着如青虫蠕动，如幼蝉脱壳，如蚕吐丝，如蛾扑火，渐渐地将身子变了回来，又成了影帝瞎鹿。但已力气用尽，蜡泪流干，像一团泥一样歪在沙发上。"

驴可以说话，人可以变成屎壳郎，这里刘震云或许受过卡夫卡《变形记》的影响，当然能写出这种内容，确实有丰富的想象力。这里应该也有对传统中外文学的戏仿，在戏仿的过程中比他们走得更远。

《故乡面和花朵》场景的转换也是这样。"原来，刚才的一切都是虚幻，刚才的乐声突然消失，这些世界名人在台上裹在一起，众多的肉体在一起绞，转眼之间成了一股轻烟；就好像这些人的生前身后事一样，刚刚还在红火、闹腾、表演，转眼之间成了一撮尘埃、一股轻烟，不知飘荡到哪里去了；让人没个思想准备。但台上这些名人又与一般人不同，他们终究有些造化，他们的轻烟没有飘散，而是旋转旋转，在烟之上，托出一个新的人来。这人在烟之上，雾之中，雪白的肌肤，娇嫩的大腿，一字步走通世界，大美眼尽收广场；前看如一朵荷花，后看仍如一朵荷花。你道这人是谁？就是世界名模、秘书长夫人、俺孬妗冯．大美眼。"

还有冯·大美眼变成蛇，应该是一种心理感受、一种夸张的想象。变成蛇或其他死亡大概是一种心理真实，这就像卡夫卡的《变形记》表达那种看似荒诞，其实却是工业社会背景下个体自身的感受。只是卡夫卡是在展示工业社会的人对于自身异化的惶惑，而小刘则是在一个农业时代和环境中的此类展示。

整个"故乡系列"经常时空流转，把后来的事搬到前面，或者把以前的事放到今天再重新叙述，如三国时期孬舅的出身。话语不只限于人与人之间，在人与动物之间也出现了这种话语。孬舅和毛驴之间的对话（这里让人想到张贤亮《男人的一半是女人中》那匹大青马的讲话），这里当然是荒诞的，关键是刘震云是想借这种荒诞表达什么？这种人和动物的交流，甚至轮回可能更能给人一种更广的视角。让人从中读到其中更丰厚的意蕴。《易·系辞上》上说，"书不尽言，言不尽意","圣人立像以尽意",刘震云这里的荒诞也就是为尽自己所表达之意而立的一种像吧。这种"像"之所以觉得比较荒诞,是因为与我们日常生活表象不符,但这里重要的并不是那个表象,而是"像"背后的"意"和"理"。这个"像"与现实的相通之处,恰恰在于那个"理"。之所以用这样一个荒诞之"像",一是顾及直接抨击现实的敏感性,二是顾及文学作品所必需的"蕴藉",因为生活无诗,才需要诗人。三是因为常见之像已经为传统意识所注满,难以起到"立像以尽意"的作用,就像用花儿形容女人过多次之后,再写出来便了无新意。

在一次交流中陈思和谈到刘震云:"李振声说他是中国当代最悲观的作家,我也有同感。这种悲观首先是来自一个有社会责任感的知识分子对自己所赖以安身立命的人生原则的绝望,这种人生原则多半是应用于对我们所处的世界的解释,世界本身无所谓意义,一切都在于解释。而刘震云的小说几乎没有提供一种对世界的正面解释,他总是不断地解构不断地嘲弄历史教科书教给我们的经典原则。这种绝望转化为诗学上的宣泄,就成为刘震云式的讽刺。他是通过讽刺来构筑自己对世界的新的解释。读了《故乡相处流传》,我只觉得在戏谑中透出一股冰冷的凉气。有些地方让我想到了鲁迅的文学传统。"陈思和同时认为,这种对历史的解构与前期对现实的解构是统一思路,同一种哲学观:历史的悲观主义实际上也是现实的悲观主义。首先是对现实的绝望,才会在历史上找原因。过去周作人曾经用明代末年的政治历史来比附抗战前的中国社会,比来比去就是中国必亡于异族。①这是一种自然而然的思维,对于当下的质疑让作家必然对照历史,试图找到其中类似现象的规律或者是荒诞性。结果刘震云发现都是荒诞,原来我们所认可的历史都是个体被权力和伦理改造的历史,真正的历史反而被遮蔽了。

刘震云通过对历史和现实中的和权力话语相关的言语、行为、事

---

① 陈思和、郜元宝、张新颖等:《刘震云:当代小说中讽刺精神能到底能坚持多久》,《作家》1994 年第 10 期。

件的戏仿、庸俗化、游戏化、漫画化、影射、反讽、荒诞化等手段来达到自己解构历史，进而解构权力、伦理的目的。他之所以这样做，是让人把这种叙述当作游戏，也是作者对权力批判时穿的一种伪装，这种伪装不只是遮蔽，应该还有自我防护作用，或许应该叫着盔甲。因为批判权力涉及政治时总会带来意想不到的麻烦。但透过这层伪装，我们还是能分明地感受到他对于权力、伦理、历史的解构和颠覆基本态度。

第五章 刘震云小说中的故乡

第一节 故乡何谓

去国怀乡是有史以来中国文学上恒定的母题之一。历史上有不少与怀乡相关的文学作品，如唐诗人王维的《杂诗》"君自故乡来，应知故乡事，来日绮窗前，寒梅著花未"；《九月九日忆山东兄弟》"独在异乡为异客，每逢佳节倍思亲。遥知兄弟登高处，遍插茱萸少一人"；李白的《静夜思》"床前明月光，疑是地上霜。举头望明月，低头思故乡"；高适《除夜作》"旅馆寒灯独不眠，客心何事转凄然。故乡今夜思千里，霜鬓明朝又一年"；马致远的《秋思》"枯藤老树昏鸦，小桥流水人家，古道西风瘦马。夕阳西下，断肠人在天涯"，更是千古绝唱。为什么这么多人对故乡有这种情结呢？故乡有什么魅力吸引这么多人对他牵缠挂肚？对于这个普遍而平常的情感现象，或者集体无意识很少人去做深层次的思考。刘震云的作品对"故乡"作了尽管零散却相对系统的感悟和思考。当然这种思考也是分几个层次的。这里大约最初就是从"故乡系列"，曾经有人做过这方面的评论。从他的《塔铺》开始，很多作品都是取材于他的家乡延津，这大约也是他的一个愿望，这种愿望与一种传统文化心理有关系。这种文化最具有代表性的表现就是项羽说的："富贵不还乡，如同衣锦夜行！"刘邦经过沛县时也高唱"大风起兮云风扬，威加海内兮归故乡"。这似乎意味着人富了、阔了总想让自己的家乡人知道，需要有人见证自己的辉煌，而由谁来见证，故乡和故人似乎成为这些王侯将相的最佳人选。这是一个什么样的内心隐秘呢？刘震云大概在20世纪90年代在文坛上已经小有名气，大概也有了这种富贵之后想对故乡证明点什么的想法。但刘震云毕竟是刘震云，他在涌起这种对故乡证明自己的想法之后很快便开始反思自己为什么有这样的想法？

一般的印象，故乡就是一个空间，但又并非一个简单的空间，如宾德所言："故乡本身并不直接就是——而由于那个在其中获得家园感的人才是——一个空间。……只有处于我与世界的具体的交互关涉中，故乡才能获得其本真含义。因此，归乡者的安全感在诗中呈现为一种被环绕和被拥抱感，一种亲切的联系和信赖。"①

那么"家园感"又是一种什么样的感觉呢？海德格尔作过这方面的描述：

> "家园"意指这样一个空间，它赋予人一个处所，人唯在其中才能有"在家"之感，因而才能在其命运的本己要素中存在。这一空间乃由完好无损的大地所赠予。大地为民众设置了他们的历史空间。大地朗照着"家园"。如此这般朗照着大地，乃是第一个"家园"天使。②

由此可知，"故乡"是个体肉身和精神皈依的所在。是个体价值获得确认的、个体经验过的，封闭的内心空间。"故乡"和"怀旧"总是相关联的。但是当下的关于"故乡"的怀旧却与传统社会中的"故乡"怀旧不可同日而语。传统社会中的"故乡"主要是对一个个体经验空间的怀念。但这个"故乡"仅有空间距离，没有时间距离。因为传统社会特别是没有时钟之前，社会发展缓慢，一个地方一百年后基本上没有变化，游子归乡后，记忆中的生活方式、人或物都可以得到验证。因而传统社会中的"故乡"可以归去，可

---

① ［德］宾德：《荷尔德林诗中"故乡"的含义与形态》，莫光华译，刘小枫、陈少明主编《荷尔德林的新神话》，华夏出版社2004年版，第130页。

② ［德］海德格尔：《荷尔德林诗的阐释》，孙周兴译，商务印书馆2000年版，第15页。

以修补。而当下的"故乡"更多是一种历史的过去，无法再追回。造成这种现象的主要是近代工业和技术的发展，如斯维特兰娜所言："工业化和现代化的迅速步伐增加了人的向往，向往往昔的较慢的节奏、向往延续性、向往社会的凝聚和传统。然而，对于过去的这一种新的迷恋又揭示出来遗忘的深渊，并且与实际保存情况形成反比。"①

赵静蓉在对历史上家园形态省察比对之后认为："根据对家园形态变更的大致浏览，我们不难发现，正是现代科技导致了传统意义上的家的彻底丧失。在现代生活中，技术不单单是人类获取生产资料的手段或工具，技术已经成为一切生活现象的代名词，它是具有本体地位的现代生活哲学之一。"② 周宪序在《怀旧》的序言中，更是直截了当说："照我的看法，怀旧是现代人一种无家可归的主观体验。更具体地说来，它是一种对逝去的东西的向往，一种怀念过去好时光的冲动。"③ 在他们看来当下的个体的怀旧情结都是来自于技术和工业带来的历史断裂。个体记忆里成长于其中的生活状态、生活环境、人情伦理在现代工业的冲击下已经成为不可寻回的历史尘埃，而个体面对这种剧变的、陌生环境，感觉到由衷的惶恐。也是从这点上，斯维特兰娜认为："对于家乡的思念收缩称为对于个人童年的思念。与其说是对于进步缺乏适应，不如说是"对于成年人生活的某种不适应"。④

刘震云笔下的"故乡"尽管与当下的时代与传统相关，但并不是传统文人印象中的故乡，也并非海德格尔等西方哲学家意义上的精神之乡，他只是把故乡当作一个空间，一个人身体和思想成长于其中并为其浸染的空间，他认为：

---

① ［美］斯维特兰娜·博伊姆：《怀旧的未来》，杨德友译，译林出版社 2010 年版，第 19 页。

② 赵静蓉：《怀旧——永恒的文化乡愁》，商务印书馆 2009 年版，第 24 页。

③ 周宪、赵静蓉：《怀旧——永恒的文化乡愁》序言，商务印书馆 2009 年版。

④ ［美］斯维特兰娜·博伊姆：《怀旧的未来》，杨德友译，译林出版社 2010 年版，第 61 页。

如果故乡是指一块地方，这个地方是指一个社会整体，即不但包括人、土地环境，还包括维持人、土地和环境的社会政治、经济形态及生活方式或者说作为一种社区来考察的话，在一个民族内，这一块地方与另一块地方没有太大的差别。风俗习惯虽有差异，但总是在统一的政治、经济、社会制度下；二者相较，前者显得微不足道……以这点意义上说，故乡就是国家，无论你生在哪里，都会给你身上和心上打上基本相同的烙印。①

这意味着刘震云笔下的"故乡"与"国家"是可以画等号的。刘震云对故乡尝试了各种可能的叙述。他先是试图勾勒一下故乡的历史，当然在这个过程中也加入了自己对政治、经济、历史、人性的思考，从这种思考中我们也可以反观刘震云身上的"故乡"烙印。在《故乡天下黄花》中我们看到他勾勒了故乡从晚清建村到民国时期孙、李两家对村长权力的争夺，再到日本侵华时期许布袋当村长时，村里老百姓在中央军、八路军、日军、土匪几股势力的拉锯下在狭小的生存间隙中挣扎求命的过程，而后又写到日本投降后，国共两党争夺政权在村庄里的反应，这里我们看不到大的战争场面，我们只能从村中几个家庭的反应中看到各派势力的消长。再后是新中国成立后国内各种改造在村庄里的反应；"文革"期间，赵刺猬、赖和尚争夺村里领导权，成立各自战斗队，后来又加入了卫兵、卫彪兄弟。村里乱作一团。这里各派主要都是围绕着权力在争斗。

《故乡相处流传》中他又是围绕着与故乡相关的人和事展开了叙述，这时人便有了某些荒诞色彩，所有的人基本都是从三国时期一直活到晚清时期。其中人物如曹操、袁绍、小刘儿、小刘父亲等在历史发展的过程中，历经了后面的明初朱元璋从山西大槐树下移民的过程、太平天国时期小麻子转世的陈玉成在延津选美、慈禧太后，即柿饼脸转世在延津寻找旧日的情人的六指，直到1960年大灾难的整个历史过程。这些借历史一点，发挥想象，表达自己观点的做法，大概

---

① 刘震云：《整体的故乡与故乡的具体》，《文艺争鸣》1992年第1期。

就是新历史的笔法。

虽曰"新历史",这笔法却也并非在 20 世纪 90 年代才出现,20世纪 30 年代鲁迅的《故事新编》处理的也是类似的题材。他借助历史题材,然后再加以想象发挥,表达了完全不同的一个主题。这里面有戏仿和反讽的性质。正是通过对正史的仿写才会让新的所指与旧的所指形成一个鲜明的对比。正是在这种强烈的对比中,让我们反思历史的真相。当然这里不是说传统的历史是假的,也不是说这种新视角下的历史就是真实的历史,而是说通过这种对比让我们对当下的历史书写产生了怀疑,产生了反思。这才是刘震云真正想达到的目的。而20 世纪 90 年代所谓"新历史"出现至今,对于"新历史"的阐释与解读一般都是基于认为传统的历史的人造的,不可信的,"历史是任人打扮的小姑娘";与之相对,这些被命名为"新历史小说"中的历史被认为是民间视角的、个人化的、更为可信的历史。这种非此即彼的对照显然陷入另一种偏颇。笔者认为"新历史"之所以成为"新"其价值大概便在于其对于整体视角的启发性。

《故乡面和花朵》中尽管用了荒诞、变形等现代主义技巧,内容的时间上尽管推到 2996 年,但空间上仍然是老庄,人物仍然是在《故乡相处流传》中的故乡的人物如瞎鹿、六指、白蚂蚁、白石头、孬舅、猪蛋,袁哨、曹、沈姓小寡妇、女兔唇、县官韩等人;尽管前三卷大都是借着老庄这个空间建构荒诞叙事,看似语言恣肆,甚至不着边际,深层次却传达了刘震云对人性、权力、历史的理解,算是对之前思考的一个总结。其表达的对故乡爱恨交加的情感更加直接,尤其是在第二卷的插页中,回顾了与姥娘死前的那段时间的相处,回顾了姥娘的一生;整个第四卷则回顾了老庄及老庄相关的一个个人物,一件件事情,一幕幕情景。有的让人感动,有的让人惋惜,有的让人惊叹,有的让人痛恨。这些情景、人事共同传达了刘震云对故乡的诠释。

日本作家大江健三郎来到中国和莫言谈起"故乡"对创作的作用时说:"把思念寄存于故乡成为我们文学创作的内容,也是我们文学的起跑线。"① 这和刘震云所认为的故乡是"情感的出发点"却有很大的差别。我们看到刘震云的作品可以感受到他对故乡的理解，在刘震云看来，从实体空间来讲，"故乡"作为生于斯长于斯的一个地理环境，作者一切的感受和思考都从这里开始，当然是"情感的出发点"，只是这种情感并不一定是"思念"，对刘震云来说故乡在印象中似乎并没有太好的印象：

> "故乡"对我来讲有两个层面：一个层面是我曾经生活的故乡，这个故乡也许并没给我留下什么好的印象。它很贫穷，小时候吃不饱，衣服很脏，身上长着虱子，集市非常嘈杂，人都没出过远门……要这样的人群建立一个发达的现代世界是不可能的——这是日常意义上的"故乡"，但一个人认识世界的开始、对世界的挂念又都是从这里产生的，——比如"东西南北"、"大小多少"这些基本概念，是从小在这个"故乡"养成的，我小时候是从"故乡"的村里长大的，这边是东，有个村；那边是西，这是南，南边有条河；那面是北，后面有一个像小山一样的土岗子：到现在我提到东西南北，就会很自然地把"故乡"当成一个坐标。②

很多人在志得意满、功成名就之时要衣锦还乡，希望获得故乡的认可，其心理根源就是在故乡的空间和个体的内心之间存在一条情感纽带，故乡因此作为个体精神附着物，它的存在让个体有种"根"之所系的踏实感。但故乡对于刘震云来说，他一方面是认识世界的起点，如斯宾格勒阐释他理解的故乡：

> 每一种文化都以原始的力量从它的土生土壤中勃兴起来，都在它的整个生活期中坚实地和那土生土壤地联系着；每一种文化

---

① 孙丽：《大江健三郎与莫言在正月里的对话》，《南方周末》2002年2月28日。
② 张洁：《刘震云：手机的"语速"》，《人民论坛》2004年第3期。

都把自己的影像印在它的材料、即它的人类身上；每一种文化各有自己的观念，自己的情欲，自己的生活、愿望和感情，自己的死亡。……每一种文化都有它的自我表现的新的可能，从发生到成熟，再到衰落，永不复返。……这种种文化是纯化了的生活精髓，它们和田野间的花儿一样无终极目的地生长着。它们和动植物一样属于歌德的活生生的自然，而不属于牛顿的死板板的自然。①

但另一方面，故乡这个起点对刘震云来说却并不美好。1991 年刘震云谈道："我不理解那些歌颂故乡或把故乡当作温情和情感发源地的文章或歌曲。因为这种重温旧情的本身就是一种贵族式的回首当年和居高临下同情感的表露。"②"我的故乡……没有任何让人心情兴奋的地方"，"故乡在我脑子里的整体印象，是黑压压的一片繁重和杂乱。从目前来讲，我对故乡的感情是拒绝多于接受"。这点上莫言也与刘震云有相通之处，在中篇小说《欢乐》中莫言借一农村青年之口表示道："我不赞美土地，谁赞美土地谁就是我的不共戴天的仇敌；我厌恶绿色，谁歌颂绿色谁就是杀人不留血痕的博棍。"

莫言还说："十五年前，当我作为一个地地道道的农民在高密东北乡贫瘠的土地上辛勤劳作时，我对那块土地充满了仇恨。它耗干了祖先们的血汗，也正在消耗着我的生命。……当时我曾幻想：假如有一天我能离开这块土地，我决不会再回来。所以，当我坐上运兵的卡车，当那些与我一起入伍的小伙子们流着眼泪与送行者告别时，我连头也没回，我有鸟飞出了笼子的感觉。我觉得那儿已没有什么东西值得我留恋了。"③

他们为什么对故乡都带有这种憎恶的情感呢？

---

① ［德］斯宾格勒：《西方的没落：世界历史的透视》（上册），齐世荣、田农等译，商务印书馆 1995 年版，第 39 页。
② 刘震云：《整体的故乡与故乡的具体》，《文艺争鸣》1992 年第 1 期。
③ 莫言：《我的故乡与我的小说》，《当代作家评论》1993 年第 2 期。

第二节　空间还是时间

　　刘震云对故乡可以说从开始写作之初就已经关注了。他的《瓜地一夜》《大庙上的风铃》《月夜》写了故乡在新时代的巨变和人思想的冲突；《头人》《塔铺》《新兵连》开始对故乡作出审视；而"故乡系列"中则是把故乡与权力、历史、人性放在一起综合的审视，观察发生在故乡这个空间之中的权力争夺、人性扭曲。但刘震云关注如此之多的故乡，究竟体现在哪个层面上呢？

　　首先，刘震云是把故乡当作一个地理空间来看的。《故乡面和花朵》中的故乡，当然这里的老庄已经完全与现实中的故乡无碍了。老庄成了同性恋的家园，这里算是一个空间符号，给故事的发生发展提供了一个表演的舞台。刘震云"故乡系列"作品中，越到后面，其故事性、情节性越差，其中加入全部是自白、对话，驳诘、话语狂欢。包括里面有两章"故乡何谓？"算是表达了刘震云对故乡的种种设想。其中人物各自表达了自己对故乡的定义。

　　乡村是一种空间，一种让"权力"和"伦理"在历史的长河中对人性恣意改造的空间，《栽花的下楼》《罪人》《塔铺》，甚至最早的《瓜地一夜》其中展示的或丑恶或荒诞，或悲情的一面已经给了我们答案。刘震云对故乡态度是复杂的，但基调是憎恶的。刘震云曾说过："《塔铺》是我早期的作品，里面还有些温情，这不能说明别的，主要说明我对故乡还停留在浅层认识上。"① 这应该是刘震云某一个时间段的认识，事实上进入理性写作后的刘震云对故乡的感觉仍然是复杂的，尽管他对发生在故乡的权力、伦理进行了不同层面的解构，而他对姥娘的情感则一直是温馨的。

　　牛爱国离开延津县是因为夫妻、朋友之间交恶，让他没法再待下去。老王离开延津与当初老汪、吴摩西一样都是因为心不能安静下来。便往前换地方，看来空间与心情也是有关系的。在类似的环境里

---

　　① 刘震云：《整体的故乡与故乡的具体》，《文艺争鸣》1992 年第 1 期。

容易让人想起往事。如当牛爱国找曾志远时，曾志远比他还急着见面，他也是遇到坎了，找不到合适的说话对象。但牛爱国进入泊头地界，忽然心里不乱了，这是一个空间哲学的问题。

然而现实中的故乡，时间和空间是混合在一起的，如同康德的观点："空间是我们外在经验的形式，而时间则是内在经验的形式。"二者是这个世界的一体两面，很难切割清楚。面对时代和空间的变迁，作者的故乡情结愈加浓烈，他常常流露出今非昔比的感觉，当然也有对往昔的复杂情感，其中有怀念，也有审视：

> 我们见到这个可就再也见不到农业社会的亲切和温情了。这次我们可真的闻不到什么味道了。真实的草丛和花朵也没有了——一切都成了人造的。美眼·兔唇是在感叹这个褒贬这个吗？大都市的灯光星罗棋布，第二年回来的燕子，已经认不出故乡的模样来了。过去小刘儿描写的那个烂套一样肮脏和温暖的故乡在我们的书里再也找不到了，它随着时代的变迁已经失去它的作用了。我们再也用不着蛮荒和荒野了，我们现在该用精细和人工了。我们不要自然风，我们要的是空调的暖风和冷气。我们不要村西有着蛤蟆蝌蚪叫的潺潺流水，我们要的是丽丽玛莲大堂随着钢琴伴奏喷发出的人工喷泉。我们不要小刘儿和白蚂蚁的打闹，我们要的是整齐的唱诗班。我们不要村西土岗上暮色中爹娘的喊叫：小二小三回来吃饭了；我们要的是侍者在洁白的亚麻餐布上轻轻放刀叉的声音。一个黑孩子突然站到大都市之中开始手脚忙乱和两眼睛不够用了。

这是白石头叙述的，与前三卷相对比，这是内心深处的。前三卷中小刘儿是我们日常生活中的小刘儿，而白石头则是夜深无人时的小刘。这是人对空间的困惑，也是对时间的困惑。人在中西结合、传统与现代结合的时代中找不到自我确认的对象了，因此在个体存在意义的阐释中便具有了不确定性。

丽晶时代广场与打麦场之对比，这是城市空间与乡下空间的对比，也是传统与现代的区别。对城市文明刘震云是有点排斥，但对农村的态度相对复杂，其中有怀恋，如春天斑鸠的声音，秃老顶吹琉璃喇叭的声音。城市空间似乎等同于时间中的现代，而乡村的空间似乎又等同于时间中的过去，刘震云在这两者之间似乎对农业时代更加留恋。传统观念一般认为对故乡的思念主要在于那个遥远的空间，而刘震云对这个观点发出质疑，《故乡面和花朵》中认为历史惊人的相似，其实是中国人思想痼疾的顽固。"一到这种时候，我们就真的回到故乡了。原来以为故乡只是一个地点，现在我们才知道，更重要的还是时间呀。一个地点对于你的吸引力，还是不如你永远难以忘怀的时间段呀。"我们怀念的故乡是指时间还是地点，我认为不是指时间也不是地点。但又是时间和地点，是在那个特点时间的特定地点。

《一腔废话》中老太太是老冯——红孩的母亲，因为老冯的变化抱着稻草寻找自己的儿子。有问者，答曰："还能住在哪里？不过是世界大同罢了。"这里我们能够感受到人在这个世界上家园失去之后的变异。农业社会的每个人的家园是不同的，但在城市里的家园又是如此相同，因为这也是现代主义的表现，一切表现得可以复制，这里住在城市也就失去了家园感。这里其实反映了刘震云惶惑的内心，他一方面对故乡没有好感，但故乡，尤其是农业时代的故乡，如海德格尔所言，确实是人曾经"诗意的栖居"。尽管刘震云因为物质上的贫乏，但精神还乡却是每个个体都有的经验。故乡，已经是人成长经验的一部分了，已经融入了人的血脉和灵魂。如果失去了这个故乡，人便失去了"诗意的栖居"，人的灵魂将处于一种流放的状态，惶惑不已。这是刘震云在工业时代回望故乡时的复杂情感。从这个层面看，故乡不只是空间，也处于时间维度，他已经定格在那个难以重现的历史时空中。

因此尽管刘震云对从表面上、物质上对故乡并无好感，但在灵魂深处，故乡却依然难以割舍。也如贺仲明所言，《塔铺》中的"我"，在估计自己有可能考入大学、即将离开故土时，内心中却兴起沉重如铁的负罪感和赎罪意识；此外，《栽花的小楼》中的红玉、《大庙上的风铃》中的赵旺，对于故乡都有类似的忏悔意识和负罪感。我们注意到，作品中这些拥有强烈的负罪感的人，都是曾背叛过乡村或者离开（即将离开）故乡的乡村"叛逆者"。而这种弥漫于作品中的强烈负罪感，既反映出作者刘震云与乡村欲割难舍、爱恨交织的情感矛盾，也反映出他离弃了曾养育过自己的乡土以后对自己行为的自我怀疑。①

从这个层面可以看出，"故乡"这个概念对于个体，时间更多一些。在那段时空中，一幕幕场景和场景中的人物："当你归来的时候，姥娘也总是扶着这棵小椿树在迎候你——这个时候她灿烂的笑容照耀着整个世界。但是1995年你的姥娘去世了。当你再回到村庄和过去的院落时，你就再也看不到你白发苍苍的姥娘在那里扶着椿树倚门而望了，你再有听不到你姥娘的声音了；你走的时候，再也看不到你的姥娘在那里扶着那棵小椿树向你招手了。这个时候你的眼泪夺眶而出，你看着那棵还在风中摇动着的小椿树，你禁不住对它叫一声：'姥娘。''姥娘，我走了，您好好的。''姥娘，我停两个月就又回来看您了。'"

"我们这个时候踯躅在村里的街上，过去的少年时光，过去的牛三斤和吕桂花，过去的石女和一切已经出嫁的表姐们，还有搂过大椿树过去我们不能原谅现在我们已经原谅的大椿树——现在你们都哪里去了呢？你们的笑语欢声和打骂叫喊声呢？一切都烟消云散了。"同样一个空间，我们曾经流连、思念的空间，多少年后再重新回去，突然发现感觉不对了，一切都陌生了，那种温馨、激动都已经消失殆尽。我们才发现，我们所思念的故乡并非那个空间，而是曾经那段时间，或者也不只是那段时间，而是那段时间里存在过的、和自己血脉相连的人或物。

第三节　物还是人

人们思念故乡，到底为什么，故乡的什么让一个个体魂牵梦萦，

① 贺仲明：《放逐与逃亡——论刘震云创作的意义及其精神困境》，《中州学刊》1997年第3期。

刘震云作品中传达了自己关于"故乡"的思考。"故乡"在每个人心目中是不一样的，可能是一片低矮的山冈，可能是村口的一棵大榆树，也可能是一个人或其他物件。但都有一个值得牵挂的人或事。在三姥爷那里，故乡就是一头母牛，而在白石头那里，故乡就是自己的姥娘以及和姥娘相关的人事，当然还有那些留下自己成长和记忆的人。

刘震云这里把树与麦子、小狗对于人的关系作了对比。小时候那棵树还在那里，但站在那棵树下的姥娘却不在了，只有那棵树还承载有关姥娘的记忆。树可以活几百年，相对于人的寿命它具有永恒的性质，它可以承载记忆，我们常常旧地重游，之后感叹物是人非！但树毕竟还可以承载记忆，物是人非带给人的感受尽管凄凉，却还能引向一种温馨记忆。如果故乡那棵树也消失了呢？故乡还有什么让我们留恋的呢？

> 我们是一棵树。说过这话，我们还有些惊异和窃喜，这话不是挺具有现代派气概的吗？但是我们又知道，我们哪里如一棵树呢？——我们哪里能生长过一棵树呢？我们从出生的时候，我们就知道我们后院里有两棵枣树——一棵是枣树另一棵也是枣树：等我们中途夭折或寿终正寝的时候，我们后院里还是两棵枣树。

麦地就不一样了，尽管海子曾经无数遍的吟唱麦地，那是海子的精神憩园，是海子的"诗意栖居"，海子是忧心现代工业时代对传统农业时代和这种时代里诗意精神的摧毁；而在刘震云这里麦地是时间转换的象征，麦子由青变黄标志着寒暑交替，来年再看到的麦子却已经不是去年的麦子：

> 我们看着你们一季季被收割的春来冬去，我们看着你们在大地之中所蕴藏的无限的永远也收割不完的生命力，我们的人一茬一茬损失殆尽，而你们一茬一茬永远没完的繁衍和扩张，我们也感到一阵恐怖突然产生出荒诞的感觉呢。每当我们回到故乡，我

们总是看到一望无际的田野和甩手无边的就要成熟的麦子；但麦子相近，麦子不同；就好象我们回去再见到村里的卷毛狗一样，虽然它还张着嘴伸着舌头在村头粪堆旁卧着，但是狗狗相近，狗狗不同——30年多过去，人你都认不全了，何况是狗和麦子呢。这是一茬一茬的狗、麦子和永远的大椿树和小椿树的区别。

这种相对于人的生命显得重复的事物似乎也不能带给人丝毫的安慰，这些麦子之类的庄稼可以一茬又一茬地重复，他们的每一茬似乎没有差别，而具有丰富情感的个体的生命确是一次性的。它给人的是一种物人皆非的感受。这种关于麦子、狗与大楝树、小椿树的对比，表达出作者对于时间流逝物是人非或者物人皆非的感慨。麦地、庄稼和小猫小狗就是这种具有更替性质的能指符号，他回到老庄，看到两旁的麦田还在那里，但那已经不是以前的麦田；看到街上跑的猫和狗，他也知道，这些也不是他熟悉的那些猫狗了，那么这里还是故乡吗？

刘震云在《故乡面和花朵》中对这种"重复"和"一次性"又作了寓言式的书写："前三只小天鹅的舞蹈都是可以排练和再现的，它们可以演出一场又一场——它们的每一场舞蹈都仅仅是一种重复的演出，而我的舞蹈是一朵花、一朵云、一团雾和一场到头来注定要醒来的大梦，它们说随风而散就随风而散了——等它们随风而散之后，你到哪里去捕捉和寻觅呢？就像你已经去世的亲人的笑容。"这或许也是刘震云对短暂的个体人生在重复的政治权力的交叠和轮回的历史中消散的惋惜。刘震云写作就是表达自己对世界的领悟。正是在这种物与人思考的对比中，刘震云的目标开始集中了：

> 姥娘不在了，刘扎舅爷不在了，老狗妗不在了老狗舅也不在了……"军队已经失去了主力，现实就像是当年墙上掉下来的无力的细土一样已经没有力量，连林彪都不在了，这个时候我们要回首和考察一个村庄的时候，我们不把它放到1969年还能放到别的什么年头呢？别的年头还有什么意义和代表性呢？"

我们认为故乡的英雄失去了，故乡的意义也就逐渐消失了，就像《三国演义》《水浒传》《红楼梦》，你看到这么多的英雄，已经烟消云散，美人已经香消玉殒，再看下去还有什么意思呢？原来我们对一个空间的思念或一段时间的思念都是因为其中的人。"昔人已乘黄鹤去，此地空余黄鹤楼"便是对这种"人去楼空"后的凄凉的感慨。

尤其对于姥娘，刘震云更是倾注了百倍的思念："当你归来的时候，姥娘也总是扶着这棵小椿树在迎候你——这个时候她灿烂的笑容照耀着整个世界。但是1995年你的姥娘去世了。当你再回到村庄和过去的院落时，你就再也看不到你白发苍苍的姥娘在那里扶着椿树倚门而望了，你再也听不到你姥娘的声音了；你走的时候，再也看不到你的姥娘在那里扶着那棵小椿树微笑着向你招手了。"

看到变化的、陌生的故乡，刘震云难以抑制内心的情感，这里不但有对人的怀念，还有对青春易逝的感慨，他似乎想拉住时间的手，也留下所有和自己相关人的青春与记忆，但这种愿望却难以实现，他只有大声呼喊：

> 所有的亲人和人们，我们想念你们，在这1969年的打麦场上。从此再没有一个时刻能让我们这群捣子这么胸怀人类和放眼世界了。如果说当时我们只是一种自怜和对自己身体之外事物的敏感和忧愁，是一种少年时代应有的烦恼和胸怀的话，那么当我们成年之后，我们都四处分散和烟消云散了，吕桂花变成了一个水缸，出嫁的表姐们都未老先衰地开始头发里藏着麦秸胸前露着一对紫黑的大奶的时候，这时见面再也拉不起手来的时候，我们想到当年打麦场和新房的味道——表姐，你在出嫁的前夜对未来和明天的向往和担心的时候，我们又该说些什么呢？——我们并没有将我们的当年给忘记。我们将我们的小手反扣到我们的后脑勺上，我们将我们黝黑的小身子放倒在一堆麦秸上，我们对着密麻的星空欲言又止。如果这个时候让我们大哭一场也毫不做作，但是我们没哭，反倒从一个极端走回来放声歌唱。

童年的诗意之思，对出嫁少女表姐的情怀，这些都可以写出来。一种牵肠挂肚，一种魂牵梦萦。这种成年后仍在怀念的，少年时期对表姐或邻家女孩出嫁的空荡荡的情愫源自一种什么心理呢？可以说内心对异性的懵懂之情，或者说对女孩的离开走向生活的惋惜，这种惋惜类似于贾宝玉那句经典的对女性的评价："女孩儿未出嫁，是颗无价之宝珠；出了嫁，不知怎么就变出许多的不好的毛病来，虽是颗珠子，却没有光彩宝色，是颗死珠了；再老了，更变的不是珠子，竟是鱼眼睛了。——分明一个人，怎么变出三样来？"这是对于时间带给人变化，一个个体正是在这种变化从美好的青春年华成为耄耋老人而后与草木同朽！这是自命为万物之灵长的人类唯一不能控制的过程，这种变化是通向死亡的，因而带有沉重的、忧伤的悲剧意味。古往今来，多愁善感的文人多曾发出过如此感慨。如余光中的《春天，遂想起》中写道："春天，遂想起遍地垂柳/的江南，想起/太湖滨一渔港，想起/那么多的表妹，走在柳堤/走过柳堤，那许多的表妹/就那么任伊老了/任伊老了，在江南/即使见面，她们也不会陪我/陪我去采莲，陪我去采菱"；同为河南作家的刘庆邦在早年的创作中也颇多对于这种年轻女性的回忆与怀念如《鞋》《梅妞放羊》等，还有不少文人都从不同的角度表达过这种女孩之思。这其中有对青春易逝的惋惜，也有对不能与美好相伴的苦闷。

屈原在《离骚》最后两句大概能代表刘震云的故乡感受："国无人莫我知兮，又何怀乎故都！"可见对于一个故乡的怀念与其说是物，不如说是人。是人的那份情感，那份对自身价值的肯定。一天这个确证自己价值的人没有了，这个地方也就变得物是人非。从而让个体对空间的怀念转变为对时间的怀念。怀念那个曾经让自己倍感温馨、内心充实的时代。

第四节　想象与真实

我们怀念的"故乡"，是真实的故乡吗？还是仅仅存在于想象中的故乡。刘震云对故乡的真实整体上是一种解构状态。《故乡面和花

《朵》中孬舅自问：

> 我们的家园在哪里呢？就在我们的故乡。啊，故乡，你的游子一提起你，就不禁有些心驰神往和心荡神怡了。村庄、炊烟，满街跑的鸡、狗和待宰的猪，一样一样都很亲切。暮色中，俺娘站在村头的粪堆上喊我的名字：
>
> "小孬子，回来吧，该回家吃饭了！……"
>
> 我背着草筐从地里回家。这是村庄可爱的一面。这是童年生命在我们心中的驻扎。但这并不是历史的真实。不要往我成年的眼里揉沙子也不要往我童年的眼里揉沙子。我们自欺欺人地给我们的童年过滤和增添了些什么？我们的童年真是那么可爱吗？我们故乡所有的儿童，都患有长久性鼻窦炎，一年四季嘴唇上挂着两筒鼻涕。为了一件小事，你头发上爬着虱子的娘，拿着一根枣木杆子，疯狂地撵着你在猪、鸡和狗中跑，幸亏她没有撵上你，如果她当时撵上你，照她的二杆子脾气，一杠子下去，你的二斤半就没有了。

我们记忆中的历史和家园似乎是美好的，而事实并非如此，曾经的生活事实上是艰苦的，食不果腹，衣不蔽体，当时的生活的无奈应该就如我们当下的感受。但为什么时间一旦离开当下，很多痛苦缓解了，似乎还留下很多美好的回忆呢？

其一是曾经过去那个时代确实保存有当下工业时代已经失去的内容，如人情的朴素与温馨，纯净的空气和没有污染的水源。《故乡面和花朵》中可以看到刘震云确实是站在那段历史上对当时的现状进行思考的，体现了一种知识分子的社会责任感，一种怀旧的情绪。还有人在现代社会中精神方面的异化，这种从身体到精神，从形而下到形而上的变异，在《一腔废话》中表达得淋漓尽致。这里的对故乡怀念除了前面的对亲情和过往的怀恋，也有一种人文精神的体现，以昨日环境与今日作比较，刘震云对现代社会下环境污染，食品污染给人身体健康带来的隐患的忧虑。

刘震云一直很关注环境和气候的变化，《故乡面和花朵》中解构历史时多次表达了对历史和环境的担忧，这也是关注现代性的后果带来的弊病，因此有人说刘震云是一个后现代主义者，因为他对现代社会的后果是敌视的，是解构的。如刘老扁表哥疑问："现在故乡的冬天为什么不下雪；过去的猪血都是滴在雪地上，现在怎么就滴在尘土上了呢？"

其二是那种时间距离的拉开使过去与当下不再有利害冲突，这意味着当下与过去的一种断裂，如尼古拉斯·吉姆的观点："怀旧是一种缺席，它所缺乏的正是以其最纯粹的形式呈现的一种记忆。""怀旧的时刻是一种脱离过去、脱离一切结局和回响的文化标志，为将来的尽善尽美做准备。""很大程度上，怀旧是一种使之断裂和为之命名的功能。"① 这应该又分为两种情况：一种是离开了那场曾经那种苦难场景之后，如今的人生志酬意满，便从当下的惬意感出发把过去想象得诗意般美好，于是也就少了很多愤恨；另一种是经历由盛而衰的人生滑落，从当下窘迫的现实回顾当初的荣光，感叹今不如昔。但两种情形都容易使人对过去产生眷恋之情，这是一种感性的认识，刘震云的认识不属于这两种的任何一种。

刘震云说："从这个意义上讲，故乡在我脑子里的整体印象，是黑压压的，一片繁重和杂乱。从目前来讲，我对故乡的感情是拒绝多于接受。我不理解那些歌颂故乡或把故乡当作温情和情感发源地的文章或歌曲。因为这种重温旧情的本身就是一种贵族式的回首当年和居高临下同情感的表露。你把故乡说的那么好，如果现在把你遣送故乡劳动，你肯定一百个不同意。"② 可以说，刘震云是非常理性的，他一方面对故乡的人和事带有一种情感，但他又很清楚，那个故乡并不是美好的，它的种种美好只是我们拉开距离之后的想象。所谓，"距离产生美"大概便是如此吧。于是或如刘震云言："故乡并不是呆在和生活在故乡的人们的，而是那些一去不回头并不在故乡呆着和生活

---

① 转引自赵静蓉《怀旧——永恒的文化乡愁》，商务印书馆 2009 年版，第 26—27 页。
② 刘震云：《整体的故乡与故乡的具体》，《文艺争鸣》1992 年第 1 期，第 73 页。

着的人。"①"故乡"有很多美好的生活细节让我们怀念，然而故乡的整体却是落后、肮脏和丑陋的，它柔和的、散发着魅力的轮廓只是我们一种美好的想象。事实上，每个个体在故乡中成长，还被故乡沾染上了诸多的恶习。

第五节　故乡与个体

《故乡面和花朵》中"故乡何谓"一章在飞机降落到打麦场之前，故乡的人纷纷要求为故乡命名。那些人为什么纷纷要用自己的概念为故乡命名，这其实牵涉到一个话语权力的争夺问题。如果要阐释好这个问题甚至还要触及"存在"的题。个体在这个世界是孤独的，与他人的交流是困难的，我们自己因此显得渺小，我们迫切需要得到别人的承认。需要被认可才能体现自己的价值，证明自己的存在，所谓"人过留名、雁过留声"就是这个意思。

"怀乡"的行为本身就是对故乡值得牵挂的人的怀念，为什么牵挂这个人而不是那个人，因为这个人能够让个体认识到自身存在的价值和意义，譬如自己孩子、自己的妻子，自己的父母或朋友。而外面阔了之后希望回到故乡，也是向故乡的人，包括亲人和敌人证明自己存在的价值。为什么在外边落魄的人不思乡，而春风得意的人就想回故乡。为什么传统社会考中了状元功名后可以回乡夸官三日，都是为了满足这种心理需求，使这种价值得到确认。说到底个体都在为他人而活，都很在意他人尤其是故人的评价。

在《战国策·秦一》中苏秦的故事或许可以让我们在对照中找到其中的答案：苏秦"说秦王书十上，而说不行。黑貂之裘敝，黄金百斤尽。资用乏绝，去秦而归。负书担囊，形容枯槁，面目黧黑，状有愧色。归至家，妻不下纴纤，嫂不为炊，父母不与言。"后来苏秦"乃夜发书，陈箧数十，得太公《阴符》之谋"，成就大事之后，苏秦佩六国相印再次回到故乡时，"路过洛阳，父母闻之，清宫除道，

---

① 刘震云：《故乡面和花朵》，华艺出版社1998年版，第226页。

张乐设饮,郊迎三十里;妻侧目而视,侧耳而听;嫂蛇行匍匐,四拜自跪而谢。苏秦曰:'嫂,何前倨而后卑也?'嫂曰:'以季子之位尊而多金。'苏秦曰:'嗟乎!贫穷则父母不子,富贵则亲戚畏惧。人生世上,势位富贵。盖可忽乎哉!'"①

这里苏秦的感叹大概是很多生存于当下个体的普遍感受。但苏秦他们对于故乡,包括嫂子这种状况是认可的,并以此作为鞭策自己进步的动力,每日头悬梁、锥刺股,成就事业。而刘震云作为一个生活于当下,受过现代人文精神熏陶的作家来说是要批判的,他确实是持这样一种复杂的态度,并最终形成了一种怀恋和批判共存的故乡态度。"故乡面和花朵"的命名便可以看到其中的情感象征。这里花朵所指可能比较丰富,但其中有一条就是指故乡记忆中那些美好的事物,"花"象征着虚幻的、仅存在于想象中;而"面"因为其现实性,应该是指现实生活中那些凡俗的、琐碎的,令人不太愉快的东西,但对其也要辩证地看待。我们看不起"面",认为它是庸俗生活的一部分,但"面"却又是我们生活甚至生命中不可或缺的,就像追求理想的人有时会视钱财为"阿堵物",但没有这些我们确实难以生存,于是我们对于"故乡面和花朵"之间的关系必须要辩证地看待。

张均认为莫言刘震云作品中都表现出对故乡的排斥情感,但最终"真正救助莫言、刘震云'返回'故乡,接近'人'之'家'的,仍是流转于颓败、荒凉土地上的乡间精神;它生生不息,启示着人的根性,莫言、刘震云即在其诗意的照彻中由沉沦的荒野'返回'到了辽阔、宽厚的大地,由非生命的居所'返回'到了存在的家园。"②这点笔者是认可的。

对故乡的情感表面看是那个空间和时间,实则是那个空间和时间中的人,因为有这个人,所以我们对那片土地心存牵挂。而人终究会有去世的一天,到那一天,个体会感觉那片土地失去了承载情感的载

---

① 《战国策·秦策一》。
② 张均:《沉沦与救赎:无根的一代——重读莫言、刘震云》,《小说评论》1997年第1期。

体。转而去思念那个时间，那个不可触摸的与消失的人一起消失的时间。我们说怀旧，说到底仍然是怀念一个人，怀念那段和某个特定的人系在一起的时间段。

对故乡的情感，还来自于对自己流逝青春时光的悲悯。生命于每个人只有一次，时间像一条向前流淌的河，我们永远不能两次踏进同一条河流。流逝的时间也与个体流逝的青春紧紧地融为一体，我们有时甚至分不清我们的怀旧到底是怀念过去时间还是怀念过去的自己，自己失去的青春，或者二者兼具，也是对生命即将消失在时间长河中的一种恐惧和忧心。

对于故乡话语权和命名权的争夺还因为人个体价值的肯定。如同野兽用尿液标志自己的领地，让其他兽群尊重自己的领地所有权。人对故乡的命名其实上是让乡邻对自己存在价值的确认，也是对于自己存在于世的心理安全的一种暗示。争夺这种形式的内容仍然是围绕具体实在的存在。因为这种形式已经是现实的转喻。他的所指仍然是世俗的财富。

"不管他是如何'塞林格'、'马尔克斯'，看得出骨子里他依旧是黄河长江、大米高粱；也不论他怎样驱遣人物淫词猥行、疯里疯气，其实他无往而不流露出对中国现实主义文学传统的虔诚礼拜和积极入世的深切呐喊。不过，他的沉重偏偏戴着'轻佻'的假面，泣血的赤诚却说是在'玩耍'罢了。"[1] 葛胜华的这段评价部分道出了刘震云内心深处难以斩断故乡情怀，因为故乡有他牵挂的姥娘和乡人，但认为他对于中国现实主义传统虔诚礼拜却显得皮相了。事实上刘震云其实一直试图摆脱传统包括文学传统对他的羁绊，在他看来中国的传统对于每个人来说是个难以挣脱的负重和枷锁，这种传统无所不在地融入一个人的思维，让你思维行事无不受其影响。刘震云曾把这种影响比喻成一个人游泳时身上套着厚厚的棉衣，让人倍感沉重，无法自主。而这种影响的发生是经历漫长的历史的，其影响个体的空

---

① 　葛胜华：《沉重的轻佻泣血的玩耍——评刘震云长篇写作〈故乡相处流传〉》，《当代作家评论》1994 年第 3 期。

间就是"故乡"，在祖母对个体讲的一个故事中，父亲对儿子的一个训诫中，在乡邻们的一言一行中，从这个层面上讲，"故乡"又是刘震云急于摆脱的荫翳。

第六章　刘震云小说中的人性

　　刘震云是因为人生的困惑而写作,他写作的发展过程就是他为了排解这种困惑而上下求索的过程。他一直想找到一把解开这些困惑的钥匙,但钥匙在哪里,并没有人告诉他,他只能一点点的摸索和排除。于是他最先把关注点放到了政治和权力上,随着思考的深入,他发现伦理和权力二者原来是合谋的,每个个体都生活在权力和伦理编织的网中。于是他想看看这个"网"是如何对个体发生作用的,这种企图让他的眼光照向幽深的历史通道;他原想故乡是一个人灵魂的栖居地,可反观故乡才发现,原来故乡只是一个权力和伦理的屠宰场,是一个由权力和伦理双重管制的"训诫所"。这个对政治、权力、伦理、历史和故乡的思考过程把他关注的目光自然而然地引向了身边。于是他发现,对人性的考察或许才是他解开人生困惑的核心,这把钥匙或许就埋藏在人群之中。

　　权力的获得,例如《头人》中的"祖上"的经历,充满了偶然性,说是偶然性,其实是权力机构对于权力的授予不是出于宏观的理性,而是出于个体的感性和随意性。领导觉得谁不错就提拔谁,而这个"不错"大部分时间恰恰是伪装。说是权力的事,其实仍是"人"的问题。可以说,晚清之后的中国,为了振兴中国所摸索的路径是有共通之处的,晚清经过"洋务运动""戊戌变法""辛亥革命",可以说软的硬的办法都用了,但是国家的面貌仍然没有得到改变。于是"五四"新文化运动,才提出"启蒙"这样一个关键词。他们也是看到了这个问题的核心,关键必须是个体素质,尤其是人文素养的提高,可惜这个"启蒙"并未完成。刘震云的作品渐渐从世界的外围,如政治、权力、历史等回归到"人性"的深处，也印证了卢梭的观点："我觉得人类各种知识中，最有用而又最不完备的，就是关于'人'的知识，……如果我们不从认识人类本身开始，怎么能认识人与人之间不平等的起源呢？"①

刘震云经过一番考察和思考，于是认为历史的重复、专制权力的形成都与人性有很大的关系，或许这也暗合了自然宇宙无限循环往复中运动和静止的相对关系：权力固然让人性发生变异，人性的自私，为了得到权力的补益而竭力博得权力好感的冲动，又促使权力专制的生成。刘震云认为，有什么样的民众就会产生什么样的官员，这与鲁迅的观点颇有相通之处。鲁迅曾说："专制者的反面就是奴才，有权时无所不为，失势时却奴性十足。……做主子时以一切别人为奴才，则有了主子，一定以奴才自命；这是天经地义，无可动摇的。"②

鲁迅将中国几千年的历史归结为"想做奴隶而不得的时代"和"暂时做稳了奴隶的时代"，并从民族历史上探究奴性的由来，认为"两次奴于异族"，是国民奴隶性"最大最深的病根"。③鲁迅的人性思考和批判的传统在当代作家刘震云身上有所继承。刘震云中期以后写作方面的理路与鲁迅很接近，他很佩服鲁迅那种拷问人性的勇气，同时对鲁迅很有自己的理解，他说：

> 我想鲁迅写小说过于理性，一定是与他开始写小说时的年龄偏大及他所处的中国现实有关系。他在集中思考着社会问题。他以为一切脱离这些时代最敏感部位的写作都是隔靴搔痒。他自己也说他写作的目的是为了"大嚷"，为了唤醒"铁屋子"中"昏睡的人"。作为一个作家，这样做对于改造现实来说，无疑是令人尊敬的，但无情的艺术却往往又有自己的规律和历史要求，这

---

① ［法］卢梭：《论人类不平等的起源和基础》，李长山译，商务印书馆1979年版，第62页。

② 鲁迅：《鲁迅全集》第4卷，人民文学出版社2005年版，第557页。

③ 许寿裳：《我所认识的鲁迅》，人民文学出版社1953年版，第18—19页。

叫人可有点无所适从。①

于是在写作中，刘震云便想一方面继承鲁迅的对人性的思考和批判方面，同时试图尽量把这种理性写作与艺术要求方面达到一种平衡。刘震云"故乡系列"小说被很多论者认为缺乏艺术性，便和他追求理性写作的努力有很大关系。确实，在理性和艺术之间做到两全其美是有难度的。但暂时抛开其艺术性的成就不谈，单就其精神方面的追求我们还是不应该否定的，这点上也确实获得了不少论者的认可。

贺仲明认为："他（刘震云）作品中的人物，堪称中国人的一个标本，他们所具有的性格特征和文化心理素质，无疑体现着中国人的国民性，所以从整体上说，刘震云的小说，很大程度上具有一种鲁迅式的解剖力度。"②

写作中期以后，人性开始成为刘震云思考的核心。在刘震云看来，人性虽然是在权力和伦理的浸淫下改造的，一旦形成之后又具有一定的独立性。因此我们看到，在政治意识形态高压下我们不能产生史诗性作品，但这种高压过去之后，似乎一时也难以产生，这说明"人性"的惯性在写作过程中的影响是巨大的。因此对人性探讨是刘震云的落脚点，也是近期创作的增长点。因此对于人性的论述也便成为本文的核心。

对于刘震云人性的探索评论者褒贬不一。在评价刘震云作品中人物都是雷同的扁形人物时，姚晓雷认为："在作者看来，既然民间是一种和权力体制对立的结构性产物，人性也不过是由自己的求生本能出发的、和生存环境特别是权力制约相对应的一种结构呈现，每一个人在对它的拥有上并没有本质上的不同，就没有必要特意放大具体的个性在表现中的位置，因此也就不如用'类型'这种民间所习惯的

---

① 刘震云：《读鲁迅小说有感：学习和贴近鲁迅》，《现代文学研究丛刊》1991 年第 3 期。

② 贺仲明：《放逐与逃亡——论刘震云创作的意义及其精神困境》，《中州学刊》1997 年第 3 期。

更能够呈现共性的东西。"① 胡河清则认为，"刘震云对于人与人之间的权力关系、功利性关系，看得可说入木三分。但他对人类的非功利性关系，如莫名其妙的恋爱心理、潜意识的黑暗秘景、生命本能的蠢动等等，知道得还很浅陋。"② 这些学者在不同时期针对刘震云人性评论，尽管出于一己之见，有时甚至相互抵触，也都有阶段的和片面的正确性，对此我试图在综合的、历史性的考察中给出一个尽可能全面的、客观的评价。

刘震云曾说过："大家永远不要忘记，官是没有错误的，一切全在群众。有什么样的群众，就会生出什么样的官。"这话看似冷漠，其实切中肯綮，说明中国的权力本位或者官本位的社会现状，是这样一种人性造就的。在权力和人性形成的过程，有一个互相塑造的过程。但最终大部分民众被驯服了、阉割了，成为一种迷信和盲从的乌合之众。"缺乏自我意识，没有个性的自觉，以普遍化的社会观念为自己的观念，以标准化的道德价值为自己的道德价值。"

王彬彬也认为：其实，"向来不敢正视人生"应改为"向来不能正视人生"。因为受传统道家文化和儒家文化精神的影响，儒家信奉的最高价值是政治意义上的国家，是道德化了的历史理性，君王便是这种最高价值的体现者和承担者，在这种价值尺度的衡鉴下，人间的苦难、人生的悲剧都算不得一回事。而一旦这种价值观念被怀疑和遭毁弃，儒生们便自然而然地倒向道家。道家则离人间悲苦更远了，它追求的是世外桃源，是"采菊东篱下，悠然见南山"的境界，是"结庐在人境，而无车马喧"的心境。因此，儒道两家本质上都是漠视人间疾苦的。③ 正因为在中国传统文化观照下正视人生的困难，这种困难不只是表现在个人的社会责任感方面，更多还体现在冲破这种传统文化樊篱的思辨能力，一种见识能力。因此显得刘震云等作家80年代对传统文化突破的可贵性。

---

① 姚晓雷：《刘震云论》，《文艺争鸣》2007年第12期。

② 胡河清：《王朔、刘震云：京城两张利嘴》，《当代作家评论》1994年第2期。

③ 王彬彬：《"残酷"的意义——关于最近几年的一种小说现象》，《文艺争鸣》1989年第2期。

这里对人性的定义略作辨析。"人性"一词，由"人"与"性"构成。人的具体如张三李四是第一性实体，"人"是第二性实体。反之，"性"是不能独立存在的东西，是依赖于、附属于实体的东西，因而叫作"属性"。"人"在此是全称，是指一切人。所以，人性也就是一切人都具有的属性，是一切人共同地、普遍地具有的属性，亦即一切人的共同性、普遍性；而仅仅为一些人所具有的特殊性，则不是人性。① 亚里士多德认为："人的功能，决不仅是生命。因为甚至植物也有生命，不能算做人的功能。其次，有所谓感觉生命，特殊功能，因为甚至马、牛及一切动物也都具有。人的特殊功能是根据理性原则而具有理性的生活。"② 葛晨虹对这种"理性"特征又作了补充，认为人性应该包含以下几个层面：首先是人的自然属性；其次是人的理性层面；再次是人的德性层面；最后是人的社会层面。③ 这里对人性的认识尽管不同，却都认为人性应该是与生物性、动物性不同的方面，"理性"应该是人性的基本层面。但是在刘震云笔下的人性却与这些定义有很大不同。本章分以下几个方面对刘震云作品中体现的人性作出梳理和论述。

第一节　懦弱与强悍之间

一　凌弱畏强

刘震云作品下的人性最显著的表现就是畏强凌弱，表现在大部分民众身上。这个词显示了人性的两面性，就是既懦弱又强悍。遇到地位和气势比自己强的就会顺从讨好，遇到不如自己的则欺凌别人。有时为了欺负别人，或不被欺负，则常常结成或加入到一个群体，并依仗群体的力量，打压和掠夺他人，当然在这个群体内，仍然是强者凌驾于弱者之上，弱者则自觉接受强者的役使。这点上类似丛林规则，也是党派斗争和奴性养成的根源。

---

① 王海明：《人性论》，商务印书馆 2005 年版，第 9 页。
② 周辅成主编：《西方伦理学名著选辑》上卷，商务印书馆 1964 年版，第 280 页。
③ 葛晨虹：《人性论》，中国青年出版社 2001 年版，第 151 页。

欺软怕硬的源头是懦弱。懦弱是民众的普遍精神状态，而不是身体状态。懦弱的表现之一就是讨好强者。如《头人》中申村的村民想尽办法讨好官员，村里支书新喜先是喜欢吃点瓜果，大家赶紧栽瓜果树，还怕新喜不来，后来跟着周书记学会了吃小鸡，开始还给钱，村民不要。以后就吃顺嘴了，周书记不来，他自己也吃。吃了两年，瓜果习惯也戒了，只吃鸡。在这种带有很强反讽意味的叙述中，我们看到了官员吃喝习惯、贪污习惯养成的原因。[①] 这种贪腐习惯根源是双向的，一方面官员为了达到维护自己既得利益的目的，制定出各种规则惩罚民众。另一方面民众也是出于懦弱和自私让他们希望得到官员更多的关照，就服从甚至巴结官员；而后官员在这种普遍巴结的心理和行为中养成了更多的恶习和优越感。这样做的根源是个体的自私心理，试图获得比他人更多的权力资源的心理。人性是强悍而懦弱的，归根到底是因为每个人都不是绝对的独立，都不能够独立承担自己的责任，他需要有人为他做出选择，做出评价，他们内心需要一个仲裁者。

因为懦弱，这些民众在生活中除了欺软怕硬，还自轻自贱：因为自己的懦弱和不敢担干系，在家里尽管滥施淫威，在外面却为了博得大家的一笑甘愿自轻自贱。《一腔废话》以寓言的形式演绎了这样与阿Q精神有点相似的一幕：

> 就好像一个混蛋的爹娘、丈夫或妻子在公众场合为了显示自己的重要——他（她）也太自卑和无趣了，他（她）也太没有发言的机会了，他（她）在众人面前也太不重要了——开始以出卖和奚落自己的亲人而取悦别人一样——他（她）甚至不惜在公众场合出卖我们卧室的隐私，只要别人能开口大笑——我们看似跟他们傻乐了一次也上了一次电视节目和进行了一场梦幻和模仿，其实我们是在疯傻的情况下毫无知觉地上了别人的当开始把

---

① 刘震云：《头人》，《刘震云文集·向往羞愧》，江苏文艺出版社 1996 年版，第 172 页。

自己的伤口和脓痂血淋淋地撕开给别人看！

这种阿Q精神在刘震云看来就是被蒙蔽之后表现出的一种疯傻行为。这种行为和场景刘震云作品中多次出现。

民众在面对权力执行者，或者说强悍者时，因为恐惧，因为言多必失的信条，便长期养成了一系列的文化观，诸如，"各人自扫门前雪，休管他人瓦上霜""谨言慎行""敏于行而讷于言""祸从口出""莫谈国事""紧睁眼，慢张口"等处事格言，这与政治高压有关系，但根源仍是人内心的怯懦与选择性适应有关，可以说这是一种典型的"猪栏思想"。这种思想在《一腔废话》中以寓言的形式给我们演示了一下："但是我们还是墨守成规和铁板一块地默不作声。历史舞台上的表演也太频繁了，我们还是铁板一块地默不作声再观察一阵再说。"

在寻找五十街西里疯傻的病根的过程中，老杨的"无谎说"也是一种隐喻。老杨认为，"梦派"理论给大家创造一个幻境，但没有说谎能力才是大家疯傻的病根，于是让大家恢复到说谎的状态。这在"大跃进"时期确实是一种普遍现象，种种的表演归根到底尽管都是一种阴谋，但说谎在中国历史发展过程中的作用却客观而不可低估。从"邹忌讽齐王纳谏"便认为暗示、曲折、迂回的讲话方式是一种很好的提建议的方式，这很明显是在专制暴力之下采取的无奈之举。而做不到这一点的人，只能在日常生活交流中、战战兢兢、汗不敢出了。

第一章已经引用的《故乡面和花朵》中牛根对牵牛说话的恐惧，就是现实中个体面对权力时的寓言化，因为对权力的恐惧和依附，生怕哪一句话得罪权力，因此在权力还要求个体必须讲话的时候就只能撒谎了。并且在刘震云认为这种懦弱来自于传统文化的侵染，是一种代际"遗传"。

　　因为我有这样一个娘，等我长大后，我就必然要找这样一个女人

> 如果这个女人不是这样，我也一定要把她改造成这样
> 不然我就觉得这个世界不对头
> 不然我就不知道该怎么活着
> 换言之，牵牛本来不是这种样子，是我把她改变成这种样子的。

他们说谎是一种被动的闪躲，培养了专制者的傲慢与专横。这是生活中很多人不自觉的要求，看似情有可原，实则是自己懦弱禀性的宣示。《故乡面和花朵》中我们又看到变成狗的牛根对"我"的驳斥："我要不帮她舔着，她将来不是更不把我变人了吗？你现在站着说话不腰疼，其实你哪里有资格说我呢，你不还是被你爹给逼得自戕了吗？弄得我也没有话说。"这进一步说明，这种懦弱的禀性在民众之中具有普遍性，深藏于每个个体的内心深处。

从最近几年刘震云的思考来看，在当时刘震云已经开始思考人性问题，他认为这种孤独感、恐惧感不只是现代或后现代社会来临的征兆，这在人类的历史中具有普遍意义，因此他说："先锋单薄得就像一张纸。后现代原来就是狗。"这其实也是"存在"意义上人与人之间难以沟通和理解的一种表现。被抛在世，个体那种空虚感和孤独感，然后希望在对象化过程中确证自己价值和意义，而对象作为一个存在者他的存在状态也表现为完全不同的需求。也是因为如此很多自为性的选择注定造成很多误会甚至悲剧。《新兵连》中新兵之间的钩心斗角和老兵李上进对入党的渴求最后都导向悲剧与此相关，契诃夫《小公务员之死》也是如此，因此每个个体注定是悲剧的，只是这样的悲剧或那样悲剧的区别。

二　同类相残

他们讨好强者，自轻自贱，在强者或权力执行者面前战战兢兢，并不意味着他们的良善。他们对于自己的同类，或者同一阶层的人是丝毫不会怜悯的。相互嫉妒，甚至同类相残。

在《故乡面和花朵》中，刘震云以寓言的形式让我们看到了这一

幕。台上在进行生灵比赛，能到台上参与比赛者似乎具有了某种光环。但当吕伯奢和猴子上台参加生灵比赛却被排斥。这里可以说，对于穷人跻身贵族，不但贵族排斥，穷人也不乐意。不过其中的语言都是现实中、生活中的语言，有点滑稽搞笑：

> 不能让他们上台！
> 不要让他们上车！
> 火车上不能带动物！
> 政治运动中排斥异己的言论和手段在这里：不能！
> 我们的生活不能这样！
> 他们纯粹是要破坏我们！
> 不能让他们的阴谋得逞！
> 把他们轰下台！
> ……

以上就如同我们生活中常常见到的场景，一个人只会诅咒那些和他处在同一处境的人群，因为他们和自己在竞争同一种资源。落井下石，哪怕是对朋友也不放过。刘震云在不同的章节都演绎了这种场景，再如《故乡面和花朵》：

> 但瞎鹿就不同。我与瞎鹿认识过早，认识了一千多年，是老朋友了，相互知道根底；正因为知道根底，是老朋友，就使瞎鹿对我多了一层先驱者对后来者感到的威胁、因而在心情上产生的酸意、醋意、对我的防备和嫉妒。没有一个领袖不本能地讨厌自己的接班人。朋友是什么？朋友就是防备和嫉妒。就好象我们以前没有进入贵族圈子仍在大街上挤公共汽车一样，先挤上汽车的人，并不首先讨厌旁边车道上卡迪拉克里坐着的贵族，而是讨厌仍往公共汽车上拥挤的与自己同样肮脏的弟兄，害怕他们占了自己已经占据的位置。

掌权者也是一样："我们还在那里替我们过去的领袖和崇拜偶像美眼·兔唇开脱呢，就好像在历史上当后来的君主否定和歪曲前朝君主的时候，我们出于善良的本能总是在维护前朝一样。她在历史上还是做过好事的，她还不是一团漆黑和一塌糊涂。但是后来她们的同类却不依不饶，一定要弄个清楚，就是劳民伤财也在所不惜，一定要把前朝君主押上历史的审判台。这时我们对前朝和过去光阴的审美感和怀恋感，由于距离而产生的距离美都显得那么地模糊、混乱、混淆、无力和无足轻重了。历史的方向盘已经交到另外一个人手里了。剩下的就是她要反攻倒算了。她要割断我们和以前的感情纽带。"这些例子在身边的生活中也很鲜活。平时说的"大人不计小人过"便是如此，我们可以怜悯相对于我们自身的弱者，也可以憧憬远远优越于我们的强者，但个体往往难以和自己处境类似的人群相处。这与"阶级论"的论调似乎正好相反。

小说中对于落到同类身上的不幸，很少有人会表现出同情，都是沾沾自喜于灾难没有落到自己身上，为灾难落到别人身上松了一口气，哪怕这人曾经是自己的亲戚朋友。"我"和瞎鹿被宣判为一小撮异己分子后，当时都吓得昏了过去。而其他人怎么表演呢："白石头和白蚂蚁等人，就开始欢呼雀跃和奔走相告。抓典型原来就抓了两个。连俺爹这时也有些高兴，赶紧站出来要和我划清界限，要揭发我以前的别人所不知道的男女方面的问题。我们进入同性关系时代才几天，我们以前的男女之事就变得这样见不得人和成了置人于死地的弥天大罪了吗？俺爹说，小刘儿以前不但迷着冯·大美眼，有时夜里说梦话时还念叨过圣女贞德呢。打麦场上立即又引起一场混乱。这个王八蛋，不但想着洋人，还想着故乡的圣女呢，他还要中西合璧呢。圣女贞德女地包天立即要上前抓我撕我，生怕由于我的梦话而使她受到牵连。"还有小刘投降猪蛋后，看到六指也投降后得意呵斥的情景，如此熟悉，似乎是对"文革"情形的戏仿和反讽。价值在专制之下随时可以被颠倒过来，而民众在其中也大都选择沉默、附和，甚至推波助澜，这也是专制的群众的基础。这正如勒庞的观点："大体上说，心理群体中的个人也处在这种状态之中。他不再能够意识到自己的行为。他就像受到催眠的人一样，一些能力遭到了破坏，同时另一些能力却有可能得到极大的强化。在某种暗示的影响下，他会因为难以抗拒的冲动而采取某种行动。"① 刘震云这里看似写的村庄，其实影射的却是更广阔的社会，更深远的历史。社会就是这个样子，历史仿佛从来都没变过。

他们这种嫉妒同类，嫉贤妒能，落井下石也常常抱着石头砸了自己的脚，因为害别人反而害了自己：

> 一把大火烧个光 使我们猝不及防。接着大炎「哔哔剥剥」烧了起来，整个高粱地的天空都被映红了。更令我们颤栗的是，一片大火中的羊群，怎么突然发出了人的声音呢？就好象瞎鹿的三弦一样，弹着弹着，怎么就出现贝斯、萨克斯的和鸣、共鸣和轰鸣了呢？羊「咩咩」地颤抖着说起人话，听起来更让人头皮发麻呢。我们全身都空了。所有神经都被剪断了。我们已经不存在了。我们都成羊了。我们飘浮到了空中。我们听到了天上地上所有的空间都在颤抖和喘息。这时我们飘浮到空中想，还是生灵关系好呀——小蛤蟆和披头羊才是这次比赛的冠军呢——正是因为发出人的声音，不是和人也没多大的区别吗？这不也很通俗吗？这不也很好实行吗？我们不是也可以马上加入其中吗？于是台下的观众发一声喊，开始拥到烈火中去抢夺——名义是抢救——台上的生灵，就像刚才到台子上抢夺吕伯奢和猴儿一样……
>
> …………
>
> （此章到此断裂。）

这里的"断裂"是一种隐喻，在每一个阶段中，这些表演者，也是统治者总是以引火自焚终结。他们蛊惑了民众，燃起了民众运动之火，最终也在这场大火中丧生。因为这种民众运动起来并非一个人能

---

① ［法］古斯塔夫·勒庞：《乌合之众》，冯克利译，中央编译出版社 2000 年版，第21 页。

够必然控制的，这取决于一个人的名望，一个有名望的人可以影响民众的方向。勒庞说："名望的产生于若干因素有关，而其中成功永远是最重要的一个因素。每个成功者，每个得到承认的观念，仅仅因为成功这一事实，便不再受到人们的怀疑。成功是通向名望的主要台阶，其证据就是成功一旦消失，名望几乎也总是随之消失。"① 因此名望不是恒定的，除非一个人一直成功，永不失败，否则烧死在自己燃起的民众暴动之火的情况并非罕见。于是历史常常出现断裂，只剩下历史残片，只能等待新一轮的悲剧循环。这里的驴皮口袋和箩筐被认为是最终的导演者，驴皮口袋和箩筐应该象征人类的欲望，它控制了人的灵魂，导演了历史的悲剧性循环。

刘震云这种跨物种的文本建构试验与韦政通关于人性的观点不谋而合，韦政通认为近年有种趋势："即把人和动物的关系逐渐拉近，坚信人是动物的一种，因此人的行为也可以纳入动物行为这个大范畴来理解。对几千年的传统而言，这是对人性探讨的一个新起点，如果说以往的人性观是为人性建造了一座神圣的殿堂，那么新的努力是把人性的问题重新还原到自然的人性的基础上来。"② 但是刘震云对于这种人性向生物性的复归，明显也是持一种怀疑的态度，他似乎感觉到这个复归的目的也将会引发一场灾难，因此，在关于"生灵关系"的戏仿实在是出于一种反讽。让人反思这种生灵表演背后的阴谋。也无非是受了驴皮口袋和箩筐代表的欲望的蛊惑，诱发人成为刘邦、阿斗和甚至佛祖的欲望。之所以这种欲望能激发人，因为"刘邦""阿斗""佛祖"已经成为一种符号，实现这些符号传达的所指，便能满足人的本能需求。如"性的本能"和"饥饿的本能"，是与本能相关的一系列后天的创造。如赫斯在评价动物学习能力时的观点，他认为"在许多行为模式上，先天与后天的成分，通常是紧密连接的。""它们学到的东西，无疑是后天的，但驱动力却是先天的。"③ 因为人首

① ［法］古斯塔夫·勒庞：《乌合之众》，冯克利译，中央编译出版社 2000 年版，第116 页。
② 韦政通：《伦理思想的突破》，中国人民大学出版社 2010 年版，第 27 页。
③ 同上书，第 29 页。

先是一种动物，所以这个理论用于人性的论述同样有效，即人后天的追求同样是受先天本能的驱动。

三 不敢担责

不敢担干系，这种人当然是人群中的大多数，刘震云在《故乡面和花朵》中把娘舅当作了这方面的典型。娘舅16岁结婚，当时就像大人似的，腰里缠个蓝布带，在院子里跳着脚骂人，后来一口气卖掉了三个妹妹。当5岁的二妹被卖到30里外冯班枣村当童养媳遭受虐待时，这个5岁的小女孩跑了30里路回到哥哥家里，想在哥哥家住一晚，哪怕住在猪圈也行。但是她的哥哥（娘舅）却不愿担干系，害怕二妹婆家人找来让自己难堪，把二妹连夜赶了回去，连口水也没让喝。而对于这种在各种欺压蹂躏之下不思反抗，到死亡来临之际，尚存幻想，不敢针对灾难的制造者，但对自己的孩子却敢于"易子而食"的人，刘震云表达出了自己的愤怒。因为这些人是中国人群中的大多数，是中国专制政权得以延续的基础，"娘舅"可以说是中国人性的一个缩影。这种只敢"窝里横"的人性被鲁迅描述为标准的奴性，鲁迅认为这是传统文化结构造成的，鲁迅在《灯下漫笔》中引《左传》这样一段话："天有十日，人有十等。下所以事上，上所以共神也。故王臣公，公臣大夫，大夫臣士，士臣皂，皂臣舆，舆臣隶，隶臣僚，僚臣仆，仆臣台。"（《左传·昭公七年》）鲁迅如此反思和批判：但是"台"没有臣，不是太苦了么？无需担心的，有比他更卑的妻，更弱的子在。而且其子也很有希望，他日长大，升而为"台"，便又有更卑更弱的妻子，供他驱使了。[1] 于是中国的奴性养成便形成了一个自动循环的系统，一直蔓延下去。这种人的表现就是对于强者示弱讨好，对于弱于己者则颐指气使，对自己的妻子儿女也是如此。因为奴性已经成为他精神的一部分，他那点愤怒也只敢撒在这些更为弱小的生命身上。其实他本可以选择另外一种让自己也让自己

---

① 鲁迅：《坟·灯下漫笔》，《鲁迅全集》（第1卷），人民文学出版社1981年版，第216页。

的子女更有尊严地生活。但这种选择毕竟是要担干系的，用存在主义的观点来看，也即意味着每个个体都应该为自己的选择负责。他们不愿意负责，便只有把自己的妻子儿女作为牺牲品，女人和孩子便成为这个体系内最后的受害者。

在是否愿意为人生担干系的选择上，人性发生了分化。娘舅这类人对外不敢也不愿承担一点责任，对家庭成员却可以倒行逆施，俨然君主一样主宰一家人的命运。这类人刘震云还塑造了其他形象，如白蚂蚁、"俺爹"，在孩子面前倒行逆施，在外面却尽量讨好，甚至不惜以打孩子、暴露自己夫妻隐秘来博得大家一笑。

是否愿意为自己的未来做出选择并承担相应的责任，这是普通人与英雄的主要区别。刘震云专门把娘舅和《水浒传》中的人物作了比较。《水浒传》黄泥岗里那一帮人也无非都是一些村氓，"刚刚还噇了两口黄汤将自己的破衣服团成一卷当枕头赤条条地睡在破庙里呢。接着娘舅（晁盖）和无赖又纠合了一个文理不通的乡村教师，接着又找到几个打鱼的，一个跳大神的巫汉，一个赌钱的老鼠，挑了一担黄酒，就在前不着村后不着店的黄泥岗成就一番大事业。"与这些人相比，"人家的娘舅和俺娘舅的区别仅仅在于：人家的娘舅在生活中有一个突然爆发，敢担着血海般的干系，而俺娘舅一辈子没有干系倒是一身轻。于是别人的娘舅就成了大碗喝酒大块吃肉的山大王或是首相总统都料不定，而俺的娘舅到了晚年儿孙们饭都不给他噇，于是他只好上吊。活该，你生前和身后都没有给我们留下什么。"①"娘舅"们因为不愿担干系，一生平淡，只能成为普通人和沉默的大多数，刘震云在下文又反讽的笔调说道："但是俺娘舅在人生的最后又与这些人有些相通，那就是在他走投无路的时刻，他还敢于用一根麻绳自杀。当他在外部不敢担什么干系的时候，他在自己身上还是敢担一些干系的。自己就把自己给解决掉了。但是他临死前呼喊的语言又让人多么替他惭愧——他在那里喊：'让我吃一口干的。'"更让我们感受到的是刘震云对这种不愿负责任和担干系人的鄙视。

---

① 刘震云：《故乡面和花朵》，花艺出版社1998年版，第2015页。

一些敢于担干系的人，尽管人数不多，却给人以希望。刘震云非常看重这种精神，他在《温故一九四二》中，对地主分子范克俭舅舅气愤讲述的一帮没有逃荒的灾民揭竿而起，占据他家小楼，招兵买马，整日杀猪宰羊的情形，感到由衷地欢欣和敬佩。并认为"一个不会揭竿而起只会在亲人间相互蚕食的民族，是没有任何希望的。虽然这些土匪，被人用沾油的高粱秆给烧死了。他们的领头人叫毋得安。这是民族的脊梁和希望"① 在他的其他作品中，他对这种爆发出原始野性，敢于担当，敢爱敢恨的人物也都表现出了崇敬，如《故乡天下黄花》中替孙老元刺杀李老喜的许布袋，在大荒洼当土匪的路小秃，甚至近年如《我叫刘跃进》中鸭棚里的黑社会头目曹哥，叙述之中那种欣赏和向往溢于言表。很明显，刘震云欣赏那种具有原始野性，敢于担当，敢于反抗的汉子，而对那些懦弱，忍耐，只会窝里横，易子而食的人表达了强烈的厌恶。

这点上与鲁迅也是相通的，鲁迅也非常推崇那种"刑天舞干戚，猛志固长存"的精神，也对古今那种起义和造反的草莽非常推崇。他们喜欢的是那种原生的、野性的、未被驯服、健康的人性，对那种被阉割过的、驯服的人性有种由衷的抗拒。如同鲁迅一直怀念那个"项带银圈，手捏一柄钢叉，向一匹猹尽力刺去"的脸色红润的、小英雄般的闰土。而对于成年后木讷的，见了面喊"老爷"的润土顿感无比的失望，似乎从此故乡再没有可以挂念的人事。王彬彬在一篇文章中也表达过类似的观点，他说各种动物甚至包括人类自己都成为人的美食，这种"吃文化"与"刑文化"是相通的，但人在专制之下鲜有反抗者，当一只已经上了桌将要进入腹中的醉蝎猛然反击，竟然把食客咬得半身不遂时，王彬彬感叹："一口咬得人半瘫，对于蝎类来说，这是怎样的英雄壮举，这是怎样的快意复仇！——让我们为这只伟大的蝎子欢呼、喝彩吧！"②

① 刘震云：《温故一九四二》，《刘震云文集·温故流传》，江苏文艺出版社1996年版，第333页。
② 王彬彬：《为一只蝎子喝彩》，《为批评正名》，时代文艺出版社2000年版，第13页。

　　萨特认为人是生存，不是物在；是自为存在，不是自在存在；是虚无，不是充实。所以"是自由的"。但奇怪的是，人们放弃自为存在而愿作自在存在；否认选择，顺从稳固的价值和既成法则；抛弃自由，成为对象一样的存在，愿在他人的目光下，作为他人的所有物；不是选择自己的自由意识，而是选择作为大机器零件的生活。这是为什么？这是为了避免"不安"避"责任"。因为，自由伴随着个人的责任和不安，以及由此而来的痛苦；没有自由便没有责任，没有责任便轻松。[①] 正因为人性的懦弱，个体不愿意承受那种个人自由选择的责任和选择失败的预期带来的那份恐慌，才有了另一些人愿意投机，他们替大家做了选择也承担了某些责任，当然也凌驾于民众之上，这些人就成了最初权力的拥有者。

　　这里于是便有了权力拥有者与普通民众的区别，刘震云对此作了思辨。在他看来帝王和民众本来都是一样的普通人，正是在面临危机时的选择让这些权力执行者与普通人有了区别。他们确实有超出一般民众的胆识，敢于在危机来临时当机立断做出自己的选择：在时机成熟时起而反抗，或跟随他人起而反抗，时机不成熟时卧薪尝胆，枕戈待旦；而不是像普通民众那样无论面临何种危机都只会无原则地忍让，饿死也只会吃自己的儿子或者与和自己一样贫弱的人易子而食。（这是黄泥岗的晁盖、阮氏兄弟与娘舅的区别。）在刘震云的作品里大部分民众都属于后一种，是我们所说的"乌合之众"，而权力拥有者确是一批不正常的人，也是我们需要的人，因为我们需要的就是和我们不一样的人。对于"帝王"为天子、龙孙的宣传固然是传统统治者为了稳定自己的统治而进行的一种愚民宣教，但统治者与普通民众确实有很大的不同，这种不同主要体现在思想上，一种精神上的不屈服。如项羽看到秦始皇出巡时随口说出的"彼可取而代之"和刘邦发出的"大丈夫当如是也"的慨叹，如陈胜吴广发出的"王侯将相宁有种乎"的怒吼；如同宋江在浔阳楼题诗"他日若遂凌云志，

---

　　① ［日］今道友信：《存在主义美学》，崔相录、王生平译，辽宁人民出版社1987年版，第21页。

敢笑黄巢不丈夫"的胸襟。这种人可以"成王败寇",但注定不会是一个庸碌之人。

因为大部分人不敢或不愿意承担责任,才有了权力的垄断和集中,才有了暴力统治的肆虐。刘震云作品中的权力之争无非局限于一个老庄村抑或是一个单位里,但这村庄也是麻雀虽小,五脏俱全,对于村庄的治理,也如同治理国家。刘震云总结了村里头人治理村庄的心得:对于村民,你宽松反而不好。祖上最初当头人时,收粮时给别人说好话;自己推着车子去县里交粮;村里村民闹矛盾让他断案,他急得脸红脖子粗,像被审的是自己。这时村里人嘲笑他,都认为他捡了一个烫手的山芋;周乡绅也说他不会当村长。后来祖上就用了一个村丁小路,替自己推车,替自己召集村民开会;制定了"染头""封井"的处罚措施,才治住了村里破鞋、孤老、偷盗等事件。新喜则是用"坐飞机"收拾了孬舅,《故乡相处流传》中孬舅又用钻五斗橱治理了村里四个半右派,捎带威慑了村民。贾祥最后治理村里仍是沿袭旧法,"染头","封井",在这些惩罚措施下,村里面都治理得安定有序。这里仍然是针对民众懦弱的奴性心理,你对他施以惩罚,他便顺从。你若给他宽松,便纵容了他。从这点上看,统治者的专制和残暴确实是人民的懦弱造成的。

刘震云对于英雄成为掌权者的过程也做了思考。事件发生的第一步,都是由一个人推动,这种人被刘震云评价了不起的人,在民众中也是个带头人,但也是成者王侯败者寇的人。"而我们的王喜加表哥生不逢时也正是生逢其时时势造英雄地一跃而起和彻底堕落就成了一个彻头彻尾的不正常者了。——历史上哪一个伟大的君主又是一个正常者呢?如他神经正常就不是他而是我们了,而我们恰恰是我们不需要的我们需要的是他——所以他的出现并不仅仅是他自身能量的爆发还是我们对于时代的一种要求——当世界上缺少王喜加和女兔唇让我们思量和百思不得其解一直到要痛苦得自杀的地步我们还要感到不舒服呢——你们就是我们的精神鸦片。"所谓正常的人即大众化,英雄相对于大众当然不正常。王喜加如此,老梁爷爷如此,牵牛也是如此。

之所以刘震云在《故乡面和花朵》中的"写作资料来源"中把"刘邦""阿斗""佛祖"等与生灵关系联系在一起，因为在篇首刘震云已经点出，"刘邦""阿斗""佛祖"等人都曾经说过他们不是人，"刘邦"是人和蛇发生关系而生、"阿斗"是人和北斗七星发生关系而生、"佛祖"则是人和白象发生关系而生。这些人因为不是人，所以他们不受人伦的限制，不受人伦之累，这些材料与孔孟说的我们是人，"老吾老，以及人之老，幼吾幼，以及人之幼"，共同启发刘震云关于人性与人伦的思考。这种回到生灵关系，回归到人的生物本性，意在寻求一种对传统与现实的超越。但这种超越最后却是被一把火烧掉了事，被其他人如同分吃吕伯奢与猴儿一样分抢吃了，这也是失败英雄的下场，成功之人可以成为佛祖和刘邦，一旦失败也会成为民众的谈资与笑料，如同鲁迅《药》中的夏瑜，死后被民众吃了人血馒头。

刘震云对那些有担当的英雄充满了敬意，特别是与大多数孱弱、驯服之人相比。"当别人在那里大碗喝酒大碗吃肉的时候，我们却因为谁碗里多一粒米而在那里相互怒骂——"这也是对日常现象的反思，其实也是中国民众的整体写照。刘震云对这种孱弱和驯服，特别是对外懦弱对内飞扬跋扈的人表达了充分的鄙视："轰轰烈烈的闹剧倒也画地为牢，直到临死的时候，我们还向对方要求着说：让我吃一口干的。去你娘的，娘舅，从这个意义上你死有余辜。"

当然，更可悲的是我们一方面诅咒娘舅的不敢担干系，但是后人仍然不见任何起色，我们艳羡黄泥岗的气概，但是从来不敢效仿。"只有在你死了 30 年后——由于我们在家族和亲人的历史上仍在不断地上演着你的流传我们的唱腔和台词和你在舞台上表演的时候毫无二致，我们上演的还是你过去演过的老戏，变换的只是角色和伴奏，……这时我们就已经成了你……"大多数人都是如此，并且一直如此。

在强者与弱者之间的区别很大程度上取决于敢不敢担干系，因此在强弱之间，刘震云似乎更理解和同情强者。除了上文列出的叙事中对于强者所表达的敬意，他也经常从某些生活细节发出一些感慨，如在火车上看到铁路两旁随风飞舞的都是白色的塑料袋和一张张白色的饭盒，火车上厕所便池后沿上溅满了稀稠不均的大便，地面上到处都是没有撒到便池里的尿液，他这样思考："一坨连便池都对不准的人群，希望在哪里呢？倒是那些附庸风雅的准贵族和正在一批批转化成新生资产阶级的流氓和贪官污吏，这时倒能得到你更多同情。他们不这样怎么办呢？他们不首先将自己解放出来，何谈解放他人呢？就好像当飞机上出现了意外故障，如果你不首先将氧气罩套在自己嘴上，接着你怎么能有机会去搭救别人呢？大恶之后才有大善。"当然此时的刘震云的思想还处于一种偏激的状态，这种弱者造就强者的观点如同"李逵判案"，不责罚强者，而是责罚弱者，这无疑具有"哀其不幸，怒其不争"的鲁迅情节，但同时这当然是一种片面的、激愤的看法，仅仅凭借反抗是不能建构一个平和社会的。如同罗素所言："暴力繁育暴力，不义繁育不义，不但繁育在施加者身上，也繁育在被施加者身上。失败，如果是不彻底的，会产生愤怒与仇恨；如果是彻底的，失败者会成为槁木死灰、懒散无为。不管战争的动机是怎么高尚，用武力得来的胜利总是要产生残忍和对失败者的鄙视。"①

第二节　在历史与当下之间

个体常常需要在历史和当下之间进行选择，其实历史和当下是一条时间的河，二者具有内在的一致性，"记住历史"和"适应当下"其实并不矛盾，甚至是历史向前发展的基础和前提，但实际的情况却是大部分人为了更好地活在当下，为了得到当下的认同，会自觉地认同当下，从而遗忘历史，经过一个习惯的心理过程，在当下随波逐流。

一　善于遗忘
《温故1942》的创作使刘震云第一次意识到遗忘在中国民众中的

---

① ［英］罗素：《权力论》，商务印书馆2011年版，第189页。

普遍性。"我在生活中碰到一个朋友，他要编一部百年灾难史。其中有 1942 年河南旱灾饿死了 300 万人，作为河南人我觉得自己有责任去调查这场灾难。我去问活下来的当事人，问我外祖母当年的情况，我外祖母就问：'哪一年？'我说是饿死人的那一年。外祖母还是问：'饿死人的年头多了，到底是哪一年？'深重的灾难竟然瞬间转变成另一个事：遗忘。你们家死了这么多人都不知道？忘了。我就急了，遗忘使我震撼。这种态度比前面的考察都重要得多。"这大概是刘震云开始注意人性中"遗忘"这一特征的开始。

这种遗忘不但表现在社会上不同的人群之中，还表现在一个家庭的亲人之间。《故乡面和花朵》中白石头在被烤前，向着白蚂蚁伸着嘴和舌头说："爹地，我好怕怕呀！""但这时的白蚂蚁早已忘记了这种关系，他只记得现实而忘记了历史。你说他吃水忘了挖井人也好，你说他恩将仇报也好，反正在他混乱的记忆里，早已经没有这些复杂的和纠缠的历史关系了，他早已将历史清仓了，有用的留下，没用的早已经'清仓处理'给降价批发和零卖掉了。"这是刘震云作品中经常出现的一个现象，"遗忘"，中国人善于遗忘，遗忘刚刚过去的历史，他们只认得现实，因此很容易被蛊惑，很难汲取教训，于是悲剧反复上演。

这里的根源其实就是大众的健忘，因为这种遗忘，历史上曾经发生的悲剧，依然在反复上演；遗忘与下文论述的对当下的"习惯"，恰好构成了一枚硬币的正反面。

当然，刘震云对"遗忘"也有另外一种理解，他认为这是个体为了适应严酷的环境演化出的一种本能。"于是当死亡在一个民族里变得像家常便饭的时候，我觉得他的遗忘就不仅仅是一个记忆的问题，他会成为一个态度，不然的话他们不就崩溃了？遗忘之后他只能认同现实，也只有认同现实，他才能在现实中生存。"当然这里又把人性的根源指向了个体生存的环境。

二 习惯当下

人性复杂，人多嘴杂，想管好一个单位不容易；小官不易，大官也不易，任何一个结果都会有人高兴有人忧。尽管如此，为什么还会有如此多的人认同现状，一是由于对历史的遗忘，二是对常见的事情会习以为常，哪怕这是常见的一种痛苦。

譬如《头人》中几任支书的上台和下台，贾祥和老婆离婚娶美兰，对于这种不符合大家日常价值观的事情，应该怎么办。刘震云在作品中似乎总结了另一个关键词：习惯，无论何种不适应，习惯了就好了。他们习惯的过程也无非是遗忘历史，认同现实。

他先是展示一个个体是怎样适应周围人和周围人如何适应一个人。《单位》中，当小林意识到自己以前的懒散形象不利于自己的升迁时，"从此小林像换了一个人。上班准时，不再穿拖鞋，穿平底布鞋，不与人开玩笑，积极打扫卫生，打开水，尊敬老同志；单位分梨时，主动抬梨、分梨，别人吃完梨收拾梨皮，单位会餐，主动收拾桌子。大家的看法很有意思，过去小林不在乎、吊儿郎当时，大家认为他应该吊儿郎当，不扫地不打开水不收拾桌子是应该的；现在他积极干这些，久而久之，大家认为他干这些也是应该的。有时屋子里偶尔有些不干净，暖壶没有水，大家还说：'小林是怎么搞的'"。更早的《头人》中也是如此。新喜最初天天带领大家深更半夜砍高粱，大家喜欢，后来完全蜕化了，不砍高粱了，天天吃人家的小鸡，最后把村里的鸡都吃完了，大家也习以为常！调查组来调查新喜的情况，大家竟然想不起新喜的坏处，还是在恩庆的带头揭发下，大家才恍然大悟，哦，原来新喜这么不是东西！

《官场》中的金全礼从县委书记到区里当副专员，因为不是一把手很多地方感觉不方便，但是疙疙瘩瘩过了一个月，他便习惯了："纪检和计划生育工作渐渐熟悉，工作上了路。坐办公室也开始习惯了，反倒觉得以前整天往下跑累得慌。现在晚上下班没事，还可以到电影院看电影。坐车也习惯了，管它什么车，反正四个轱辘会转就行了。吃饭熬寂得慌，可以到饭馆或下到附近县。泡澡问题也有了出路，政府街有一个旅游局办的宾馆，那里的经理老家是春宫县的，对他这个副专员还毕恭毕敬，想泡澡可以到那里去。'二百五'呢，见金全礼接替了他的工作，见面又与他正常说话，也从心里佩服他有肚量，有一次又听说他与省委第一书记许年华是老朋友，也从心里开始让他三分。"① 金全礼也就适应了新的环境。类似场景在《故乡相处流传》中也有很多，在刘震云早中期的作品中表现得都很普遍，这里只是简要列举几例。

认同现实通常会经历这样一个过程：习惯—不习惯—习惯。对于新出现的，不管是人还是现象，人群在接受之前可能会发生点心理不适，但最终都会接受的。《单位》中当老张刚当上副局长时，改变了对那些曾经是自己的上级人的称呼，很多人不满，就有人告到正局长老熊那里，说他不谦虚，老熊就找老张谈了话，老张开始很紧张，但"骂了一阵，没把这事放在心上，脱脱衣服就躺在老婆身边睡了。第二天早起，见人该怎么打招呼，还怎么打招呼，该怎么碰车，还怎么碰车。时间一长，大家也不好老说他'不谦虚'，只好由他去。渐渐也就'老张''老徐'随便了。随便了，习惯了也就自然了，自然了也就等于承认了。"

"时间长了就习惯了"，人性的异化也是如此，《一地鸡毛》中小林老婆因为听说乘坐班车的好事是沾了单位领导小姨子的光，开始总感觉有些别扭，"感到自己是二等公民！"后来，也认可了这种现实，"到了这时候，还说什么志气不志气，谁有志气，有志气顶他妈屁用，管他妈家给谁，咱只管每天坐班车就是了！"后来孩子进幼儿园也是如此，人的异化就这样完成了，习惯了就行了。曾经的自尊、理想、抱负，爱情都他妈见鬼去了。整个过程是这样的，"小林感到就好像当娼妓，头一次接客总是害怕、害臊，时间一长，态度就大方了，接谁都一样"。这种习惯当然是具有屈辱性质的，习惯这种屈辱，他自己先习惯了，可仍然为儿子需要被迫适应环境感到心酸，不过很快也习惯了。"小林有时觉得那么小的孩子，在无奈中也会渐渐适应环境，想起来有些心酸。可老放在身边怎么成，她就不长大了吗？长大混世界，不更得适应？于是也就不把这心酸放在心上。"人必须在异化中

① 刘震云：《官场》，《刘震云文集·向往羞愧》，江苏文艺出版社1996年版，第210页。

才能活着，或者人生就是异化的过程。

《故乡面和花朵》中刘震云以寓言的形式演绎这个过程："我发现，过去的朋友、现在的影帝瞎鹿在我面前有些矜持。他似乎对我的突然成功也有些猝不及防，不知该调整到怎样的心态来对待我。不过我没有责备他，我知道这是人之常情。过去抱成团已经形成一个动物圈生物场和气场的一群动物，对突然而至的一头野山羊，虽然明知道要承认它，接受它，它是我们过去失散的一个兄弟；但看着它怪里怪样的神色、动作、迫不及待的心情与眼神，心理上还是一时接受不下。没有外来的这位，我们在一起的心情、习惯、气味，相互多么熟悉，多一个外人搅在中间，相互多么别扭。这就是咱娘或咱爹年轻时由于一夜风流失散在外20多年现在又来寻找的兄弟吗？经过鉴定了吗？化验他的血型和尿样了吗？看他流着鼻涕的面孔多么肮脏，看他吃饭的动作多么别扭。恐怕就是承认下来，接收下来，这个由别扭到熟悉、大家扔在一起相互认不出来的过程，路途不知有多么漫长。我完全理解他们的心情和他们对我的态度。我可以耐心等待。开门之后等人认可的等待，总比被人关在门外的滋味要好受得多。屋里比屋外暖和。"

因为总是习惯于当下这种状态，一切不合理的秩序便很难得到改变。"天不生仲尼，万古长如夜，但是当我们习惯在黑暗中趔行我们已经变成蝙蝠之后，现在你给我们挂灯我们反倒不习惯呢。谁说我们必须在光明之中飞行呢？黑暗的几千年下来，世界上没有产生伟人，我们倒是在黑暗中练就了我们的红外线眼珠，反倒是你们在黑暗中看不见一切我们在黑暗中如鱼得水呢。何况我们也注意到了这么一点，就是你们这些带领我们走向光明的人，有时从本性上来讲也是向往黑暗和黑暗密不可分的，不然在我们醒着的时候你们怎么倒是睡着，我们睡着的时候你们往往在半夜又起来办公呢？"中国人在黑暗中适应，统治者也都是以黑暗方式统治。民众很容易习惯一种状态，不管这种状态是如何专制高压，不近人情。

个体对于新的环境需要一个习惯的过程，然而一旦习惯了这种环境之后，再换一种环境还需要这个重新习惯的过程，哪怕是从一种险恶的环境进入一个更好的环境。也就是说，在习惯形成之后，还会产生一定的惯性，有时这种惯性还很强大。《故乡面和花朵》中寓言式地演绎了这种人性中的惯性：

> 情况好转了，我们反倒不放心。就好象当年女兔唇对牛根哥哥的打骂和掏心一样，打过骂过，家里反倒安静了；突然有一天不打不骂，牛根哥哥倒要坐卧不安。怎么时辰还不到呢？怎么老朋友还不来呢？今天怎么就不按时上班和按时做功课了呢？不掏心了，俺牛根哥哥的心倒是比掏了还更发空；有了心了，这个时候倒是觉得自己更加没心——这样下去，俺的牛根哥哥就坚持不了多一会了。这个时候俺的牛根哥哥倒要跪在地上求着女兔唇："姐姐，快点打我骂我，快点挖我和掏我。看在我们夫妻多年的份上，救救我！"

大约奴性的养成便是如此，被折磨习惯的人，真到有一天没人折磨他了，心里反而开始惶恐。中国人多少年来就是这么熬过的每一天呀，这与鲁迅所说的，从坐稳了奴隶的时代到想做奴隶而不可得的时代心理的不应期是一样的。

于是大众常常不自觉地又沿袭了旧的习惯："每当我们回首往事的时候，我们除了遗憾就是遗憾。当时我们是那么做的，事后我们想起来当时要不是那么做就好了。但是到了下一次，我们又是那么做而不是这么做。我们还是狗改不了吃屎。"大众在刘震云这里首先具有很强的适应性，他们很容易适应一切压迫，并无憎恶之感，也很容易接受一切恩惠，并无感激之情。

三　从众心理

勒庞在分析单独的个体和加入了群体之后的个体表现为什么不同时，他列举了三条："第一，从数量上考虑，形成群体的个人也会感觉到一种势不可挡的力量，这使他敢于发泄出自本能的欲望，而独自一人时，他是必须对这些欲望加以限制的；第二个原因是传染现象，也对群体的特点起着决定的作用，同时还决定着它所接受的倾向。第三个原因，也是最重要的原因，同孤立的个人所表现出的特点截然相反。易于接受暗示。"① 这里面后两条都意味着一种相通的心理：从众。个体的从众心理在刘震云的作品中表现也很明显，如《故乡面和花朵》中：

俺爹撒丫子就向家里跑去。见俺爹这么做，全村人都觉得俺爹这么做有道理；于是一传十十传百，全村人都行动起来，兴起了一个轰轰烈烈的赶集运动。一时人声鼎沸，大呼小叫。村庄说开了锅，可就开了锅了。接着在村西的土路上，非男非女们，非老非少们，都穿出了过节和过年时才穿的新衣服，骑马的，骑驴的，推车的，挑担的，敲锣的，打鼓的，扭秧歌和跳霹雳的，说书的和唱戏的，跳大神的和挑剃头挑子的——连影帝瞎鹿和剃头匠六指都出来了——向集上滚滚而去。众人将村西的土路上，趟出了一层浮土。浮土卷到天空，就成了一层浮云。年轻而不是苍老的浮云。

这里当然是一种戏仿的，也是一种寓言化的启示。民众们常常没有自己的主见，很容易受到他人的影响。

所谓"易受暗示"是具有两面性的，不但容易被统治者通过说教进行良性引导，也可以被一些有企图的人当作作恶的工具。因此尽管民众被权力利用达成了自己的目的，但如果统治者以为这些被利用的民众已经死心塌地了，那他们就错了，那只是他们的理想和一厢情愿罢了。对于大部分民众而言，他们从来谈不上对谁效忠，"立场坚定"之类的词汇与他们无关，他们只是生存或者说生活。对他们来说做到完全地人性启蒙难度很大，用伦理和说教改变他们也非常不易。他们很难被形而上的理论所打动，但他们容易为他人的行为，尤其是

---

① ［法］古斯塔夫·勒庞：《乌合之众》，冯克利译，中央编译出版社2000年版，第20页。

有威望的人所影响。每个时代都是这样，历史真实惊人地相似。刘震云给我们揭示这种人性的真实，也是历史的真实。

《故乡天下黄花》中李老喜对民众见风倒的人性很清楚，所以当孙毛旦因为下面村民看李家当了头人随风倒讨好李家而生气时，李老喜并没有责怪村民，他知道这种人性是不可改变的，只能利用它，但不要指望让谁死心塌地服从、跟随你。而利用他们也很简单，只需要一点蝇头小利，老冯、老得被当作替罪羊枪毙后，孙老元给两个人家送了些布匹和粮食，便让两家人感激涕零，他们没有思考自家人为什么被杀，只是认为县里要杀他，他就该死。

《故乡相处流传》中曹操占领延津后，宣传刘表是红发绿眼的魔鬼，民众跟着曹操一起骂刘表；刘表来了之后他们把白石头一家批判为"匪属"，猪蛋、孬舅不失时机地率领大家呼口号：保家卫国/打败曹贼/保卫果实等等，接着三呼万岁，这些话与在曹营时喊的一样。民众就是这样，《乌合之众》里谈及，民众的理念随时会改变，跟着有威望的人，受有威望人的影响，而成功则造就威望。这里也解构了"群众"的概念，"群众"在某一历史时期被吹捧为所谓神圣的，不可战胜的。当统治者试图利用群众时，群众被说成"眼睛雪亮的"，当遭到群众反对时，又说群众是"不明真相的"。当然这里的"群众"也仍然是乌合之众，一方面他们盲从，另一方面他们也有自己的小算盘，主要考虑自己的生存，获得利益，并借这种运动和革命打击自己心目中的敌人。

所以《故乡相处流传》中曹操说："什么鸡巴群众，群众懂个蛋，只要给他们一点好处，他们就忘记东南西北喽。历来高明的领导，自己享受完，别忘把剩下的零碎给了群众，叫给群众办实事，群众就欢迎你，不指你脊梁骨。像我，给你们介绍工作，你们不也欢迎我？"[①]

从个体心理角度讲，从众是因为人自我感觉弱小，需要联合在一起寻求一种安全感，做成一件事，达成一个目的，如群众吃人的目

① 刘震云：《故乡相处流传》，华艺出版社1993年版，第207页。

的："老吕和猴儿被我们吃掉了，现在的表演者表演完后会不会像老吕和猴儿一样也被我们一对一对吃掉呢？比赛结果并不重要，但不比赛又没有理由吃人。"每次比赛竟然是意味着吃人。这里的比赛当然是政治斗争和运动的隐喻。刘震云就是看到了这一点生活的细微处，个体从众是因为这个"众"的行动、目标包含了个体的一种共同需求，哪怕这种共同需求是被假造出来的。民众参与每次运动，其目的无非是从中得到一点利益，极有可能就是吃。这与自然界中动物的群居是相同的，是一种天性；另外"从众"也是为了逃避一种个体自由选择所要承担的责任，当然这种心理根源是个体的渺小感、脆弱感。

尽管群众很难建立某种信念，思想上并不可靠，但民众的力量却是觊觎权力者必须借助的；尽管书写历史的是历代统治者，但历史的过程却必须有群众参加。"为什么说历史是群众创造的呢？虽然我们看不到历史的转折在车轮转折的时候我们总在那里伸懒腰和打哈欠，但是经过你们提醒当我们认识到这一点的时候，我们却能用我们的最后一招阻挡住历史的发展呢。这就是历史的辩证法。谁也逃脱不了覆灭的下场。""没有群众的参加，台上只是一种表演；有了群众的参加，台下可就成了一场运动了。"权力觊觎者可以借助民众达成目的，参与的群众也可以从中分一杯羹，至少他们是抱着这一目的的。因此民众参与常常有种自发的激情，于是我们看到：

> ……这些观众开始起哄："事情已经发展到了这种地步，不点火还等什么！""我们在台下已经坐了几百年，不就是等个点火吗？""已经成了地上的形状和苍蝇，还有什么怜悯和犹豫的？""再怜悯和犹豫，自己就成地上的苍蝇了！""再不让剧情发展和出人意外，我们就要在地上腐烂了——我们就要退票了！""如果让地上的疯傻这样无疾而终——不是要我们玩吗？""快点，快点！""快燃，快燃！"①

---

① 刘震云：《一腔废话》，中国工人出版社 2002 年版，第 326 页。

政治尽管可以看作一场表演，旨在通过动员群众，即引发群众共鸣来达到自己目的的行为；但民众却是观众，历史的演出必须要有观众的在场。但个体聚集成群体后确实会产生超出个体之上，个体无法驾驭甚至无法反抗的力量，因此也常常会有企图利用民众者引火烧身的，刘震云的作品中对这种现象作了思考。"你们以为你们可以掌握和引导我们吗？现在我们已经被你们发动和引导起来了，你们能把握这场运动的发展趋势和发展方向吗？我们虽然不喜欢你们之间闹矛盾和相互不服气，你们的相互不服气和矛盾接着就会引起混乱和倾轧，但在这社会转型期和一切还没有按部就班的时候，我们在混乱和无序之中却能吃到猴脑。我们就是怀着这种恐惧和喜悦的心情，来搭就这个给你们和我们提供更大表演天地的舞台。"

有一个带头的，其他人就会紧随其后，有时甚至不问目的，如同《阿甘正传》中那些跟随阿甘长期跑步的人群，他们把跟随当成了目的。有一天这个跟随的目标消失了，他们当然会再次陷入茫然。从众心理，除了上文论述的个体满足私欲的一种意识外，我认为这里还有深厚的存在根源，因为每个人的存在显得孤独，脆弱，他们内心里希望得到他人的确认，希望得到群体的接纳，为了得到这种确认和接纳，他们甚至愿意压抑自己的个性和欲望。这些人通常构成大众的主体，这也是中国人为什么喜欢热闹的原因。但事实上人与人之间的充分理解和沟通是难以做到的。他们试图通过认同现实、适应现实来解决这种孤独、荒谬的在世感，似乎是行不通的。

第三节　在理想与现实之间

每个人都有对世界和社会的美好想象，但现实生活中的追求欲望满足的行为却又使这种美好的想象如镜花水月。这种矛盾的人性常常集中在一个个体身上：一方面对公平的渴求，另一方面又希望获得一己之私。

一　向往公平

孔子说，"不患寡而患不均"（《论语·季氏》），这句话道出了人心思平的一面。这是一种正常的人性思维，如果能做到这一点的权力执行者一般会受到较好的评价。《故乡面和花朵》中刘震云以寓言的形式隐喻了人性中对于公平的理解，一个孩子要到舅妈家走亲戚，村里的大嫂、大爷都在路上逗他，问她舅妈的情况，孩子说舅妈很漂亮，于是乡人便说：

　　天上的东西们说：让她嫁给我们吧？

　　孩子摇摇头。

　　地上的东西们：要不就嫁给我们？

　　孩子摇摇头。孩子多会做人呀，不说他舅妈的婚事他是否做得了主还要两说，就是一个不答应另一个也不答应，就使不答应的双方都平衡了和没有了嫉妒。虽然"她"没嫁给我，可也没嫁给你呀。大家都自嘲地一笑，接着转了一个话题。

　　大爷：你包袱里装的是什么？

　　孩子：包子。

　　大嫂：包子是什么馅的？

　　孩子：韭菜狗肉馅和萝卜干柿饼馅的。（孩子回答得多么聪明，又是谁也没有得罪——相对过去的狗和过去的萝卜干来说。）

　　大爷：包子给谁吃？

　　孩子：给所有的舅舅和舅妈吃，给所有的叔叔大爷吃。给所有的故乡东西吃，给所有的搞同性关系的人吃。

于是"一切都烟消云散和雨过天晴了。虽然他的舅妈我们捞不着——天涯何处无芳草，但是包子原来人人有份。'美女'常见，包子不常见。我们重视的首先还是包子而不是'美女'。龙不用飞起了——一切的飞起和降落都显得矫情，一个孩子把这个世界给分公平了"。这是在戏仿童话，一段大人和孩子的问答，里面包含着对于

"公平"的思考，因为刘震云对生活中公平问题的思考，才有不患寡而患不均的心理现实演绎，这也是人性中的隐秘，人内心有一种追求平等的思想。

所谓公平的理解不仅是形式上的公平，还是心理上的公平。不只是大家得到相同质与量的收获，还包括这种收获和个体的先天和后天条件是否匹配。先天条件，如英俊、美丽，身体壮硕；后天条件如地位名誉、学识权势。如果所得和个体条件具备也会被认为是要一种公平，否则会认为是一种不平。

关于这方面的公平，刘震云还在《故乡面和花朵》中以寓言形式作了这样的演绎："对不起你面瓜哥哥，如果照你本来的面目来描述的话，事情对你十分不利——你头尖耳削，眼小嘴翻；头儿尖尖，要吃一个鸭梨；腿儿弯弯，要走一个罗圈，你与牵牛在一起，就好象驽马配麒麟，癞蛤蟆配天鹅；是一朵鲜花插到了牛粪上，是一滴猪血滴落到飞扬的尘土上而不是飞扬的大雪和雪地上；滴到尘土上，猪血转眼就不见了；滴到雪地上，就成了开放在雪地上的一朵腊梅或是雪莲。你与牵牛站到一起，就好象是枯树旁痛苦地开着一朵鲜花，就好象是猴子旁站了一头美丽的山羊，就好象是沉舟侧畔的一艘欲发不能的帆船，就好象是病树前头一簇永远不能张开和张扬的春天。压抑和被压抑、控制和反控制，战争与和平，从两人一见面就埋下了种子。"

这也是一种隐喻。面瓜的懦弱，长相不佳，而牵牛却是一个如花似玉的姑娘。这种长相上的悬殊首先就给人的感觉是不般配。这种心理一般公众会有，当事人也会有。正是这种自惭形秽的心理导致面瓜在家中地位的丧失，以至于最后投河。这是一种家庭政治，这个世界上，不管做朋友，还是夫妻，不管是盟友甚至对手，都要实力相当才会让人感觉合适。不然的话当事人双方都会感觉不平衡或难为情。如果潘金莲一开始就和武松结婚大约不会发生与西门庆私通的事情。潘金莲与武大的结合武大自己也觉得不般配，在他人眼里当然也就显得不平。癞蛤蟆配癞蛤蟆、天鹅就配天鹅在民众内心才是正常的！才子配佳人，莴苣配南瓜才是理想的状态。这就是人性，人心思平，可是内心又盼自己能够占到便宜，高出别人，得到超出自己能力的利益才好。这才是中间矛盾的源头：私欲。从这点上看，这种人内心对于公平的期待本身就带着某种私人欲望，带着某种不公平的根底；这种心理的另一面也呼应民众内心的阴暗和懦弱，刘震云以寓言的形式作了演绎：几个人因为有的嘴里马粪塞满了，有的没塞满，竟然大呼不公，不怨执法者，而怨被压迫的另一个盟友占了便宜。从这些小事中我们分明看到那深入骨髓的奴性，不思反抗，只闹内讧。只是渴望在做奴隶的条件上获得公平，如鲁迅所说的民众对那种"做稳了奴隶"时代的向往。

二　求同心理

与追求公平相关的另外一种表现是心理表现求同。刘震云在中期的写作中思考到这个方面。"你们以为刚才你们群起效仿小刘儿的时候我恶狠狠地把你们赶跑是害你们呢？从近距离看我是害你们，但是从长远一点看呢？就是对你们的爱戴和照顾了。（这时叔叔大爷们都有些不好意思地笑了。原来他没有占着便宜。）等我们动手对你们收割你们马上就没了揽子当然这也很可怕，但是比这更可怕的是，当世界上所有的人都没有揽子的时候，还有一个人吊着揽子在大街上行走，他是不是因为这种不同会更加悲惨呢？""求同"这也是对国人心理的一种揭示，这种心理与上文的从众心理相通但不相同，心理上仍然与存在的困境相关，害怕那种被抛在世的孤独和孤立，内心脆弱，需要同伴和集体。于是他们希望自己和其他人一样，在有人的蛊惑下，他们才先后奔向了异性、生灵、灵生，甚至被猪蛋割掉揽子，并因此嘲笑那些揽子没被割掉的人。

这在中国是笑话吗？绝对不是，中国人曾经不是以小脚为荣吗？曾经不是以贫穷为荣吗？这就是一哄而上的心理基础，也是被权力和伦理扭曲人性之后的表现吧。应该承认人与人之间的各种先天后天条件是不同的，正如物与物之不同，如果为了公平一味求同，则是一种褊狭的观点。求同一方面是希望别人与自己同，如同南帆在一篇文章中所述，我们希望公平，但事实上有的事情可以做到，有些事就不能做到，比如一个瘸子，他希望公平可以通过两个途径，一个就是把自

231

己的腿治好，但这个很难做到；另外一个则很容易，希望所有正常人的腿都被打断，这显然是不现实的。还有就是南方产橘子，但北方不产橘子，如果为了追求公平，就应该把南方的橘子树全部砍掉，这显然也是不现实的。因此，对于公平的追求，如果实现不了，就会改变自己屈从别人，这种自我改变有良性的一面，促使自我完善，也有丑陋的一面，这就造成了人性的扭曲。

当希望别人与自己同而不得的时候，便会尽量让自己与别人同，于是人的异化也发生在这求同的过程中。如刘震云在作品中塑造的小刘儿各种劣根性占得很全，后来少年小刘和老年小刘合为一体了，这里也是叙述者自我的过去与当下的对话吧。而小刘儿最后收割白石头的揽子，这里似乎象征着作者自我的阉割呢。这里刘震云也提到两者是一个本与末的关系，白石头是一个老实本分的孩子，小刘儿也曾经化为石头等姥娘。这一方面是继承鲁迅的那种自我解剖精神，另一方面也是对自己为了适应世俗时代而在某种程度上进行自我阉割以求同的自嘲。

割掉揽子在这里本身就是象征的意味。揽子象征着男人的"势"，割掉便意味着去势。这种情形在中国的历史上反复出现，在一群被去势，奴性十足的人群中，一个保存有个体率真人性的人常常被当作不正常，甚至被当作异己和异端被镇压。福柯理论中举出的医院、监狱便是镇压异己的工具。当然这里对"异己"的排斥，也就是对正常人性的反感。不只是权力体系之内，更多的是被周围人性已经被异化扭曲的普通民众。

三　虚荣心

在刘震云的作品中，每个人都有强烈的虚荣心，尤其是知识分子，这也是刘震云对于人性的一种理解。如小刘和瞎鹿在一起时，瞎鹿此时已经是国际级的明星，而小刘仍是一个籍籍无名的小文人，内心焦渴想攀附上瞎鹿这棵大树。哪怕仅仅和瞎鹿待在一起也自觉得沾光添色，旁若无人。对于这种人性刘震云更多以心理描写来呈现和反讽，如《故乡面和花朵》中"我仿佛看见这棵大树已经生长在世界之巅，我与俺瞎叔正爬上大树摘果子吃的情形；这是我们的果子，别人谁也别想吃，连味都不让你们闻着。"刘震云把人性中这种可笑的虚荣心传达得活灵活现。

如姥爷替别人赶马车吃不到肉，只能用馒头蘸点剩菜汤。但马车夫姥爷回家后却每每装着酒足饭饱的样子，当姥娘问他，他会说：

> 肉的味道倒不错，煮得也烂，不费口舌（——我所知道的"不费口舌"这样一个名词就是从这里来的），唯一让我腻歪的是，有几块肉上，还长着几根没有拔尽的猪毛——当时两个东家都在，我夹了起来，也不好再放回去！

说到这里，还在那里沉浸在情节之中摇起了头。妻子马上给了他一个呼应：

> 东家都在，如何好再放回去？

这时天已经黑尽了，戏剧也该收场了，车夫又照例知心地、知己地、语重心长和情深意长对妻子说——作为对一场戏剧的结束语：

> 其实肉倒没什么好吃的，好吃的还是肉汤。将馒头泡进去，一下就粉了。

其实一个车夫基本上不可能和主人家一块吃饭的，一般也就是主人家吃完剩点肉汤什么的泡点馒头。但车夫的虚荣心让他掩盖了这种真实，说出那些炫耀性的话，也无非是试图获得他人对自己的价值确认。而姥娘的智慧便是洞透这些人性，便也顺着他的话，照顾到了那点可怜又可笑的虚荣心。刘震云都是拉开距离来审视往事，过去的一切似乎在上演一场滑稽戏。然而没有这种表演，人生也只有沉默了。

虚荣心太过于普遍，它可以存在于每个人的一生，很多人甚至连要死的时候也要和别人比一下，这方面典型莫过于阿 Q 在死前努力想把圈画得更圆些，怕别人笑话。刘震云也以寓言的形式呈现了这种至死不改的虚荣心。当"小刘儿"和"牛根"变成的狗要被宰杀时，当河边支起白篷子的人们马上要给"我们"（"小刘儿"和牛根）灌姜水和醋的时候，"我"看到"牛根"的眼里没有泪水，而是填满了眵目糊，它是被吓傻了：

> 这时我又感到和它在一起被灌的耻辱。就是剁了馅，我的肉和它良莠不分地掺在一起，一个是清醒的精肉，一个是糊里糊涂的白条子，人们在吃着我们的混合馅时，哪里还能分得清谁是谁？可口是都可口，馊了是一块馊；两条狗成了一条狗，两种肉成了一种肉。现在我是跳到黄河也洗不清了。这时我都来不及后悔我的下场了，我仅仅后悔临死都要和老狗的馊肉掺在一起。

这其中的戏仿是对于那种宏大主题的解构，尤其是在与这种宏大主题对比中，我们看到一个将死之人强烈的虚荣心，同时对这种宏大主题开始质疑，这是中国人的精神漫画。尤其是这点可怜的虚荣心，表现在对同类的排斥上，更让我们想到这种与虚荣集于一身的懦弱。一个小狗快被杀了煮肉了，他不敢埋怨杀他的人，却觉得自己小狗的嫩肉与牛根哥哥那条老狗的肉放在一起很没脸面。就如阿Q不敢和赵太爷争执，却敢和王胡叫板，嫉妒王胡的虱子比他的大，却敢摸小尼姑的脑袋。这也是典型的"阿Q精神"。

因为人人都有这种虚荣心，因此虚荣心常常被他人，特别是权力利用来改造人性，扭曲人性，如《故乡面和花朵》中父亲填转正表格的激动和装腔作势。这里的转正表格是一种符号，象征着为主流所认同和接受；这类现象是现实生活中个体虚荣心的写实，包括各类评奖都是利用人的虚荣心对人进行引导改造的手段。而这种对人性的改造反过来又会加强这种个体的虚荣心。

可以说，那种偏执的虚荣在中国传统社会中常在奴化教育或愚民教育过程中被利用，把人的精神掏空，人的生存便只是依靠鬼神，或者他人的肯定，并且这个他人越是强有力这种肯定便越是具有激励作用。就如同"三纲五常"伦理下对于忠臣、孝子、贞洁女子的表彰，可以让他们为了这个理想完全压抑自己的生理欲望，让他们的一生都活在他人的注视之下。虚荣心本身是一种对外界肯定的渴求，也是存在之孤独感的一种表现。

不过从这种虚荣心中似乎也能看出刘震云对于当下社会文化态势的判断和价值取向以及他为什么近年一直在与影视纠缠不清。这段话或许给出了答案，或者他的思考。《故乡面和花朵》瞎鹿说：

> 你不要有什么怨怨不平，你不要以为进入了这个圈子，就立即可以与我平等了，里面还有许多层次呢。虽然都是贵族，但贵族与贵族又不同，贵族的内容和方向也不同。譬如说咱们俩，你再是大腕，也只是一个文学大腕；我呢，是一个影视大腕，是一个影帝，知道吗？我问你，你在街上走，有几个人扭脸看你？谁知道你是小刘儿？大家还不是把你当成街上来来往往的一个普通人，一粒扔到煤堆里拣不出来的煤核？这时把你当成大腕的，只有内心的你自己。

然后他又欲盖弥彰地说：“不是我肤浅，不是我非要和你对照才可以满足我的虚荣心，相信我影帝当了这么多年，早已过了那个阶段。”这里刘震云仍然是以对话的形式挖掘了人内心的隐秘。我们一方面从这段话中看到影帝瞎鹿那种强烈的虚荣心，以及生怕自己被后来者争了风头的心理隐秘，另一方面也从这系列对话中看到刘震云对于文学写作现实困境的思考和向影视靠拢的心理源头。当然，风格仍然是反讽的。

四　易受蒙蔽

虚荣无疑是性格中的一个缺点，因为虚荣，便易被欺骗，欺骗也是刘震云笔下的一个常用的词，个体虚荣的缺陷常常被别有用心的人所利用，从而陷入一个又一个陷阱，这里通过细腻的心理分析和白描给我们呈现了一个因虚荣上当的寓言场景。蒙骗者在诱使对象上当的过程中，总是装着体贴入微的样子，尽可能地满足他的某些虚荣心，甚至与装作与他“同舟共济”的样子：

"咱们是朋友。"就像刑警和刑事犯在路上一样。有一盒饭，也要分给他半盒。他以为不是去屠宰场和监狱，而是哥儿俩一块去泰国旅游、去麦加朝圣或是去悉尼歌剧院听歌剧呢。你们说说笑笑就到了监狱和屠宰场，这时他清醒过来，明白了自己的处境以及旅游和朝圣的目的；他有些着慌和害怕，他甚至不敢埋怨和责备你对他的欺骗，他彻底知道他的命运就实实在在控制在你的手中，你二拇指头一动，他的小命就没有了。他有些后悔，他觉得自己过去真是愚蠢，不该与你做对；面对着庞大的监狱和轰鸣作响的屠宰场，他马上变成了一个在世界上无依无靠的孩子和小牛犊。

权力对人的欺骗和普通人面对暴力的恐惧心理，这种心理隐秘挖掘得极为成功，不但表达了被骗后的恐慌，也暗示了受骗者为什么容易上当，因为被那种安慰、笼络和同舟共济的言语诱惑，这些话为什么能够诱惑人是因为每个人孤独的内心都是在渴求同伴的，这些骗人上当者深谙人的内心隐秘。

民众还容易被气氛和他人的行为所感染，并在这个过程中失去自我，刘震云在其创作的第二阶段开始留意到了个体这种生存状况，于是他一再以寓言的形式来传达这种屡屡上当的生存感受："一阵一阵的欢呼，一阵一阵的波浪，一阵一阵的接二连三的心又往筐里扔。连刚才来这里只是为了观望一阵再说的人，我先看看你们，我先不把自己的心交出去呢——那些阶级异己分子和隔岸观火的人，现在都受到了波浪和气氛感染，一时激动，也把自己的心挖了出来。气氛对于我们是多么地重要呀。你要把我放到床上，你就要注意环境和气氛。一个人郑重其事地告诉你。"

有些人上当受骗，事后才发觉受骗。能事后醒悟到的算是明白人，很多人一生都蒙在鼓里。如在同性关系时代，小狗（小刘变的）向大狗（牛根变的）对于自己被变成狗发表的感受之后，还没有意识到自己的被骗，甚至还在为蒙蔽自己的人找理由，唱赞歌："牛根哥哥，你说的一切都很好，我过去以为你很痛苦，原来你狗日的整天过得很幸福。我以为把我变狗是为了害我，谁知道是为了给我自由；我以为把我变狗是为了自由，谁知道到头来是为了同性。照此推论，在当初仅仅为了自由的人文环境下，一下把你首先变成狗的女兔唇也不是为了迫害你而是为了救你亲你和爱你，我在感激你的时候，首先还得感激她；没有她哪里有你，没有你哪里有我？没有当初的自由，哪有现在的同性关系？"

这当然又是一次受骗，变成狗之后还对把自己变成狗的人心存感激，被人卖了还帮着数钱，这仍然是出于"求同"心理的一次受骗。这与上文论及的"求同"心理是相通的，每个个体都希望得到别人的认同，这必然导致个体会追随他人尤其是群体的行动，把自身融入群体中去。也因为这种追随，个体常为群体裹挟，失去自我判断，上当受骗也就在所难免的。这也是刘震云在权力和伦理的扭曲之中，越来越对周围的一切抱有怀疑的、甚至敌视的态度，因为他发觉自己的人生历程中，竟然是在一次次受骗中成长的，个体几乎是从一个陷阱进入另一个陷阱，或者一直在一个陷阱中徘徊。

他也是在创作过程中，感受到自我突破的艰难之后才开始反思成长的过程，才开始脱下那一层层被别人穿上衣服。民众在权力面前总是出于被动，因为权力拥有者知道他们人性的弱点，而他们却认不清自己，民众内心空虚、惶恐，一直渴望被认同，一直憧憬着一个美好理想的实现，自己却在围绕着私欲的满足，急功近利地生活着。他们甚至希望有一个如耶稣、佛祖那样的救世主来拯救他们，但这种希望又给那些权力觊觎者带来可乘之机，让他们进入一轮又一轮的上当受骗。被当作工具利用了一次又一次，用过之后一次又一次地被像垃圾一样丢进历史的尘埃中去。他们一直活在理想的肥皂泡与严峻的现实之中轮回。

第四节　在成人与孩子之间

一　孩子和成人

人性在历史与故乡中，被权力和伦理扭曲着、改造着，人性是扭曲的，这种扭曲包括多种可能性，有僵化和木讷，更有狡诈和残忍，因此刘震云无论对于集体还是对于个体首先是持一种怀疑的态度。这种怀疑首先是针对成人的，但因为孩子作为将来"成人的预备"自然也进入了刘震云质疑范围。首先是对孩子的猜疑。刘震云是在自己创作的第二阶段后期开始滋生这种念头的。在《故乡面和花朵》中有这么一段对于孩子的寓言式描述：

> 连小朋友们都在那里拍着巴掌和伸着脖子唱起幼儿园歌。本来你们不是不愿起早和不愿去幼儿园吗？怎么今天一听说要吃小刘儿叔叔的包子，你们就这样兴奋和一骨碌爬起来了？你们甚至一夜没睡，就是偶尔睡着，动不动又醒了；大人以为你们是屙尿，你们爬起来揉着眼睛说："娘，天亮了吗？是不是该到江边去了？我除了要吃肉包子，还想用小刘儿叔叔的狗尿泡吹成气球玩呢。"
>
> 倒是你娘这时拍着你说："再睡一会儿吧，刚刚鸡叫头遍，天还早着呢。"
>
> 这时你咕咕哝哝又睡下了。梦里还断断续续说："我要踩小刘儿叔叔的狗尿泡！"

刘震云对深藏在孩子内心这种欲望和人性阴暗似乎很是憎恶，他甚至恶毒地咒骂："操你个大爷，小王八蛋们，什么时候你们倒是盯上我了？你们怎么就不说踩牛根的狗尿泡吗？平时我到你们家里，一看你们'爹'不在，我和你们'娘'多坐了一会，你们就瞪着长长的眼睛警惕地看着我，那个时候你们倒是怕我犯了错误盼着我早一点离开你们，怎么到了现在，你们倒是催着你娘赶着要和我在一起呢？别看这些王八蛋小，浑身也浸透着这个世界的恶毒呢。我过去没有看透你们，所以也就没有看透这个世界；现在我通过这件事，就知道这个世界的底蕴和底细了。"所以到了孩子们和碎片的时候，俺孬舅和小麻子这些杀人不眨眼的家伙，看着一个个孩子落下的头和流了一地幼稚的血，以及自己砍缺了口的大刀，都在那里犯了犹豫："他们还是孩子！""我"到了这个时候，却一点没有心软，接过刀子下去得又狠又快："越是这些小王八蛋，越是没有一个好东西！"

这段心理活动描写可以进行复调式的解读，首先他表达了一种混乱的、扭曲的心理状态。一方面恼怒孩子要踩自己的狗尿泡而开始仇恨孩子，另一方面这种仇恨滋生的原因却不是因为孩子要踩了自己狗尿泡，而是因为没踩牛根，这让自己心理不平。这种心理与前面的阿Q精神如出一辙；并且这里由于叙述者和隐含作者在情感态度上的部分重叠，让我们看到刘震云此时对于孩子也同样是持怀疑态度的。在他看来这些孩子并非纯洁的、善良的，他们貌似天真的幼稚中已经隐藏着人性的险恶，这是一种源自欲望的残忍。

这种对孩子的复杂态度与鲁迅也是相通的。鲁迅最初也曾经把希望寄托在青年人身上，于是在《狂人日记》中发出"救救孩子"的呼声。即便在生活中鲁迅也对青年人关爱有加，提供尽可能的帮助。但最后发现，青年人中也很复杂，也有叛徒，自己倒是被他们利用了。这种怀疑是经过一番人生的教训和经验之后的领悟。

但刘震云似乎对孩子并未有完全绝望，因为孩子们还没完全进入市侩的成人社会，他们内心里还没有完全地世俗化，还有那种追求美好理想的执着和信任。

于是这时期的作品中也写到了不少关于孩子的温馨、感人的场景，如《故乡面和花朵》中这样质疑："成年人都到哪里去了呢？一到枪林弹雨，怎么打麦场上剩下的都是孩子呢？"而后老曹说了句公平话：一句公平话："就是搞同性关系，以后再也不能看不起年轻人和孩子了。"另外一处叙述人甚至直接跳出来表达态度："本来四个孩子已经决定要买小猫或是小狗了，现在也不和秃老顶计较了——写到这里白石头又有些不明白，怎么世界上的孩子总是比大人还要懂事和体贴人一些呢？"

《一腔废话》也以寓言形式写到小鸡对老叶的提出质疑，这是在成年人普遍保持沉默时孩子们发出的声音："事到如今我们也有些惭愧，到了历史转折的关键点和陡峭山路的转弯处，为什么站出来的都是小鸡和青少年呢？那么多成年人和壮年人都跑到哪里去了？——他们还在地上盘着呢。虽然这叫老谋深算，但这是不是我们疯傻的原因之一呢？"

这也是刘震云对中国近现代史的一种隐喻，中国近代以来，包括"五四"在内历次推动历史前进的运动，确实主要在青年人的参与下进行的。成年人自命的成熟不过是圆滑和狡诈，孩子尽管身上也有欲望，并且这欲望将来也极有可能在权力和伦理的双重影响下成为和成人一样的、狡诈、奸猾，无责任感懦弱之人，但毕竟也只有在孩子阶段身上还有一点血性。这种血性未来的保存和发展才是人类社会的希望。

当然，历史上也曾经在回顾历史时肯定过青年人和孩子的作用，刘震云这样隐喻：

> 老曹后顾之后——"他"这个后顾也不是白后顾的，接着就利用这个后顾，又去开始前瞻和要达到另一个目的。就好象他后顾一下就没了后顾只剩前瞻一样。就好象我们把过去的错误一笔带过接着就开始谈理想一样。就好象我们失了大火不去追究失火的罪犯而去庆祝新的扑火英雄一样。老曹站在大火前对着摄像机振振有词地说：
>
> "这个时候，我们就明白为什么我们最后的归宿，都是孩子和碎片了。"

但这种肯定和嘉奖如此廉价，因为小说中孩子们的牺牲从来没有影响甚至感动过成人的世界，似乎也没有改变历史的方向。

二 个体的成长

尽管孩子现在还"幼稚""冲动"，但他们毕竟在成长，他们在成长的过程中要受到来自成年人的各种影响，他们极有可能成长为成年人那样的"懦弱""圆滑"和"狡诈"。刘震云在"故乡系列"作品中表达了自己对于成长经验的思考。

首先，成人崇拜与偶像解体。每个个体在幼年时期大概都对成年人的世界充满好奇，这种好奇其实是急于对自我身份进行确认，是一种自我意识觉醒的前兆。当然他们也是在向成年人的模仿中长大的。"记得六岁的时候，对成年人走路的姿势特别着迷。看着他们在前边走，看着他们的屁股一走一掉于是大裆的裤子左右来回打折，回到家里我就拼命在那里模仿——还将姥娘叫过来，走了一遍给她看，问：'我在前边走的时候，我屁股后的裤子也打折吗？也是那样左右转换吗？'"当老娘告诉我"是"的时候我才擦这头上的汗松下一口气。不只是模仿成年人走路，甚至还模仿他们的声音，模仿他们剔牙，连小伙伴们一起做游戏也是模仿成年人去接煤车。甚至有时候模仿得不像便感到很自卑，如麻老六吃过饭在街上边走边用笤帚篾子剔牙的姿态很有男人味，但模仿不但不像，反而把牙剔出血来：

> 为了这个，从此在街上再见到麻老六，我就感到特别的自卑；为了弥补自己的自卑，我每每鼓起勇气想上前真诚地给他叫一声"表哥"，但是到了最后关头我又像皮球一样泄了气——我们两个之间缺乏心领神会呢，于是这样的契机就永远没有发生。——从此我对世界上固存的一类人——不管是他的长相，还是说话走路的方式就感到特别发忧，一见到这类人的模样，我就像鸡见了黄鼠狼一样腿肚子发软。包括久已认识的朋友，再一次见面也不敢主动打招呼；过后自己又在那里悔恨不已。

但麻老六如此高大的英雄偶像最终在"我"内心崩塌了。原因是自己如此崇拜的麻老六在人群面前竟然如此没地位和低声下气。麻表嫂被人摁倒往腿间塞萝卜。"过去在他的心里，成年女人的屁股是多么地神圣啊。现在一切都完了。一切的屁股顷刻之间都在这个世界上消失殆尽。"更让少年感到绝望的是，在事情发生过程中和发生后，麻表嫂和近在咫尺的麻老六不但不敢反抗，起来还给别人赔笑。这一幕让刘震云看到人背后真相的灰暗面，"面和花朵"，应该就是这种庸俗现实和美好梦想的交织。

这一切还像小时候和老得舅舅一起爬树，"当他爬到你头顶上的时候，你无意之中往上看一眼，你就看到了他大裤衩里的一切，这时你一下感到眼晕……大人的世界原来是这么简单呀，就是隔了一层裤和隔了一层纸呀。"大人的神圣感在孩子的心里突然崩塌。

还从王喜加舅舅了解到人与人之间的欺骗：开拖拉机的老蔡是村里人追逐的明星。但就这个明星，看似受到大家的追捧，他喝的开水竟然都是王喜加舅舅把不开的水冒充的开水。并让我这个高高兴兴提水的参与到这场骗局之中，让自己成了同谋者，当然从那里也了解到成年人的世界竟然意味着欺骗。这是一堂课，这堂课早上早成熟：一下子让作者自己长大了，变声期提前了。

一个造就思想者的故乡应该是洋溢着美和丑的强烈对比，他过早的激发了童年的思想者开始思考人生。从此也就进入了这种"思"的状态。对麻表哥哀其不幸怒其不争，对于那些恃强凌弱的人也是一样憎恶。

三　异性的神秘感

"哪个少年不钟情？"《红楼梦》的成功原因之一就是曹雪芹把少年钟情那种心境写得如此惟妙惟肖。"女孩是水做的，男人是泥做的"，把女性想象成为一个完美、纯洁的仙女大概是每个少年都曾经有过的经验，这源自于伦理教化下，在伦理的遮盖下生理渐趋成熟的男孩对异性的朦胧感受。"我们"在吕桂花表嫂与刘久祥约会时唱起吕桂花与牛三斤之间的情话歌，"亲爱的三斤花的心，花的心里面是三斤。"歌破坏二人的情致，气走了刘久祥，当然也让吕桂花产生了怨怒。这种行为看似小孩的不懂事行为，其实其中已经在涌动着对异性间的情感，因为这种情感总是对第三者怀着嫉妒、怨恨。小孩子这种单纯的心理已经为这种情感所燃烧着，大人还看不出来，但是孩子们自己明白他们内心那种酸酸的感觉是什么。

但这种完美神圣的女性的形象，最终在心中瓦解和崩塌了。这中间当然有看到麻表嫂被人按倒往两股间塞萝卜的情景。他看到麻表嫂的裤子被别人拔下来，"真没想到屁股还那么白，但是当一个成年女人的大白屁股中间还夹着一团阴毛这时看上去就像是一张隔夜的油饼突然第一次展现在一个11岁少年面前的时候，给他的目光和心理的感觉就是一阵烈日当头的眩晕和迷离。"还有小时候，看样板戏，戏台的幕后和目前的对比，让刘震云开始思考现实的表演性和他的真相。就如同看到一个外表神圣的成人的裸体和大便。"阿庆嫂和铁梅在台上互不相干，怎么到了后台就凑到一起嘀嘀咕咕呢？——他们在说些什么？座山雕和喜儿原来是夫妻。郭建光和刘副官原来在后台是同一人。"这的确让人思考，生活的表象和本质。思考之后便是成长。孩子象征着单纯，也象征着希望。但是孩子要成长，在成长的过程中往往被染黑了，荼毒了这希望和单纯的，恰恰是成人社会。这里刘震云在对孩子表达自己的疑虑和期待时，把矛头又指向了权力和成人。

在现实社会中，成人已经表现得足够的市侩和滑头，对于一些必需的社会变革，他们尽管深受其害，但仍然畏缩不前，并指责那些勇敢参与到变革中的青年人。变革成功他们可以享受变革的果实。变革失败，这些参与的青年人便再次受到他们共同的指责，甚至被他们与权力执行者合谋陷害，希望博得统治者的赏识和一点膏泽。

如同《一腔废话》中对现实世界的隐喻："当然等我们上了老叶的当真相大白之后我们又埋怨小鸡：还是年幼无知呀，还是嘴上没毛办事不牢呀，在大家都在酝酿和忍耐的时候——说不定等一会我们就悟出什么和酝酿出什么来了，不但能酝酿和悟出我们每个阶段疯傻的原因最后将他们综合发酵和提取，说不定连以其人之道还治其人之身，如何对付我们的关节和风湿还有老叶的办法也能悟出来呢。"

于是刘震云醒悟到："当我们还是孩子的时候，我们觉得大人特别的神圣和严肃，他们所做的一切都经过深思熟虑而我们所做的一切都显得幼稚和需要教导；但是当我们也长大成人后，我们才知道大人不过是一帮老奸巨猾以自己的利益为出发点来制定社会和自然规则的老狐狸罢了。"并且孩子们在这样一个社会群体里必将在成人的引导下变得一样的老奸巨猾，不可救药，于是社会将依然一成不变地一直反复和循环下去。于是刘震云这感叹："一切太做作了。这么做和这么想太恐怖了——救救孩子。"这里"救救孩子"当然也是一种戏仿，如同鲁迅 20 世纪初期的《狂人日记》，如同刘心武 20 世纪 70 年代末期的《班主任》，但这种戏仿却并非反讽，更非否定。

第五节 矛盾的人性

"人性"这个词是一个历史话题了，长期被关注和争论，直到如今似乎也没有定论。人性在中国历史上最具代表的学说有孟子的"性善说"、荀子的"性恶说"、告不害的"无善无恶说"，以及董仲舒、王充等推崇的"有善有恶"说等等。事实上，人性作为从个体"人"的复杂行为中概括出的共同本质来说却是很难有一个所有人都认可的终极答案的。但对于人性的概括却是有利于我们认识自身，进而较为恰当的态度面对人生坎坷。因此对于人性的概括也从来没有停止过。刘震云也是在自己的创作中试图概括出自己所认为的人性。

从刘震云作品中我们感受到的有人性的压抑和扭曲，也有温馨和幸福，就如同《一地鸡毛》中小林夫妻之间的日常生活，这种在矛盾中游弋的生活与人根本的人性有关。可以归纳出，个体在现实生活中表现出各种喜怒哀乐其实都是源自于人最根本的两种人性。

一 自私和贪欲

在有可能的情况下，基本的人性都是希望获得更多的物质财富，这种欲望驱使着人的个体尽自己的体力或智力去争夺，便形成了所谓明争暗斗。可以说贪欲是社会矛盾和心理矛盾的根源。

刘震云作品中这种自私表现很普遍，但是真正有意地开始思考是从第二阶段开始的。《塔铺》中，儿子高考复习没有资料，父亲一天步行 180 里到亲戚家借来一本书，亲戚说了这本书只能看 10 天，但父亲对儿子说："你们看吧，要是 10 天不够，咱不给他送，就说爹不小心，在路上弄丢了。"这段话当然体现出父亲对儿子爱心和所寄托的希望，但其中人性的自私却也昭然若揭。《故乡相处流传》中 1960 年饥荒开始时，孬舅先是换掉炊事员白蚂蚁，由自己的情妇曹小娥担任。当饥荒进一步发展，他把曹小娥也换掉了，自己同时担任支书和炊事员。别人问他为什么换掉曹小娥，她和你有那种关系，他回答得很直率："睡过是睡过，但现在不是没力量睡了？当初让她当炊事员是为了睡觉，现在睡不动了，还让她当干什么?"这里人和人之间剩下的只有彼此"对象化"的利用，极少考虑"主体间性"的发展。六指的对象——柿饼脸的老杂毛爹，本来老姑娘嫁不出去心里很急，但后来有人要了反而又拿架子，又想抬高价码。这本身也是出于一种贪欲的表现，结果永远活在后悔中。还有那些因为看到六指用手指拉拢黄河两岸的英雄事迹后，想把女儿嫁给六指的父母们，在六指重新成为平常人后都为自己曾经的想法感到后怕。这些行为显然都是在人内心的贪欲和自私的推动下表现出来的。并且这种人性的自私行为从来没有改变过，可以说是历史一直在循环反复而不能前进的根源。

并不是所有的占便宜，做交易的行为都是贪欲。刘震云对于人在最基本吃饭问题上表现出来的夸张的需求尽管是漫画法的表达，却带着理解和同情的。《故乡面和花朵》附录中的关于"爹"喝杂碎汤的下作相更是表现得淋漓尽致：爹在卖自行车的时候和别人还价多要了一块钱，就真的去喝了次杂碎汤：

> 当然喝的时候少不了添汤，将那碗理直气壮地伸过去："大哥，日子不过了，再给添一碗汤。"一碗。两碗。三碗。到了第四碗的时候，卖杂碎汤的终于用铁勺将碗挡住："别添了，你不过，俺还过呢。"

吃饭的问题对于中国人似乎永远是个不可绕过的话题，用吃饭也可以控制人，拉拢人，譬如《故乡天下黄花》中的吃夜草；孬舅用豆面饼和妇女、处女做性交易；《头人》中的头人们借审官司吃白面饼子。这其实是一个饥饿的母题。可能与河南省地处中原而自古以来便多灾多难有关，河南很多作家的写作，饥饿叙事都占有很大的比重，比如李准的《黄河东流去》、刘庆邦《平原上的歌谣》、阎连科的《耙耧天歌》等。只是"吃"在刘震云的作品里似乎一直停留在第一级需求上，在色情与尊严上似乎无关紧要。

要活着，他们就要吃饭。这是一种个体必需的、合理的要求。尽管这种需求时时被人利用，成为权力得逞欲望的工具。《一腔废话》中老马要吃，老杜便问他："吃了猪头肉和猪大肠你会怎样？"老马："十二个小时水米没打牙，只要大爷让我吃饭，吃过饭大爷让我干什么我就干什么！"

因为刘震云深谙个体在物质匮乏时，尤其遭受饥饿威胁时人的精神和肉体所受的煎熬，他在作品中借人物之口说："王子可以这样优雅，因为他有诸多的优势而没有压力，皇帝可能就做不到这一点。所谓白马王子便是如此，有物质基础却没有取得物质基础的压力，只需坐享其成、与世无争谁不会呀！"因为刘震云笔下的人物没有谁活得轻松活泼，不管是普通人还是官员。城市市民还是农村的小商人，每个人都活得沉重甚至痛苦。

贪欲是指超过人生存需要的欲望，是一切灾难之根本。因为每个个体深处这种贪欲，让人类理想主义者多次希图推进历史前进的梦想最终化为泡影，一切都从头开始。刘震云利用白石头传达出这层意思："我还是喜欢黑夜和黑色，……还是喜欢黑暗。就好像任何说要解救大家和民众于黑暗之中的人，他本人必定也是喜欢黑暗一样。当他把大家和民众从一种黑暗中解救出来之日，就是他实行和实践他的另一种黑暗之时。这是历史换汤不换药的根本原因。"

在这种贪欲的支配下，为了企及自己的目的，特别是获得权力进而获得这种贪欲的满足，个体会改变自己，变得虚伪做作，把生活当作舞台，在生活中充当演员，使人与人之间很难达成一种真正的理解和沟通。《故乡面和花朵》中提到王喜加：

> 当时我们还眼睁睁地等你醒来以为你醒来世界就变好了30年后我们才醒过闷儿来原来你酒醉时对我们穷凶极恶你的心离我们还近一些，你酒醒时对我们的微笑、爱护和关怀才是拒我们于千里之外呢。后来你喝醉和酗酒的间隔越来越短，夹在我们中间的一次次爆发让我们心惊肉跳——当时我们还以为这是你对生活和我们的失望我们还怪自己和村庄不争气，我们觉得你一次次的喝醉是离我们越来越远；现在看你一次次酒醉间隔的拉近，才说

明着对我们的接近呢；而当时的我们又是多么地糊涂和肤浅，当你想跟我们亲近的时候，我们却以日常的面目来要求自己退了一箭之地；当你清醒时想跟我们疏远的时候，我们却渐渐地围拢上来。——当时我们在世界距离远近的概念上，存在着多么大的误会和偏差呀。一个外表的假象，就迷惑了我们的双眼，当你高高在上坐在我们这些糊里糊涂的人的头上时，你怎么能不感到孤独和悲哀呢？

这个世界我们看到的只是表象，人在现实生活中被权力、伦理以及人的欲望扭曲变异。他们掩盖自己，让我们很难分清现象和本质。

人的两面性和矛盾性在《一腔废话》中又一次以寓言的形式做了演示："但最后老马摘下自己的面具，原来不是老马，而是一个新搬到五十街西里的一个行为艺术家，这点上，连孟姜女都没有发现。"这是为什么呢？这是有意营造的意义迷宫。这意味着什么，在刘震云看来，最后这种结论的得出并非老马这些人所能思考得到的，因而把它的承担者换到一个行为艺术家身上。也是这个时代的一种惶惑感，感觉你不是你，我不是我，而行为艺术家也不过是在模仿别人。也正因为模仿别人，才在这个过程中感受到"魂"和身体分离。刘震云这里其实想说，个体理想中的自我和现实中的自我明显是分裂的。原因便是个体除了自私和贪欲的弱点，还有向善的本性。

二　同情心

一方面贪婪无度，自私虚伪，另一方面却又怯懦软弱，甚至有时不乏同情心。这两者也是辩证的，是集中于一体，而又服务于一个目标的矛盾的两面。

善的因素，这是刘震云认为人性中温暖的一面，也是处理人与人之间矛盾的希望所在。这方面也有很多表现，如对姥娘的情感、六指叔叔赶着马车带上在割草回家的路上的姥娘、姥娘姥爷给母亲看疮、母亲小时捡到一个钱袋子引出的一段温情。这些都是人性"善"的充分释放。因为具有这种善的本性，于是郭老三画蛇添足地对吕伯奢和猴儿恶语相加，我们开始同情吕伯奢和猴儿了。民族的心理就是如此容易受人蛊惑，而整体上又有悲悯之心。或许因为这种自私，民族屡遭磨难，因为这点悲悯，民族尚未灭绝。

刘震云对于人性甚至周遭一切现象的看法大致就分这两种，美好的和庸俗的。《故乡面和花朵》题目中的"面"和"花朵"便是这两种态度的象征。

人生的印象就像到三十里坡接车的感受，有好有坏，并且从以后来看，还是好的胜过坏的。这里的"面"与"花朵"或许可以如此理解，"面"便指让人不愉快的事情，如同喝面条让自己误过了要接的车，叙述者甚至喊出："面条，我操你个亲娘。"而"花朵"应该便是象征那些令人愉快的回忆，如同接车路上看到的花朵。连其中设置的人物关系都是对生活态度的隐喻。据对刘震云的采访，他提到小刘儿与白石头的关系是一个本与末的关系，这点上与面与花朵的关系也是相通的。小刘儿代表着一种俗众中的个体，一个自私懦弱、得过且过、明哲保身的小文人，如同作品中叙述者对于小刘的评价："因为势力和短视、得过且过、明哲保身、顺着杆子往上爬、从来都是扶杆子不扶井绳的小刘儿——他的这点毛病倒不是现在新产生的——这时早已经让他的文字离开了寒冷的人们，一头扎进温暖的开设在丽丽玛莲酒店旁边的基挺·六指的美容院里去了。"而白石头则代表着作者那个淳朴的自我，具有善良个性、淳朴而好胜、对故乡和姥娘充满着深厚情感的部分。这种对生活二元对立的看法又与莫言作品中的怀乡与怨乡很类似。

传统文化对人心理造成的束缚和人的欲望试图突破这种束缚构成了一对矛盾双方。在矛盾中挣扎的个体一方面因为权力和伦理压制难以超脱，另一方面欲望的存在又时时让个体尝试挣脱这种束缚。二者的冲突形成了一个我们认识自我和世界的烟幕。这形成了现实中矛盾的人性。而个体摆脱这种矛盾的关键就是要摆脱权力和伦理在个体思想上洒下的阴影。刘震云把这个比着"衣服"。谈到《手机》时他这样说：写作就像是一个海，当我游了六公里之后，我身上穿的衣服被海水浸泡之后，它的重量已经超过我的体重，游泳就非常艰难，我在写作的过程就是在游泳的过程中把外衣一件一件地脱下来。到了《手机》里，我觉得我脱得已经只剩下背心和裤头，游起泳来比较自由，到了一个自然的状态，到了自由王国的状态。我想《手机》里的第三部分有可能成为我今后写作的一个新的增长点。① 也就是说，当个体突破了重重遮蔽，他才能回到人性的本源，寻找到个体困惑的人性本质。也为真正摆脱个体的孤独、惶恐状态设定一个起点和打下一个基础。

---

① 张英：《刘震云"废话"说完，"手机"响起》，《南方周末》2004 年 2 月 5 日。

第七章　刘震云小说中的宗教

第一节　宗教何为

尽管中国人信仰宗教的不多，但宗教对每个个体来说却并不陌生，"宗教情结"也是我们经常听到的一个词，但对于什么是宗教，宗教又有什么现实意义，却并非每个个体都清楚的。这里首先对"宗教"这个概念结合笔者的理解略作阐述。西塞罗认为"宗教"源于"再次聚会、组合、思考、深思"之意（与忽视相对）。人类之所以需要宗教，正是对人生困惑寻根究底进行深思的结果。这点上与费希特观点相通。费希特认为，宗教是一种知识。它给人以对自我的清澈洞察，解答了最高深的问题，因而向我们转达了一宗完美的自我和谐，并给我们的思想灌输了一种绝对的圣洁。① 而在康德看来，宗教就是道德。一旦我们把所有的道德责任都看作神圣的命令，康德认为这就是宗教。康德的这种观点是从实践上来阐述的，这里的宗教与伦理的实践功能类似。有论著对"宗教"作了更多的演绎，如"宗教告诉我们从哪里来，我们在宇宙事物的秩序中居于何处，我们正在走向何处，我们应当走向何处，以及如何才能达到那里。它为道德提供了一个揭示系统和正当理由"。② 有人对宗教推崇备至，也有人对宗教持一种解构的态度，如葛晨虹认为："宗教是人们的一种精神安慰

---

① ［英］麦克斯·缪勒：《宗教的起源与发展》，金泽译，上海人民出版社 2010 年版，第 7 页。

② ［美］路易斯·P. 波伊曼：《宗教的哲学》，黄瑞成译，中国人民大学出版社 2006 年版，第 3 页。

剂。上帝是人们头脑中对超自然力量的一种幻想。哲学家们不仅得出了这个结论，而且进一步分析出，神是人造出的，人按照自己的想象、按人的形象，把人所具有的一切能力和善，所希望具有的一切能力和善，都幻化给了神。"① 这种观点尽管在某种层面上道出了宗教的部分本质，但如果因此就否定宗教的积极意义则无疑是偏颇的。

如勒庞所言："群众不管需要别的什么，他们首先需要一个上帝。"② 人精神皈依的问题历来是哲学、艺术、文学、伦理、宗教关注的焦点。他们都是试图解决个体存在的困惑问题，只是以不同的途径而已。哲学是个人性的，他试图通过想象与本质的辩证思考来把握世界和人存在的本质，哲学的思考很难在民众中普及，并不是每个人都有这种思考能力；而宗教则是群体性的，是某一个人在哲学的基础上把种种无常现象背后那种神秘的力量幻化为一个神，让民众信仰它，并把各种现象的价值判断形成一种价值体系，让我们对生命中遇到的一切事情都有一个合适的价值判断，从而让灵魂有所依靠，也让人与人的和谐交往有一个可以依仗的规范。如今道友信所说："超越的幻想的艺术以一个祭礼世界、共同体为前提，与此相反，内在的超越之艺术则依赖于每个艺术家的独立性。"③

对于宗教的思考在刘震云早期的作品中没有表现。早期他主要是写权力，官场，他自己也曾经提到 80 年代之前的中国是一个权力单维的社会，一切社会现象都可以在权力角逐中找到自己源头，每个人都主动或被动的卷入到权力角逐中来。当时或许对权力的信仰成为一个人最主要的信仰，在中国的传统文化背景下，在"学而优则仕""书中自有黄金屋、书中自有颜如玉""三年清知府、十万雪花银"等世俗观念的影响下，很多人趋之若鹜，很少人对之反思，就像鲁迅说的："未曾阔的要革命，正在阔的要维持现状，先前阔过的要复古"，中国人大都执着于这种物质层面的角逐，很少人会对这种权力

---

① 葛晨虹：《人性论》，中国青年出版社 2001 年版，第 100 页。

② ［法］古斯塔夫·勒庞：《乌合之众》，中央编译出版社 2000 年版，第 57 页。

③ ［日］今道友信：《存在主义美学》，崔相录、王生平译，辽宁人民出版社 1987 年版，第 170 页。

的本源做出形而上的反思。如李佩甫、刘庆邦、阎连科都是在那种形而下的层面或批判权力，或描写权力和政治斗争的隐秘；刘震云尽管从一开始的思考也是对权力进行书写，当然这个过程也具有某些批判的意味，并且那时的刘震云对权力的思考明显还未能上升到的形而上层面。而后在刘震云系统思考过历史、人性之后，他的着眼点终于落到对人存在本真的思考，因此也渐次进入了宗教境界。

孤独和恐惧的问题应该是自人类开始具有自我意识就存在的，只是那时限于生产力发展的水平，人类对于世界认识处于非常浅的层次，一方面人类内心对未知的自然界充满敬畏，以至于把自然界当作"自然神"来祭祀。因为有这种下意识的信仰，他们尽管生活艰苦，但精神上反而有所依托；另一方面因为人在面对外界的恐惧时，出于团结一致、抵御外界的危险的需要，人与人之间是团结的，并协调产生了伦理和道德，如同罗蒂所论述的反讽主义者的观点："人的道德性、人类的道德主体性，就在于人是'有可能遭受侮辱的东西'。她的人类团结感建立在对人类共有的危险的感受上，而不是基于一种共通的人性或共享的力量。"① 而当这种危险消失之后，人与人之间的团结及道德性便会减弱。工业社会以后人类对抗自然能力大大增强，一方面实现了对"神"的解构，另一方面在自然界中已经不需要共同协作来抵抗猛兽了，此时伦理道德力量的削弱是有这个时代背景的；另外从20世纪90年代以后，主导社会的因素在单一的权力格局中又加入了一个商品经济因素，或者说金钱因素，社会因此变得更加复杂了，人在这种背景下确实出现了类似于存在主义概念上的孤独感和人与人之间的难以沟通的现象，但这种存在的困境产生的原因却与西方有很大的不同。

"存在"按照存在主义的观点是在工业社会、科学主义盛行下的产物，人在工业社会、在科学主义观念的统治下，人性被机器和技术异化。因为固执的科学主义者坚信科学的发展可以解决一切问题，而

---

① ［美］理查德·罗蒂：《偶然、反讽与团结》，徐文瑞译，商务印书馆2005年版，第130页。

这种科学理性的狂人恰恰忽略了人文理性，导致人和人之间显得陌生和难以沟通，特别是在所谓"上帝"死后，个体缺少一个灵魂的归宿，切实感到被抛在世间的孤独感，西方的存在感主要与这些有关。

中国人存在的孤独感的源头可能更复杂。一方面也是与工业社会发展相关的，在20世纪50年代以来，中国大力发展工业，人们确实在这个时代很受这种所谓工业现代化理想的影响，但工业在中国传统农业社会中所占的比例并不大，工业时代的思想结构并没有真正形成，至少没有在社会上形成一种压倒性思潮，因此在20世纪90年代以前，中国社会的思想结构并没有因为工业和技术的发展而发生很大的改变。但中国在1949年后却成功建立了个人崇拜的思想氛围。毛泽东时代的唯物论旗帜，反对唯心主义，打倒"牛鬼蛇神"，彻底摧毁了传统伦理文化的根基和"离地三尺有神灵"的信仰，建立了所谓的"阶级论"和"唯物论"思想，于是民众普遍消除或减弱了对于"神"的敬畏，也就是说信仰的神坛垮塌了。而当时建立的所谓的"阶级论"并没有切实的起到安抚人心的作用，人的精神开始变得无处皈依，尤其是在随后的商品经济社会中更多人信仰缺失，为了挣钱或争取权力常常无所顾忌、丧失底线。人和人之间因此变得难以信赖，个体普遍的孤独感由此而生。

在传统社会中，不管那一套传统伦理优劣如何，一个人在伦理体系里面他是有精神皈依的，无论他在这个家庭或族群中受到待遇如何，一般都认可自己在体系中所处的地位，也都会认为这是他理所当然的家园，所以，传统中国人的家园意识很强。每个人都有树高千丈，叶落归根的想法，中国的传统节日，如春节、中秋节在凝聚人心，聚拢人的灵魂方面发挥着巨大的作用。即便如巴金、鲁迅等接受了新思想的人，仍然具有很强的家园意识，每每写到"故乡"，尽管这个"故乡"与他们的理想相比让他们每每失望。但是在经过文革，尤其是20世纪90年代之后，这种传统的伦理价值体系崩溃之后，人们伦理观念开始坍塌，他们再也找不到自己的精神家园。

在世界中此在的困境导致了个体的惶惑，近十年来很多学者都在思考这个问题，如何来解决个体灵魂的漂泊。科学在20世纪以来创造的物质成就也确实有目共睹，非常有效地改善了人们的物质生活，然而，恰恰是科学主义的狂热不但没能解决人的精神依附，反而因为其解构了上帝和神话，颠覆了传统伦理让很多人陷入了更大的空虚和孤独。

在这种情形下，很多人在寻找人类的精神家园的方向时便转向了对宗教信仰的考察，刘震云也是在这种背景下把思考开始向宗教领域延伸。

第二节　中西宗教观的对比

刘震云在小说中首先有意识地对比了宗教在中西方民众精神生活中的不同地位。中国历史上尽管有外传的佛教和本土的道教，但这两种宗教并未有普及为一种全民的宗教观，只有儒家的思想经过历代统治者的加强被普范化为一种最基本的伦理观。因此可以说中国传统社会中协调人与人关系和自我关系的不是宗教观念，而是儒家的伦理观念。也有人把儒家称为儒教，但这种伦理观和宗教观是明显不同的。伦理观处理的只是人和人之间的关系；宗教观不只是处理人际的关系，教众最终倾诉的对象是神。刘震云思考过这两种观念的不同，他认为伦理社会中"你把心里话说给人，但人是不可靠的，他会把你的话说出去；宗教社会中人可以向上帝忏悔，上帝之口就很严，他不会把你的话说给别人"。伦理社会要解决人与人的利益争端，因此在现实中一切出发点都是利益；而宗教社会是在处理人与上帝的关系，上帝不会夺取人的财富，因此他们做事出发点是无私的。因此伦理社会中的个体常常感觉孤独，有话没人说；宗教社会中的个体相对于伦理社会中的个体内心更有依附感和归宿感。

其实西方在中国的传教这么多年，确实也发展了不少教徒，但这些入教的门徒与西方的教徒为追求精神上的寄托不同，这些"教徒"的入教都带有实用主义目的，如《一句顶一万句》中的老詹劝老张入教。老张问的第一句话就是"能带来什么好处"。中国的基督教徒大都是老人和病人，他们入教的目的就是希望"上帝"能治好他们在医院都治不好的病。传教者也大都是迎合中国人内心需求而进行的，首先说主可以保佑教徒身体健康，治好病，能够满足他们世俗的实际需要。所以基督教到了中国一下子具有了类似于中国跳大神的功能，这些很大程度上是有悖于西方宗教宗旨的，当然这种做法也可能是一种权宜之计。

在刘震云看来，尽管宗教在中国没能真正解决个体的灵魂归属问题，尤其是对中国这种世俗精神无能为力，但他承认，宗教在中国的社会和人性建设中确实发挥过积极的作用。

早在《温故一九四二》，刘震云已经表现出对于宗教的理解、肯定甚至感动，感受到宗教那种超越民族、超越国家的人道主义同情和援助。刘震云讲到1942年、1943年河南的饥荒，当时河南的民众真正在水深火热之中艰难度日，每天都有大量灾民死亡。刘震云强调，尽管我们讨厌外国人，不想感谢他们，但到关键时候，他们还真来帮我们。我们自己的政府没有救灾，倒是被主流媒体宣传为"对我们进行精神侵略"的主教们早就开始进行救灾行动了：

> 这个行动不牵涉任何政治动机，不包含任何政府旨意，而纯粹是从宗教教义出发。他们是受基督委派前来中国传教的牧师，干的是慈善事业。这里有美国人，也有欧洲人；有天主教徒，也有新教徒。尽管美国人和意大利人正在欧洲互相残食，但他们的神父在我的故乡却携手共进，共同从事着慈善事业，在尽力救着我多得不可计数的乡亲的命。人在战场上是对立的，但在我一批批倒下的乡亲面前，他们的心却相通了。从这一点上说，我的乡亲们也不能说饿死得全无价值。教会一般是设粥场；而有教会的地方，一般在城市如郑州、洛阳等。我的几个亲戚，如二姥娘一家、三姥娘一家，都喝过美国、欧洲人在大锅里熬制的粥。我的花爪舅舅，就是在洛阳到粥场领粥的路上，被胡宗南将军抓了壮丁的。慈善机构从哪里来的粮食熬粥呢？因为美国政府对蒋也不信任了，外来的救济物资都是通过传教士实行发放的；而这些逃窜的中国灾民，虽然大字不识，但也从本能出发，对本国政府失

去信任，感到唯一的救星就是外国人、白人。

即便中国政府最后在国际舆论的压力下开始救灾了，刘震云还是对比了中西救灾的不同："但中国的救灾与外国人的救灾也有不同。外国人救是出于作为人的同情心、基督教义，不是罗斯福、丘吉尔、墨索里尼发怒后发的命令；中国没有同情心，没有宗教教义（蒋为什么信基督教呢？纯粹为了结婚和性交或政治联姻吗？），有的只是蒋的一个命令——这是中西方的又一区别。"西方国家的救灾是出于人道主义的同情，那是源自于基督教的悲悯之情，超越国界、超越民族、超越意识形态的；中国的救灾则完全是因为政治利益的权衡。

梁漱溟认为："儒家所为种种的礼，皆在自尽其心，成其所以为人，没有什么要求得的对象。像一般宗教所以宰制社会人心的，是靠着他的'罪'、'福'观念；——尤其是从超绝于知识的另外一世界而来的罪与福。"① 中国伦理主要是靠自修，自省，所谓"一日三省吾身"，所谓"内圣外王"："儒家所谓圣人，就是最能了解自己，使生命成为智慧的。普通人之所以异于圣人者，就在于对自己不了解，对自己没办法，只往前盲目地机械地生活，走到哪里算哪里。所谓'从心所欲不逾矩'。"②

但是这种完全依靠自我反省的人性确实不大可靠，因为他没有一个可以监督的、独立的第三者，没有一个终极的仲裁者。所以其中人性阴暗面常常不能控制。相对西方宗教而言，刘震云对在中国已经长期存在的佛教和道教在现实生活中扮演的角色也是排斥的，甚至是否定的。因为这些宗教并没有教人以实际的行动抵抗灾难，只是教人忍耐、把生命寄托在虚无的来世。如刘震云就认为佛教是麻醉人的思想的。它与统治者一道，让灾难中的百姓听天由命、教人修行，教人忍辱、包容、宽容。这种佛教的教义在几千年与专制权力的合谋中，在培养奴性人格的过程中发挥着积极的作用。如《温故一九四二》中：

① 梁漱溟：《中国文化的命运》，中信出版社 2010 年版，第 30 页。
② 同上书，第 17 页。

记者张高峰记载：河南人是好汉子，眼看自己要饿死，还放出豪语来："早死晚不死，早死早托生！"

娘啊，多么伟大的字眼！谁说我们的民族没有宗教？谁说我们的民族没有向心力，是一盘散沙？我想就是佛祖面临这种情况，也不过说出这句话了。委员长为什么信基督呢？基督教帮过你什么？就帮助你找了一个老婆；而深入中国人灵魂深处的佛家教义，却在一九四二至一九四三年，帮了你政治的大忙。

西方的天主教和基督教都是关注在世的苦楚，对活着的人同情、帮助，而中国的佛教、道教只是追求超脱，只是自己精神上的自我麻醉，让人忘掉此生的苦楚，安于现状，不反抗，寄希望于来世，或者是超脱和置身事外，这也是专制统治者愿意看到的，这大概是中国佛教和道教能够长期繁荣的根由。刘震云对中国的宗教精神以反讽的形式作了解构，但仅仅解构了中国传统的宗教观，并非宗教这种精神现象本身。

第三节　刘震云的宗教观

刘震云小说的内容大多是展示社会的普遍性现象、感受，并通过对比诱导读者对这些现象和感受追根溯源。20世纪90年代以来，因为这个时代的复杂化，一方面传统价值体系的崩溃，新的价值体系建构的失败，让个体的精神无所归依；另一方面商品经济时代物质和金钱对人的精神进一步的异化，人已经成为物的奴隶。当然很多人已经麻木于这样一种社会状态，每天只是努力工作和挣钱，无暇顾及精神生活，无暇顾及传统亲情、伦理，没时间似乎也没心情享受天伦之乐。个体这样做都有充足而现实的理由：为自己、为家庭、为孩子提供尽可能多的物质基础，殊不知，现代人缺少的不仅是物质财富，更为缺乏的是自己的精神憩园。直到有一天病倒了，或晚景凄凉，才发现自己用物质构建的人际关系原来如此不堪一击，自己一直的追求是多么荒诞可笑。

刘震云近年的作品逐渐开始思考这些问题。尤其表现在《一腔废话》《一句顶一万句》中。刘震云自认为他的作品都是成体系的，都是对一个问题进行的连续性的思考，如"官场系列"中的《头人》《官人》《官场》；"一"系列如《一地鸡毛》《一腔废话》《一句顶一万句》；还有"故乡系列"等。《一地鸡毛》只是他的前奏，展示了人在这种社会环境下，没有追求，整天只是纠缠于柴米油盐，满足于一只烤鸡一瓶啤酒的生活。当然，当时刘震云只是对于社会现象的一种呈现，如他所说，他只是想做一个生活的搬运工，把生活不加改造，搬到作品中来。也因此我们在他的作品中看到了生活真实的一面，再和传统现实主义作品相比较，才发现原来的"现实主义"都是加工过，理想化的，或者为了某种目的的、作为修辞的叙事。

《一地鸡毛》中小林最后躺在落满鸡毛与皮屑的床上感觉很舒服当然是个隐喻，对此很多学者解读为小林习惯于日常、凡俗的生活了，小林的理想消弭了，这样解释当然不错，但是这只是表层现象。我们可以试想，长期下去这样的生活能够让人很满足吗？因为他们似乎习惯了当下，而当下终究还要改变的，并且未来的社会变化越来越快。在90年代之前中国的变化还不明显，90年代以后，中国的市场化开始冲击到每一个人。此时每次民众都面临着新的思潮的冲击，面临着心灵的转变，这里面总会有个体应付不了的苦难发生。

《一腔废话》对此作了进一步的思考，他以寓言的形式向我们演示了未来社会演变的可能性和个体在其中沦陷的必然性。在这种情况下，个体必须做出选择，在结尾的时候，居住在"五十街西里"人们在主持"水晶金字塔"里老杜等人的主导下去寻找疯傻的原因，结果疯傻的原因没找到，人在这些主持人的鼓动下陷得越来越深，从"人"变成"影子"，变成"木头"，变成"鸡"，变成"风湿"，甚至变成"破烂和垃圾"。有人认为这是对现代影像时代各种影视节目的影射，其实何止呢，整个人类社会的发展不都是这样么。每个时代开始，统治者都会给民众许下诺言，但大家跟着他奋斗到最后，却常常发现情况不是更好了，而是更糟了！这便意味着，所谓的"追求"并没有改变生活状况，尤其是没有带给人精神富足。这正应了卢梭那句断语："人是生而自由的，但却无往不在枷锁中，自以为是其他一切的主人的人，反而比其他一切更是奴隶。"① 最后提到三个姐姐一个皈依了佛教，一个皈依了真主，一个皈依了基督。这里他实际上是把这种飘荡浮躁、在各种鼓噪中丧失了自我的灵魂置于宗教的范畴之下。

《一腔废话》中老叶的"乳白色"和"牛奶色"的理论应该象征的是一种理想主义天空，象征着平静、闲适。这里当然应该也是宗教对人的诱惑，因为个体孤独、寂寞的内心一直在试图寻找一个可以依附的港湾。但这种"皈依宗教"式的寻找在此时的刘震云看来不过是进入了下一轮的轮回，是无意义的。

《一句顶一万句》中他似乎沿着宗教的思路又做了进一步的思考。《一句顶一万句》结构上就是模仿《圣经》故事中摩西"出埃及记"，设置了上部"出延津记"和下部"回延津记"，写了杨摩西和牛爱国在不同时代对个体生存的感受。刘震云在《一腔废话》中的宗教无意义的观点此时有了改变。在刘震云笔下，西方天主教在中国似乎遭遇很尴尬。老詹在中国传教几十年，所收门徒寥寥无几。老詹一直在努力劝人入教，他遇到杀猪的老张。老张问他入教有啥好处，他说可以让你知道你从哪里来，到哪里去？老张说我现在就知道呀，我从张家庄来，到李家庄去杀猪。老詹说，主会让你知道你是个罪人！老张马上就急了，我还没见过他呢，怎么就说我是个罪人呀？这个场面看似滑稽可笑，类似于漫画的笔法，但刘震云确实很真实地刻画出中国世俗心理与西方宗教观的冲突。

宗教真的能够解决我们的精神归宿问题吗？其中的老詹的努力和结局暗示了刘震云此时的宗教观。宗教在西方确实起到了安抚个体灵魂的作用，但在中国怎么样呢？

在《一句顶一万句》中，刘震云试图传达出每个人内心的共同隐秘，即人物似乎都向往一种"虚构"或假想的温情，对当下则持一种逃避的态度。因为现实中人和人之间太冷漠，不要说与外人之间，

---

① ［法］卢梭：《社会契约论》，何兆武译，商务印书馆2010年版，第8—9页。

就是兄弟、父子之间，都是幸灾乐祸，落井下石。我们常常看到刘震云笔下的人物关系。杨百顺丢了羊老杨解下皮带要打他，而哥哥杨百业、弟弟杨百利则在一旁偷笑；之前《爹有病》中，"我"因为爹的病被责罚，那个"哥哥"也是在爹旁边看热闹；《故乡面和花朵》中"我"被打成"右派"了，父亲看到名额里没有他，也大松了一口气；白石头要被烤着吃了，他的父亲白蚂蚁也拿着碗筷等着挤着要分上一块。在刘震云作品里人与人的现实关系是冷漠无情的，因此我们看到他的作品中人大都倚仗一种"虚拟"的东西而活着。杨百顺和李占奇喜欢看罗长礼喊丧，自己的理想也是做罗长礼那样的人；杨百顺在现实生活中不管是磨豆腐、杀猪、还是染布、在竹业社都是应付和被动的，没有干好过，唯独舞社火时让他演阎王却演的顾盼生辉，把阎王演成了潘安。无独有偶，杨百顺的弟弟杨百利也是对现实的工作不感兴趣，他感兴趣的是和牛国兴"喷空"，二人因为"喷空"成了很好的朋友，却因为现实中道义关系反目成仇。而杨百利后来跟着铁路机务段上的老万离开延津，老万要给杨百利介绍工作，原因也是两个人可以"喷空"；县长老史喜欢看锡剧，而老鲁没事却喜欢脑子里"走戏"，其他类似的还有很多，如养个宠物什么的，这些都是源于现实生活中人与人之间的隔膜，而他们的精神又需要找到凭借，便只有在自己想象中虚构一个生存的环境，一个交流的对象，其中工作和生活倒成了次要的内容，精神生活成了最主要的内容。这个方面与信仰宗教者把灵魂寄托给虚无缥缈而又大而无当的上帝或真主具有类似的作用。如县长老史的分析认为，"社火又与一出戏不同，戏中只有几个人在变，现在一百多人都比划着变成了另一个人，这就不是静不静的事了；如全民都变成另外一个人，不再坚持原来的那个，从此就天下大治了"。①

　　事实上，一直思考到当下，刘震云仍然没有否定宗教的作用，他只是认为中国人追逐实际利益的世俗心理与西方内心里追求灵魂安宁的理想主义存在着相当大的冲突。这里老詹没有发展到很多门徒，在

---

① 刘震云：《一句顶一万句》，长江文艺出版社 2009 年版，第 120 页。

传教的过程中算是失败的，但刘震云认为老詹对真主的信仰的虔诚却使自己灵魂得到了安置。在这样的情况下，他一直在设计一个教堂，这个图纸在老詹死后被吴摩西发现了，吴摩西被老詹感染了，费尽周折，终于用竹篾扎起了一个教堂模型。这样一个情节大概带有作家的理想主义情节吧，刘震云希望西方的宗教精神对中国的民众有所影响。

因为中国人世俗心理如此之根深蒂固，宗教那种让精神直面虚无，从而解决好人的空虚和孤独问题的良好意愿，很多时候似乎变得有心无力。况且集权专制下的宗教常常成为权力的工具，成为统治者麻痹民众的帮凶。如同邓晓芒所说："……上帝和灵魂不朽这两个理念是和道德律的根基即自由理念不可分的，是以自由为前提才被确信的。但以往的宗教学说却撇开自由而单从那两个理念而建立道德信仰，这是注定要失败的，它们提供的对最高存在者的本体论的、宇宙论的和目的论的证明，以及对不朽灵魂的心理学的证明都是不能成立的。"① 这种做法是完全违背宗教初衷的，但面对这种社会实在时，我们只能承认宗教的有限性。因此存在之思，即面对人在当下的存在困境，思索如何自由选择和承担选择引发的责任的问题就显得很重要了。

---

① 邓晓芒：《冥河的摆渡者》，云南人民出版社 1997 年版，第 136 页。

第八章　关于存在

宗教主要是解决人类个体的精神依归问题，精神之所以需要这样一个庇护所，需要一个彼岸，是因为每个被抛在世的个体在这个世界是脆弱的、孤独的，对周围的环境是恐惧的。这个问题应该是自古存在的，并且在远古时期因为生产力的低下，这种心理应该更加凸显。但为什么人对于精神归宿问题的忧虑似乎从中国近些年，在西方也是19世纪末期才开始显现呢？

这是因为在传统社会长期的历史发展中，人类已经找到了那种精神皈依的途径，在西方的表现便是宗教，尤其是基督教，他们把上帝作为自己精神依托的对象；在中国的表现则是儒家伦理，他们在那种建构的伦理关系中，把家族和祖先作为个体精神依托的对象。多少年来他们从来没有怀疑过，但随着现代工业文明的到来，科学技术的发展解构了宗教所依托的那份神秘和无限；而中国的伦理思想也在"五四"期间受到冲击，在"文革"期间又遇到颠覆。人类又试图用科学主义建构一种现代的价值体系。但事实上这种价值体系的建构随后被证明并不成功。工业和科技发展对地球环境以及人文环境造成的破坏已经成为一种无可回避的事实。此时新旧价值体系的更替并没有顺利完成，人忽然发现在这个世界上没有什么可以依附，忽然发现自己被抛于寂寥的荒原。① 于是人在"上帝死后"，紧跟着"人也死了"，人失去了作为人的完整性，以一种碎片化的状态存在着。那种孤独感、焦虑感自然日益突出。存在主义便在这种背景下应运而生。

---

① 林存阳、刘中建：《中国之伦理精神》，四川人民出版社2000年版，第180页。

当然，因为中国现代科技的发展相对于西方的滞后性，中国这种存在相关的感知要比西方来得晚，西方存在主义产生于"一战"后，盛行于"二战"后。一方面是因为现代科技对传统神学的解构，另一方就是看到现代科技对人类造成的巨大灾难。他们在丧失了天国的精神归宿之后，在现代社会也不能找到依托，失去了家园感，人沦为机器生产和管理体制的一部分，丧失了完整自我，存在主义在此基础上产生，而中国伦理社会的全面解体可以说在 20 世纪 80 年代后才真正开始，个体也是从那个时间后开始出现类似于西方那种孤独和焦虑的情绪，一种对于现代理性的怀疑、对于偶然性世界中个体存在无意义的忧心。而此时，西方却已经在经济发展与人文精神的重建中摆脱了存在主义那种虚无、焦虑的情绪。

第一节 存在之思

威廉·巴雷特总结存在主义时说："随着现代时期的到来，人进入他的历史中的非宗教阶段，……人的没有归宿的感觉，异化的感觉已经在官僚化的与个人无关的群体社会中加剧了。他终于感到即使处在他自己的这个人类社会中，他也是个外人。……在一个只要人高效率地履行其特定的社会职能的社会中，人就变得等同于这个职能，他的存在的其他部分则只允许其抽象地存在——通常是被投入意识的表层之下并被遗忘"。① 这便是对存在主义产生背景和表征的一种描述。在中国，刘震云对于存在的思考也是在随着时代的转型越来越清晰和突出。摩罗认为作家一般要解决两个层面的问题：第一层是如何面对我们生存于其中的外部世界；第二层面的问题是：一个人该怎样面对自己的生命。刘震云前期的作品属于第一层面，后期属于第二层面。② 这句话应该说把握了刘震云创作思想发展的两个阶段，但这样截然分

---

① ［美］威廉·巴雷特：《非理性的人—存在主义哲学研究》，商务印书馆 1995 年版，第 34—35 页。
② 摩罗：《喜剧姿态与悲剧精神——从王朔、刘震云、王小波谈起》，《社会科学论坛》2002 年第 1 期。

明的划分并不确切。刘震云是在对个体本真的寻找中，辗转从权力、伦理，经过历史和故乡的时空探索才回到人的本真，并从这种本真出发，思考个体存在困境中的出路的。这中间不只是空间的转移，更是随着历史的发展在转变关注的视角。刘震云也曾经谈过，20 世纪 80年代之所以关注权力，因为那个时代之前中国是一个权力单维时代，而那之后，特别进入 20 世纪 90 年代后，权力社会中又加入商业因素，社会情势更复杂了，思考的角度自然也就发生改变了。关注的视角和对象尽管变化了，但刘震云寻找人之本真的出发点却从没有改变。

刘小枫在评论萨特的存在主义思想时说："确认了世界的空虚。只是问题的开始。人必须找到世界的意义，而非世界的空虚。如果因为世界的本相即虚无就否弃对现实意义的要求，无异于肯定现世的虚妄就是意义，世界之外的价值无法透入到这个世界。如果肯定这一点，就得承认放弃生命的要求是合理的。"① 尽管刘小枫说这些话时是出于对萨特的批评，但他也承认世界的空虚，人生的虚无，因此也就必须为这种空虚寻找依附，附加意义。只是不同个体附加的意义不同、并且这种意义也有临时性和终极性区别而已。

从早期《模糊的月亮》中八爷的命运中已经可以看到某种迹象。八爷曾经引以为傲的种地的好把式在商品经济时代已经不适应了；坤山父亲从支书位置上退下来后整天借酒浇愁，就如同《芙蓉镇》中的王秋赦，曾经在"文革"中叱咤风云的人物在"文革"后失落了，整天喊着"革命了"变疯了。有人曾对比过中西方的宗教，西方人具有宗教情结，而中国人却缺乏这种意识。因此西方人在宗教信仰中找到了灵魂的安慰，而中国人却不能，因为中国人没有信仰，中国人的寄托在伦理关系上。刘震云也做过这方面的思考，他在访谈中也谈了自己对中西方信仰差异的理解。西方人信仰上帝，他心中不安时，他把内心隐秘说给上帝，这是人与神的交流，上帝不会说出去；但中国社会是一种人和人之间的关系，他把隐秘说给他人时时常会被出

① 刘小枫：《拯救与逍遥》，华东师范大学出版社 2011 年版，第 53 页。

卖,于是或者不说,只有憋在心里,感受孤独的煎熬。这是中国人为什么感到孤独的原因,所以连鲁迅也感叹:"人生得一知己足矣!"

个体需要一个对象来确认自己的价值,从而达到自己精神的富足和平衡。但这个对象如果是外在的,如一个时代、一种意识形态、一些财富甚至技术都是不可靠的,他只能提供给你物质的满足,并且这个外在的价值审判终究会改变,因此便显得不安全,所以这个平衡点最好建构在内心。毕竟这是一种精神层面的东西。于是对存在的思考便是水到渠成的结果。

王春林认为刘震云《一句顶一万句》的风格与赵树理的很接近。并认为该小说具有存在主义色彩。按照存在主义哲学的解释,作为一种生命存在的人是"被抛到这个世界上来的",不仅生命的诞生身不由己,而且生命的存在本身也是身不由己的。总之,"被抛""被动承受"正是理解存在主义哲学与文学不可或缺的关键词。由此来观看杨百顺的苦难人生,其中明显地表露出了一种存在主义的意味,应该是一件无可置疑的事情。虽然存在主义哲学与文学思潮在西方的鼎盛时期是20世纪60年代,但从更为开阔的一种视野来看,自从存在主义的基本观念形成以来,存在主义思想已经成了西方诸多现代文学作品的基本底色。放眼当下时代的世界文坛,许多优秀的小说作品都强烈地表现出了一种存在主义的思想色彩。诸如奈保尔、库切、耶利内克、大江健三郎、帕慕克、凯尔泰斯、村上春树等一批拥有世界性影响的作家,他们的那些代表性作品中,都十分鲜明地具有存在主义的思想内涵。即使在鲁迅先生的好多小说作品中,也多少表现出了一些后来被称为存在主义的思想况味,尽管,在鲁迅的那个时代,作为一种思潮的存在主义在中国还没有能够形成。可见在世界文学的时代,关于究竟怎样的作品才算得上是真正优秀的文学作品,实际上存在着一种普适性的共识。然而,从当下时代中国文学界的基本状况来看,却很少有作家可以在他们的文学作品中自觉地体现出某种存在主义的色彩来,这多少是一件令人感到遗憾的事情。从这样一个角度看来,刘震云的这部通过对乡村世界中人与人之间日常言语活动的描写而凸显出一种形而上的存在主义意味的长篇小说，当然应该得到充分的肯定。① 这里或许能看出刘震云努力的方向。

然而关于当下中国很少有作家在他们的文学作品中自觉地体现出存在主义色彩这一说法还欠妥，因为关于存在主义色彩，或者说"存在"感，即意识到个体被抛在世的孤独和无助感觉，是随着人主体意识的发展产生的。这种主体意识的觉醒则是现代社会的产物，是随着"上帝死了"之后，人们在用现代技术改造自然的时代内得以发展壮大。但很快又在现代工业和技术之下被扭曲和压抑，感受到技术现代性给人带来的精神萎缩。从而开始意识到并思考人作为此在被抛在世的命运。这种存在思潮在西方兴盛于"二战"后，在中国到目前为止是否有存在主义还存在争议。但是在一部分人的感觉中，这种存在之孤独感已经是非常的实在而及物了。至于鲁迅 20 年代的作品中就有存在主义色彩这一点也不奇怪，我们说 20 世纪 60 年代存在主义思潮在西方兴盛，只是说其理论的发展。而我们就人类的发展史来看，任何一种理论的兴起都是在已经有了相当充分情感和生活体验之后的，都有一个从自发到自觉的过程。就如同我们没有给世间万物命名之前，他们已经客观地存在着，并不是在我们命名之后才出现一样。这里只能说鲁迅在对时代和自身此在感比较敏感的人，他在这方面又走到了时代前面。而刘震云在 80 年代的作品中其实已经看到了这种存在之思的迹象，只是当时可能是自发的，而最近几年随着现代社会中孤独感的逐增以及存在主义理论的引导，则是把这种存在之思上升为一种自觉的行为。

如果说《一地鸡毛》时期，刘震云对于存在困境解脱方式的寻求还是限于融入俗世的消极方式，"世界说起来很大，中国人说起来很多，但每个人迫切要处理和对付的，其实就是身边那么几个人，可以琢磨的也就是那么几个人。""不要异想天开，不要总想着出人头地，就在人堆里混，什么都不想，最舒服"，一种肤浅的、破罐破摔，于

---

① 王春林：《围绕"语"言展开的中国乡村叙事——评刘震云长篇小说〈一句顶一万句〉》，《南京大学文学院学报》2011 年第 2 期。

事无补的一时心得和义气之举。在《我不是潘金莲》中，他已经试图通过积极的方式来实现个体存在于世俗困境中的救赎。

当然从这种消极避世到积极超越的认识发展是有一个过程的。《温故一九四二》中河南的灾民在国民政府放弃灾区、任灾民自生自灭，而占领河南的日军却拉来面粉对百姓进行救济的情况下，河南的老百姓帮助日军下了国民党部队的武器。这种行为被一些人曾定义为"叛徒""汉奸"的行径，但刘震云对这种行为作了反思，其中人物的话其实也道出刘震云的答案，在爱国爱政府却等死与投降获得救济而活下去之间选择，"我"也会选择活下去。这也是对民族国家政权无视个体生存权的一种指责，这点上萨特也做过类似的思考。萨特在为他的一部剧本文集写的序言中有这样一段话："无论处境如何，无论置身于何处，一个人总是可以自由地选择是否成为一个叛国者的……"这是对于人类最普适性的价值——生命价值的尊重，源自于一种人文主义精神，是一种超越种族、国家等权力话语的人文精神，正是与此相关，萨特曾论证"存在主义是一种人道主义"。

尽管萨特在后来的回忆文章中对此也进行了反思："当我读到这句话的时候，我自言自语道：这是难以置信的，而我确实相信过它！"但在另一处，他写道："我快活地描写了我们的不幸状况。作为一个独断主义者，除了不怀疑我是怀疑的选民，我怀疑其余的一切；我一手在建设，也一手在摧毁。"[①] 可以说萨特对于政治游戏一直都抱着怀疑的态度，这种游戏一直把人的生命视若儿戏或政治游戏的赌注，作为个体在面临抉择时，首先选择活下去是不应该受到指责的。这与刘震云在冲破传统文化束缚的过程中怀疑一切外在的价值观，甚至怀疑自己是不是仍没有走出这种传统文化的包围如出一辙。这种怀疑来自于时代带给人的困惑感和破解这种困惑而进行突破常规思考的心理动机。

这方面《一腔废话》中老马最后寻找的结果或许也能给我们

---

① ［美］理查德·沃林：《文化批评的观念》，商务印书馆 2001 年版，第 197—198页。

启示：

> 人们疯傻的原因不是因为心，那就一定是因为魂。心是客观的——心是肉长的，魂才是主观呀，五十街西里速度加快了，一个世纪越转越快，人更渴望自己变成别人——也就是弃我，就好像刚才我渴望变化一样；可在自己变成别人的过程中，大家我没弃好，魂却顺着自己和别人的缝隙飞走了，溜走了，像一股烟一样飘散了。自己不是自己，别人不是别人，你不是你我不是我，非驴非马和不上不下——魂都没有了，魂在梦中飞走了，人还怎么活呢？除了疯傻，就是疯傻！

这段话是对近年来时代转型过快，人在转型过程中不能跟上时代和及时转换自己的价值体系，从而失去价值判断的演绎，疯傻便是无所适从的表现，是人性中的异化。也是对中国当下整体的情势的定位，包括在电视节目中，很多节目都是在装疯卖傻，看似热闹，其实上缺少基本的人性关注。他不是让人找到和认清自己，而是让个体对于自我的认识更加模糊；不是揭开了历史的面纱，而是为历史又罩上一层新的布帘。

关于存在的思考在刘震云作品中体现，准确地说是从《一句顶一万句》。我们之所以思考这些周围的问题，还是我们对自身个体的存在产生了困惑，而很多情况下困惑的解决单靠求助于困惑本身是行不通的，必须寻找外围的相关的存在。刘震云也是对这个世界思考一圈之后终于又回到了原点，即他思考过了历史、权力、故乡、伦理和人性之后，自然而然地会想到，这一切都是为了什么？当我们思考这些现象的本质以后，发现原来这些现象都是围绕人而发生和发展的。我们思考这些原来都是出自对自身存在的困惑，这就又回到了那个经典的"天问"，我是谁？我从哪里来？我存在的意义是什么？或者我为什么苦恼？苦恼的根源是什么？这些思考不同的哲学家有不同的解释，而刘震云这里明显倾向于对生命个体的存在困境的思考。

这个思考的过程原来就是个体冲破由权力和伦理主导下形成的传

统文化束缚，摆脱被他者异化的状态，回归到本然状态，进而重新为个体存在进行定位和评价的过程。一种思考当然不会突然间出现并进入深刻，事实上刘震云前期的思考都是一种积淀，但这种积淀达不到一定的程度还不明确自己到底想要的答案在哪里？前期的刘震云在到处试探，先是把这种困惑的原因"故乡系列"之前归于权力，在《手机》中又归于历史的发展和时代的变化，继而在《我叫刘跃进》中归于偶然、不可控的事件，直到《一句顶一万句》才真正转移到人的困惑是因为找不到合适交流的对象，这是孤独的本质。这个过程中他也先后思考了人性、伦理、宗教等问题，但似乎这中间都没能根本解决他的困惑。似乎可以说，对于存在的思考，只是他寻找到一种摆脱困惑的路径之一。

刘震云对于这个思考的过程是颇多感慨的："想起温暖的朋友和往事，还有那些冰凉的现实，当你们想聚首一隅相互诉说时，也往往是一语未终，潸然泪下。甚至你对往事的真实过程发生了怀疑。你变成了一个存在主义者。你对许多简单的话语想做幽远和深情的注释。"① 可见，刘震云自己也承认，他已经成为一个存在主义者了。

第二节　孤独感

萨特认为："我们是一群局促的存在者，对我们自己感到困惑，我们之中谁也没有理由在这里，每个存在者都感到不安和泛泛的惶惑，觉得对别人来说自己是多余的人。"② 这个理儿的源头就是大部分个体都是从自己的立场出发自为性思考问题，从个体立场看，一切似乎合情合理，不存在谁对谁错，但是就是这种看似合情合理的自为性行为，却成为他人生活的深渊。

直到近几年，刘震云终于把这种困惑的原因归到个体的存在上了，就像一个大坝中水越涨越高终于找到出口喷泻而出。被抛在世的

① 刘震云：《我对世界所知甚少》，《时代》1998年第5期。
② ［法］萨特：《论存在的无奈》，《超越生命的选择》，长江文艺出版社2009年版，第134页。

孤独感是存在主义的一个显著的标志，《一句顶一万句》中把一个人的孤独感表现得淋漓尽致。里面所有的人都在寻找，不是为了挣钱或寻找当官，只是为了找一个能说得上话的人。杨百顺在家里与父亲、与兄弟没话说，他的梦想是像罗长礼那样，替人家喊丧，但他父亲只想让他帮忙做豆腐卖豆腐，终于有一天他在家里呆不下去，逃出了家庭。先后跟着老曾学杀猪、在老蒋染坊里挑水、跟着老詹信主，被取名杨摩西、到老鲁的竹业社破竹子，之后在县政府院里种菜时倒插门和一个刚死了丈夫、开了个馍店需要人帮忙的女人吴香香结婚。杨百顺一路寻找的不只是找工作，他跟着他爹老杨就可以工作。他在找一个可以和自己说得上话的人，只有找到巧玲才让他的生活开始出现了生气；杨百利则为了找一个能喷空的先跟人到铁器厂，又跟老万到火车上当司炉；老汪则因为寻找合适的人说话，每天中午到野外乱转。下篇牛爱国则因为和妻子庞丽娜没话说，庞丽娜出轨，他一人苦闷着到处找曾经的能说话的战友，却发现曾经的战友和朋友都已经无话可说，直到他遇到开饭店的章楚红。因为这种孤独感的表达，该书被炒作为"千年孤独"，虽说夸张点，但并非没有缘由。当然《一句顶一万句》只是刘震云把"孤独感"当作一个主要表达对象的努力，他从此在经过对周围权力、历史、故乡、伦理周围的种种关注思考过之后，终于开始关注个体本身。这时刘震云才发现，个体的感受才是最重要的，人的存在才应该是所有一切的重心和中心，其他的一切都是在围绕着这个中心。也就是说，刘震云到此才算打蛇找到了七寸。

但刘震云对于孤独感的留意并不是从这里开始的，他在《故乡面和花朵》中提到的二姥爷已经表现出了很强烈的个体存在的孤独感。二姥爷在家里也是没人说话，每天与一头牛相伴，有话都说给那头牛，可有一天那头牛死了，他也就从家里出走了，再也没回来。从这点上看，刘震云关于存在思想的萌芽在"故乡系列"中已经出现。

《我叫刘跃进》中这样描写刘跃进与任保良的结识：一天刘跃进到县城买猪娃，"他有一个中学女同学叫李爱莲，李爱莲有一个姑家的表哥叫冯爱国，也住在监狱。李爱莲知道刘跃进的舅舅在监狱当厨子，便托刘跃进给冯爱国往监狱捎了一只烧鸡"。刘跃进在县城买过猪娃，去了监狱，把烧鸡交给舅舅牛得草。牛得草把冯爱国从号子里叫出来，把他带到监狱厨房，把烧鸡扔给他，让他蹲到墙角去啃。待烧鸡啃了一半，号子里有人喊："我叫冯爱国，我叫冯爱国。"牛得草这才知道在厨房啃烧鸡的不是冯爱国，是河北的任保良。这段话尽管有点绕，但我们还是能够感受到，任保良孤独的内心。他之所以厚着脸皮冒充冯爱国去接烧鸡，绝对不只是为了吃烧鸡，而是因为，平时没人看他，心里很苦闷，想去凑热闹而已。《我叫刘跃进》本来是有意为电影量身定制的一部作品，这篇作品中刘震云更多关注的是情节与结构。对于存在主题的表达应该是放在次要的地位了，但此时经过《故乡面和花朵》后又几年的思考，刘震云似乎更加强烈地感受到个人存在的孤独，空虚和无话可说，才明白之前的"一腔废话"无非是在掩饰这种孤独，假造一种热闹的气氛，而这种痛彻骨髓的孤独，才是一个人最真切的感受；而一个人最为渴求的莫过于一个可以交流的人，一个能理解自己的人。如同郑智化那首《单身逃亡》的歌词："一个人在逃避什么，不是别人是自己，一个人在害怕什么，不是寒冷是孤寂。"刘震云似乎也就是从此确定了关于"存在"才是以后写作的重点，并把这种意识融入到自己之后所有的创作冲动之中。

　　现实中孤独的个体只是想寻找一个可以说得上话的人，其实就是能理解自己的人，这个要求按说不算奢侈，但对于一个个体来说，这个愿望却极难实现。"人生在世，得一知己足矣"，看来这种知己难求的惶惑已经由来已久了。正因为知音难求，杨百顺在巧玲被人贩子拐跑后发疯一样地寻找，实在找不到，再也不想返回延津了。牛爱国也是在错过章楚红后，才发现错过一个说得来话的人等于说错过了一生。

　　相比杨百顺和牛爱国曾经遇到过一个说得来话的幸运，很多人就没有了这种幸运。刘震云作品中很多人遇不到知己的人，便只有把动物当作知己，当作一种精神慰藉。除了上文提到二姥爷与牛的关系，还有《我叫刘跃进》的房地产商严格，严格高兴时爱跟马在一起，认为马总比人有道德；鸭棚里那个曹哥则爱养鹦鹉。到《一句顶一万句》中那些喜欢与动物待在一起的人就更多了。上部中染布的老蒋养个叫着金锁的猴子，下半部那个汽修厂的老马也养猴。现实中刘震云也养一只狗，另外，刘震云也提到，他更喜欢和作品中人物待在一起，因为他们没有现实中人的凶险，大概也是刘震云现实中类似的心境吧。

每个个体都生活于空虚孤独的状态之下，他们需要通过确认自我价值才能达到心理的平衡与充实，感受到生命的价值和意义。为此，个体的一生在左冲右突，上下求索，他们这种求索行为的群体形象便形成了我们这个忙碌的社会；他们对自己求索过程的书写，便构成了人类社会的历史；他们在其中上下求索的空间便是他们的故乡。

第三节　自我确认的方式

按照存在主义观点，作为被抛在世的个体，每个人都生活在他人组成的地狱之中。他孤独、空虚，他试图寻找一种摆脱这种状态的途径，找到一种可以证明自己存在价值的途径，他们一般都通过自为的方式来证明自我。可以说世界上众多现象的根源在于个体感受到孤独并希望通过某种"自为"来解决这种孤独，如争夺权力，争夺话语权，信仰宗教，确立伦理秩序，甚至历史的重复也都是个体在试图解决这种孤独感时的阶段性行为造成的。于是存在的孤独感成了解释这个世界大部分现象的源泉。

或许从唯物主义的角度来看，这种判断是违背了物质第一性、意识第二性的原理的。但从中国传统社会中民众和个体的现实表现来看，精神方面渴望的被接受、被承认或者寻找到依托的渴望很多场合下是超越了物质追求的。比如说人在特殊情况下所谓"饿死不受嗟来之食"，因为那种食物的给予是带有蔑视性的，不能安抚那颗孤独之心。中国历史上为什么会有"易子而食"的事情发生，或者为什么一些人能够认可"饿死事小，失节事大"的悖论，为什么即便那些有识之士如诸葛亮、岳飞等人都曾经在即将取得胜利时候，接到皇帝调回的圣旨而不得不回，因为他们内心信奉一个"忠"字，所谓

"君叫臣死，臣不得不死"，因为这也是成为"三纲五常"所谓伦理底线的一部分，而伦理底线又被长期灌输形成了民众的集体无意识，如果违反了他就成为一个异端、将受到千夫所指，那是一种极度的孤独。所以他们宁死也不愿意碰触所谓的"社会底线"。

在这点上可以看出对于很多人来讲，精神桎梏有时甚至超出物质的诱惑。张光芒也曾经谈到过自己的观点，北岛诗"卑鄙是卑鄙者的通行证，高尚是高尚者的墓志铭"描述一个时代的黑暗与不公，而到了现实生活中这种不公似乎更甚，应该是"卑鄙是高尚者的墓志铭，高尚是卑鄙者的通行证"。因为前者至少可以让一部分愿意为真理、理想奋斗的人牺牲自己的生命，最终博得一个高尚的名声，而后者是即便你牺牲了，你的墓志铭上刻的仍然是卑鄙。这是一种对传统价值观最大的解构。他彻底摧毁了传统社会人们的价值体系，人们的精神支柱。可以说精神归属，价值确认对于人的个体是如此重要，从这方面来说精神没有归属，自我价值不能确认，存在的孤独感和虚妄感在中国民众心理中的阴影甚至大于生命。

获得话语权是自我确认的方式之一。这里的权力和政治或许可以概括为权力话语，所谓的权力其实上就是获得了话语表达机会，有了话语表达的机会就有了展示自我的机会和屏蔽别人的机会，也就掌握了在某一主题下或利益圈内的主动权。刘震云在创作中最先把握了这个人生的道理，他作品中的人物如《故乡面和花朵》"四只小天鹅独舞之一"到"四只小天鹅独舞之四"、《一腔废话》中的整部作品中，搓背老杨、卖白菜的小白、妓女小石每个人物都是如此，有了话语权之后口吐莲花，而大众都被他们带进一个又一个的陷阱，从而在困境中越陷越深，不能自拔。曾经有人把《一腔废话》评论为时代电子媒体对人性的遮蔽，这里面有一定的时代感，也有一定的道理，但其中的意味绝不仅仅是寓言电子媒体时代对人思想的摧毁可以涵盖的。

由于权力可以实现如此多的目的，满足如此多的欲求，所以对于权力的追逐成为大部分人的世俗理想，因此权力也成为影响生活、扭曲人性、伪造历史的罪魁祸首。正因为权力所引起的世俗骚动如此之大，刘震云在前期才首先注意到它，认为解开了权力就解开了人生困惑的密钥。到最后才发现，"追逐权力"这种行动本身只是现象，本质是还掩藏在之后的人的存在及其孤独和虚无感。

但并非所有人都能够通过获得权力来确认自身存在的价值。现实生活中每个人证明自己存在的方式不同而已。周围很多现象都在阐释这一论断：干了一辈子农活的农民，到老了如果让他闲下来很难，因为那是他的基本存在方式；有人用追逐权力，以获得更大权力来证明自己存在的价值；有人用积累更多的财富证明自己；有人用吃证明自己的存在，有人用赌，有人用学术；学生甚至用考试来证明自己的存在；当有人在现实世界中不能证明自己存在的价值时，他会诉诸虚拟世界，比如一些人沉迷于网络游戏。这时你不好说他好逸恶劳，他只是在其中得到充实，尽管这种充实是一种虚假的、暂时的。

确认自我存在价值莫过于有一个理解自己能说得来话的人，然而这样一个微末的目标却如此难以实现。最让大家不可思议的，也反映了这种孤独感达到了令人绝望地步的是，很多人在人群中间找不到这种价值确认的对象，转而求助于动物。《故乡面和花朵》三舅爷是因为与自己相依为命的牛的死去离家出走不知所踪的。这里刘震云把三舅爷与牛的关系想象成为一种人兽之恋，因为在人群中找不到可以说话的人，就把牛当作自己的伴侣了。这里关于三舅爷与牛的关系以及关于牛的死亡有很多看似荒诞的描写，三舅爷这样讲述他和牛的关系：

> 她看到我的到来，顾不得吃草，从槽头上仰起头，含情脉脉地看着我。她的目光不是人的目光，她的目光像烈火，她说：我爱你的喉结；我爱你的大胡子；自见你第一眼，我就爱上了你的胡子；我爱你身上扑面而来的气息。这也没什么，但她接着说，如果到此为止，我对你的爱和你们人间的女人还没有什么区别，还不算是一个美丽钟情的小母牛跨过人所规定的界线对世界上存在不多的美丽的爱情的深刻向往，还不算我对你恨之切和爱之深，我除了爱你这些女人也爱的东西，我还有我小母牛对你独特的男性特征的理解：我还爱你跟毛驴一样忧郁的眼睛和叫驴发情

时仰天而嘶的牙齿；你所以被人间的女人们爱，不是因为别的，不仅仅是男性特征明显的问题，而干脆你就是一头叫驴；像叫驴一样嘶嘶而叫的男子，女人怎么会不爱呢？

……

而牛却在一天晚上吃过草之后死了，三舅爷悲恸欲绝。这个三舅爷在刘震云所成长的老庄是有原型的，三舅爷的原型一生和牛呆在一起，牛死后，他从村庄消失了，至死没有回来。很多人不理解这种做法，但刘震云理解。他用这种荒诞化的手法把三舅爷魂魄召回来，实现一种对话。在对话中给我们呈现了三舅爷与牛关系那种默契和两情相悦。当然细节是琐碎的，也是夸张的。刘震云正是通过这种琐碎的细节和混乱的言语传达三舅爷现实中的孤独感。对三舅爷来说，这头牛就是他存在的所有价值和意义的所在，而三舅爷在牛去世后的歇斯底里正是传达了他对这个世界的绝望感。

这当然是刘震云对于个体存在感的理解，这种感受在传达中所用的言语狂欢的形式本身就是一种对所指的解构。这正如刘震云自己曾经说过的，那段时间的他对周围一切都在怀疑，即便自己当下正在想的，他仍然在怀疑是否仍处在别人的阴影之中。于是他才通过这种话语狂欢的形式在建构的同时作自我解构。

第四节　存在与超越

一　存在与超越

在刘震云写作第二阶段的后期，也就是 20 世纪 90 年代末期，在他经过《故乡面和花朵》八年写作过程中，他对中国的权力、伦理以及权力运作的时空，即历史和故乡的全面考察后，他感受到权力在历史中的肆虐、人性在其中的扭曲，特别是人性推动下历史几千年如一日的重复和循环。让每个身处其中的人都无法把握自己的命运，每个人都在偶然性的环境中胆战心惊，如同卡夫卡《地洞》中的小动物一样，惶恐不安地生活着。看不到未来，或未来一片黑暗，这是一种绝望的人生处境。因为绝望，他便试图打破周围禁锢自己的一切，在他这个阶段的写作中我们看到他对于既成的权力和伦理秩序、包括传统的历史观和现实主义观念进行逐一的解构。就像他在作品里发泄式的呐喊：

> "我就是要把灯和理论全部摔碎！"
> "我就是要把灯和理想当作垃圾！"
> "我就是要摸着石头过河和搬起石头砸自己的脚！"
> 一边摔打还一边对被摔打的灯和理论恶狠狠地说：
> "还要你这劳什子干什么！"
> "你害我不浅！"

　　然而当我们赖以维系的所有的价值体系被解构之后，我们的存在会是一幅什么样的图景呢？有人评论他前一阶段的创作，认为："刘震云陷入了前所未有的精神困境。内心的沉重与虚无使创作主体陷入万劫不复的深渊，存在主义的思想内核与解构主义的文本策略也使刘震云陷入了深层次的矛盾中，无家可归感、偶然性，离异感给创作主体带来难以名状的痛苦和焦灼。如何面对虚无的进一步侵袭，如何摆脱绝望、悲观的围追和困扰，刘震云找不到可以凭藉、可以依托的精神领地。"①

　　这种对于个体存在环境及现实和历史的彻底颠覆，意味着我们世俗中所有的努力都是一场空忙碌，都是白费心机，一切的行为似乎都是无意义的。但如果说这种对于既有价值体系的解构和颠覆是一种悲观主义或历史虚无主义却是有失偏颇的。"有人认为谈论人与世界的无意义是一种悲观主义，其实不，它只是一种悲剧精神。它是中国现代主义的悲剧精神，它蕴藏着力与火。"② 刘震云自己也不认为自己是历史虚无主义，他说："不是虚无主义，历史虚无主义这个词儿非

---

① 陈振华、刘学峰：《刘震云的意义及局限》，《淮北煤炭师范学院学报》2003 年第 4 期。

② 程文超：《意义的诱惑》，时代文艺出版 1993 年版，第 149 页。

常的矫情，非常知识分子化！历史的重复和循环看似转了一圈又回到了原点，但它对于身处其中的人意义非常重大。这个世界上不存在没有意义的事，我只是对这样一种事实尽可能客观地呈现"①

刘震云对历史的循环、重复，对权力对人性的扭曲，和人性自私怯懦的客观呈现本身便是对个体存在困境进行拯救的努力。经过第一、第二阶段的上下求索的过程，他终于找到了个体孤独、惶恐的人性根源，就像医生经过各种体检排查，找出了病因，然后开始开方子抓药了。可以说从《一句顶一万句》到《我不是潘金莲》便是对人生进行拯救的努力。这个过程主要体现在对于存在的思考中，他思考了存在者孤独感的根源和因此而来的种种表现。在这个世界上，个体因为意识到自我而孤独痛苦，因为我们把自己同周围的混沌切割开来，缺少了彼此的联系和依靠。所以，当我们回归到集体时会感到慰藉。所以，现实生活中我们发现很多人具有从众心理，发现权力如此随意地支配着个体的思想和行动，发现宗教对于人的精神生活如此重要等。但这种在权力中、宗教中或某个集体中寻求精神寄托的途径并不牢靠。因为他们都是外在的条件，这些外在的条件都不会以个体的主观意念而改变，他们有各自的运行轨迹，就如《故乡面和花朵》中白蚂蚁的一段话："故乡是他家棚子里隔年的蜘蛛网，上边扯着几只干化的苍蝇、蚊子和蠓虫；网子是固定和陈年不变的，苍蝇、蚊子和蠓虫是偶尔撞上去的；棚子是不变的，人就像网上苍蝇、蚊子和蠓虫一样只不过是匆匆过客罢了；遗忘和忽略是大部分的，留在心中和历史上的记忆是偶然的——谁是当年结下这干网的大蜘蛛呢？……"尽管这段话的最后一问我们尚且无法回答，但是个体无法在外界寻找到精神的寄托应该是很显然的。我们可以看到，外在的获得，无论是权力还是财富、名誉还是地位，总有一天都会失去。拥有时候的欣喜转眼就成为失去的落寞。因此要解决个体孤独和惶恐的根源，必须从人性本身寻找答案。

2001 年 11 月，刘震云在中国现代文学馆的一次讲座中透露出这

---

① 据 2012 年 10 月 27 日采访刘震云录音整理。

样的信息：他对庄子情有独钟。而存在主义与中国传统文化中的庄子
思想又具有一定的亲缘关系①，这里或许为我们审视刘震云当下的思
想状态提供了一个支点。

《老子》二十五章说，"人法地，地法天，天法道，道法自然"，
刘震云的写作就类似于一个寻找"道"的过程，找到了这个长期以
来被权力话语遮蔽的"道"，回归到自然本相，按照自然规律立身行
事，才能达到老子所推崇的那种"为而不争"，自然也就有了心平气
和的圣人状态。这里刘震云强调的是对当下的超越，我们斤斤计较于
生活中的一些琐碎，为"一地鸡毛"所困扰，是因为我们被一些世
俗的功利所羁绊了。必须要跳出来，超越于世俗之上，才能"一览众
山小"。如同刘震云在作品中寓言式地演绎：

> 当小蛤蟆和郭老三说到这里的时候，被他们扭着胳膊的呵
> 丝·前孬妗也在那里"噗哧"一声笑了。而且笑得前仰后合和捂
> 着自己的肚子——甚至在那里说"奶妈，快给我揉揉肠
> 子！"——胳膊和手一下就从小蛤蟆和郭老三的铁拳中给滑脱出
> 来——当你跟铁拳别扭的时候你抽不出来，因为那时你和他们是
> 一个系统；但是当你开怀的时候，因为系统的不同你不费吹灰之
> 力就自我解脱和抽出来了。

这是一种哲理式的体悟，当你和当下较劲时，你永远脱不开身，
感觉到四面八方的压力，也感觉四面都是敌人，风声鹤唳草木皆兵。
但当你换一种生活态度时就能够解脱，或如老子所说的"圣人之道，
为而不争"，这应该就是刘震云的人生体悟。所以说，道家思想有很
多与存在主义思想是相通的就是这个理。这种超脱，按照存在主义的
观点就是"选择"。萨特认为，个体是绝对自由的，你当下存在的状
态都是个体自己选择的结果。你可以选择这样做，也可以选择那样

---

① 这种亲缘关系的详细分析见张祥龙《海德格尔思想与中国天道》，生活·读书·新
知三联书店 1997 年版和郑家栋《"只有一个上帝能救渡我们"》，《读书》2003 年第 6 期。

做，但你要为自己的选择负责。这个负责不只是为你自己负责，如萨特所述：“当我们说人对自己负责时，我们并不是指他仅仅对自己的个性负责，而是对所有的人负责。”你可以选择一条途径让自己陷入存在的困境，也可以通过选择实现自我超越。

这种通过超越当下对自己进行拯救的行为刘震云在第二阶段早期就已经有所表现，如《官场》中金全礼看到有魄力和能力如许年华最后仍然从省委书记的职位上被撤了下来，他似乎看透了官场争权夺利背后的虚无性。所以第二天一早，洗漱完，吃过饭，司机问：“今天咱们怎么活动？”金全礼说：“回去！”司机问：“回行署？”金全礼说：“不，去春宫，看看老婆和孩子！

曾有论者评论认为，这里的“春宫”地名本身就是一种隐喻，喻指与性欲、人的自然本能相关的状态。金全礼看透官场后，不愿再参与官场的种种争斗，意识到家庭和个人那种自然的幸福才是生活的本质，从而超越了权力的异化。但这对于彼时的刘震云这种超越应该只是一种直觉的，还没有上升到理性认识，所以在其后的几部作品中再没看到类似于这种超越自我的书写，直到《故乡面和花朵》中，在对所有思想的总结和梳理中，这种超越的思想才重新显现，如白石头和小刘的对话：

> 白石头这时提出一个致命的哲学问题：“我一写完信，就变得白发苍苍，你怎么写完信，身上就剩下一个红兜肚呢？在写信的过程中，时间在我面前迅速飞逝，怎么到了你那里，皮带轮倒是开始回转了呢？”小刘哈哈一笑说：“因为你怀揣的还是一颗心，我那里早变成一泡尿。”

刘震云曾说过小刘儿和白石头其实上是一个人的本与末的关系，白石头仍然生活在权力和伦理的价值体系之中，活得自然沉重，小刘儿则已经实现了对世俗的超越，解构和颠覆了一切，自然也就轻松了。刘震云正是设计一个让两种状态的人讲述一种经验，按照作者对文本设置，《故乡面和花朵》叙述者之前又设定“小刘”和“白石头"作第二叙述者，前三卷由小刘捉笔，第四卷由白石头续笔。于是我们可以看到前三卷的虚无缥缈，肆无忌惮，让人感觉荒诞滑稽；第四卷则写一种经验中的历史，气氛显得沉重而感人。这种结构的设置和人物的设置本身就是隐喻，一个可以超脱的人，和一个被困于世俗伦理中的人，生活状态会有多么不同。

到了《一句顶一万句》和《我不是潘金莲》这种对存在困境的超越成为刘震云的主要写作目的。《一句顶一万句》是对《一腔废话》的反思，刘震云曾经认为，我们每天说的话百分之九十都是废话，但经过几年的经验积累和再思考，他认识到，我们生活中这一腔废话其实是个体对自己孤独感的一种掩饰。这是一种孤独的生活状态，找到一个能说得来话的人不容易，"一句顶一万句"是我们对人生知己的渴盼。上部中杨百顺找到巧玲、下部中牛爱国找到章楚红才发现自己找到了知己，才发现自己的人生也可以是阳光的和有意义的。概括一下就是，《一句顶一万句》暗示我们找到一个能说得来话的人可以解决人生的孤独和困惑。但找到这个人真的很难，杨百顺找到了又失去了，牛爱国是错过去了，可以说人在世界面前仍然是无奈的。

《我不是潘金莲》又对《一句顶一万句》的存在主题作了进一步发展。为了钻计划生育政策的空子生二胎又不让丈夫工作受牵连，李雪莲与丈夫秦玉河商量好假离婚，结果秦玉河却在找到新欢之后坚称是真离婚；为了出这口气，李雪莲想让弟弟李英勇帮忙杀了丈夫秦玉河，李英勇却在当面答应后又躲得远远的；她又想依靠垂涎自己姿色的卖猪肉的老胡帮自己杀人，老胡看要出人命，也退缩了；似乎在少年时代就倾慕李雪莲的赵大头对李雪莲是完全真心的，但到最后才发现，赵大头也不过是想利用和她结婚的事情帮政府解决她上访的难题，进而解决自己儿子工作的问题。李雪莲连续20年坚持上访，不过是想澄清当初的离婚确实是假离婚，进而取得内心的平衡。到后来不但没有澄清，反而又被安上一个"潘金莲"的名号。偌大一个世界，不管是政府官员、亲人、情人、还是女儿，竟然没有一个值得信任的和托付的人，李雪莲真的感到很无助，很痛苦，以至于最终试图以自杀的方式来解脱自己。

　　李雪莲感觉自己很冤枉，感觉这个世界很荒诞，无处说理。然而政府、法院也感觉自己很冤枉，几个官员从法院院长、镇长、县长到市长因为李雪莲上访的事情被免职后，也都为自己鸣冤叫屈，市长蔡富邦感叹，"什么叫不正之风？这才是最大的不正之风。""谁是'小白菜'，我才是'小白菜'"；县长史为民也捂着胃大骂："文件就这么下来了？还有没有说理的地方？明天我也告状去。"为什么会出现这种情况？

　　萨特认为："存在的精神分析法的主要结论应该是使我们放弃严肃的精神，……严肃精神统治世界的结果，就是使人像用一张吸墨纸吸字迹那样，用事物的经验特质来吸干事物象征的价值；它把被欲望的对象的不透明性放在面前并且在它本身中把对象作为不可还原的可欲望的东西提出来。于是我们已经处在道德的水平上，但是连带的处在自欺的水平上，因为这是一种以自身为耻并且不敢说出自己名字的道德；这种道德把它所有的目的都隐蔽起来以便解脱焦虑。"①

　　在小说里，刘震云通过两则看似没关系，实则在对比中颇具启发性的故事给我们暗示了答案。小说里，尽管老史的饭馆生意很好，但老史并没有为了多挣钱而终日操劳。他一天只做两锅连骨肉，剩下的空余时间都和几个朋友一起打麻将喝点酒。这是一种超然于世俗之外的生活态度，因此世俗的羁绊对他并不能构成障碍，同样是上访，他的上访完全不同于李雪莲的上访。李雪莲是为了争口气，为了申冤，才去上访；老史最后祭出上访的法宝竟然是利用当地政府对待上访的心理恐惧解决了自己春运回家买票难的问题。李雪莲为了上访浪费自己宝贵的20多年的青春，整日里疲惫不堪，而老史则活得潇洒自在，把上访当作"玩儿呢"。这种做法当然不值得提倡，但刘震云确实给我们提示了一种面对生之痛苦与孤独时的一种解脱之道。这就是对世俗名利的超脱。

　　① ［法］萨特：《存在与虚无》，陈宣良等译，生活·读书·新知三联书店2012年版，第755页。

《一句顶一万句》中"日子是过以后,不是过从前"。这是何玉芬说给牛爱国的话,也是曹青娥说给牛爱国的话,其实上这句话不只是说给牛爱国的,也是说给李雪莲的,甚至这句话对所有的人都应该具有启示意义。关于这种境况刘震云在写作《故乡面和花朵》中已经思考过:"我很快混迹于这些新的人类和类人中间。过去的朋友,请原谅我。不是我不在意,不是我不珍惜,人生的道路只能往前走,不能只靠回忆。"这句看似平实质朴的一句话,隐喻了对当下世俗生活的超越态度。只有如此,人才能活得轻松。

我们还可以看到解决孤独和痛苦的另外一种途径:爱人、助人。李雪莲在自己周围得不到任何人的理解和帮助,包括自己的亲弟弟,李英勇,但李雪莲在北京却得到一个表弟乐小义的竭力帮助。乐小义不图她什么,而是念着小时候在李雪莲家别人欺负他时,李雪莲总护着他,常把他背到肩上去割草这份情谊。老史要回东北给姨妈奔丧也是因为记着小时候姨妈背着爹娘塞给他两块钱的情谊。而老史要马上赶回去打麻将也是为了表达自己对老谢的感激之情,因为老谢尽管平时较真、小气,但却在一次自己喝醉酒差点死掉时救了他一命,并说了一句让老史心热的话:"那不行,你要死了,我们到哪儿去搓麻将呀。"让老史一下子感受到自己被需要的感觉。正是这种人与人之间温情的相互付出才让人摆脱了那种孤独感和荒谬感,当然这完全是一种自我选择的行为。我们说他人即地狱,便是认为其他的自为性存在对我构成了诸多的限制,但是这些限制并不是不可超越的,因为"这些限制既不是主观的,也不是客观的,或者说,既有其主观的一面,又有其客观的一面。客观是因为我们到处都碰得见这些限制,而且到处都被人看出来;主观是因为有人在这些限制下生活,而如果没有人在这些限制下生活,也就是说,如果人不联系这些限制而自由地决定自己和自己的存在,这些限制就是毫不足道的。"① 萨特在另一篇文章中重申这一观点:"不管我们处在怎么样的地狱圈内,我想我

---

① [法]萨特:《外界限制既是客观的,也是主观的》,《超越生命的选择》,陈宣良等译,长江文艺出版社 2009 年版,第 174 页。

们有砸碎地狱圈的自由。如果有人不这么做，他们就是自愿呆在里面，归根到底，他们自愿入地狱。"①

二 向死而生

这种超越看似容易，实则在生活中很少人能够做到，它需要人站到一个高度，居高临下来俯瞰人生的纹理。也就是说需要面对人生的终极来思考当下，面对死亡来思考活着，面对虚无思考存在。

刘震云早期的作品中已经有了关于死亡的叙事，如《栽花的小楼》中红玉的自杀、《新兵连》中老肥的自杀，《官人》中吴老的死亡，但此时刘震云对死亡的思考还处于形而下的层面，我们仅能从死亡中感受到人情的冷暖，世事的无常；此时死亡对刘震云来说只是一种感性叙事，让我们对死亡本身以及引发死亡的社会背景感慨，这与近年作品中"死亡"作为人生终极意义的哲理叙事有所不同。

到第二阶段后期，刘震云开始对死亡深入思考，他这种对存在的思考和超越也与他对死亡的思考有关。当然，死亡这个现象是所有人都不能回避的，也是很多作家都曾经思考过的，刘震云作为一个沉溺于人性和历史思考中的人，有一天思考关于死亡的问题也是水到渠成的事。每个人面对死亡的反应是不同的。与余华不同，我们从刘震云的作品中很少看到特别惨烈的死亡，他只是面对死亡这一普遍现象思考。

《故乡面和花朵》中的老庄同性关系者多次自杀是对历史发展的一种戏仿，但此时的死亡已经具有终极意义，因为从那荒诞的叙述中，读者很分明已经看到了死亡即将来临，而其中的人物还在为某种意义争吵不休。他们感受不到争吵的无意义，这让我们感觉齿寒，因为我们从中也看到了我们自己。《手机》中奶奶的原型是现实中刘震云的姥娘，姥娘是个通情达理的人，她理解死亡，因此面对死亡非常淡定，把后事一一安排妥当。甚至连给自己办丧事时，给喊丧的路之

①　［法］萨特：《他人就是地狱》，《超越生命的选择》，陈宣良等译，长江文艺出版社 2009 年版，第 17 页。

信 3 盒烟，用自己捡的豆子磨豆腐待客等细节都安排到了。这种直面死亡的态度已经表现出了一定的超脱。《一句顶一万句》中另一个问题：杨百顺一生怕与人打交道，怕与人讲话，但一生喜欢做两件事，一个是羡慕罗长礼的喊丧，二是喜欢扮演阎罗，并且扮得很出彩。这就带有两层隐喻的意义了，首先喊丧和扮阎罗都是与死亡相关的意象，靠近死亡或者说看到死亡，让吴摩西很轻松；二是喊丧和扮阎罗都是一种表演，是远离现实生活的，换句话说是对现实生活的一种超越，也让人觉得轻松。《我不是潘金莲》中的李雪莲一生固执，也是直到自杀被人救下来。直面过死亡后，才对人生又有了重新的认识。特别是看桃林的老曹一句话对死亡的调侃，让李雪莲彻底顿悟。那句话是："俗话说得好，别在一棵树上吊死，换课树，耽误不了你多大工夫。"

按照存在主义的观点，我们只有在面对死亡时，面对人生终极进行思考时才能变得坦然和轻松。个体是绝对自由的他可以自由选择自己未来的路该怎样走，其实无论是刘震云所认为的面对世俗生活的超脱，还是在世俗生活中用爱和情感融化人与人之间的坚冰，这都是一种选择。

这种选择之所以在现实生活中极少人能够做到，是因为个体大都会被周围既有的各种价值观所迷惑，如李雪莲、杨百顺一样为他人的眼光而活着，为争一口气而活着。而这外在的眼光、输赢无非是各个时期在虚无中寻找人生意义的人们自己加的枷锁罢了。摩罗也曾有过相关思考："人类承受不了自己所看到的黑暗和虚无，于是就要千方百计地遮蔽这清清楚楚地呈现着的虚无。怎样遮蔽这清清楚楚的虚无呢？人类用的是宗教、是文化。人类竭尽智慧为我们的历史设定意义，以求把我们从虚无中拯救出来。每个时代的设定到下一个时代都可能无效，但人类没有放弃，而是在每一个礼崩乐坏、信念倾覆的关口，锲而不舍地为世界重新设定意义。人类就在自己设定的意义中前进。这种过程很像我所说的悲剧的过程。所以人类建构的意义就是对人的灵魂的不完整、人性本身的不完整的挽救和超越。所以，人类文明史就是对于生命价值和世界意义的寻找、设定与更新的历史，这部历史充分体现了人类伟大的悲剧精神。"① 可以说，这句话对历史和现实的概括还是比较恰切的。刘震云的写作也正是试图冲破这种对于人生的遮蔽，在直面死亡和虚无中对存在的困境进行选择和超越的。

对于刘震云创作的成就，尤其是他思想的深度，很多学者给予了肯定。早在 1994 年，在一次座谈时郜元宝就认为："刘震云的'新写实'小说和'新历史'小说有一种统一的味儿，这点上具有类似创作格局的苏童也有表现，但叶兆言和池莉却找不到这种统一，这是一种能力把握问题。"② 张新颖也表示："刘震云眼光大毒，看得太透，他所刻画的荟芸众生，一举一动，无不具体、实际、目标直接、干脆、不含糊、不玄虚、食色权欲，都是基本的人性人伦，精神、抽象、超越之类，比较起来全都矫揉做作，华而不实。"③ "每个大作家都是一位先知，是民族精神奥秘的揭示者，是人类精神出路的启示者。一个作家通过他的写作所重新设立的自我与外界的关系越是有利于人性的解放和自由，他的写作就越是具有革命性和启示性。"④ 摩罗这段对于刘震云评价大概有点过誉了，但对于刘震云写作所具有的"革命性和启示性"的肯定却还是不差的。

---

① 摩罗：《喜剧姿态与悲剧精神——从王朔、刘震云、王小波谈起》，《社会科学论坛》2002 年第 1 期。

② 陈思和、郜元宝等：《刘震云：当代小说中讽刺精神能到底能坚持多久》，《作家》1994 年第 10 期。

③ 同上。

④ 摩罗、杨帆：《奴隶的痛苦与耻辱》，《当代作家评论》1998 年第 4 期。

结语　通往人性本真的途中

　　刘震云的小说与周星驰的电影有相通之处，表面看是在叙事，但这个叙事其实不重要的，重要的是故事背后的人性感悟，表面看似幽默甚至滑稽，深层却是对世界人生的严肃思考。作品通过反讽、戏仿传达出来的所谓"笑料"让我们笑过之后甚至会涌出泪水，让我们感叹这样一种轻松诙谐的形式竟然传达出如此深刻沉重的主题。

　　刘震云的作品或许略显单一，笔者认为这对于一个从经验出发，以严肃的态度写作的作家来说是可以理解的。与完全依靠杜撰虚构远离现实经验，满足人好奇心的，如玄幻、穿越类（当然也是一种能力）的写作不同，每个个体的人生经验总是有限的，在这些有限的人生经验中，经过提炼能够进入写作题材的更为有限。这也是我们平素阅读同一作者作品时，总是感觉到里面的情节和细节有重复和似曾相识之感，创作量大的作者表现尤其明显，因为不要说对于一个作家，即便面对人类的整体，我们总会发现"历史具有惊人的相似"，也就是不同个体之间，尤其是相同成长阶段之间的经验都是极其类似的。文学写作一代代的延续下来，"江山代有人才出"，其中最耀眼的并非那些"情节"和"细节"，甚至也不是那些形式方面的"清词丽句"（当然这些也是各有价值的），而是基于这些"情节"和"细节"以及与之相关的人生经验的重新思考，而得出的那些新的思想增长点。我们说历史重复了，主要不是外在形式的重复而是我们的思想认识从来没有发展。笔者认为这些情节和细节的重复和相似不应该作为求全责备的依据。这方面笔者认可潘凯雄对刘震云创作的评价，他也认为刘震云的作品略显单一，但同时肯定"艺术创作所忌讳的倒不是表面的单一而是内在静止"。①

在对刘震云写作中围绕权力、伦理、历史、故乡、人性、宗教、存在所进行的书写论述之后，我们应该已经感受到了刘震云对于人性本真思考探索的历程，这个过程便构成了刘震云迄今为止的思想谱系。在结语中，笔者试图通过对刘震云基本思路的梳理和他现实思考起点的概括，描绘出创作小说过程中形成的思想架构。

一　叙事的祛蔽

恩格斯说："人应当了解自己本身，使自己成为衡量一切生活关系的尺度……真正依据人的方式，根据自己本性的需要安排世界。"②恩格斯这句话很平实，似乎也很简单，但现实生活中，极少人能够真正"了解自己本身"，然后"根据自己本性的需要安排世界"，因为个体大都被各个时期的政治权力、伦理炮制并沉淀下来的文化完全地遮蔽了，我们思考问题的思路都是按照既定的方向，说的每一句话也都是传达了既成的话语所指，正是从这个意义上，福柯说："你以为你在说话，其实，是话在说你。"而刘震云的努力就是试图揭开这被层层遮盖的人性迷障，直达人性的本真，然后，从这个本真，也即纯然的人的本性出发来重新安排个体的生活。而这一切都是从发现和感受到这个世界的错乱开始的。

刘震云最初就表现出对这个世界的惶惑，因为惶惑所以思考，思考的结果便是对传统价值观的否定。如《罪人》等早期作品中对伦理关系的质疑，甚至《温故一九四二》《故乡天下黄花》中表现出对民族主义的质疑，对于"日本鬼子""汉奸""爱国主义"这些意识形态词汇的祛蔽，讲述了一段个体经验的历史：

> （孙毛旦）路上不停地与日本人说话。日本人也不恼，与他有说有笑的。孙毛旦分别问人家来中国几年了，习惯不习惯；没

① 郑春：《试论刘震云小说的文体形态》，《山东大学学报》1997 年第 4 期。
② 《马克思恩格斯全集》（第 1 卷），人民出版社 1956 年版，第 65 页。

当兵之前，在日本都干啥；娶老婆没有，有几个孩子，是男的还是女的；日本有这种马车没有；日本炸油条吗？等等。孙毛旦的感觉是这样，与日本人相处，你只要讲信用，不先惹事，日本人还是挺和善的。你用手拍拍他的肩膀，弹弹他的钢盔，他都不恼；就怕跟人家别扭着来，像中央军、八路军那样，几个毛人，动不动还想摸摸人家的胡须，就把人家惹恼了。日本人一恼，不是闹着玩的。

还有日本司令长官若松，在中国很思念家乡的女儿，妻子寄过来女儿用纸叠的小蛤蟆，若松拿着那只小蛤蟆，"嘻嘻"笑着看了一天。刘震云这样描写若松："他弄不懂'东亚共荣'的大道理，但他对自己要千里迢迢到别国去打仗感到很恼火。这个火他不敢发泄到自己上司头上，就转而发泄到战场上的敌人身上。敌人不顽抗，战争早早结束，他就可以早早回国。所以他最讨厌负隅顽抗的敌人。抓住顽抗的敌人，他一刀下去，眼都不眨。可他对投降日本的中国人，又很看不起……但若松很喜欢孩子。见了孩子，比见到大人和蔼得多。在县城驻军，他时常换便服上街去逛，碰到中国小孩，他就高兴地笑，弯下腰给人家发一粒糖。这时说话，说：'米西米西'！"

这种描写是一种人性化的。若松也只是个在意识形态下的牺牲品，他所表现出的那种矛盾其实也是个体人性与意识形态的抵牾。他最终被政治所绑架，并把政治给人性带来的压抑发泄到中国人的头上。

人性在被政治异化，做出很多有违人性的罪恶，但政治扭曲和利用的毕竟只是思想表层，人那种基本的人性，如对亲人逝去的悲哀、对于弱者的同情并未消失，只是暂时被遮蔽了，在生活中他们必然还会面对真实的人性反应。如发生在马村的日本人屠杀村民事件，起因是孙毛旦带日本人回村收粮食（平时中央军和八路军也都来收粮），村里加入八路军的孙屎根想立功，带领几个八路军利用许布袋家做饭的小得麻翻了几个来收粮食的日本兵；又被村里参加中央军的李小武带领中央军过来抢功，中央军和八路军争日军俘虏时把俘虏打死了；

还有土匪路小秃也想过来抢几件衣服，剁了几个麻翻要醒的日本兵的脑袋。在日本兵大部队开过来之前，八路军中央军、土匪几股势力都从村里消失了。日军来了找不到杀人者，便认为是村民包藏，杀死30多人，其中包括许布袋的女儿许锅妮。许布袋回村后看到这么多尸体大骂："老日本、李小武、孙屎根、路小秃，我都×你们活妈！"此时身处政治斗争旋涡的无辜者，他们承受了政治斗争的灾难，这种家人被杀触痛了他们的人性深处，但他们又找不到到底该谁负责，所以便把所有的几股势力都诅咒了进去。面对人性的本然伤痛，他们直觉不管是中央军、八路军、日本兵还是土匪都在祸害老百姓。

　　但由此反思，交战中双方的士兵基本上都处于这样一种认识状态，他们完全不知道自己为什么打仗，只是被双方刚刚建构起来的一种价值观怂恿，为了立功升官而相互屠杀，不知不觉间已经做了政治斗争的牺牲品。这类争斗被刘震云一再提起，在文化大革命中，村民分别参加赖和尚和赵刺猬的战斗队，为争夺村里的印把子展开了激烈的冲突，一方打死了另一方7个人，最终，赖和尚以己方村民的尸体威胁赵刺猬把支书让给自己。事后县里老贾来抓人，路上犯人问老贾：

　　　　"老贾，这回到县里不会杀了我们吧？"
　　　　老贾说："你们杀了人，怎么不该杀你们？"
　　　　犯人说："这次我们没有一个人是为自个，都是为了文化大革命，为了刺猬和和尚！"
　　　　老贾冷笑一声：
　　　　"为了文化大革命，为了刺猬和和尚，刺猬和和尚在哪里？人家一个在闺女家住着，一个当了支书，你们呢，要进监狱！"
　　　　犯人说："这回饶了我们，下次我们不这样了！"
　　　　老贾说："下次？那就等下辈子吧。也许下辈子你们清楚些。"

　　这样的人性被政治利用在历史上反复上演了几千年，但很少有人意识到，刘震云此时便是试图通过为历史和政治祛魅、为个体思想祛蔽的过程，来达到让人性回到本然状态，从而进行一种合乎"大道"的选择。

这种解构刘震云在《温故一九四二》里已经进行过了。河南在饥荒中饿死 300 万人，在国民政府出于政治意图故作不知的情况下，占领河南的日本人用军粮救济了当地的百姓，后来便有很多灾民为日军带路、支前、抬担架，甚至有 5 万名中国士兵被自己的同胞缴了械。这种行为当然被意识形态方面骂做汉奸，但刘震云对此以鲜明的态度表明了对灾民在关键时刻选择"让自己活下去"的正当性的确认。

人性被政治异化，不管卷入斗争中的个体，还是普通民众都是受害者，因此这些争夺本身没有什么正义之说。刘震云这里并不是一味指责这种斗争本身，因为他很清楚，人群里无论任何时代都有一些觊觎权力者，试图控制他人的人，这是人性中的贪欲使然，他们自己也是被权力异化的人。刘震云更希望通过这些叙事，启发更多人反思，尽量摆脱这种异化，养成个体的主体性，不被权力和政治利用。

统治者为了自己的政治目的（当然其中也伴随着经济利益），试图用一种国家主义和民族主义把民众都捆绑到这架政治的战车上，但面对生与死的选择，民众还是出于本性选择了"生"。在这点上人性与政治是两条截然不同的方向，就像刘震云作的对比，在那个军官看来："老百姓死了，土地还是中国人的；可是如果当兵的饿死了，日本人就会接管这个国家。"但是当这个问题摆在我们这些行将饿死的灾民面前时，问题就变成："是宁肯饿死当中国鬼呢？还是不饿死当亡国奴呢？我们选择了后者。"刘震云这种思考当然是本着几种基本的人文主义出发的，因为对于个体来说，生命才是最重要的，但长期以来，源于政治目的国家主义、民族主义、集体主义都在对人性进行遮蔽和异化。在刘震云看来，如果一种政治不顾民众的死活，最终被民众抛弃也是理所当然的。

二　现实主义的创作态度

很多学者把刘震云不同阶段的写作分别命名为"新写实""新历史"等，到《故乡面和花朵》后，似乎已经不知道该如何命名了，这又被称为文学史上的"无名"时代。这种"无名之名"对其他作家不好评价，但对于刘震云来说是不合适的。在刘震云看来，他从创作之初到现在一直秉承的都是现实主义的创作态度。

洪子诚在评价沈从文的创作时曾经说过："在中国现代文学史上，那些对激烈变革，对革命产生疑惑的作家，都会转而将社会历史比拟于自然界现象，而强调平凡、朴素、原始的'永恒性'。"① 这句话用在评价新时期文学中"新写实"现象的出现在逻辑上同样适用。只是前者对革命和激烈变革产生疑惑，后者则对传统现实主义产生疑惑；前者将社会历史比拟于自然界现象，后者则是从宏大叙事进入到一种日常叙事。我们看到刘震云叙事风格的变化不是因为他创作转向了，而是他对"现实"的认识发生了变化。对"历史"的认识发生了变化。如罗杰·加洛蒂就认为现实主义是"无边"的，认为我们不能"从斯丹达尔和巴尔扎克、库尔贝和列宾、托尔斯泰和马丁·杜·加尔、高尔基和马雅可夫斯基的作品里，可以得出一种伟大的现实主义的标准"，也不应卡夫卡、圣琼·佩斯"排斥于现实主义亦即艺术之外"。②

现实主义不止一条道路，历史主义也是一样，科林伍德在谈论历史的时候认为，历史不是史实，而是历史学家的产物，是需要解释的话语。法国学者利奥塔关于知识合法性考察也认为叙述知识是虚假的，宏观叙事是虚构的，因为其判断的标准本身无法得到验证，因而无法得到有效证明，那么作为叙述知识之一的文学创作无疑是虚假的。刘震云也正是沿着这样一条思路，在对现实和历史的思考中逐渐

---

① 洪子诚：《问题与方法：中国当代文学史研究讲稿》，生活·读书·新知三联书店2002年版，第184页。

② ［法］罗杰·加洛蒂：《论无边的现实主义》，吴岳添译，百花文艺出版社1998年版，第171—172页。

摆脱了传统的现实主义道路和历史主义道路，先是进入所谓的"新写实"和"新历史"，在刘震云看来这种叫法是不合时宜的，这种新的创作姿态与传统相比，或者"新理想主义"和"旧理想主义"的叫法更为合适。因为在刘震云看来那些所谓的"新写实"作品虽然标的在于对传统现实主义的突破，进入真正的现实主义，但经过进一步的经验和思考后，刘震云发现那些"新写实"其实还没有进入真正的写实。在后来刘震云认为，从《故乡相处流传》开始、《故乡面和花朵》达到高潮、《一腔废话》作为终结的那种写法才是真正的现实主义写作。如果说"新写实"相对于传统现实主义对现实的书写过程中减少了想象，接近了日常生活的本真，但其中对完整故事的建构的努力我们还是可以清晰地感觉到，我们还是可以看到其中努力的印记，那种"理性"的印记。到了"故乡系列""一腔废话"后，这种"理性"的现实主义完全被颠覆了，而代之以一种"心理现实主义"。这在刘震云看来，更符合我们生活的本真。在生活中我们的生活状态是非理性的，是没有头绪的，是在胡思乱想和胡言乱语，我们平素的话不过是"一腔废话"。

　　刘震云思考过程经历了政治、权力、历史、人性、存在逐步接近人性的本真，这种思考的逻辑是必然的，只要这种思考不停息，必然抵达人的存在这一命题。意即当一切外围的因素都已经尝试而不能解决我们的困惑时，必然最后走向圆心。刘震云提到这一点，他对冯小刚说，聪明人可以一招制敌，一箭命中把心，击中要害，我们不是聪明人，只能一点点摸索尝试，知道不行就重新改条道再来，只要坚持下去，总会接近中心的。

三　思想体系的建构

　　研究刘震云的过程也是自我启蒙的过程。在成长过程中，自己主动或被动蒙上层层的遮蔽，目光所视是透过染色眼镜，甚至还不止一副，思想所至也都是在他人的牵引之下，从一个陷阱出来又跌进另一个陷阱，或者甚至从来都没出过陷阱，一直在陷阱深处游走，在围观者的聒噪声中或志酬意满或潦倒无处。为他人对自己的肯定壮志满怀，也为偶然的"失误"成为"国民公敌"而失魂落魄。从近年开始，我一直处于彷徨之中，一直在思考这种"悲""喜"，"孤独""惶惑"的根源，一直在考虑自己如何在人群中、在时代中寻找到自己的精神依托。这种自我启蒙对于有的人是从接触到了第一手的历史资料开始反思，而笔者是从不同情况下的经验所得出的结论之间的矛盾性开始触发这种思考的。这种经验之间的冲突主要发生在来自主体人性的经验和在意识形态引导下的经验之间，这导致了我对这个世界的惶惑。当然惶惑之后每个人选择的道路是不同的，大多数人的选择直接跟随这种主流价值观的指引，主动进行自我扭曲，进入这个体系并以现有的价值体系作为自我评价成功与否的标准；而有些人则试图摆脱这种困惑，找出困惑背后的真相，摆脱这种异化，重建自己的价值体系。当然后者之路更加漫长曲折，甚至痛苦，很多人，尤其是诗人最后不能实现这种超越而自杀的也不少，如海子、顾城等。刘震云属于后者，并且属于后者中突围成功的少数人之一。

笔者认为刘震云也曾经困惑过，也是在挣脱这种惶惑的过程中开始写作，并试图寻找到惶惑的根源并超越惶惑。正是在这一层面，我与刘震云的思考找到契合点。本书总结的几个关键词，应该就是刘震云对现实思考过程中的起点和路标，其中刘震云从人性在权力中的异化开始思考，看到个体在权力、官场中的处心积虑，明争暗斗，而又惶惑、沉浮、彷徨无定，在这里他思考并追溯了人性追求权力的原始动力；伦理则是权力的合谋，传统社会中的伦理最初应该是出于类似于卢梭《社会契约论》中表达的权力的生成，根据民众的普遍的人性需求达成的关于如何处理人与人之间关系的规则。但随着封建社会的专制越来越强，这些伦理逐渐被改造为一部分人对于另外一部分的义务，成为一部分人对另一部分人统治的舆论力量。

摩罗在20世纪90年代将刘震云创作的主题归纳为：抗议物质对于精神、权力对于尊严、历史对于人性的威胁与摧残。并且其批判是双重的：既批判社会与历史的非人本质，也批判人们为解说社会和历史所构建的话语体系的虚假性。在两者之间，刘震云更注重后者："也就是说，他既批判物质，更批判对物质的屈服，既批判权力，更批判对权力的崇拜与顺从。由于这种屈服与顺从，人完全丧失了自己的人文内容，变得势利、卑怯、冷酷、麻木，成为无可救药的非人，这正是刘震云所有作品所共有的深层主题。"① 这点上摩罗的阐述还显得表面化，因为刘震云对于权力并非"批判"，他只是在客观的呈现。他对于权力中的官员也是带着一种理解的，因为官员作为人性异化者，在官场中并不轻松。这在上文已经论及。

刘震云的所谓"新历史主义小说"是刘震云在试图思考"人性"在"权力"和"伦理"中被异化的根源的产物，因为对一切现象的解释我们必须放到更长的时空中来观察并找出其规律性，刘震云做的就是这个工作。刘震云，或者说大多有成就的作家的写作，不是说对生活有了答案才开始写作。而是对生活困惑时开始写作，他试图通过写作来梳理自己的思路，挖掘现象背后的本质。说到底就是世界上的事情本来很简单，是有人把它复杂化了。有人故意把简单事情复杂化的原因是因为他能够从中得到利益。在历史的长河中一些人为了得逞私欲或维持这种私欲，通过"权力"和"伦理"把各种现象复杂化的过程，就是民众在其中被蒙蔽的过程，蒙上了一层又一层。"权力"和"伦理"成为这些人的获利工具，而民众则成为被侮辱和被损害者，并因为这种人性的遮蔽甘心扮演这种角色。鲁迅在《灯下漫笔》中，通过兑换中交票过程中尽管吃了亏却又觉得比兑换不了要好而沾沾自喜，猛然领悟到："我们是极容易变成奴隶的，而且变了之后，还分外欢喜。"② 进而想到历史一直在"想做奴隶而不得"和"坐稳了奴隶的时代"之间轮回。刘震云则试图在对历史的模拟中寻找到这种荒谬轮回的人性根源。

"人性"是刘震云一直以来思考的核心，或者说是他逐渐靠近了这个核心。就是"人性"中懦弱、自私的本性是权力本位得以形成的基础，也是官僚主义形成的土壤。正是从这个层面，刘震云认为，有什么样的民众，就会有什么样的官员。于是，呼唤一种强悍的人

---

① 摩罗：《刘震云：中国生活的批评家》，《当代作家评论》1997 年第 4 期。
② 鲁迅：《灯下漫笔》，《鲁迅著译编年全集》（第 6 卷），人民出版社 2009 年版，第 192 页。

性、追求自由、独立的人性是刘震云在创作中一直坚持的。这其实上是一种启蒙立场，与"五四"时期的思想启蒙是一脉相承的。鲁迅在《灯下漫笔》中也认为"时日曷丧，予及汝偕亡"愤言而已，决心实行的不多见。"但实际上，中国人向来就没有争到过'人'的价格，至多不过是奴隶，到现在还如此，然而下于奴隶的时候，却是数见不鲜的。中国的百姓是中立的，战时连自己也不知道属于那一面，但又属于无论那一面。强盗来了，就属于官，当然该被杀掉；官兵既到，该是自家人了罢，但仍然要被杀掉，仿佛又属于强盗似的。这时候，百姓就希望有一个一定的主子，拿他们去做百姓，——不敢，是拿他们去做牛马，情愿自己寻草吃，只求他决定他们怎样跑。""至于罗素在西湖见轿夫含笑，便赞美中国人，则也许别有意思罢。但是，轿夫如果能对坐轿的人不含笑，中国也早不是现在似的中国了。"① 这与刘震云在《故乡相处流传》中所传达的思考基本上相同。那些延津的民众，曹操来了就跟着曹操骂袁绍，袁绍来了又跟着袁绍骂曹操，哪里有一点自己立场，更不要说骨气了。或者这就是刘震云对于鲁迅思考的问题所进行的历史演绎。

　　"人性"的异化就是在权力和伦理的双重挤压下完成的，这个完成的过程就是历史，而完成的空间就是故乡，因此，这个追寻人性本源的过程就是刘震云的第二阶段之前的思想历程。当然这个过程也让笔者对这个世界和时代的认识提升了一个层面。在中国的历史上，这种特有的"人性"在"权力"与"伦理"的双重挤压下异化扭曲，这种异化扭曲的"人性"又反过来增强了"权力"和"伦理"的威势。他们在这种变异的"伦理"中也寻求着某些安慰。历史和社会中的个体便在这样一种封闭的环境中诚惶诚恐，又奴性十足地、苟且地"活着"。

　　这样僵化、一边倒的"伦理"自然不能让那些欧风美露吹拂滋润过的、主体意识觉醒起来的人认同，所以，从"五四"时期开始，

---

　　① 鲁迅：《灯下漫笔》，《鲁迅著译编年全集》（第6卷），人民出版社2009年版，第197页。

便有不少的知识分子在这方面作出反思，甚至从思想上到行动上行动起来，动手打破这"食人宴席"。从这点上看，"五四"作为中国现代文明的起点是无可非议的。但"五四"这种现代启蒙的任务似乎并未完成，随后的中国在工具理性和技术理性方面似乎有了很大改变，然而"人文理性"和启蒙理性方面却并未有多少起色。可以这样说，中国的启蒙并未完成。刘震云，也包括其他一些当代作家似乎意识到了这点，并切实担起来这种启蒙的责任。

刘震云对于"权力""伦理"和"历史"的反思其实上是一种脱衣服或者是去掉被人戴上的"有色眼镜"的过程。这点上刘震云在一次谈话中提到过，他把自己进入写作的过程比喻为一次游泳。跳进水里向海水深处游去，结果游了一段距离了，才发现竟然没有脱衣服。而且是棉衣，吸过水的棉衣变得比身体还重。于是，便边游边脱，甚至脱的过程还发现，自己不止穿一层衣服。这是刘震云在写作"故乡系列"，特别是《故乡面和花朵》时的状态。也是他作品中脱下这些"衣服"和取下这些"眼镜"，让他摆脱了"权力""伦理"给自己思想上的羁绊，刘震云才开始真正地以自己的眼光看问题，也就是回到个体本然状态。从此处看，这个世界上的事，果然没有那么复杂，人只需直面个体的本性需求即可。这个过程中对于"故乡"的思考可以说是刘震云写作的一次探寻，也是一次排除。刘震云对故乡的思考中，很少有传统文学作品中那种魂牵梦萦的感觉，甚至认为故乡是丑陋的，是"权力"和"伦理"发生作用的空间。正是在"故乡"提供的空间和"历史"提供的时间里，"权力"和"伦理"实现了异化并完成了对"人性"的异化。进而又探究宗教，他认为"宗教"在西方是发挥着积极作用的，但在中国却被世俗化了。特别是在科技文明高度发展的当下，尼采所说的"上帝死了"之后，拉康又认为"人也死了"，此时的宗教，尤其是在中国，已经无力解决人对于世界和个体，个体与个体之间关系的惶惑和不信任感了。于是刘震云转而开始专注于个体"存在"的思考。

李敬泽说："社会是一种虚拟，但后边加上'关系'，'社会'就获得了血肉，变得具体、日常，我们的'现实'就是由这些关系所构成，你被你的关系所说明所界定，当然你也力图在这些关系中说明和界定自己。"① 人与人之间的依赖感源于人存在的孤独。个体是一个被抛在世的存在，他自感弱小、孤独，初生的婴孩与小动物般的柔弱和不堪一击。他们最初在自己的心理上其实是一种自我的虚无，所以每个个体都渴望有一个对象，然后通过这个对象"界定"自己、确认自己。这是人需要伙伴的心理基础。当然这种确认自己的方式不止这一种，尤其是对于智力高度发达的人类个体来说。他还可以通过其他"物质"的拥有权获得自我的确认，我们所说"恋物癖"是通过"物"来确认自己的存在，有"工作狂"通过工作来确认自己，有"游戏迷"通过沉迷于游戏来确认自己，等等。"权力"只是个体确认自己存在的一种方式，似乎还是一种比较有效的方式，甚至通过这个平台，还可以更容易地实现比其他更多的自我确认的方式。但这条路径是一条歧路。除了权力争夺是一种损人利己的争斗行为，这种争斗的本身与动物界的资源争夺并无不同。他让一部分人获得"自我确认"的同时却让更多人陷入更严重的孤独和空虚；另外，即便个别获得权力的人的这种自我确认仍然是暂时的，因为获得权力的官员自身也并没有摆脱存在的困惑，如刘震云的作品中，做了官，便受人敬畏、趋附；丢了官，便受人冷落、鄙视，这是"官本位"意识在人际关系上的表现。成语"宾客盈门"和"门可罗雀"，就是对这种世态的形象写照。所以，副局长老刘一退下来，首先琢磨的是，"以后得维持一两个水暖工和司机家里水暖坏了，突然有个头疼脑热要去医院什么的，这些人用得着，既然已经退了，就不能再摆过去的架子了，过去逢年过节，人家给他送挂历；以后逢年过节，就不能忘了给水暖工和司机送挂历。"副局长老丰一退下来，便被儿媳指着鼻子骂作"老王八蛋"，竟比"妻不下纴，嫂不为炊"的苏季子落拓归来还要惨。② 伦理也是希望通过人与人之间关系的界定，希望通过"君臣有礼，父子有亲，夫妇有别，长幼有序，朋友有信"，诸如之类的框

---

① 李敬泽：《通往故乡的路》，《南方文坛》1999 年第 3 期。
② 文淑慧：《刘震云中篇小说评述》，《信阳师范学院学报》1992 年第 3 期。

定，使人与人之间的关系稳定、融洽，在彼此的确认中获得各自的平衡感；宗教则是个体在对寻求获得世俗中"个体价值确认"的途径绝望之后，转而求助于某象征符号的企图，他们通过赋予某一符号意义，然后让个体这种意义中寻求精神的凭借，从而暂时摆脱"空虚"与"绝望"，这可以让个体暂时获得精神的慰藉。然而，在刘震云看来或许因为时代思潮，或许因为地域文化，这些都是不完美的。

于是刘震云开始思考其他的途径，对"故乡"的思考也是刘震云的一个切入点，但刘震云很快否定了这个入口，因为刘震云印象中的故乡并不能让人的心灵获得慰藉。之后，刘震云的思考开始进入他的存在之思。即我们思考这么多，关键无非是解决一个人存在"孤独感"和"虚无感"的问题。刘震云在对存在的思考中从最初的惶惑，一步步为自己祛蔽，并最终实现了超越。但这种超越当然不是终极的，但他确为孤独虚无的人生提供了一种可以让躁动的心情平复下来的选择。因为我们破解了我们"从哪里来，到哪里去？""我是谁？"知道了"我是谁"，了解自己，也就破解了"斯芬克斯"之谜。

坚定的功利主义者或许对于这种关于人性寻本追源的思索不屑一顾，认为你想透之后不是仍然要生活在这世俗之中吗？但他们肯定感受不到那种"顿悟"之后的轻松感。就如同我们平日的走路，如果你走在一条陌生的路上，不知道前面通向何方，在走的过程中你会感到焦虑；而当你走在回家的路上，因为你熟悉路边的每棵树和每一株草，你对什么时间能够到家胸有成竹，这样的路途当然是轻松惬意了。这不正是人生幸福所追求的极致吗？在"悟道""得道"之余，我们再面对权力、伦理给予的欺骗和压力，我们便可以一笑置之、轻松生活了！

这个世界包罗万象，缤纷复杂，不消说一部文学作品，即便有史以来最有影响的哲学或宗教，也从来没能解决这个社会和人性中存在的所有问题，人们一直处于混沌之中，这点上刘震云自己也是承认的，他不认为自己就像郭宝亮对他评价的那样"透彻"。这也算是一句实话，没有人可以对这世界认识得完全透彻明晰，每个人都有自己的困惑。那么好的文学作品的价值不在于他提供了解决这些困惑的答案，而在于他把这种困惑呈现出来，通过艺术地祛蔽与祛魅，引发读者的共鸣和思考，然后一起去反思现实的缺憾，一起探索前行的路。

四　瑜中之瑕

也有学者指出刘震云写作中的不足之处，如贺仲明认为："对城乡的双重拒斥，也可能造成另一种后果，那就是作家在失去现实的支持后找不到精神的支撑点，在对现实的拒绝中找不到希望和信心，从而有可能陷入虚无。而刘震云对乡村和城市的情感与理智上的矛盾，更使刘震云不能彻底跳出虚无的困境。"对于这个观点我不敢苟同，我认为其实正是在这种困惑中，刘震云发现无论是城市还是乡村，历史还是现在，个体生存的困境都是一致的。从而促使他向更深层人性之中寻找个体生存的答案。但刘震云小说存在着一些无可回避的缺陷的事实却是无疑的。笔者认为刘震云小说中的不足主要体现在以下几个方面。

（一）情感的缺位

大概是情感与理性相生相克吧。由于刘震云过于偏重于理性的思考，他的作品对于情感的表达常常不到位甚至错位。第一阶段中的作品主要表现在错位。《月夜》中儿子怕母亲伤心就躲着不见，这算什么理由呢？还有《大庙上的风铃》中赵旺卖菜为了多卖钱竟然有意避开姐姐家所在的集镇，怕碰到姐姐，不给姐姐白菜抹不开脸，给了又心疼，而他是由姐姐从小带大的。他这篇作品发表于 1984 年，据笔者在农村成长的经验所知，即便在商品意识已经很强的 20 世纪 90 年代，这种现象在农村也是很少见的，毕竟一颗白菜值不了几个钱。理由明显太牵强。《河中的星星》金山原来是支书，于三成是二流子，由于娟子拒绝了于三成嫁给了金山，二人是情敌。但后来金山竟然求着于三成要给他打工，被于三成训斥后竟然没有一点愧色。类似场景还出现在《东方露出了鱼肚白》中的王丕天和胡群之间，《栽花的小楼》中李明生和坤山之间；这显然是对于人物情感的一厢情愿的想象。刘震云此时很多情节的发展动力有点莫名其妙，不符合人之常情。说明这个阶段的刘震云还不能与人物进行对话，只是自说自话，不顾现实，有为了情节或主观意图生拉硬扯的嫌疑。如果说他是在写一种特殊性，与众不同的个性，那么笔者只能说这种特立独行的情感激发方式不能为笔者接受。一篇作品不能引发读者的共鸣，不能与读者展开对话，注定是失败之作。

刘震云在《塔铺》和《新兵连》中传达出的那种情感的忧伤还是挺感人的，在那之后，除了《故乡面和花朵》中写到姥娘时能看出他的情感流露，其他作品中基本上都是一种平静的，有事说事，有理说理的状态。因此他作品的读者可能有一种人生顿悟的快意，但极少有那种情感方面的触动，这只能说是一种感情的缺失。

刘震云曾经在一篇文章中谈到自己读鲁迅的心得，认为鲁迅的作品理性显然盖过感性："我想鲁迅写小说过于理性，一定是与他开始写小说时的年龄偏大及他所处的中国现实有关系。他在集中思考着社会问题。他以为一切脱离这些时代最敏感部位的写作都是隔靴搔痒。他自己也说他写作的目的是为了'大嚷'，为了唤醒'铁屋子'中'昏睡的人'。作为一个作家，这样做对于改造现实来说，无疑是令人尊敬的，但无情的艺术却往往又有自己的规律和历史要求，这叫人可有点无所适从。"① 这是他对鲁迅作品缺憾地思考，应该也是对自己写作方向的一次定位，此时的他刚刚进入"理性"写作的堂奥，对此刚有所感悟，似乎也是对未来自己写作的一种提醒吧。但他终于没有摆脱艺术方面的缺憾，如果说鲁迅写作中的理性，缺少情感，是因为开始写作时年龄偏大的话，刘震云则应该是一个天生就是倾向理性思维、情感方面则相对迟钝的人。这点上从刘震云第一阶段作品中情感把握的错位可以知道，因为那时他还很青春。正是一个少年钟情的阶段，笔法却老气横秋，以后写作的走向从那时起已经可以窥豹一斑了。

刘震云对世界看得太透，在他眼中看到的都是世界的、人性的肌理，他可以对世界的宏观层面条分缕析，但对那些感情中细腻的部分

---

① 刘震云：《读鲁迅小说有感：学习和贴近鲁迅》，《现代文学研究丛刊》1991 年第 3 期。

感到不屑或注意不到，而这种细腻对很多读者来说，却是很重要的；对一篇文学作品，而非哲学著作来说，也是很有必要的。可以说，感情的缺失是刘震云作品中无可回避的硬伤，并且从当下的写作趋向来看，这个缺陷将伴随着刘震云以后的写作道路。

（二）形式试验之殇

我很理解刘震云从《故乡相处流传》开始，在《故乡面和花朵》和《一腔废话》中达到高潮的语言、叙事方面所做的形式试验。这些语言的狂欢、杂文体参差、叙事结构对传统的颠覆性安排、反讽、戏仿等修辞格大量使用非常有效地配合了小说主题的表达，形成了真正意义上的形式的意味。但常在河边走，必然要湿鞋，他的这些形式试验也时常表现出一些这样那样的问题。

首先《故乡面和花朵》中就有很多地方让人摸不着头脑，如刘震云在文中插入很多书信体，电报体的文字，并且在信中还经常出现即时性对话，用半个括号作为标记：

（这时我感动而又不耐烦地插话：舅舅，你到底要我干什么，你就直说得了，别再跟我绕圈子了。你对我的恩情，我世世代代也报不完；没有你，就没有今天的我，这一点我是清楚的。你要我干什么，不需要再进行动员了，直接发布战斗命令就是了。我虽手无缚鸡之力，心无游击之战术，但我有多大力，去使多大劲就是了；重要的不是结果，而是态度对不对？可怜愚甥别无所长，一生仅得，像俺姥娘就会纺棉花一样，我就会操持个文字；虽然老舅刚才说不要我为您歌功颂德，但我是不是应该正话反听，倒是要为您老人家写一本人物传记呢？如果是这样，我从今天起，就到图书馆去收集资料就是了。

（俺舅坚决地摇了摇头。

（让我给你捏大疱抑或是捏脚气？这是外甥在文学之外的唯一专长。曹丞相时代捏过脚，六零年捏过头，前一段还给地主婆柿饼脸操持过三寸金莲；虽然技术已经有些陌生，但我今天就可以从头再来，先在鸡呀狗呀身上练一练恢复感觉。

（俺舅又摇了摇头。

（我想了想又说：要不你就是要捣腾股票，想用舰艇走私，作为秘书长不好出面，让我当秘书替你顶这个雷去？

（俺舅又摇了摇头。

（我干脆说：如果一样样都不是，我就想不出来了。作为一个秘书长，都是您在帮助别人，哪里还需要别人的帮助呢？您也就是下雨天搔狗蛋，闲着也是闲着，故意拿这些不着调的笑话来跟我逗咳嗽玩吧？

（俺舅又摇了摇头。

《故乡面和花朵》中刘震云非常喜欢用标点符号表达一定的意味，特别是破折号，这些标点符号的运用有时是能起到传达意味的作用的。破折号的用法如：

> 爹这时似乎一下也兴奋了，在特定的历史时刻和气氛下，也一下暂时忘记了和我们的深仇大恨和不可逾越的历史鸿沟和自己所要肩负和担负的历史使命——就像我们糊里胡涂忘记一样——按说不应该呀，你是一个挺有原则的人呀——竟因为我们的兴奋也在那里无原则地兴奋起来——大家的一时胡涂，造就了艰难时世的父子情深——于是也在那里兴奋地响应：
>
> "小子们，回来了。"

这里如果说这是对标点符号用法的一种突破和创新，创新的意义在哪里暂且不说，至少在这个文本中要有统一的样式，给人的阅读与感悟提供一个路标。如果说生活本身是没意义的，我们写作便是赋予这种混乱以秩序，赋予这种盲动以理性，让这种无意义变得有意义，从而支撑我们的生活和生命继续前行。对于不合理遮蔽的解构和颠覆是必需的，但让读者淹没在这种形式和语言狂欢的迷宫里，显然是不合适的。对于这种随意打破传统也打破自我设定的唯一解释就是作者有意让文本进行自我消解，这意味着哲学观上的历史虚无主义；但第四卷的后缀又让我们看到作者在文本中寄托的对故乡的复杂情感，这种情感意味着作者对文本和世界的意义又是非常在意的。海德格尔也说语言是存在的家园，而人作为存在，语言是人作为人的一种确证，如果这些言语和形式都消解后，他这种写作的意义又何在呢？

破折号的解释功能的连续使用，可以对一句话的意蕴作出深层的挖掘。但如果这种用法到了泛滥的地步，或许按照刘震云的当时的思想所向，由于现象之间的联系，认为每句话都需要解释和交代清楚，因此也有人说他的小说很绕，或许正如他说，"绕"本身不是问题，是他对世界的一种理解，关键就是他借助这种标点符号过多过滥时会出现漏洞。标点符号，特别是破折号式镶嵌过多，有时导致误用，无关大局的误用倒还说得过去，关键是因误用引起了误解就是个问题，如《故乡面和花朵》"最后的相处"一节中："每当我扣着脑勺倒在床上想着你表情的时候，我对所有自以为是和喋喋不休的表情——当然这是由世界上最聪明的那部分人表现出来的，都感到恶心。"这句话中最后一个逗号，在笔者看来应该是破折号才对，这里用成了逗号，让人读起来很别扭。

这也是语言狂欢的副作用。破折号的滥用、插入语太多、解释太多，反而打破了原来的叙述顺序，造成阅读的障碍。这里的语言狂欢本身是为了对抗主流话语，也是为了把事情讲清楚，让人更容易理解，事实上反而造成了阅读过程中的阻碍，让阅读变得不是愉快而是一种痛苦，这种形式追求的本身便是对形式的一种消解，宣布了语言的不稳定性，于我们理解原意不但无用，反而有害。

还有中间缺少停顿的长句和长达几页的段落也是影响阅读的因素之一，仅略举一例："当一个人生活在这个世界上惦念持续不断当然是幸福的同时她也就是怯懦的怯懦的另一个同义词就是善良了。"其他诸如此类的长句和长达十数页的大段落也是俯拾皆是，给阅读造成了极大的障碍。形式的意味作为一种试验最初也没什么不好，但当这种试验已经不再新鲜，特别是已经证明对文学的整体感受有着负面影响的时候，再一味地坚持就是弄巧成拙了。

　　语言的狂欢还导致出现一些病句："当然除了这种从家庭大局的角度来看问题和分析问题当然是我们家族中看法的主流和主旋律了，但是在这主流和主旋律之下，还有一些受到先锋和后现代思潮影响在那里不从这公众的社会的政治的角度出发而是另辟蹊径单单从本性和本能——私人生活——的角度出发看问题的，他们觉得这样才更符合人的本质和复杂的社会现实呢。"诸如此类有好几处的句子都很难读通，让笔者不得不怀疑是句子有了语病。

　　这里确实看到刘震云在语言狂欢时尽管很小心，还是难免出现这样那样的问题。当然不是怀疑北京大学中文系毕业的刘震云遣词造句的能力，而是说上得山多终遇虎，过分地语言狂欢导致个别地方失控和出毛病也就正常了。

　　对于形式的创新应该以什么作为标准，或许到现在还没有定论，似乎也不会有定论。但我个人认为形式是必然要服务于内容的，当内容发展到当下的文学形式已经不足以容纳时，自然而然会产生新的形式来为新的思维量身定做。就像中国文学里诗的形式不足以创新时由词来补充，诗词不足以表达社会大场景时出现了小说这种新的文体。这种形式方面的革新是自然而然的，如同夏天到秋天要加衣服，到了冬天要穿棉衣。我们觉得很自然，这种革新也很必要。反之如果夏天穿个黑皮袄，冬天里穿上比基尼，只能被人当作脑子不正常了。刘震云的形式创新方面，如叙事结构试验做得还是比较到位的，但在《故乡面和花朵》及《一腔废话》中，那种形式的试验及语言的狂欢已经完全超出实际的需要，变成了一种形式的狂舞，如同一只脱离了引线的风筝，在空中尽管翻了不少筋斗，终究会掉下摔坏的。这种形式的试验当然不只刘震云自己，这是一个时代的试验，如马原、余华、苏童、格非等作家都曾经参与到这个浪潮中去。尽管这种试验在评论界曾经引起一阵争议，但这种脱离人间烟火的形式之舞毕竟不能持久。这些作家很快自己便感受到了那种高处不胜寒的境地，后来要么转型，如马原、格非都去大学当教授搞学术去了，要么就改换创作思路，如余华、苏童主动抛弃这种形式试验的创作路径，重新回到内容的思考上来了。如果说这种形式试验自有其意义，他的意义就在于告诉我们它这条路是走不通的。这种试验也可以到此为止了。

（三）狂欢的背面

鲁枢元认为："狂欢即对于压抑的反抗，狂欢首先也是宣泄，是火山的喷浆，是山泉的湍射……语言的狂欢有时表现为语言的游戏，就像布勒尔和他的伙伴玩过的许多花样那样……语言的狂欢更多是拿生命冒险，是言语者在人类知识搭筑的高墙的尖端翻扑腾跃。"① 对刘震云来说，他不但是以这种狂欢的形式来反抗旧的语言秩序，还包括这种语言秩序下既定的思维模式，毕竟语言是诗，而诗又必须有思的在场。因此刘震云在作品中的狂欢表现在从形式到内容的各个层面。

如一些典故的随意运用。《故乡面和花朵》中随处而用的成语典故，如"漆宝之忧""不因人而热"。首先"漆宝之忧"的称呼值得怀疑。"漆宝"典故似乎出自《列女传·仁智·鲁漆室女》，一般称作"鲁女忧葵"，表达一种身处贱位，心忧天下，比喻一种普通人的深谋远虑；也有忧葵鲁妇、漆室女忧、鲁女惜葵等说法，却没见过"漆宝之忧"的称呼，"宝"似乎是"室"之误。"不因人而热"则和梁鸿有关，一般用作"不因人热"，比喻一种孤僻高傲，不依赖人的品格。如果说此时还处于试验的高峰期，那么它《手机》之后用他自己的话说，就是已经过了汪洋恣肆的阶段回到了简约朴实的状态了，但他那种随意插入典故和成语的习惯似乎还没祛除干净，还时不时来一嗓子，如《我叫刘跃进》中叙述者这样说："不但没躲在这里，老高连刘跃进失踪都不知道，以为他还在东郊工地做饭呢；知道得还没有韩胜利多；不知有汉，何论魏晋？"这里"不知有汉，何论魏晋"明显是一句废话。

这样的随意改动和插入确实过于随便，并且他这种随便似乎是有意为之，或许意在对社会本身很偶然和杂乱的一种转喻。但这种随便还是让人感觉到创作的不够严肃。鲁枢元认为，"语言狂欢就其本质

---

① 鲁枢元：《超越语言》，中国社会科学出版社 1990 年版，第 213 页。

说是严肃的，不仅仅是语言的游戏"，因此如果语言狂欢和思想的狂舞失去了节制，变成了一种暴力，其最终会带来诗与思的双重灾难。

（四）生存超越的局限

尽管刘震云对权力、历史和人性作了深入的思考，也接触了个体生存的本真，并且立足于这种本真试图找到超越存在困境的途径。但刘震云在《一句顶一万句》和《我不是潘金莲》中探讨的"超脱"和"爱"的方案却仍然存在一定的局限。这种"超脱"和"爱"应该是刘震云从道家思想和基督教义中领悟来的。这种超脱对于解决某种情境下个体的苦恼是有效的，但并不能解决所有情境下的所有问题。因为解决这些矛盾必须面对当下的现实，包括政治体制、人性启蒙等多方面问题，绝不是这样一个"爱"的文学或类似于道家超脱的理念就能够解决的。

按照基督教的观点，如果每个人都关注到个体内心的完善，这个社会必然将更加和谐美好。问题是，当少数个体在"爱"与"超越"的时候，大多数人仍然在为私欲明争暗斗，这个社会的硝烟并没有散去，只是超越者把自己的眼睛遮蔽住了，有时甚至自己也不得不时时卷入到争斗中来。这点上鲁迅在《起死》中已经对这种超脱的精神作了反讽。所谓"爱的哲学"在"五四"时期，已经有人倡导过，冰心的作品就曾以"爱的哲学"而著称，她认为爱可以融化人与人之间情感的坚冰，用爱可以建构一个美好和谐的社会。但冰心后来还是发现，"爱"是不能完全解决这世界上的私欲的。当人们以德报怨的时候，并不是总能换回同样的爱心，有时甚至这种爱心还被别有用心者利用。所以，孔子才主张，"以德报德，以直报怨"。可以说"爱的哲学"只是理想主义者脸上的一坨绯红。

鲁迅先生说："真的猛士，敢于直面惨淡的人生，敢于正视淋漓的鲜血。"（《纪念刘和珍君》）这样做，在当下氛围中是吃力不讨好的，像刘震云这样一个聪明人显然不会以身犯险。刘震云这种创作表现倒是很符合王彬彬对中国作家"过于聪明"的评价："……中国当代文坛上的一些极聪明的人，则是深通世故而又极为世故的。当然他们有时也战斗，但却是在绝对不会危害自身的情况下战斗，是在稳操胜券的把握下战斗。"① 但总体上笔者仍然认可刘震云的选择。无论是出于"战法"还是"活法"的需要，个体在一个不够安全的环境没必要以身犯险。出于对个体生存权的尊重，我们应该理解他出于安全的考虑。王彬彬在随后一篇文章《再谈过于聪明的中国作家及其他》也对此作了澄清，认为："要做到嵇康这样，当然不易。但要对这种人格表示敬仰，总还可以，后人对这种人格'虽不能至'，但总应该'心向往之'的。"② 刘震云的思想过程本身便昭示了他抗争的姿态，但在追溯了历史，解构了权力，祛蔽了人性之后，在一个暂时看不到希望甚至绝望的境况下，他的这种"超越"与"爱"的生存选择对于个体找到一种解脱孤独与虚空、在爱与被爱之间得到个体价值的确认是有效的，或许这种思想也能启悟同样深陷迷茫之境的读者。但对于整个大众来说，当下仍然是一个需要启蒙的时代，但又是一个启蒙者备受冷落的时代。民众整体上建立主体意识，摆脱工具理性和世俗理性的控制，建构以主体间性为标志的后工业时代伦理，进而摆脱孤独和异化仍有一段很长的路要走。刘震云思考之路尚未终结。

---

① 王彬彬：《过于聪明的中国作家》，《为批评正名》，时代文艺出版社 2000 年版，第 184 页。

② 王彬彬：《再谈过于聪明的中国作家及其他》，《为批评正名》，时代文艺出版社 2000 年版，第 194 页。

余　论

　　刘震云的创作历经了模仿成长期，即叙事技巧成熟期，思想发展期两个阶段。前一个阶段从最初的写作开始，到《塔铺》的出现作为完成的标志。这个阶段主要是叙事技巧层面的摸索，从最初叙事稚嫩到《塔铺》的成熟，我们能清楚地看到这个轨迹。在第一个阶段中，我们明显可以看到刘震云作品叙事的稚嫩，如同一个蹒跚学步的孩子，摇摇摆摆，憨态可掬而又破绽百出。如《罪人》中我们能看到他对于作品中象征性的刻意追求，那种故作深刻的幼稚；《栽花的小楼》中我们还可以看到刘震云试图把握时代的努力，这些后来都被刘震云认为是一种对世界和写作的肤浅的认识，就像是装在瓶子里，寻不到出口，到处乱撞的苍蝇。

　　刘震云在《塔铺》这篇作品中找到了自我，这里面便有了一个内容与技巧的契合性问题。因为《塔铺》里描写的内容是他所熟悉的，因此他把这篇中篇小说叙述得生动、自然、感人。刘震云在这里算是找到了自我叙事的生发点，所以下面的几篇作品都是尽可能向自己的经验靠拢。如《新兵连》里面的经验来自他将近 5 年的部队生活，《单位》来自他最初上班的经验，《一地鸡毛》明显是他在家庭生活中的感受。而所谓"官场系列"的《头人》《官人》《官场》《新闻》则都是来自于他工作后的体验和对于权力、人性的思考。由于这些经验和他有直接关系，所以在叙述的过程中加上一些想象便显得很自然，很真实，让我们感受到他叙事技巧的成熟。如果说这里非要问，到底是经验成全了技巧还是技巧成全了经验，我认为可能二者之间确实有一个互动的过程，但首先必须具备的是经验。笔者认为一位能写出具有深度和厚度作品的作家，其写作的动机必须是来自自己的经验，当然这里的经验不是单指自己经历的事情，也包括对他人经验的反思。

刘震云模仿期的作品之所以看起来幼稚、漏洞百出，一般认为是其初创期技巧的生涩，其实我们对比一下他后面的作品可以看出，其实那只是个表面现象，其作品显得生涩的关键就在于其在写作技巧生涩的同时，写的还不是自己的经验。如《月夜》《栽花的小楼》《江上》《大庙上的风铃》等作品，看似取材于那个时代，但与刘震云的关系都不是很紧密，他在叙述的过程中，很多时候是出于一种想象。当然，想象力是作家必须具备的能力，但是这种想象力必须依托于现实经验的，那个时候他是在思考时代，思考个体在这个时代中发生的改变。他此时还处于传统现实主义的阴影中，只是试图用虚构的人物和情节来演绎和把握这个大的时代，而他对时代的理解却还处于非常初级的水平，当然给人感觉像是拉大旗作虎皮，这样的作品不可能给我们眼前一亮的感觉。但是从模仿期刘震云的作品，我们已经可以感受到他以后创作的苗头，那就是他一直在试图探索这个社会、这个时代、人性、历史背后的关联，但这需要极强的思辨能力，对那个初出茅庐的小伙子作家来说，他还驾驭不了这样的题材。只能说他发现了一个生活的矿藏，但是如何把这个矿藏开发出来，在这样一个乱象丛生，真假交错的时代，他需要找到一个很好的切入口，找到时代困惑的答案。这个答案是否唯一，甚至是否正确暂时搁置不谈。

当然写作的技巧也很重要，但是这种技巧的养成必须结合自身经验。这就如同做菜，你必须先有了对各种调料、原料各种性态的了解和火候把握，才能在使用中做到恰如其分搭配。从这点上看，伊尹所谓的"治大国如烹小鲜"还有更多生发的余地。写作也是如此，于是刘震云在《塔铺》中找到了这种在经验中提升技巧的感觉。

完成的技术层面的训练，这种境界可以说达到了一个能工巧匠的水平。刘震云间接地也承认这一点，刘震云认为这种叙事技术的层面大部分人经过练习都能够达到，关键是这个技术背后的思想才是写作者之间的根本区别。

在技术足够熟练之后，才可以考虑"创新"，这是一个必需的前提。一些曾经的先锋作家的失败，幼稚之处便是他们连最基本的叙事，也就是连个完整的故事都讲不清楚，就想着如何搞形式试验，搞得作品不伦不类，搞得读者一头雾水也就难免了，他们自己在观众退尽，门前冷落的时候寻找转型也就在情理之中了。

刘震云在叙事技巧成熟后，对于形式方面的试验并没有因为他对于思想深度的侧重而搁置，他还是非常看重作品的艺术性的，如他在作品中的观点："表演总要有一个目的，这是我们表演艺术所首先要求的。但是我们的表演又不能直奔主题。如果我们直奔目的和主题，我们的表演就又肤浅了、直白了、没有味道和不故弄玄虚了。我们在生活中已经够实实在在了，如果我们在艺术中再不来一点夸张、扭曲和曲里拐弯，那我们的人生和艺术又有什么区别呢？我们还要艺术干什么？我们看我们的生活不就够了吗？这是指导我们艺术的前提和我们为什么要搞现代派的原因。"正是出于这种观点，才有了《故乡面和花朵》《一腔废话》里那种语言的恣肆和文体的试验。

曲景春认为："面对日常生活中的交往困境，不论处在文明史的哪一个阶段，人们均渴望有一个参照摹本和富有启发性的生活经验，能够给出有效的可资借鉴的解决途径。如果这种内心期待和追问长期得不到满足，则极易转化为由交往实践引起的内在焦虑。"[①] 人生活在社会之中，既是一种无可改变的事实，也是一种需要。因此在社会中生活必然牵涉到人与人之间相处的问题，要想生活得更好，必须直面这些问题并找出解决的途径。一部好的作品，或者是有深度的作品，关键就是它对我们惶惑生活的某些启发，《红楼梦》让领悟者从不同的侧面找到自己对于人生的答案，或从一切的"镜花水月"中得到超脱，或从几多死亡的人中看到伦理对人的压迫；《三国演义》中的，"白发渔樵江渚上，笑看秋月春风"，让我们看到历史上争来夺去，尔虞我诈，看到恢宏背后的虚无，以至于能激起人的超脱凡俗之心，"古今多少事，都付笑谈中。"这点上类似于阿兰·

---

① 曲春景：《艺术的主体与表达》，学林出版社 2010 年版，第 3 页。

德波顿在《身份的焦虑》中所说的："要安抚焦虑者，最好的方式并不是像乐观的心态教我们那样，告诉他一切事情都会好起来——相反，我们应该告诉他一切事物最终都将变得非常糟糕：屋顶将会塌陷，银行将会变成废墟，我们将会死去，每一个我们所爱的人都将去世，我们所有的成就，甚至连同我们的名字都将深埋于地下。"①但是这种作品都是需要来自作者对世界人生的深刻甚至痛苦的体验和思索。

刘震云的作品实际上是走的这一路子，但模仿期就开始作这方面的尝试，明显是缺少生活积累和沉淀的。以至于最后只是留下了对那个时代的一些感受，只是惶惑和看似沉重的表象。但刘震云的第一阶段的基础打得很扎实，于是他进行的形式试验尽管有时给我们过于陌生化之感，但即便最绕，最狂欢的《故乡面和花朵》也没有让笔者有读不下去的感觉。至于他21世纪后的几部作品，其叙事技巧，叙事结构的创新已经看不出是在试验，他对这种试验的追求已经形成自己写作的有机部分，表现就是形式因内容而存在，而不是为技巧而技巧，为试验而试验。如《手机》《一句顶一万句》《我不是潘金莲》中的叙事结构，很明显与内容一起构成了一种能指符号，给我们提供了一种多维的进入作品的途径。

《故乡面和花朵》有这样一段话：

> 有人说我左，有人说我右；其实我既不左，又不右；我有左的时候，也有右的时候；先天晚上没想通，是左；可是第二天清早想一想，又想通了，你能说他是右吗？就好像一个上学的孩子，先天晚上把功课背不起来，姥娘在那里纺棉花，说：睡吧。孩子哭着睡了。第二天鸡叫，姥娘又起来纺花，将这孩子叫了起来，这时孩子突然说：姥娘，书上的字我都会了。你能说这个孩子笨吗？

---

① ［英］阿兰·德波顿：《身份的焦虑》，陈广兴译，上海译文出版社2007年版，第236页。

这就是刘震云，他对自己的认识，也是对世界的认识，说"左"或者"右"都是阶段性，因为人还活着，生命就在路上，前面就有拐弯的可能。他一直对世界观察和思考着，未来他会是一种什么状态，没有人能知道，包括他自己，今日之我，已非昨日之我，那么明日之我，还是今天的我吗？

"如果他是小刘儿，他就是一个把小说当作哲学来写的人，一步步指出我们活得不对"。这或许就是刘震云的写作偏重，他试图在自己的写作中把自己对于权力、伦理、宗教，尤其是其中惶恐不安的人性的思考进行一种哲学体系化的建构，笔者似乎也看到，他的努力还是有所斩获的。

刘震云在经过"现实""新历史"、未来社会"寓言式"的书写，实现了对传统伦理和权力的解构。当然如果说只是简单地解构并显不出太大意义，如同黄发有在一篇文章中对于90年代以来写作现象的评价："90年代以来的青春叙事，尤其是那些吃透了媒体法则的70后和80后小说，它们在个性的旗帜下，试图颠覆固有的叙事模式 但是，在调侃反讽的流行语调中，虚无主义的阴霾弥漫开来，在推倒的废墟上，青春陷入了迷失的狂奔。"[①] 刘震云对人性的思考明显已经超越了这种解构的肤浅，他的解构只是试图融掉人性中历史的重负，从而回归到人性的本真，进而在这个本真的基础上进行符合人性的、超越存在困境的伦理建构。

在这方面，当代最有社会责任感的作家都曾经或正在思考。阎连科的系列作品，尤其是《风雅颂》表达对这一新的"伦理"和"权力"体系建构的努力。只是刘震云对于新的"伦理"体系的建构也不像阎连科，假想到一个"诗经之国"，而是立足当下社会，试图在当下寻找到人与人相处和谐的良方。他在《我不是潘金莲》中表达了通过呼吁"爱"与"超越"达到这一目标的企图，尽管这种想象其实并不新鲜，甚至难以被已经异化的人性所理解，但这种超越存在困境的选择，无疑是具有积极意义的。而刘震云作为当代为数

---

① 黄发有：《文学与年龄：从"60后"到"90后"》，《文艺研究》2012年第6期。

不多在探索的过程中把写作上升到存在层面思考的作家，尤其是他所作的对于困境超越的努力，让他的写作不但对于个体人生有着很强的启发意义，在中国现代文学史上，无论从思想的深度、叙事的技巧，尤其从文学与影视结合的成功方面考量，刘震云都是一个无法避开的实在。

吴俊教授认为在当下时代："裸露和炒作的诱惑都能构成对于文学批评的致命损害。它们看似不同的表现形态，造成的则是一致的后果，即阻碍着文学批评深层次、多向度的纵横发展，限制或磨钝了文学批评的敏锐触角，使文学批评丧失其'发现'功能……在裸露和炒作时代，发现被遮蔽的东西无疑是文学批评所必须面对的一种重要的挑战和考验。真相既已不可能轻而易举地浮现，那么祛蔽和发现便是最显困难而少见的品质了。"① 尽管自知学术眼光和能力都比较有限，但笔者对刘震云研究的初衷确是本着"祛蔽"和"发现"出发的，希望通过自己对相关文本和文献的收集、整理、阅读、思考、归纳和演绎发现刘震云创作发展的内在肌理，梳理出刘震云思想脉络，尽可能客观地评价刘震云的创作成就，定位其在当代文学史上的价值和意义。另外，研究刘震云创作的过程也是笔者自我启蒙和祛蔽的过程，正是在这个研究过程中，笔者建构起了自己的价值参照系和主体性，开始能够真正独立地去思考和判断一个现象和文本，也对当下的社会与人生不再惶惑。或许某些观点并不成熟甚至片面，但笔者想一个人不可能穷尽真理，或者直达真理。这就如同我们的学术史，随着新史料的发现，观点也会发生改变甚至完全颠覆，直到如今我们似乎也不敢确定我们是否已经得到全部资料，真正掌握了真相和真理。但我们似乎也没必要等到材料完全发现之后才一步到位地抵达真理。我们边发现边整理自然有其意义和价值，这也是一个由量变到质变的过程。人生其实也是如此，不是非得等到"知天命"之年才出来传道授业。没有青年时的狂放就不可能有老年时的沉静；没有繁杂，就难

① 吴俊：《发现被遮蔽的东西》，《文学的变局》，广西师范大学出版社 2005 年版，第185 页。

以达到简约；没有粗浅，当然也难以达到深刻。青年时的青涩自然有其魅力，尤其是人生某一个阶段的经验感悟，过了这个阶段你就再也感受不到了，此时记录下这种思考，对于同龄人和后来者也能提供一种参照。

附录　刘震云作品年表

一　刘震云作品（文集）（按发表或出版年份）

作品

1. 《瓜地一夜》，北京大学《未名湖》1979 年 11 月。

2. 《月夜》，《奔流》1982 年第 4 期。

3. 《被水卷去的酒帘》，《安徽文学》1982 年第 5 期。

4. 《江上》，《安徽文学》1983 年第 3 期。

5. 《村长和万元户》，《雨花》1983 年第 11 期。

6. 《河中的星星》，《北京文学》1983 年第 11 期。

7. 《模糊的月亮》，《文学》1984 年第 4 期。

8. 《东方露出了鱼肚白》，《文学》1984 年第 11 期。

9. 《大庙上的风铃》，《奔流》1984 年第 4 期。

10. 《栽花的小楼》，《青年文学》1985 年第 4 期。

11. 《罪人》，《青年文学》1986 年第 10 期。

12. 《乡村变奏》，《青年文学》1986 年第 8 期。

13. 《塔铺》，原载《人民文学》1987 年第 7 期，后被选入《小说月报》1987 年第 10 期，《中篇小说选刊》1987 年第 6 期。

14. 《新兵连》，原载《青年文学》1988 年第 1 期，后选入《中篇小说选刊》1988 年第 2 期。

15. 《爹有病》，《星火》1988 年第 2 期。

16. 《乡村变奏之二》，《天津文学》1989 年第 3 期。

17. 《头人》，《青年文学》1989 年第 1 期。

18. 《老师和上级》，《长江》1989 年第 5 期。

19. 《官场》,《人民文学》1989 年第 4 期。

20. 《爱情的故事》,《作家》1989 年第 6 期。

21. 《单位》,《北京文学》1989 年第 2 期。

22. 《故乡天下黄花》,《钟山》1991 年第 1、2 期。

23. 《一地鸡毛》,《小说家》1991 年第 1 期。

24. 《官人》,《青年文学》1991 年第 4 期。

25. 《故乡相处流传》,《钟山》1992 年第 2 期。

26. 《土塬鼓点后:理查德·克莱德曼》,《芳草》1992 年第 11 期。

27. 《新闻》,《长城》1993 年第 6 期。

28. 《温故 1942》,结稿于 1993 年 12 月。

29. 《故乡面和花朵》(4 卷),分别发表于《钟山》1998 年第 1、2、
    4 期;《花城》1998 年第 1 期;《江南》1998 年第 1 期;《青年文
    学》1998 年第 1 期。

    文集

1. 《塔铺》,作家出版社 1989 年版。

2. 《刘震云文集》(4 卷),江苏文艺出版社 1996 年版。

3. 《故乡天下黄花》,中国青年出版社 1991 年版;华艺出版社 1993
   年版。

4. 《故乡相处流传》,华艺出版社 1993 年版;作家出版社 2009 年版。

5. 《故乡面和花朵》,华艺出版社 1998 年版。

6. 《一腔废话》,中国工人出版社 2002 年版。

7. 《手机》,长江文艺出版社 2003 年版。

8. 《我叫刘跃进》,长江文艺出版社 2007 年版。

9. 《一句顶一万句》,长江文艺出版社 2009 年版。

10. 《我不是潘金莲》,长江文艺出版社 2012 年版。

11. 《温故一九四二》,长江文艺出版社 2012 年版。

后　记

　　本书是在我的博士论文基础上修改完成的。我的博士论文原题为《存在的焦虑与解脱——刘震云小说论》，结构上并无大的改动。

　　对于这个题目的选定是在我的导师沈卫威老师的指导下完成的，写作则是在沈老师和吴俊老师共同指导下完成。在选题的过程中也经历了一些波折。正如有了解沈老师学术方向的朋友问我，怎么没有像沈老师一样做史料？这也是我开始读博时的心愿，在选题的准备后沈老师也给我分派过史料类选题进行尝试，大概后来因为本人兴趣点关系，抑或对于史料收集的硬功夫不够，抑或当时尝试史料整理项目研究空间不足，或者三种可能性都有，在多次汇报交流后，当我向沈卫威老师提出来我想做作家作品研究时也获得了沈老师的支持。当时因为自己的生活经验的空间优势，我选择对河南作家进行研究。于是我开始大面积的作品阅读，读到了大部分河南知名作家的作品，阅读的过程中我发现个人比较喜欢的作家有阎连科、刘震云、刘庆邦、李佩甫等。这几位作家的作品我读得比较多，也相对系统，我对他们作品都有很强烈的共鸣，但我希望对某一个作家进行系统的深入的研究，尽管这种对于当下作家的个体研究对我来说很难获得科研立项支持，我仍然试图通过这条路径来训练一下自己全面研究一个作家能力，并在此过程中补充自己原本不太系统的门类知识。开始我倾向于刘庆邦作品中对于人性尤其是女性形象的细腻描绘，让我感到温馨；还有阎连科笔下对于现实世界的狂欢式、寓言式的揭露和批判，让我感到悲慨。

　　但后来觉得这两种情感或许都不太能引起我进一步挖掘的兴趣，

我倾向的是一种寻根究底式的理性思考，后来的焦点便落在刘震云的小说上，选题的价值也获得了沈老师的认可。

应该说，写作的过程也是非常艰辛的，这毕竟是第一次全面、大型、系统的学术训练。从搜集整理刘震云的所有小说，到阅读这些小说，到形成自己零碎的观点，最后再把这些零碎的内容梳理成篇，形成其内在逻辑，耗费了差不多一年的时间，这对于平时懒散的我确实是一个挑战。当然能够最终完成，除了学业的压力之外，便是我自身内在的原因。

刚才说了我比较懒散，平时不是一个多么励志、多么积极进取的人，能让我坚持做完肯定与这些因素无关。我认为这与我另一个习惯有关。"习惯"是一个中性词，我直到现在也搞不清这种习惯是好还是坏。就是我比较认死理，希望对无论什么现象都要弄清楚其发生的前因后果。或者说我试图弄清楚我们看到的所有日常现象，希望活得明白、死得明白。糊里糊涂让我异常惶恐。这种源动力在我阅读刘震云的作品中得到激发，让我想起我 30 多年的人生阅历中一桩桩往事，一次次经验，一次次困惑，似乎在阅读的过程中，我伴随着刘震云成长和认知，让自己对这些年的困惑进行了梳理、联系、发现逻辑、寻找答案，最后进入一种澄明之境。鉴于我写作的功力不足，有些细节大概并未介绍得很详尽很明白，甚至并不完全符合学术语言规范，这在答辩时有老师提到过。但这确实是我这三年读博的最大收获，当论文完成，我显得浑身轻松。并非终于可以毕业拿到学位了，而是感觉积累这么多年的人生困惑也一一破解了，最终抵达了人生之"道"。孔子说：朝闻道，夕死可矣！这应该是一种澄明之后的轻松豁达。

这里特别想表达对导师沈卫威老师、吴俊老师以及南京大学文学院诸位师长表示感谢，正是在这些学养深厚、视野开阔，令人尊敬的学人前辈指导和启发下，我真正开启了思考之旅。

当然这种轻松或者"澄明"应该是阶段性的，尤其是鉴于写作的功力，这部论著肯定有很多破绽或不足，这也是在搁置几年后又重新意识到的。本有意再大动干戈，重新归整一下，又想即便重新再归整仍然难以完全避免不足，干脆就让它以不足的形式出世吧，也是记录和见证我人生成长、思想成长过程的一个里程碑或者标志。以此作为起点和激励，希望我在学术和思想的道路上能有更多收获。